走过黑土地

谭国伦◎著

中国文史出版社

图书在版编目（CIP）数据

走过黑土地 / 谭国伦著 . -- 北京：中国文史出版
社, 2023.7

ISBN 978-7-5205-4165-7

Ⅰ . ①走… Ⅱ . ①谭… Ⅲ . ①散文集 – 中国 – 当代
Ⅳ . ①I267

中国国家版本馆CIP数据核字 (2023) 第 126276 号

责任编辑：牛梦岳

出版发行：**中国文史出版社**

社　　址：北京市海淀区西八里庄 69 号院　　邮编：100142

电　　话：010-81136606　81136602　81136603（发行部）

传　　真：010-81136655

印　　装：北京柏力行彩印有限公司

经　　销：全国新华书店

开　　本：710mm×1000mm　1/16

印　　张：23.5　字数：357千字

版　　次：2023年7月第1版

印　　次：2023年7月第1次印刷

定　　价：68.00元

像光一样闪亮　让昨日重现

——序谭国伦散文集《走过黑土地》

李一鸣[*]

已是很久没有这样的阅读体验了。读国伦的散文，恍惚间，常常似乎感觉是在叙写我的人生经历。读到深处，禁不住潸然泪下。

无疑，这是一部近年少有的散文佳作集。

一

怀乡，是国伦散文集的核心母题。

国伦把深切情感倾注于他的故乡，这故乡既是伴随他童年记忆的巴蜀故土，又是他数十年来成长的燕赵大地。丹纳在《艺术哲学》中说，"对于孩童，那物件的实用的合目的性仍是陌生的；他拿未熟悉的眼睛来看每一件事物，他还具有未被沾染的能力，把物作为物自身来吸收"。童年，一张白纸般的童年心灵，最易于深刻铭写对世界最初的印象，故而每个作家心灵中都潜藏着一个"童年经验""童年追忆"。黄岭崖是国伦童年的故乡绵阳的一座小山，山中的女儿泉，流动着作者温情的记忆。"奔涌，就是女儿泉活着的状态。"女儿泉从山中喷涌而出，不停不歇地奔向弥江河，成为弥江河的主唱；奔向远方，汇入滔滔的嘉陵江，成为嘉陵江的一份力量；又随嘉陵江浩浩汤汤奔向长江，入三峡，通九衢，越江淮，最终归于浩瀚的大海。在作者眼里，"泉水流动，是土地上人们的灵魂在奔跑"。诚哉斯言！那从大山深处奔出的女儿泉，何尝不是离开故乡的游子；

* 作者系中国作家协会办公厅主任、鲁迅文学院常务副院长、教授，中国作家协会主席团委员、中国作家协会全国委员会委员，著名作家、文学评论家。

那泉水的命运，又如何不象征着作者的命运？国伦的亲生父亲三十九岁就离开人间，母亲带着他和弟弟妹妹就此别过蜀地，奔向他乡。此后作者无论年龄多大、走到何方，童年的经验引发的怀乡之情始终不曾减淡，反而日益浓烈，一根揪扯不断的肠子拴牢对故乡的思念。当然，此时的怀乡并不意味着回归童年乡土生活，蕴含最多的是对昔年生活的回味，对过往亲人的怀念。

在几千年的岁月里，中国社会是与农耕传统紧密相连的乡村社会，怀乡传统往往源自民族生存环境的大陆地理特性和由此强化的宗族血统联系。土地是人们生命繁衍、生存发展的基础，土地的固定性、地理的内陆性、气候的特殊性、人们对环境的适应性，决定了中国乡村社会超强的稳定性。这种稳定性渗透于民族的文化心理，便形成钱穆和费孝通所说的"胶着而不能移，生于斯，长于斯，老于斯""世代定居是常态，迁移是变态"，安土重迁沉淀为极为强烈深厚的恋土之情。这种稳定性表现于集群，就凝结为对于宗族血亲的皈依，家庭是家族的一个单元，家族是家庭的集合体，家族家庭内部成员之间，以"血浓于水"的亲情，彼此关怀、相互包容，对外则协同一致，力量凝聚。因此，离开故乡，意味着离群索居、形单影只、漂泊生涯的开始，意味着呼唤挚爱亲情、需求无私帮助的眷顾的开端。在国伦的散文中，不乏对于过往家族生活的怀恋。他怀念旧时的堂屋，堂屋不老，乡愁不断；他抒写家族不断"展"出的房子，爷房子、父房子、儿房子，房子在一辈辈地扩展，血脉在一代代地传承，生生不息，绵延不绝；他叙写父拾我衣穿、我拾儿衣穿的特殊经历，温暖和亲情就这样二十年二十年地延续下去……一个家族这样走来，一个民族也这样走去，其中，灌注着一个民族的特性，反映着中华民族的性格特质。正如西方美学"精神地质形态"概念所揭示的，反映浮在精神地质第一层表面的持续三四年的一些生活习惯与思想感情的文学，是流行时尚文学，这样的作品往往昙花一现，很快就被时间淘洗掉；第二层是略为坚固一些的思想精神特征，可以持续二三十年乃至半个世纪，这些作品表现了整整一代人的思想感情，因而当时被捧为杰作，但事过境迁也就湮没无闻；第三层是非常广阔非常深厚的一层，表现一个完全历史时期的特征，其精神状态会延续一百年乃至几百年，这样的思想特征是人类发展的主要形态之一，故而这样的作品具有相当影响力；第四层是深埋在历史地层下面的更为坚固，为历史铲除不了的"原始地层"，这就是民族气质和民族性格。能够深刻表现民族精神特质的文学，乃是具有生命力的文学，在国伦的作品中，我们庶几窥见那永恒的存在。

阅读国伦的散文，尤为撼人心魄的是他浓墨重彩呈现的"父亲"形象。《当年的自行车》《另一种远方》等篇什堪称泣血之作。"父亲"，他的继父，第一次出现，是"我"13岁随母亲到河北的时候去接的"一个陌生的高个子男人"。他推着一辆又大又憨的自行车，没有挡泥板，没有铃铛，没有前后刹车，一路上，很多人和这个男人打招呼："把儿子接回来啦？"这个男人很高兴地应答："接回来了。"他不是不知道他毫不犹豫捡起的是一个母亲带着三个孩子进入家门的重担。他是那么能干，劳动在他那里近乎被做成"艺术"。在一望无垠的金色麦田里，他足蒸暑土气，背灼炎天光，把腰弯成"n"字，就像大地的理发师，欸拉欸拉，麦茬就齐刷刷地甩出来，展露出大地的精气神儿。而他捆麦子时更像变魔术一样快捷，令人眼花缭乱：他把镰刀夹在左腋下，抓起一小把较长的麦子戳齐，分成两绺，两绺麦穗相交扭，变成麦腰，往地上一摊，放上一大堆刈下来的麦子，然后将麦腰两头一拢，右腿往麦堆上一个跪压，双手攥住麦腰两头，左手往怀里拽，右手往外拉，右胳膊一别，左手两个缠绕，一个麦个子就结结实实捆扎好了。他是如此手巧，村里的人修自行车，都是鼓捣半天都修不好才来找他，他问过毛病后，三看两看，三下两下，扳子钳子齐上手，三下五除二，就鼓捣好了。他是那么坚忍，为响应毛主席要根治海河的号召去"当伕"，因错过回村的马车，用整整三天时间，一双脚板把一百五十里回乡路踩在脚下。他是那么乐观，心中总是有一个"日南"在引领着他，他也以此引领着人。他又是那么善良，37岁了仍未能成家，陪伴一个鳏居老汉过活，每天给老人挑水、劈柴、扫当院，整整十几年。对于继子，他疼爱有加，在贫困潦倒的日子里，为了满足孩子获得一辆"洋马马"的愿望，托亲告友从天津自行车二厂购置了一辆自行车全套零部件，运回家来"攒"了一辆崭新的"小洋车"。孩子去当兵，坐乡里的小汽车去县里集合，他这当继父的就骑着自行车赶到县城，泪眼相别。其间，儿子未能回家探亲，他就急急慌慌去部队看望。病危时刻，与赶回来的继子无语相视一个月的时光，最后以53岁年纪度过了短暂的人生。这位"父亲"，多像河北平原上那种叫"大笨车"的自行车，如此朴实，如此诚实，如此厚实，如此坚实，如此沉实！多重的生活负担都能承载，多苦的人生之旅都能前行。善良如斯，淳厚如斯，伟大如斯！经受多少苦难，就滋长多少恩泽；历经多少碾压，就产生多少慈悲！国伦的散文，不仅写出了父子亲情，而且写出了普通的中国农民、社会底层小人物的存在境遇，赋予人物以深切的人性关爱和人道关怀。有痛彻的泪光，有温情的抚慰，有心底的同情，更有自觉的代言！如果说文学是人心的牧场，那么作家就应该为弱小、为苦难、为芸芸众生去唱出动人的"呼麦"。这是文学的价值，这是作家的良知，这是人民的需求！

二

"成长"是国伦散文的另一主线。

国伦不仅深情回望幼时在四川绵阳盐亭的故事，叙写了十三岁随母亲改嫁到河北的心路历程，而且书写了燕赵大地给予这个川娃子的温情，艰苦岁月里一个孩子的成长轨迹。一个被老师看好的聪明学生，阴差阳错以12分之差名落孙山。奉父亲之命返校"复读"，又因心理压力太大，回到乡里。沸腾的军旅生活，成为他镌刻一生、挥之不去的热血激情回忆，军事训练、野外执勤、夜间上岗、青纱帐围猎、逃犯追击、战备演练、特别比武、政治教育、抗洪抢险、军地共建……他由一名普通的武警战士成长为优秀的新闻报道员，进而成为一名作家。他写《军营的乡思》，也写舍身抗洪的战士，他把战友葛发才的传奇故事写进7万字的中篇，也将战友夜晚"淘鱼"的趣事灌注笔端，他绘写战士的铁骨，也描述军人的柔情。他本人多次献血，为失血的孕妇献血，为救素不相识的病人献血，为疫情防控需要献血……献血，在他笔下具有了神话奇幻色彩："看着那股红色的液体像精灵一样，闪电般地从我身体里冲出，感觉那精灵好像在我体内委屈了很多年，要去寻找一个自由的世界。""看来我给你的压抑太久了，以至于你这样急迫地离开我的身体，但是看到你急急忙忙地离去，我竟然也是那么坦然，就像你不曾在我的身体里待过。"产生如此情愫的根源，乃在于"那些冲出身体的红蚯蚓，如同一条炽热的河流，带着满是滚烫的爱，从灵魂里飞出，成为人世间高洁的精灵，绵绵不绝地流动，成为人世间最美的流淌"。在一颗美丽的心灵里，奉献就是最大的幸福；在一位有着大爱的作家笔下，所有为了家国的个人的失去，都是最美的获得。

尤其给人灵魂以冲击和启迪的是，国伦写出了和平时期战士的责任与使命。国伦是在结婚后第四天就离开爱人回到部队的，二人历经八年两地分居，才团聚在河北廊坊。每当他的爱人因分居有些情绪时，他总是安慰她：有国才有家，你不站岗，我不站岗，谁来保卫祖国，谁来保卫家。他深知爱人是千千万万军嫂中的一分子，她们忍受着相思之苦，侍弄家中的土地，抚育年幼的孩子，赡养年迈的老人。但面对丈夫的工作，她们不管多苦多累，都给予了极大的理解和支持。国伦爱人生孩子，他因部队工作繁忙没能赶回家守在跟前照顾，直到某日在军营收到天津某照相馆邮寄的照片，看到照片上爱人抱着一个可爱的孩子，小家伙手握小拳头，眼睛都不看镜头。那一刻，他竟然发蒙，这是谁家的小孩？过了几分钟才猛然想起，那是自己的儿子！

散文创作，确然是创造一个世界，这世界是作者生活的实录，又是其精神的写照。散文所书写的生活，不仅是作者"亲身经历"的生活，更是作者"心灵体验"的生活。从血管里流出的是血，从水管里流出的是水。没有浸透血的文字，打动不了人心；没有饱含泪的语言，感动不了读者；没有充满道义的文章，就缺乏力量。正是因为国伦的散文是对生命进行的深层勘探，是从生活深处打捞出的刻骨铭心的人生记忆和生命经验，所以才具有温润心灵、激人奋进的独特的"精神性气候"。

国伦还精心描绘了战士与枪的故事，精彩诠释了枪与兵的关系："枪是士兵的第二生命"，是士兵"身份的象征"，是"正义的化身"。在他笔下，兵将瞳孔融入枪的觇孔，肢体与枪完美结合，枪总是在兵扣动扳机的刹那，读懂兵的理想。"多少次，弹壳从兵头顶呼啸而过，多少次，目标在视线中模糊不清，枪与兵都信任依赖彼此；多少次，战场环境变幻莫测，枪与兵都冷静应对。""人枪合一，才是最高境界。"国伦在这里透视了战争与人、钢枪与战士的内在联系，具象而理性深刻地揭示了枪的哲学、兵的美学。

三

国伦把相当大的篇幅献给了他所感知感动感喟的"社会生活"。那里有山河之美、文化之光，有历史之重、时代之进，有人民之呼、创造之举。

人与山水自然，本有相通相合、同形同构的规律。《易传》之"天地氤氲，万物化醇。男女构精，万物化生"，《中庸》之"君子之道，造端乎夫妇，及其至也，察乎天地"，阐发的都是这一认知。人是自然的产物，自然是人类的摇篮，人类只有回归自然才会寻回天性；而自然一旦进入人的视野，便被赋予人的色彩，成为"人化的自然"。在国伦的散文中，"自然的人化"与"人化的自然"统一于拥抱自然、感知山水的精神向度与美学创造。

人原本来自大自然，向往自然是人类的本性，感悟山水体现着一个作家的境界。走进太行山中麓的乡村，他全身心融入山石之美，"大自然中的任何一块石头都有自己的呼吸、自己的感情，都在咀嚼一段岁月、蕴藏一部历史，都是一个会思考却沉默不语的大自然精灵。""世上没有完全相同的两片树叶，也不会有完全相同的两块石头。每一块石都有自己的性格，每一块石都有自己的灵魂，每一块石都有自己的高度。"充满了对山石的悟觉，对自然的礼赞。在他眼中，超尘绝世的自然，不仅是现实的山水，而且是性灵化的自然；山水自然激发作者情感，作者赋予山水自然以灵性、人格，作者身心完全融化于自然，并在自然之美中神思畅游，从而达到一种人情物景与现实想象和谐交融的美的境地。

不仅如此，国伦善于以文字构象，以对色彩的着意追求和浓厚画意的营造，塑造绘画美的特征。在他眼中，大自然是最伟大的调色大师。登临仙台山，远望主峰脚下，是"群山绵延起伏，山体巍峨高耸，气势雄浑，景色壮美。极目远眺，周围的几重大山都是以红色为主调，成为红海洋。山梁一排排横亘，山脊一道道如帘幕从山梁往下垂到谷底，那红叶如一条条竖带飘逸流淌；几重大山层层山坡之间有白色的悬崖峭壁间隔，那红叶彩带也一层一层围绕在山腰，直至山顶戴上五彩花冠。黄叶和绿叶掺杂，不再是纯粹的一片红色，成为一幅幅五彩锦缎"。"远山与天相接，那彩色绸缎，如同天边燃烧的晚霞一样，气势壮观，烟雾升腾中，红叶又多了朦胧美感。伫立山巅，头顶蓝天，足踏红海，凉风悠悠，馨香四溢，宛如九天仙境。"山水自然经了作者深浅浓淡的色彩调和，便渲染出莽苍绚烂的画境，给人留下深刻印象；而近观仙台山的红叶，又是另一番景象，在阳光下，汇聚了几十种红色的热烈，"大红、朱红、嫣红、深红、水红、橘红、杏红、粉红、桃红、玫瑰红、玫瑰茜红、茜素深红、土红、铁锈红、浅珍珠红、壳黄红、橙红、浅粉红、鲑红、猩红、鲜红、酒红、灰玫红、杜鹃红、枣红、灼红、绯红、殷红、紫红……"，真是色彩斑斓，画境毕现。作者仿佛一位绘画师、色彩师，尽情用彩笔描画自然大美，尽兴以色彩涂抹秀美文字。如果说这些文字为我们提供的是色彩浓艳的油画，那么下面文字描绘的则是清淡的白描，太行石"纹理具有蚀线交错、平行、弯曲、延伸等变化，构成了沟壑纵横、脉络多向的状态，赋予每块奇石不同意境，如巍巍太行，像挺立悬崖，状物象形，情趣盎然"。"模树石由于含有金属氧化物，被地下水或其他地表水溶蚀，沿着岩层裂隙渗透，沉淀固结于岩石面，呈现出树林状、松树枝状、小草状的图形，造型奇特生动。在白色的岩面上，映着丛丛灰黑色的层层松林，摇曳生姿的小草，婀娜多姿的沙地柏，枝影婆娑的小树枝，景象忽远忽近，忽虚忽实，透视合理，气韵生动，有如神笔绘就的一幅幅令人惊叹叫绝的风景画。""雪浪石更为神奇……图案丰富，变化奇幻，黑白分明，对比强烈""如雪似浪，如云似水。如雪者，雪飞浪涌，飞涛走雪；似浪者，波涛汹涌，气势磅礴；如云者，云卷云舒，缥缈奇幻；似水者，飞瀑流泻，水声滔滔。"生花妙笔，画意澄明。

朱自清认为："作文便是以文字作画。"冯骥才也曾论述："文学是文字的绘画，所有的文字都是色彩。"国伦面对自然的书写，文字是那样的清新秀丽，笔调是那样的轻倩灵活，充满着画意和诗情，如镶嵌在夜空的一颗颗的星珠，又如一幅幅沁人心脾、琳琅满目的画卷。当然，他不是就景写景，面对千百年来历史遗留的历史文化"符号"，他发思古之幽情；面对大时代的"山乡巨变"，他禁不住纵情歌吟人民用辛勤的汗水书写的新时代"桃花源记"。他的目光瞄向英雄模范，也摄取世间小人物。他记录深情藏沃土的老党员王恭祎，讴歌自强典范、中国好人王元顺，彰显全国先进典型吴冀川的事迹，颂扬两代全国先进典型石淑敏和马希军的境界，为大兴机场建设工地上的劳动者掬一把清泪，为廊坊安次区调河头乡制作非物质遗产风筝的两个普通家庭击节鼓掌……为人民去写作、为国家谱壮歌，这是国伦的文化自觉、价值担当。

更难得的是，国伦的语言，老到地道，璀璨绚烂。那是诗与思的相融、情与智的合一。他善于把深刻的理性投入感性叙事，将深厚的意蕴藏于行文之中，从现象出发，直逼事物的核心。那是文与声的合奏共鸣。就如韦勒克所指出的，"每一件文学作品首先是一个声音的系列，从这个声音的系列再生出意义"。国伦的散文创造的声调形象、语调形象、节奏形象和韵律形象，呈现了声音、语调的高低升降，语音在一定时间里长短、高低、轻重变化形成的和谐韵律。如他写太行石，"太行山多石。石挨石，石依石，石压石，石拥石，石盖石，石托石，石顶石，石映石……千万块石相拥相聚相挤在一起，这就是大自然之间的爱，相拥就是亿万年，彰显个性与灵魂"。"石面对着石，石凝视着石，石倾听着石，石暗恋着石。一块石与一块石成了知心朋友。默默相守，交谈了亿万年。人不懂石语，反正是亿万年的不离不弃。""石街石巷、石墙石坡、石桥石栏、石楼石阁、石像石塑、石神石佛、石雕石刻、石龛石笼、石磨石碾、石井石窖、石园石廊、石阶石墩、石桩石梯、石门石框、石房石院、石梁石柱、石缸石柜、石锅石灶、石坛石罐、石盖石塞、石槽石池、石椅石案、石床石台、石桌石凳、石锤石舂、石砚石盒、石画石钟、石磐石印、石塔石坊、石刀石斧、石球石砖、石鼓石棺、石冢石碑……没有哪一个村庄能够如此细致地利用每一块石头，村子里没有哪一户不是这样世世代代与石头生活在一起，从生到死，石头都与村人血脉相连。"这充分利用了汉语的语音特点，强化了语言的听觉效果，大大突出了语言表现力。那是雅与俗的杂糅。周作人在论述散文语言时说："我想必须有涩味与简单味，这才耐读……以口语为基本，再加上欧化语、古文、方言等分子，杂糅调和，适宜地或各畜地安排起来，有知识与趣味的两重的统制，才可以造出有雅致的俗语文来。"林语堂也认为，要洗练白话入文，要使文字复归雅驯。他认为"凡一国之文字必有其传统性"，国语中多文言遗产，为何不可享受？国伦的散文，雅言相兼，典雅凝练，如"自古太行多奇石，多姿多彩。一石如一花，都有自己的心。不同的是，花开花落，花盛花衰。而一块石，几万年前甚至几亿年前，它就是一块石，再过几万年甚至几亿年，它仍然是一块石。""温润的石头如同少女的脸颊，细腻光滑；坚硬的石头如同男人的胸膛，沉稳厚重。""石心为实，石身不朽。文字与历史刻在石上，文字与历史也因此不朽。"也古也今，又中又西，既有鸭梨脆，又有涩果味，尤见独特风致。那是文与诗的相映相兼。中国作为诗歌大国，诗的教育濡染使后来作家骨子里对传统诗词具有一种难舍的情结。在国伦的散文中，我们便也常常见到古典诗词的渗入。登山赏红叶，他生发文人雅趣，想到孟浩然的诗句："行至菊花潭，村西日已斜。主人登高去，鸡犬空在家。"面对一池荷塘，顿忆古人诗意："一夜绿荷霜剪破，赚他秋雨不成珠。""菡萏香销翠叶残，西风愁起绿波间……多少泪珠何限恨，倚阑干。"可以说，国伦之所以青睐文诗相兼的手法，自具有深厚文化心理基础。一句诗的丰厚内涵，绝不仅仅在其表层的语言本身，它同时牵扯着一个个意义的世界。正如文艺评论家马大康之论，"他们所习惯的是传统诗歌含蓄蕴藉的表达方式和精神方式"。

记得马尔克斯在《活着为了讲述》扉页上的那句话："生活不是我们活过的日子，而是我们记住的日子，我们为了讲述而在记忆中重现的日子。"国伦以他深情的散文书写，追寻故乡"本根"，行吟人生旅程，游牧社会沃野，不仅像牛一样地生活，而且像光一样闪亮，让昨日重现！

And not so long ago

（就在不久以前）

How I wondered where they'd gone

（我是多么想知道它们去了哪儿）

But they're back again
（但是它们又回来了）
Just like a long lost friend
（像一位久未谋面的朋友）
回来了，那走远的生活！
回来了，这斑斓的篇章！

目　录

第一辑：回望故园

回乡的路

一

离开故乡四川盐亭的时候，我才13岁，那是1981年春天。父亲病故后，母亲要带我和妹妹到北方农村生活。母亲给我描绘了北方平原的路有多么平坦宽广，远不是老家山沟里的山路曲曲折折那么艰险。那一天，乡亲带着行李，送我们走了两个多小时山路，对遥远北方大平原的向往让我感觉那山路好漫长好漫长。脚下的这条山路留下了我很多快乐的童年时光，故乡虽然贫穷，但是山清水秀，记载着乡里人的苦乐年华。

十多岁的少年，曾经在这条山路上快乐地玩耍，我曾经给病重的父亲去镇里拿过药，在山路中的溪流里玩水到天黑找不到回家的路；曾在这山路上被蛇惊吓过，在山林的路中，还有小野兽出没，是那么胆战心惊。

我们到镇上，再坐公共汽车到县城，那时候从乡镇到县城的路也只是沙石路，一路上，车也很少，好像只有我们所乘坐的那一辆公共汽车在路上行驶，在我心里，那条路已经通向美好的未来了。

到了河北大平原农村的时候，正是风沙弥漫的春天，大平原的道路确实是很宽，但是风一吹，沙尘漫天。乡间的大马车一过，也是尘土飞扬。到县城的柏油路窄窄的，没有来往车道划分，车辆也不是太多，偶尔有一辆车通过。

大平原上有的是自行车在川流不息，我也是骑着自行车寒来暑往地在沙土路上奔波去上学。也想象着有一天能够骑车漫游回到故乡去。

也许是因为艰苦的生活经历，现在对故乡的山间小路和大平原上沙尘路记忆犹新。

二

第一次回到故乡是1985年夏天。慈爱的奶奶去世，让我不顾一切，奔向那座新坟。

从绵阳坐汽车到盐亭，一路上泥泞不堪，慢慢悠悠，到中午十二点才到盐亭汽车站，第一次回故乡的急切心情，恨不得那汽车具有穿越山岭的功能，恨不得自己长出翅膀来，马上回到故乡的那个小山村，去看看长眠了的奶奶。

然而从县城到所有乡镇的汽车全部停运！因为刚刚雨后，汽车怕陷在泥泞里打滑出不来而出现事故。我记得故乡里的人说过从县城到家里有六十多里，我毫不犹豫地背起五十斤重的行李就用脚往回走。

行李虽然才五十斤，但路远无轻担。一路上的艰辛可想而知，我只是一个十七岁的少年。走走停停，停停走走。故乡的景色虽然看不够，因为艰辛也就顾不得观赏了。但是那路实在是糟糕：坑洼不平，有的地方还积满了水，也不知深浅，有的地方被雨水冲了很多缺口来，有的地方是深深的车辙，像两条小沟在马路上平行延伸，里面也积满了泥水。车不能行走，但是走路还是能够下脚的。

走了五个多小时，在傍晚时分到了镇上。我仍不顾辛苦和劳累，从镇里走上回村的山路。那曲曲折折的山路，一会儿穿山林，一会儿过河流，一会儿过小桥。也不知道摔了多少个跤，裤子湿了，衣服也沾满了泥巴，很是狼狈。终于在掌灯的时候见到了分别已久的伯父和童年的小伙伴们。

他们见到我也是非常高兴，安慰我说，老家就是这样的山路，为难我了。我也是说，老家什么都好，就是这路不好。亲情叙罢，便是玩耍。那个夏天，我在山间奔跑，穿行在山林里，走在崎岖的山路上，荆棘和杂草只给山路留下半尺宽，我依然不管不顾，还是那个童年里满山跑的山娃子。

三

河北农村开始兴修乡村公路了，尤其是乡镇之间的公路开始修建。原来的大土路都硬化成柏油路面。四川的三伯父也来信说，老家周边的冯河、黑坪、双碑三个乡镇之间也通了大马路，但不是柏油路面。故乡的山村距离这几条县乡公路都不远，还说很多家里都有了自行车，出门的时候把自行车扛上公路或者平时把自行车放在公路边上的农户家里，赶集的时候把需要到集市上卖的农产品背到公路上就可以了。还说原来去三个乡镇集市要两个半小时，现在只需要半小时，以前赶集需要一天时间，但是现在半天时间就可以了，剩下的时间还可以干农活或者在集市上的茶馆里休息。

我心里好高兴，故乡有变化了，希望故乡越来越美。我第二次回到故乡的时候，骑着当家哥哥们的自行车，几个乡镇地乱跑。小时候去赶集，由于自己个子小，一走就是好几个小时，现在是很快很快的了。路面也铺的有柏油路面，但是只有薄薄一层，很多地方都轧碎了，还有不少的坑洼，质量不是很好。老家里的人们可以从很陡的高处飞速地骑下来，我在平原地区骑车惯了，都是很胆小慢慢地从高处往下慢跑。

没事儿就带三伯父骑车去乡镇赶集，那时候集镇上堆满了自行车。自行车两侧有两个大大的背篓，装载东西。山区的公路，就是上坡费劲，但是也总比过去肩背手提强多了。

有了乡镇公路，故乡的人们的生活节奏就快多了，随着公路的通达，人们的信息越来越灵通了，知道更远更远的地方。因为艰苦生活从未有过笑容的二伯父脸上也绽开了笑颜，他的心里肯定也有了美好的远方。

四

第三次回到故乡的时候，农村的乡村公路都在四处开花和延伸，在人多的居住区段，都有乡村公路通达，虽然仅限于土路。那个时候，家家户户都骑上了摩托车，相反自行车被淘汰了，农村还多了一个行业——摩的。摩的师傅们三元五元地接送那些赶集的老人和妇女。这样赶集从原来骑自行车的半小时变成了十几分钟，去县城变成了半小时。

我故乡的那个老屋前面也有一条宽宽的土路可以直通附近的几个乡镇，可通县城。以前要说去县城是不可想象的事情，现在老家里的人们可以去县城逛公园、看电影，去县城采购自己需要的生活用品，买新潮的衣服，城市里的潮流慢慢走进了乡村农家。姑娘们俏起来了，小伙儿们帅起来了。

三伯父家的三个哥兄弟，每人一辆摩托车。早晚除了下地之外，利用中午炎热时间去赶集，跑摩的生意，接送回家和赶集的人们。人们有早上来的，有中午来的，有下午来的，办完事情后就是拥入茶馆喝茶，摆龙门阵，集市上也就没有原来那么多的人流了。三伯父家的大哥带我到周边各地乡村景点去玩，十几个乡镇跑了个遍，县城也变得只有咫尺之距。

在乡村里，还有很多宽宽的山路直通到庄稼地里。农村有了很多现代化的农具，他们一个个都成了新式现代化的农民。劳累了一辈子的二伯父也算是解脱了，终日满脸的笑意，虽然他在新式农具面前什么也不会，但是他看到了美好灿烂的未来。

三伯父家的二哥还安装了乡里第一部农村电话，每日去他家打电话的人都排起了长队，通过那根长线向远方的亲人问候平安。

五

在一个阳光明媚的下午，我把汽车稳稳地停在故乡老家的堂屋前，在心里告慰从堂屋里出去的每一个祖先宗亲。那汽车也如离家的游子一样，回到了故乡，那么温情地偎依在故乡的怀里。这个时候，我已经离开故乡三十八年了，三十八年，弹指一挥间，变化的是故乡越来越美的容颜。

社会在发展，时代在变化。先祖们肯定也想不到他们的子孙后代能够买上这样的汽车，能够把道路修到这堂屋正中央。爷爷奶奶、父亲、两位伯父，你们的在天之灵能够看得见吗？能够看到我们这美好的生活吗？

喇叭声在大山的宁静里是那么清脆和响亮，是那么悠扬和悦耳。我让故乡的人们坐上车，开车在堂屋前的院子里打转，亲人们都通过智能手机发送视频给远方的亲人们，让他们分享这快乐的时光。

从河北廊坊到四川盐亭有着四千五百里之遥，那次，我和爱人轮流开车，歇人不歇马，一路上欣赏着山水风光，竟然只用了二十八小时就把车开到了家，比我们坐直快火车还快六小时（火车还需要在绵阳站上下乘客）。高速公路直通县城，县城到农村的乡村公路全是厚厚的水泥路面，平坦又宽敞。那银白色的乡村公路如同一条条白练系在山腰、飘在山巅、坠在山谷，若隐若无地穿行在大山深处，让大山随同世界的节奏起舞。

汽笛打破了山村的宁静，公路让大山和世界联通。人口相对集中的地段都通了乡村公路，村民们又把乡村公路通到自家屋前，还在公路两侧种上了鲜花。公路成为一条条彩带，装扮这美丽乡村。

六

大平原上的乡村也不再有沙尘路了，全是宽宽的水泥路，和我故乡山间的水泥路相连，我可以随时开车从大平原回到故乡山村的老屋前，全程车还不沾泥。贫穷勿失志，富贵不忘乡。多年前是十年一回故乡，最近这些年，随着年岁增长，乡情越来越浓厚，故乡的老人也年事已高，就变成了三年或者五年一回故乡。

今年春天，我在北京西站坐上高铁再回故乡。早上九点，我上了高铁，晚上六点就下了高铁。在绵阳高铁站下了火车，伯父家的侄儿早已驱车等候，我们只用了两个小时就回到了盐亭我思念的大山里。

这又是怎样的神速呢？河北廊坊到四川盐亭故乡的堂屋前，从起身到落脚，总共用了十四小时。早上还在河北农村，晚上就到了四川农村，简直和做梦一样，比李白的"千里江陵一日还"还要快了许多。四十年前，从四川农村出发到河北廊坊农村，前前后后要用三个白天和两个晚上，从故乡家中到绵阳火车站就要用上一个白天，一路上火车的嘎达嘎达声音是那么漫长而无力，而如今高铁轻盈一过就是终点。

屋前道路走车马，一声汽笛到天涯。汽车欢鸣，驰骋在烟霞里，穿行在绿水青山中。我们经过一些农家客舍前，都有一辆小汽车停在院落中，不是家里有客来，就是在外乡打工的年轻人回到家里了。车来车往，坦途通天，这又是多少山里人的梦啊！现在农村的房屋不再是过去的土墙黑瓦或茅草屋了，大多是白墙瓷砖两层或三层小楼。白色的房屋掩映在青山绿树之间，颜色明快亮丽。

两位伯父已经去世多年了，但是两位伯父的儿子们又在老家房屋旁边建造了新的洋楼。电动抽水，沼气烧饭，房间里布置得富丽堂皇。现代化家具一应俱全，生活舒适惬意。农具间里是可以上山的拖拉机农具，收割播种都是机械化的设备，这些都是我们和先祖们不曾想象的。他们也买了汽车，农闲的时候就去绵阳和成都，甚至到西安自驾游。

回乡的路就是这样越来越宽广，让我对故乡思念的心越来越敞亮；回乡的路越来越短了，让我和故乡天涯变咫尺；回乡的路越来越明亮，灿烂的阳光正把我和山里人的幸福生活照亮。

（原载2020年第6期《星星文学》，2020年9月9日中国作家网发布，荣获湖北省交通系统全国征文一等奖、浙江日报社全国征文二等奖、四川成都市总工会全国征文二等奖、四川绵阳日报社全国征文二等奖）

山之泉

一

那山，清秀，典雅。又因为那泉，也就有了女人的名字：黄玲丫。后来不知谁说，山就是山，人就是人，山就应该有个山名，就改成黄岭崖。于是，山里很多人就只知道是"黄岭崖"三个字，但山里人习惯把"崖"的拼音二声念作一声的"丫"，读起来还是"黄玲丫"，一个姓黄的丫头。

那山，温婉，娴静，如同一位女子安静地坐在椅子上。高扬皓首，凝视远方，山顶四周浑白色的峰墙无疑就是她雪白的脖颈，两侧平梁是她浑圆的肩膀，平梁伸出几百米后慢慢舒缓下来，如同双手搭扶在椅子的扶手上，修长的双腿叉开，垂伸到远处，化作巨大的峡谷。

山窝儿底部有一片巨石，巨石下方竖向分裂一个幽深黑色出口，泉水清冽，有细微的哗哗流水声。出口离地有四尺高，地面有一水洼，水洼满后，又流进几米处的坑塘里，那坑塘五十余丈见方，深几米。坑塘出口有一水沟通千余米之外的水库，当地称之为堰塘，堰塘下就是很远很深的峡谷，那水库堤坝无疑就是这把椅子平面的边沿，两侧山脊伸向远方，同远处的山梁相连。

山窝里散落着四十多户人家，李、刘、何、杜、汪、胡、许、江、蒲姓，众多姓氏各有三两户，在山腰处、山脊处、山梁下散居作息，这些姓氏什么时候迁徙至此，无人知晓。绵阳北部高山涌现，崇山峻岭连绵不绝，如浪似波，人们择水而居，有水就有生活。"一山未了一山迎，百里都无半里平。"（贾岛《题安业县》）从泉下向西南延伸，却有田畴千亩，在高山峡谷地带难得有这么大一块平地。这四十多户人家就在这片土地上依山而居，依泉而饮。

山里没有黄姓人家，这山为什么叫"黄玲丫"不得而知，但人们又把包括黄岭崖那一片连绵山地统称叫"李家山"。

山很高，四季分明。茂密的树木和杂草就是一年四季的时尚，如同服饰，有不同的风姿。春山艳丽，山花色彩鲜艳，娇美烂漫，风儿低语，鸟儿鸣啾，如少女一样，文静而温柔，任阳光轻抚。翠色为夏，玉绿、墨绿、深绿、暗绿、青绿、碧绿、蓝绿、黄绿、灰绿、褐绿、品绿、鲜绿、嫩绿、浅绿，大山清新，希望重生，平静舒适，平和宁静，自然闲适，如同少妇一样怀着万千激情，热烈而内敛。秋稔金黄，树木变黄变红，苔痕无有上阶绿，草色不再入帘青，山就是怀抱子嗣的母亲，丰腴迷人，把最美的收获奉献给那片土地上的人们。银丝白雪冬天来，山在季节里苍老，山上的草木被砍光，高大树木的枝丫也被攀折，人们一年煮饭的柴火都要从这山里来，大山终于以最原始的面目展露在世人面前，那是和人们一样的颜色——黄土地黄皮肤，真实而坦诚，沉稳而执着，宛若一个饱经沧桑的老妇人神态，傲视周围比她小的群山。

从记事开始，小孩子就被大人嘱咐，不许爬到黄岭崖顶上去，不许嘴对着泉眼喝水，其他不雅不敬的事情，更是不容许。到那个山顶恐怕也是不容易的，四周都是垂直的峰墙，爬上去也许会下不来。

后来，有学问的三伯父告诉我，从爷爷的爷爷那一代开始，就叫"黄玲丫"，人们像敬神一样敬重这座大山，像珍惜眼珠一样爱护这泓泉水。

二

人们的生活用水，都是房前屋后的井水，从房前屋后到女儿泉还有不短的距离，这泉水就成了这片土地的灌溉用水。多少年来，因为这泉水，这片土地成为富饶丰腴之地。种啥啥长，种什么什么收获，从来就没有让那片土地上的人们失望过。

最早分辨出井水和泉水区别的是一头牛。那头牛在山里耕田犁地很是劳累，浑身直冒大汗，爷爷的爷爷打来一桶井水，让它喝，它喝了一口后，猛地喷了出来，一脚踹开那桶，挣脱犁杖，向山下狂奔，直到那泉边的坑塘，狂饮一气。

那以后，人们才知道山里的井水和泉水是不一样的。井水无味，泉水发甜。山里多雨，井水都是下雨而集，属于无根之水，井也是浅井；泉水由大山挤压，点点滴滴聚集而出，带着大山的灵气，清凉而甘洌。

病中的父亲也放过牛，牛正当壮年，桀骜不驯，漫山遍野地疯跑，累得父亲气喘吁吁，但牛不管怎么疯跑，只要到了泉边的坑塘，见了清亮的泉水和坑塘边鲜嫩的水草，就好像被注射了镇静剂，一下子就安静了，饮水吃草，那是它的珍馐美味，悠闲自得。吃饱喝足才以歉意的眼神儿看着父亲，父亲心中的怒火一下子就烟消云散了。父亲了解那牛的性格，每天都要带它去泉边吃草饮水。父亲去世后，那牛把它的新主人用牛角顶跑老远，不让生人接近。

人们一直就用井水生活，用泉水灌溉。那庄稼因为泉水里丰富的矿物质而丰产，那片土地又有"富饶李家山""女泉黄玲丫"一说。

女儿泉不停地流淌，带走了岁月，记忆留在大山里。宋朝时期，大巴山南的川蜀之地，人们安居乐业，崇文风尚浓厚。川东北县城盐亭走出了大画家、大诗人文同先生，成为盐亭人世代的骄傲。文同先生去世后，人们在黄岭崖女儿泉向西南流淌的沟渠边建造了字库塔，取名"泉星塔"，以此纪念文同先生对世人的贡献。从那以后，字库塔在盐亭风行，甚至延伸到华夏各地，盐亭至今保存了中国种类最全、风格最多的字库塔。

泉水流动，是土地上人们的灵魂在奔跑，字是人们灵魂的符号。每个字库塔都是灵魂聚会之所，都是一段故事，都有大山的思想记忆。李家山人不管家庭多么苦、多么难都要让孩子读书。孩子们上学前都要到泉边的坑塘里洗澡，然后到字库塔前致敬上拜。塔里供奉了文曲星和文同大师的雕像，人们就信这两个一天一地的神和仙（人们认为文同大师不是去世了，是去做仙人了）。

那塔高十余丈，分为六层，不是传统中的七层或者九层，人们只求六六大顺。塔为四面，塔柱上有鱼跃龙门、成龙成凤的雕刻，塔南面有文人刻苦攻读的场景。在第六层供奉文曲星，在第五层供奉文同先生。第四层以下到第二层，有文同先生的诗文碑刻若干，经年的风吹日晒，塔里的碑刻拓石仍字迹清晰。

塔的第一层用来焚烧字纸，四门代表东南西北四个方向。盐亭人认为仓颉造的字都是神圣的，写字就是在和神对话，和仓颉大师对语，每个字都是心灵的神符，写字是在表达自己的心音，表达自己的神志。一张纸写满字以后，是不能随便乱扔的，也不能随便焚烧。积攒多了，拿到字库塔下，供奉一下两位神仙，然后将字纸放在塔的第一层里焚烧。时间久了，纸灰多了，撒入沟渠，每个被灵魂附体的文字，共同组成一条散发着生命热力与内在光芒的文字流，随女儿泉水奔跑，浩浩汤汤，一泻千里，奔涌到大海，大海又同天相接，那些字归到神仙仓颉那里，回到天上文曲星那里，那些字才算完成了天地之间人与神的心灵交流。

也许是李家山人心诚，也许是李家山人读书勤奋，后来又陆陆续续走出了许多文人、武人和商贾，每走出去一个让家族自豪的人物，人们就将他的名字刻在字库塔上，把他的事迹写在族谱里。

字库塔矗立在大山的怀中，化为大山的风骨脊梁，成为一方水土的文化地标。族谱是一个姓氏的延续和传承，那字库塔就是李家山人共有的精神家园和赓续的力量。泉是塔的血脉，泉带着塔的力量走向四方，就如同一个个走出去的儿女，一滴滴洒落在四海的水珠。

三

山是泉之母，泉是地之母。黄岭崖周围山体优美，树木高大，苍松、翠柏、枱木树、香樟树、老泡桐、紫桉树等冠如华盖，林樾重重。山雀、山鸡、野兔、黄狼在山里恣意悠闲，百鸟归林，百鸟朝凤，鸟鸣清脆，涧水悠远，炊烟环绕，轻盈如纱。和谐的自然生态环境，让李家山人倍感幸福和满足。

良好的生态，吸引了远处来的猎人，几声枪响之后，李家山人清醒了，他们开始用生命捍卫这片土地。他们每天派专人巡山，一旦发现打猎的，发现有乱砍滥伐的，便以命守护。每个姓氏家族的男子都有为了维护这片山林而受伤或者牺牲的记录，他们都成了李家山英雄，牺牲者的名字同样要刻在字库塔上，字库塔也就成了英雄塔。大炼钢铁之年，乡里派人来砍伐树木，李家山人拼命抵制，都被扣上了破坏大炼钢铁的"反革命"帽子。最后，杜姓老爹利用一个黑夜，把那个炼钢高炉用撬棍掀翻，砍伤那个指挥砍树的头头，才吓跑那些想来黄岭崖砍树的"炼钢工人"，杜老爹最后因为破坏大炼钢铁和杀人，被县革委会判处死刑，李家山人偷偷将他的名字刻在字库塔上。后来，大炼钢铁的人就不敢再想李家山那高大的树木了，毕竟李家山人是不要命的。

黄岭崖的李家山人就这样用生命守护着这座大山，他们知道树木没有了，就没有山下的女儿泉，没有泉水，那片土地就会因干渴而没了收成，他们就会在饥饿中死亡。他们早已把自己当成那山的儿女，当成泉下的子孙。

李家山人都命硬，怀胎的女人只是大致知道孩子出生的时日，并不像现在这样可以精准到某天，甚至可以通过人工的方法选择在一个吉利时刻剖出。她们不到腰痛腹胀时是不会躺到床上的，有的时候怀孕的妇人还在地里劳动，突然一股阵痛，就像解手一样，孩子掉在庄稼地里，也如同那泉水有时候从里面冲出一块小石头一样，孩子自然就生了。当了母亲的妇人捡起婴儿，用泉边坑塘里的水擦洗一下，抱回屋子，才开始坐几天月子。二娘的第一个孩子就是这样在女儿泉边出生的，这让疼爱她的二伯父忏悔不已，再逢二娘快生产了，就围在二娘身边，但是也搁不住二娘坚持下地，后来的几个孩子还是不管不顾地生在女儿泉边。

当然，李家山新出生的每个婴儿都要用泉水洗身，用新布包裹好，放入母亲的怀里。那泉流淌的音律里充满喜悦，充满欢快，好像孩子真的从那泉眼里娩出一样，那大山就是开心的母亲。

爷爷去世的时候，伯父们在痛苦和悲号中为爷爷洗身净面。他们打来一桶井水，给爷爷擦拭全身，穿好衣服以后，爷爷的嘴突然就张开了，眼睛也睁开了。忙碌中的两个伯父和父亲疑惑了，去世的时候爷爷是闭上眼睛的，嘴巴也是合上的，怎么就都张开了呢？最后还是悲痛中的奶奶到女儿泉边的水洼里舀了一盆泉水，把爷爷的老衣脱下来，重新给爷爷擦拭了全身，净了面，爷爷的眼睛才慢慢合上，嘴巴才轻轻闭上，嘴角留下一抹微笑，这个时候的爷爷才真正地死去。

是心诚则灵，还是至死崇敬？从那个时候起，我才知道李家山人去世是要用女儿泉水洗身净面的，也不知道是从什么时候开始形成的习俗。

后来，我又用同样的方式为我早逝的父亲洗身净面，并把我的父亲埋葬在黄岭崖山窝里。父亲在病中，说，伦娃，一定要把书读出来，二回（"二回"就是"以后"的意思）让人把名字刻在塔上。他指了指床下的竹筐，不识字的他把我从小学一年级到五年级的课本、作业本以及草稿纸都收藏在那个筐里，尽管那些字歪歪扭扭，在他看来却都是神圣的语言，都是高尚的事业，胜过他的生命。他去世后，我把那些书本放进字库塔里焚烧，火光中闪耀着父亲病痛的脸，他的嘱咐是那么清晰而有力量。

四

因为家庭变故，二十世纪八十年代初，我不得不被母亲带着离开李家山到北方生活，离开童年无限欢乐的黄岭崖，离开目睹我们光屁股戏水的女儿泉。我们虽然调皮，但是从来没有对女儿泉有淘气和不敬不雅的举动，那个坑塘是我们童年的乐园。

随着从女儿泉涌出的溪水，我们走过水库堰塘，在堰塘大坝下乘船，溪水在大坝下已经形成了一条河流，叫弥江河，弥江河和上面的女儿泉落差竟然达到五百米之高。女儿泉艳阳高照的时候，山谷下的弥江河还是朝雾笼罩，云烟氤氲，头上不见青山，我们好像在仙境里挥桡划桨，飞棹远方。弥江河为什么既叫江又叫河，多少年来都没有人去追寻过它的根由，是河要具备江的姿态，还是江要具备河的神韵？还是要同时拥有江河的气魄，成就江河的梦想？大江大河都有其奔腾咆哮的雄风，也都有妩媚温情的柔弱。东岸的山叫弥江山，西岸的山叫弥河山，两条山竟然都是河流的名字，也许人们不知道怎么给这几十米宽的溪水起出更好的名字来，就叫弥江河了。山河归一，山水同川，只是以不同的神态出现在人们面前罢了。

泅湿的晨雾，湿漉了我童年的心。李家山是我出生的故乡，黄岭崖是我成长的天地，女儿泉是滋养我的甘露。泼辣的胡家小蓉那时候像摇曳的山花一样艳丽地绽放在山里。这些美后来都给我一生的怀想。

女儿泉成为弥江河的源头，往远处经过盐亭县城，成为县城的母亲河。"云溪花淡淡，春郭水泠泠。"（杜甫《行次盐亭县聊题四韵奉简严遂州蓬州两使君咨议诸昆季》）女儿泉也因此滋养了云溪（盐亭县址驻地为云溪镇）千百年，让县城在弥江河里变得清亮。一路的字库塔又成为盐亭一座座文化符号。

多年后，黄岭崖下的李家山人开始走出大山，告别女儿泉，南下和北上，开始谋求更好的幸福。毕竟女儿泉边的生活，只能是简单的温饱。

二伯家的哥哥首先出发到山东的兖州煤矿，然后是三伯家的哥哥，随后就是胡家青年、刘家少年、汪家妹子、杜家姑娘……全国各地都有了他们的身影。舛运不一，各有辛苦。在岂岂哀哀中，逐渐谋得他们想要的生活，黄岭崖山窝里的房屋因他们的蹀躞闯荡，改变了模样。

黄岭崖下的女儿泉欢快地流淌，一路歌声一路欢笑，护送这些子孙远行。山水有情，有什么样的年龄，山水就有什么样的状态，青春做伴的时候，黄岭崖同样是奔放活泼。青年都外出，黄岭崖就多了些沉稳，变得苍老。那泉边的田畴里不再是过去的热闹，多了寂静，苍老的背影成为土地的主人。女儿泉的神态就像是中老年妇女一样伴随黄岭崖的一年四季。

亲不亲故乡人，甜不甜家乡水。泉从这山里凝聚，在那山里流出，人从甲地出生，在乙地变老。在外打拼久了，年岁增大，李家山就成了他们思念之地，黄岭崖就成了他们老去之所，女儿泉的甘甜是他们的回归和温暖，走出去的李家山人开始回落故土。弥江河两岸修建了宽阔的乡村公路，他们不必在弥江河上仰望两岸青山。

三伯父在外教书几十载，肠癌两年，生命垂危，含泪告诉他的儿子：赶快把我送回李家山，我是黄岭崖下出生的，我要回黄岭崖，用泉水给我洗身。他的三个儿子要把他斑白的胡髯理刮干净，他坚决不让，要回到李家山用泉水刮。回到老屋的第三天，三伯父家的大哥给他刮完胡须最后一刀，他的眼角还流出泪来，至死还在轻微细语：我是黄岭崖的儿女，我是女儿泉的子孙。

几年后，三伯父家的大哥在很远的外地病重，身如干柴，也让侄儿带他回李家山，侄儿怕路途遥远，在半路上有个闪失，希望在他去世后再回，大哥把眼睛一瞪，侄儿有了胆怯，开始安排回程。那几日，坐火车转汽车，在路上陪同的嫂子和侄儿提心吊胆，但大哥的精神状态格外的好。到了黄岭崖，大哥的眼睛更加明亮了，脸上有了红润。到家后，让侄儿背他看了看堂屋的祖先牌位，放他在地上，让侄儿搀扶着，磕了几个头才安心地离去。

三伯父和大哥的想法也是那块土地上所有人的根念，乡愁就是一泓泉水，叶落归根，是灵魂的回归，回到土地上，不期祖先的宥免。一方土冢又把他们和黄岭崖紧紧联系在一起，在女儿泉里出生，回到大山的怀抱和土地融为一体，才是最好的归宿。

船过水无痕，鸟飞不留影。只有黄岭崖对他们留着记忆。女儿泉是他们走向远方的路，字库塔是他们最终的回望和归途。

五

岁月催人老，乡愁一层又一层。

多年以后，我再回李家山，落脚故乡的黄岭崖，那女儿泉仍然清澈地流淌，就像母亲一样永远不知疲倦。大山的胸怀始终张开着，情深意笃，随时欢迎儿女们的回归；山窝里的怀抱始终温暖着，随时给子孙们提供呵护。

女儿泉是大山的语言，大山的思想在泉水中表达，大山通过女儿泉与外界交流。诗人的想象超越一切恶念和淫秽臆想。即使是真的歌颂女性，那么也是很形象很生动，只不过是巧合逼真而已。这首诗实实在在就是写这泉水，女儿泉当之无愧这悠远的诗语和深情的赞美，它千年不变的流淌就是把诗带到了远方，让这诗意永恒。

不管怎么样，李家山人在心底对黄岭崖是崇敬的，对女儿泉是崇拜的，对字库塔是崇尚的，他们的生命里已经有了不能割舍的情感，身体受之于父母，灵魂来自大地。当两者结合在一起，才是对土地对家乡的真实情感。

奔涌，就是女儿泉活着的状态；奔流，就是女儿泉思想的歌舞。女儿泉就这样不停歇地奔向弥江河，成为弥江河的主唱；奔向远方，汇入滔滔的嘉陵江，成为嘉陵江的一份力量；又随嘉陵江不辞劳苦地奔向滚滚长江，成为长江里的一分子，入三峡，过葛洲坝，通九衢，越江淮，归浩瀚大海，成为大海里微小的一滴水。在阳光的照耀下，女儿泉水又回到了天空，随风而舞，随云而落，寻找她儿女的踪影，寻找思念她的儿女，变成甘霖，变成湿气，继续不停止地润泽她的后代，润泽她的子孙，带给他们黄岭崖的气息。

涓涓细流，汇成江河，条条江河，汇成大海。千万座山里万千个女儿泉就这样汇集成一条条生命的河流，汇集成男耕女织生生不息的壮丽图画，让代代无穷尽的乡愁在苦涩中变得甜蜜。

（原载《延河》2022年3月下半月刊，《西部散文选刊》2022年第5期转发）

爷房子　父房子　儿房子

房子会生房子，生生不息。

父亲说过，我和弟弟妹妹出生的房子，是爷爷建的。意为那房子是祖爷爷的房子生下来的。

在四川大巴山区一带，建房子不说是"建"，而是说"展"，从一个地方挪到另一个地方，从一间变成多间，带着原来房子的木料砖石，添些木料砖石再"建"新房子，就叫"展"。如果不用老房子的木料砖石，全是新的，建房子就叫"修"房子。

如果说谁家"展"房子，就知道这家人的房子不够住，儿子们要分家了。如果说谁家"修"房子，那就是在建新房子。与北方人完全不一样的概念，在北方，"修"就是补漏房子的破损，建新房就是"盖"房子。

"展"出来的房子，有旧料的基础，说新还旧，看旧似新。"展"出来的房子里，那砖石说不清经过几代人的使用，有了岁月的印痕，那木料也说不清有几辈人沿用，被光阴一层层地爱抚过，光滑里透着深远。尽管陈旧，也只有这样的房子才凝聚着巴蜀人家一代代的乡愁。

南方人家就因为儿孙的增多，不断地"展"房子，那房子在"展"的过程中，成倍地增长，一个祖宗就有了无数后代血亲，血脉就像河流一样不断地分支延伸，像树根一样伸向大地的每一个角落。

爷爷行二，弟兄四人及各家奶奶，和祖爷爷一起挤在李家山下堰塘边上一处十六间屋的老房子里。那一年，洪水泛滥，堰塘漫水，将祖爷爷的十六间房屋淹没了，好在是木墙结构部分没有垮塌，但土墙的柴房就被浸泡塌了。

那时候，祖爷爷做了决定，那就是"展"房子，要"展"成每个儿子七间房子的大院落。山间没有那么大的缓坡平地用来"展"房子，生产队给批了两处没有庄稼的缓坡地，任祖爷爷"展"房子。

儿大分家，树大分权。祖爷爷含泪地把老房子拆掉，在老屋后面的高处缓坡上和五百米远的山湾里坡地上同时起房屋。把老屋子的木料和地基石一分为二，加上准备的新木料和新石头，各建了二十八间房屋。因为祖爷爷考虑到大爷爷有两个儿子，我爷爷有四个儿子，愿意早早给子孙盖好住处，这个"展"房子的力度真的是太大了。

"展"的几处房子，屋顶是旧瓦和新瓦一起乱用，旧瓦是蓝黑色，新瓦是蓝灰色，房顶上的瓦，斑驳一片，远看就知道是"展"的房子。讲究的人家会把新瓦铺在阳面，把旧瓦铺在阴面。在屋顶下，为了看上去美观，新木料用在房屋的正面，旧木料用在房子的里面，尽量和谐，旧木料刨过以后的黄色是那种成熟的深黄，新木料是那种清新的鹅黄，就像没有成熟的"嫩伢子"。新旧木料怎么"刨"也是有区别的，掩饰不了，外人来过都能看出房子是"展"的。那些雕花和镂空的窗子，以及屋檐下的垂笼，新的尽量放在一起，旧的尽量放在一起，防止正面看上去太"花"了。如果木料和砖瓦不够，很多房子正面为木栅墙，后墙为土墙，柴火屋和牲口屋还会用茅草作顶。

爷爷曾经给父辈们说过，那房子是从几百里远的半坡李家搬来的，也是"展"过来的，因为躲避战乱。

"展"的房子，功夫一般都下在堂屋上，堂屋从屋顶的瓦片到下面的地基石头，以及立墙，大门及窗饰，都由几代祖宗的老房子材料构成。建成后，把能够排得出的祖宗牌位都一一请放到案，祖宗们又在堂屋里，随同这些几代人的老房子材料一起相聚，在初一和十五的袅袅青烟里，他们仿佛刚喝过茶，还在老房子里拉着家常。

祖爷爷把大爷三爷分在一处，把爷爷四爷分在一处。爷房子就生了父房子，原本很拥挤的一家人分成了四大家人。四个爷爷都有了很宽敞的住处。

人们生儿育女添家丁，是高兴的事情。但是房子要生了房子，就意味着一家人不再是一家人了，因为一家人的分散，祖爷爷的羽翼再也遮挡不住儿孙们要"出笼"的理想，只能把凝聚先祖及自己血脉的房子分成四份，如同他老人家的骨血让儿孙们一一地啃噬，说不出的疼痛与无奈，不久，祖爷爷因此郁闷而去。

大爷家的大伯父生了四个儿子，二伯父也生了三个儿子。爷爷的三儿子也就是我的三伯父生了三个儿子，我父亲生了两个儿子。这就意味着，父房子肯定要生儿房子，一处又一处。

爷房子生父房子，父房子生儿房子。爷房子的老木料、老石头、老瓦片，随同后代的增多，再一次分割。房子就这样带着祖先的血脉生下了一座座儿房子，一处处孙房子。血脉就这样一代代分割成长壮大，一辈辈地复制延续。炊烟散尽，亲情随风迁徙，不断地凝聚成新的乡愁，让家园变成故乡。

在大巴山腹地，很多地方都以姓氏为域。一说到姓氏，就知道这个人是哪里来的，一般不会错的。例如：李家山、汪家山、蒙家沟、许家岩、孙家湾、冯家河、苏家坡、潘家塘、王家坝、何家坪、赵家渠、孙家崖、谢家场、蒲家墁、江家坊、高家里、曲家坛、安家堂、张家域、陈家城、秦家寨、樊家嘴……一个个像人名的地名，实际上就是一个家族的天空，从最早的一户繁衍到房子成片，从祖房子到爷房子，到父房子，到儿房子，到孙房子。从一间的茅草屋到几间大瓦房，再到堂屋两转的院落，再衍生到那片土地的一个家族，从一个家族再到同姓的乡亲。血脉随同房的派生而不断延展开去，每一片土地都有了姓氏的地域风情和特色，那山岳和河流就有了姓氏，有了灵性。姓氏、家、地域特点，就成了让人怀念和想象的地方。那里的景色如何，那里的风土人情是什么样？都成了陌生的召唤和吸引。

那些老木料都是上百年的柏木，多少年也不会腐朽，那些老瓦，也不会腐蚀。一座父房子，如同几代人的传承，一百多年的老窗户老木门还在支撑着儿孙们的家园。祖宗的气息留存在那老木老瓦上，老木上面裂开的细口子如同先祖们皮肤上的毛孔，还在不停地呼吸，伴随着后代的儿女们生生不息，和他们的子嗣心心相通。

爷爷在病重的时候，总是抚摸着房子的老木柱子老木门，自言自语：半坡李家的列祖列宗们，我很快就会来到你们身边了。爷爷干涩的眼里流出苍老的泪水，佝偻的躯体同样在思念远方的故乡半坡李家，是那么的迷恋。

三伯父是有文化的人，在我们小时候，哪一根椽子是爷爷的爷爷时代留下来的，哪些立柱是祖爷爷时代的，哪些老窗户是爷爷时代的，一清二楚，告诉我们，不要忘记，让我们仔细地看，认真地记住，他好像代表祖宗训话告诫着我们。专注地凝视，久久不忍地把目光离开。三伯父常到山下的堰塘边上去溜达，因为那是祖爷爷带他们生活的地方，也是父辈人出生之地。那个老屋地早已经变成庄稼地，每年都有个大丰收，三伯父说那是他爷爷在保佑着这些后代们。

三伯父的大儿子和二儿子要"修"房子，三伯父不同意，让他的两个儿子"展"房子。如同大爷爷家的大伯父给四个儿子"展"房子一样，让老房子生出四处房子来，让祖宗的气息一代一代和后人们在一起。但是他的大儿子和二儿子不同意，因为那个时候已经时兴砖石结构的房子了，不用根木，不用片瓦。在三伯父看来，这是要忘记祖宗啊，但他拧不过他的两个儿子，两个儿子建起了高大明亮的砖石房子，他凄然泪下，远远地看了看，根本不到屋子里去。

父亲因为疾病早逝，他也没有能力让爷房子生出父房子来，我们就离开了家乡，那爷房子就成了我们的思念。

在那片大山里，爷房子、父房子、儿房子随处可见，掩映在绿水青山之间，散发着迷人的乡愁。人们不仅是因为在那房子里出生，还因为获得了祖先们的生活气息，以及祖训家规，有了童年欢乐的成长，有了使命不负的责任。乡情同那房子的炊烟一样袅袅不绝，乡愁就因为儿孙们的远行而魂牵梦萦。

很多固守家园的老人们在老屋前静享阳光，默默地遥望远方，是思念去山外世界的儿女，还是怀念自己的故乡？

故乡的房子变得孤寂了，大爷家大伯父的房子生出的四处房子也变成几处空荡荡的屋子分散在那个山间。三伯父家大儿子和二儿子的砖石房子也在孤零零地守候着旁边的老屋。

每次回到故乡，那联排三拐的爷房子和父房子都在用老去的目光注视着我们，祖坟前的烛火燃过，又目送我们远去。

房子在，乡愁在，没有房子的故乡就变成了一个空寂的概念。房前屋后的树木花草一年一枯萎，一岁一峥嵘。那是留给远方儿女们的风景，一丝怀想，一缕温馨。故乡的老房子还在轻盈地呼吸，默默地等待，把那残存的温暖留给远方的子孙。

（原载2020年9月18日《河北日报》，发表时题为《老爷房的背影》，中国作家网2020年11月9日发布，2022年第8期《当代人》以《展房子》为题刊发）

堂屋里的乡愁

　　故乡的堂屋老了，与周围的青山绿水相比，它更像一个沧桑垂暮的老人。一代一代的人从这个院落里走出去，再也不回来。如今，这个院落空无一人，热闹不再，灶火湮灭，只有上了年岁的堂屋，率领旁边一间两间的小屋舍，在风雨中坚守着，等候远去的亲人们归来，安抚先人们的灵魂，放飞一缕缕意趣悠远的乡愁。

　　汉家院落堂屋中，乡愁代代无尽穷。堂屋是乡愁最终的归宿。回到故乡的老屋前，面对堂屋，就是在与老祖宗们对话。他们的子嗣前来向他们问安，同他们的血脉和情意交融。

　　堂屋门口，左右各有一石台，那是童年翻越高高门槛的助梯。如今，孩子们都已长大成人，那高高的门槛再也不是什么障碍了。堂屋，曾意味着漫长的童年时光。没有灶房，爷爷就在堂屋一角给我们打了灶台。父母亲出去干活，把我往堂屋里一放，任我哭天喊地。堂屋就是我童年的全部，梦想和未来也在堂屋里生长。

　　堂屋的两扇门大大的，高高的，门楣是精雕细刻的，两侧的窗户上同样是镂空雕花。门楣正前方，悬挂着两副房梁垂笼，是宫廷灯笼的样式，笼中是一个木质火球，好像在不停地燃烧着，照亮着这个院落中所有人的未来，预示着前途光明。

　　堂屋里虽然没有祖宗的牌位，但是他们都是从这个百年老屋里走出的，后人把他们的躯体从这里送出，让他们归入黄土，又把他们的灵魂在这里安放。其实，世间的乡愁，无非是后人与先祖之间的朴素愿望与质朴心灵熔铸在一起，恰如《孔子家书》中的话："与善人居，如入芝兰之室，久而不闻其香，即与之化矣；与不善人居，如入鲍鱼之肆，久而不闻其臭，亦与之化矣。"从头至尾，把堂屋里的家训精读几遍，吸取先人的传世哲学与精神力量，然后锤炼属于自己的人生智慧。

故乡的堂屋是典型汉家民居的缩影，也是传统民居中的礼仪空间，一般设计在房屋中间，又称"客堂"。因为平时敞开，有的地区又称"明间"（卧室则称"暗间"）。堂屋用于尊祖敬神、祭天拜地、婚丧寿庆、禳鬼避凶，一个堂屋容纳了整个世界。

《晋书·淳于智》记载："家人既集，堂屋五间拉然而崩。"唐代顾非熊也在诗中写道："我家堂屋前，仰视大茅巅。"巴金在《秋》中写道："她的轿子一到堂屋门口，琴和淑华姊妹，还有绮霞、翠环都站在那里迎接她。"

过去，堂屋正中最里常设神龛和祖先神位，墙壁上常挂中堂画，中堂两侧有对联。较大院落有多重房屋，称为"进"。除了内院，每一进的堂屋都是前后贯通的，称为"穿堂"。

其实，最具特色的中国民居当数四合院。四合院，堪称北方常见的建造样式，整个院落运用平衡与对称的设计，左右有东西厢房，正堂居中，南屋与大门相连。而大门的方向多选择南向或东南或西南方位。俗语说"堂屋有量不生灾，正堂宽敞出贵人"，这其中的含义就是，正堂或厅房要宽敞明亮。而东西厢房的建造讲究"宁叫东高万仞，不让西出一头"。为实现曲径通幽，增加院落的进深，常设有"回音壁"或"影壁墙"，是居住安全的无形臂膀。住宅建筑的四灵则为"左有流水""右有长道""前有水池""后有丘陵"。

元代王冕在诗中写道："草堂昨夜春风起，万树梅花月如水。相过谁解论襟期？吾州太守山东李。太守自是文章公，文章政事皆从容。长身玉立冰雪胸，标致政与梅花同。梅花清苦良自守，不逐寻常好花柳。"堂屋简陋也好，繁华也罢，不管用什么材料建成，都是最神圣的地方。主人的心胸也像梅花一样高洁，居坐堂屋中，胸怀天下事。

堂屋，就像一位母亲，虽历尽沧桑，却给在外的儿女们最多的温暖和牵挂。先前的过往，是成长的记忆；祖传的老规矩，修正了儿女们前进的路。祖先牌位就是天地人的大道理，象征着血脉绵延，传承赓续，生生不息。大山，呵护着堂屋，让它千年不倒；堂屋，呵护我们百年不老。这就是支撑我们漂泊的力量。

走进堂屋，仿佛先人们的家常话和他们的脚步声慢慢响起来，还有他们的喜怒哀乐，甚至他们的心跳呼吸之声，都散布在堂屋的每个角落。有堂屋的院落才有家的味道。堂屋外，草木的清香随风入窗，萦绕着、包裹着、浸润着每一个归来的游子。堂屋里，昭示着品质和德行比什么都重要。耕读传家，清白做人，都是汉家人不变的祖训，堂屋永远的宗法。

堂屋在，先人在；先人在，亲情在。

堂屋不老，乡愁萦绕。那座堂屋，沟通着历史与现实，弥散着难以割舍、无法省略的人文味道。

（原载2020年1月17日《河北日报》，发表时题为《情系故园》，中国作家网2020年8月9日发布）

电影与童年

昨夜的梦里，竟然梦到带着母亲、伯伯家的两个弟兄和一个叔叔一起去十几里外看电影，场景真实，令人回味。从梦中醒来，童年的记忆由此打开。

一

电影陪伴了童年的成长，童年因为电影而丰富多彩。因为电影，童年有了更多的记忆。

电影带给孩子们美丽的梦想，使得幼小的心灵把自己的未来和电影里的场景联系起来；电影也是大人们忙碌生活中的一种休闲，是他们知晓外面世界的一个窗口。外面的世界美丽精彩，带给山里人无限的向往。

在大山里，人们分散而居，方圆两三里居住的十几户人家组成一个个生产队，便是最小的集体生产单元。在生产队，除了婚丧嫁娶和过年外，只有放电影才能把人们聚集在那个小小的打谷场上。老爷们谈论着庄稼地里的农活，婆姨们也在谈论各家的日子，小孩子们在没有开演的银幕前来回追逐奔跑，把小手展示在灯光下的银幕上，直到开演的时候才停下来。

小的时候，一说哪里有电影就很兴奋，傍晚一回到家就迫不及待地告诉母亲，晚上要去哪里哪里看电影。母亲就把晚饭放在锅里，等我看完电影再回去吃。看电影很重要，家长们也知道，看电影是山里人文化生活的全部，只有过年的时候，县里才会组织文艺演出，给辛苦了一年的农民们开开眼界。

二

电影让我知道了一些人情世故。大姨是他们大队的妇女主任，和黑坪镇上的干部熟悉，一次带着我和表姐三人去镇里看电影，她先是花六角钱买了三张票，后来一看把门收票的也算认识就马上退了一张。那个卖票的人说，也就是你能干出这事儿来，买完票还要退。收票的也给了个方便，说三人买两张也可以。结果那天那个长条凳子上因为多了一个人，显得拥挤而闷热，引来了很多怨言。经过这件事，我知道了有熟悉的人就好办事儿。

因为喜欢，我经常约上小伙伴翻过两座山去看电影。有一次，另外一个镇上放映电影《红日》，电影很精彩，但是夜里黑漆漆的，伸手不见五指，最后还是去二姥爷家里借了一盏马灯才回了家。多少年后，二姥爷戴上了眼镜，镜片后还有一只昏黄的眼珠子在转动，另一只眼睛已经成了一个肉窟窿，但眼中仍不乏慈祥的目光。我对他的记忆就剩下了那盏马灯和那只没有眼珠子的眼睛，温暖了我的童年。

如果有电影可看，可以不写作业，因为老师支持我们看电影，还说电影里有很多知识。但是，如果想以看电影为借口不写作业，那就要被处罚，因为老师知道的影讯比我们更多。老师们如果知道哪个生产队有电影，晚上就不再留作业，还要求我们中午在课桌上趴着睡午觉，不睡午觉是要被罚站的。

影讯也有搞错的时候。有一天下午放学，三队的学生走到垭口看见一户人家院子里挂上了裆子（那里人们把放电影的白布银幕叫作裆子），就说有电影了，人们奔走相告。一听说有电影，学生们回家放下书包就往三队跑，结果翻过山以后，三队那个老迈的赤脚医生说今晚没有，明晚保证演，还说那是一床白色的被面。第二天晚上又去了，结果还是没有的。那时候，如果没有看上电影，又遇上别人问起演了什么，就说特别好看，电影名字叫《英雄白走路》。

那个老人自己就是医生，身体特别好，是我们那里最长寿的人。过了十年回到故乡，我在镇里赶场时还看见他有说有笑地喝着茶水，那个时候，他已经95岁了。再后来，听说他活了104岁，他的儿子和孙子都没有了，给他下葬的人是他的重孙子。小时候，他还治过我后脖子上的疮，还记得那一针扎得我哭天抹泪的。

生产队花钱放电影，自然是供大家免费观看的了。每到周日或者周围的乡镇（那时候都叫人民公社）逢场，人们也可以花钱去看电影，票价2角。大人去赶场，我们也会要求去，目的就是想看一场电影。但是花钱看电影是非常奢侈的，2角钱可以买不少东西呢。还记得，冯河公社的电影院售票口，一块方砖大小，黑乎乎的，看不见里面售票的人，只要伸手递进去2角钱，里面就往你手上放一张电影票，那个售票口还很高，小孩子们要踮起脚才能把钱送进去。

三

因为电影，我知道了什么是英雄，只有不怕死的才是英雄。王成不停地喊：我是王成，向我开炮！我是王成，向我开炮！一阵炮声响过，英雄儿女的插曲响彻云霄。还有吉鸿昌说，我要看国民党反动派的子弹是如何射向革命者头颅的。还有江姐，在敌人将十根竹签子钉进去后昏死了过去。

因为电影，我知道叛徒是绝对没有好下场的。《烈火中永生》里的甫志高被双枪老太婆枪毙；《洪湖赤卫队》里的叛徒王金彪最后被韩英代表人民、代表党判处了死刑；《杜鹃山》中的温其久叛变革命，最后也被革命党人击毙。那时候，感觉长大了当英雄是死，当汉奸和叛徒也是死，当什么都不好，反正都要死。

童年喜欢看打仗的电影，崇尚英雄。我们用麻秆做了好几支步枪和手枪，回到家就长枪短炮地战斗一番，最后也不知道是谁输谁赢。有一次我把一根长钉子磨成了扁平的小刀子，当作匕首比比划划，结果在三伯家宝贝老疙瘩的眼睛旁刺了一个小口子。三伯问，他那是怎么了，我撒了个弥天大谎，说是摔了一跤，在石头上磕破的。不知道为什么，从没有撒过谎的我，竟然很沉着地撒了谎。三伯至死也没有知道真相，否则，以他心疼老疙瘩的程度，非得让我的皮肉有个好歹。那个兄弟脸上至今还有个痕迹，令我内疚。

也许是因为从电影中获得的英雄情结，我对军人的向往不灭，高中毕业以后，我选择了当兵，在军营里成就了自己的梦想，走出了一条属于自己的人生道路。

四

四队的电影放映员总是给我们七队的队花家里挑水。我回家和父亲说这事儿，父亲说人家要成为两口子了。我问什么是两口子，父亲说他和我妈，二伯和二娘，三伯和三娘，都是两口子。因此，我认为成为两口子之前，男的都要给女方家里挑水。二伯家的大姐在出嫁之前，大姐夫就经常从十里地外来给他家挑水，顺便也给我们家和三伯家挑水。

我知道了电影里也有很多两口子。《天仙配》《牛郎织女》《梁山伯与祝英台》，那里面的两口子全是生死都要在一起的，甜甜蜜蜜的没有吵过架，多穷都是开心幸福的。不像我的父亲和母亲，因为穷困的生活总是要吵架。因为穷困生活而吵架的，在农村山里不是少数。记忆中唯一没有吵过架的只有二伯和二娘了。

二伯和二娘，是让我们看了一辈子的模范夫妻。记忆中唯一的一次"吵架"，好像二伯说了二娘两句，二娘眼里就噙满了眼泪。二伯看到二娘要流泪，心疼得自己走开了。

二娘生下最小的女儿后，竟然想看电影，二伯什么话也没说，就找到公社，花了10元钱请了一场电影。那10元钱是他们全家四口人好几个月的生活费。那个七月的中午，二伯汗流浃背地把电影设备担到我们那个院子里，那是那个院子人最多最热闹的时候。电影开始的时候，二伯在正中选了一个好位置给二娘，然后搀扶着还在月子里的二娘，坐好。二伯在旁边抱着孩子，伺候着二娘，那个小家伙也不哭不闹，让二娘看了一场很舒心的电影。那一晚，二伯、二娘让一大院子的人看到了什么是夫妻恩爱和公主般的待遇。

二娘一辈子享受着二伯给她的疼爱。家里的重活，从来没有让她沾过手，每次赶场，都是二伯把要卖的蔬菜和粮食背到十多里外的街上再让二娘卖，然后二伯再回来干地里的活儿。如果商量要买的东西多，二伯会在天黑前到街上，找到赶场的二娘，把采买的东西背回家。

二伯一辈子少言寡语，二娘话也不多，老两口儿就这么恩爱了一辈子。二伯77岁去世后，二娘思念二伯，几年后也寿终正寝。

二伯和二娘的感情比电影里还要恩爱，无人能懂，只知道他们两口子善良、勤劳。他们在平凡的生活中演绎了旷日持久而伟大的爱情。

五

书本里说：楼上楼下，电灯电话；饭桌上，有鱼有虾。共产主义就是要让人们过上丰衣足食的生活。对于缺食少穿的我们来说，那不就是神仙般的生活吗？

电影《牛郎织女》中，坏人王母娘娘面前的山珍海味、精美果实，《闪闪的红星》里恶霸胡汉三的酒肉宴席，让我们愤慨为什么坏人和恶霸的生活会那么好。如果我们要得到那样的生活，是不是只有成为坏人才能拥有呢？

神话电影给了我们无穷的想象，神仙住在山外，山外才是我们奋斗的目的地。人只有成了神仙，才有美好生活。那时候，只是朴素地认为，有酒喝，有肉吃，不用干活，可以到处游玩，就是神仙般的生活。

记忆中，父亲是唯一一个在银幕背面看电影的人。他不爱看电影，不知道是没有文化的他看不懂，还是因为穷困的日子让他没有心情去看。有一次，我缠着他去看电影，他不在正面的人堆里找位置和我们一起看，反而在银幕的背面一个人看。我跑过去说，背面怎么看呀，那电影里的人在裆子的前面呢。背面怎么没有？他说有，我就到背面去看，原来那白色裆子是透光的，能够把电影画面透过去，只是那字是反的。正面的观众黑压压一片，只有背面的父亲抄着手孤单地看着银幕。记忆里，好像父亲就看过那一次电影。

父亲四十岁去世前说，你要好好把书读出来，才有神仙般的生活。

后来奶奶去世的时候，告诉她的孙子，她要走了，她要去做神仙，人不走是做不了神仙的。那一年，二伯和三伯商量，等奶奶八十周岁生日的时候，在那个院子里放一场电影，结果电影都请好了，在她生日的前几天，奶奶就走了。

三十年后，我们这些后辈们在各自的岗位上都有了很好的成就和收获，过上了有酒有肉，可以四处神游的神仙生活。真的想不到，童年时向往的神仙生活就在今天的日子里。

六

童年已经不再，山村里也只剩下一些垂老的人。如今人们不需要靠放电影来想象山外世界是什么样子了，人们可以通过手机、通过网络搜索电影，了解世界，可以把电影存起来，想什么时候看就什么时候看。山里的网络和移动信号满满的，这些信号把大山和世界连接了起来。

城市里豪华的电影厅，灯光璀璨，环境舒适，已经成为青年男女谈情说爱，奔"两口子"方向努力的场所。他们童年的梦想里已不再需要露天电影了。

（原载 2020 年 7 月 28 日《国防时报》副刊，中国作家网 2020 年 8 月 9 日发布）

山野茶香

川人好茶，城里乡下，人们都喜欢喝茶，没有茶，就没有川人的"巴适生活"。

巴蜀茶馆，随处可见。人分三六九等，茶馆也有二五八品，人们可以根据自身口味，寻找最心爱的杯盏茶香。

城市茶馆，不足以说明川人好茶。四川乡野，才是真正的茶香世界。阳光因为主人的休闲生活而变得慵懒，山间清水漫流，草木娴静，大自然的一切都舒坦地沉睡在空气里，没有喧嚣。山野间的鸡鸣狗叫，也只有到了固定时分，才极不情愿地叫上一两声，提醒人们享受大好春光。

相邻乡镇，逢一四七、二五八、三六九互为"场"。熟悉的乡人见面会问：抓子去（干啥去）？回答是赶场（赶集）。赶啥子场？要要场。赶场没有东西可卖，也没有东西可买，无非是"要要场"。

"要要场"的内容就是闲逛，逛累了，往茶馆里一钻，一天的时光就打发了。

大山深处的乡村场镇上，茶馆铺一家挨着一家。茶炉火红，炊烟从青瓦中溢出，乡情弥漫。茶馆成为人们赶场必去之处，不去茶馆算不上赶场。场镇上最特色的风景，就是临街支起的白色篷布，为过往的人们遮阳。篷布同屋檐相连，不需要什么标志，大开门大开窗里的八仙桌上，满座茶客喝茶嗑瓜子。没有茶馆就不会有场市，人们也不会来赶场，茶馆是山里人了解世界的窗口。年老的人在茶馆里"摆龙门阵"，谈古论今；年轻人在茶馆里"吹壳子（吹牛）"，讲他们所见的山外世界。茶馆里不管周围多少人，都不会影响谈生意叙友情。好像周围无人时，生意多了神秘而不能顺畅，友情也不会叙得真切。茶馆里越是人满为患，越有气氛和吸引力。

早年，信息闭塞时，乡人欲见就托人带话，逢场到茶馆一叙。茶馆里没有搞不定的事情，谈生意、解决矛盾纠纷、融合感情，甚至男女相亲，都在茶馆里进行。一碗茶就让人们的心情平和了下来，一切烦恼琐事随茶香飘飞，迎刃而解。

茶客喝着茶，眼睛看的是茶馆外的过往行人和风景，邂逅故人或遇见相识，就高声招呼。马路上的人，会悠然顿住脚步，寻声里望，见到老相识，自然欣喜，进入茶馆，亲热起来，茶味儿又浓了。

茶客，会把所有心急火燎的事情抛之脑后，管他外面山崩地裂，好像都和那个茶碗没有关系，只在意当下那碗茶。那种苦尽甘来的滋味，好像就是生活的全部，就是辛勤劳作后的喜悦。

是茶，就有文化。唐代诗人卢仝说："一碗喉咙吻润，二碗破孤闷。三碗搜枯肠，唯有文字五千卷。四碗发轻汗，平生不平事，尽向毛孔散。五碗肌骨清，六碗通仙灵。七碗吃不得也，唯觉两腋习习清风生……"一碗茶从开始的酱红色到最后的淡黄色，都是人生各个时段的滋味。川人不一定都有文化，但他们皆能品评出茶文化的至臻味道。

山野茶馆有特殊的茶道。最早时，五分钱可以喝上一天，到现在，最贵的也就两元钱可以喝上一天。两元钱打发一天的时光，悠闲的成本并不高，再花上几元钱要一碟瓜子或者花生米算作茶点。无论贫富贵贱，都消受得起。山野间的茶馆都是那种粗茶，抓上一把往碗里一放，用开水一泡，喝着是一种浓厚的苦味儿，但飘出来的是香气。这种粗茶很便宜，但有个好处，在不断地续水冲泡过程中苦味儿会变淡，渐渐会有甜味儿。从早到晚不换茶叶，都会有很好的味道。

不管是五分钱还是两块钱，只要在八仙桌的空位置坐下，茶馆老板就会很殷勤地冲上茶盏，绝对不会管你什么时候走人。茶碗一端，眼界放宽，一桌八个人，认识的不认识的，就都算认识了，可以尽兴地"摆龙门阵""吹壳子"。如果茶客中途离开，此后还要回来继续喝这碗茶，可以在茶碗下放上一块钱的纸币，茶老板就知道这个茶有主人，主人还会回来，就不会收走。回来的茶客收起这一元钱，可以继续喝到天黑茶馆关门。旁边认识的或者不认识的都知道，也不会有哪个贪小便宜的把这张纸币拿走。一碗茶喝一天，放上纸币随便转。如果茶客没有付茶钱，天黑也没有回来，这一块钱就算作了茶钱，老板也不会计较。

"老板儿，捡个东西。"认识不认识茶馆老板的人，都可以随便招呼一下。"捡啥子东西哟，莫得塌塌了。"这里的"捡东西"就是路人有东西要暂时存在茶馆里，并不是真捡到了什么东西，"塌塌"就是空地方。茶馆老板只是说没有地方存放，也不拒绝，路人也不管老板同不同意，就把东西扔在茶馆的角落里，然后去忙乎其他事情，末了，再把东西取走，也不用出一分钱，更不用非喝上一碗茶。说一声"老板儿，东西取走，道谢了"，拿走自己的东西就可以。茶馆老板也回一声："晓得了。"很随意的山野乡情，就这样自然。一两句招呼，一声道谢，方便了彼此，茶馆老板就这样传播了自己的茶道，赶场的人们就这样体会了乡情。

人们赶场在茶馆里，喝茶不过瘾，感情再近一点儿的，可以来上二三两白酒，就着瓜子和花生，喝上一阵子，茶香里居然飘起来浓郁的酒香。

麻将是四川茶馆的标配，不像北方，茶馆是茶馆，棋牌室是棋牌室。一边喝茶，一边打个小麻将，怡然自得。

这样的茶道也只有川人独有。伦敦的咖啡馆是富贵人家浪漫之地，巴黎的红酒屋是富贵人家调情之所，远不是山野乡人可以去消费的"高贵"，一杯咖啡二十英镑，一杯红酒二十法郎，也不是普通老百姓可以随便"巴适"的。在山野的茶馆里，卷着裤腿儿的农民，趿拉着拖鞋的妇女，戴着旧草帽的老汉，流着鼻涕的少年，都可以进入其中，老板也不会以貌取人，只要一落座，就把茶碗摆上，闲散时光随即开始了。

鲁迅先生曾在《喝茶》里写道："喝好茶，是要用盖碗的。于是用盖碗。泡了之后，色清而味甘，微香而小苦，确是好茶叶。但这是须在静坐无为的时候的……"川人也是这样喝茶，在"无为"中享受生活，在悠闲中感觉"巴适"。

（原载 2020 年 11 月 27 日《河北日报》，发表时有删节）

"字"高无上

千年字库塔，为文著风华。

——题记

一

曾几何时，由"点、横、竖、撇、捺"等笔画构成的文字竟然被人们顶礼膜拜着。也许是人们看到了文字的神奇力量：可包容天地万物，能记载历史，交流感情，传递文化。凝视文字久了，那文字就会和你有着无限的感情交流，象形、形声、会意等文字里有很多的思想和感情在传递，你书写出什么样的文字形象就体现你什么样的性格。正是书法家们用各种形态来展现文字之美，才使得文字让人迷恋和陶醉；文学家们用文字表达各种各样的语言，引导着人们的情感宣泄和思想升腾。

在遥远的四川盐亭，就有着大大小小、风格各异、建造奇特的字库塔，这里是中国字库塔最多、最集中的地区。字库塔建筑曾经在我国南方极为流行，如今，在南方很多地方都有字库塔分布，但四川省盐亭县堪称字库塔的"第一县"。

也许是这方土地诞生了华夏的母亲嫘祖，又是杰出的书画大家文同的故乡，诗仙李白、诗圣杜甫、唐宋八大家中的三苏父子等文化名流在这里游历，让盐亭充满了浓厚的文化氛围，使得这里的人们千百年来对文字无限崇拜，以建塔的形式表示对文字的尊重和膜拜，并把对文字的崇拜延伸到华夏九州，甚至传到了世界各地。

字库塔通常建在场镇街口、书院寺庙内、道路桥梁旁，还有些大户人家则建在自家院里。塔龛中多供奉仓颉、文昌、孔圣等神位，并配以相应的楹联、吉祥图案等，别致精巧。

字库塔具有不同的风格与造型，大多采用六角柱体或八角柱体，也有的建成简朴的四角柱体。塔身通常有一小孔，或方、或圆或倒"U"形，字纸便从这里投入。塔顶及塔身装饰风格各异，大都雕梁画栋，特色突出；有的则非常古朴，青砖碧瓦，未加更多修饰。

字库塔又叫"惜字塔"，源于"敬惜字纸"。就是对写有文字的"字纸"尊敬爱惜，因为文字里有人们的思想感情，人们对自己的思想感情要认真对待，不可随意扔弃。看到被丢弃的字纸应该捡拾起来，按期放在惜字塔中焚化并保存字纸灰，以示珍重。每年定期将累积的字纸灰清出，虔诚献祭，敬神后，将字纸灰装到专用的盒子里，倾入能通到大海的河流里。因为人们相信海的尽头与天相通，文字可以从这里到达天上，到达造字神仙仓颉所在的地方。对神以示尊重，同时又可以和天上的文曲星、魁星交流自己的思想，保佑自己的后代有文化有学识。

二

巍巍高观山，悠悠梓江情。盐亭人就这样把对文字的敬畏和崇拜潜移默化地融入他们生活的山水中，埋藏在他们的心灵中。他们相信汉字隐含着神灵的旨意，汉字与人的前途命运休戚相关是很自然的。《易·系辞》中说："上古结绳而治，后世圣人易之以书契。"从辅助记忆的结绳方法发展到书契，这被古人归结为圣人所为。在《荀子·解蔽》中，有"好书者众矣，而仓颉独传者一也"。《吕氏春秋·君守》记载："奚仲作车，仓颉作书。"李斯的《仓颉篇》载："仓颉作书，以教后诣。"据说，仓颉生来就有四只眼睛，能"仰观奎星圆曲之势，俯察龟文鸟迹之象"，然后"博采众美，合而为字"。在仓颉造字时，"天雨粟，鬼夜哭"，天地为之感动。盐亭人由此对仓颉和仓颉造字由衷地崇敬。

后来，汉字又掺入了易、卦的神秘内容。传说八卦为伏羲所创造，它可囊括天地，"以通神明之德，以类万物之情"。孔子认为，八卦的八个符号，每一个都可以上通神灵，下通人伦，是神授给人的神秘符号。后世有学者认为，八卦的八个符号就是八个汉字，汉字起源于八卦，这样使汉字更神化了。

盐亭民间的老人们认为，如果敬惜字纸、焚化字纸，来世就能不做文盲。读书人在书桌旁放一个字纸篓，把不用的字纸扔在里边，等挑着字纸竹箩筐沿路拾字纸的老人来到，再由老人把字纸带到惜字塔去焚化，最后把纸灰倒入梓江或者弥江河里，让流水将纸灰送到大海。

字库塔的兴起除先人的文字崇拜外，还与科举考试分不开。"学而优则仕"的观念深入人心，崇拜文化，尊重读书人，进而演变为对文字的崇拜也就顺理成章了，字库塔自然逐渐成为文字和文化的载体，人们因而对其顶礼膜拜，祈求金榜题名。

盐亭人对文字的崇拜胜于其他各地，教育兴旺，学风浓厚。一千多年来，盐亭人的识字率也是比较高的，先后出进士以上的文武官员40多人。

文字就这样被赋予了灵性，你怎么待它，它就会怎么回报你。所以上古就传下来要惜字如金，言语要慎。

三

生活需要成就感，文化也需要仪式感。古人非常重视仪式感，比如学生读书要拜孔子，成年要办成人礼，拜师、结拜都有很多仪式。古人敬重字和纸，不能随意丢弃写了字的纸，要焚烧。而且需要专人办理，还有相应的祭奠仪式，真正做到了"惜字如金"！

如今，盐亭一些岁数很大的老人都还记得关于惜字的规矩，他们能够背诵《广惜字说》（清代张允祥著）中的"惜字宜戒七则"和"惜字广意六则"。惜字宜戒七则：一戒勿将字纸糊窗裱筐，抹棹拭秽，封罐包物；二戒勿将字纸捻绳扎物，燃灯吸烟；三戒勿将字纸换物卖钱；四戒勿当空焚字，弃灰于地，以致践踏；五戒勿抛弃有字笔管碎碗；六戒寿挽幛联，勿书黑字于上，免后改用以致亵字纸；七戒勿将已拾字纸，仍置墙隙，致与未拾者同。惜字广意六则：一不可撰淫词艳曲坏人心术，流害无穷；二不可谤毁圣贤，亵渎经籍；三不可集书为艳体词，割书做歇后语，及借引经书取供笑谑；四不可出恭看书，秽手揭书；五不可将书做枕；六不可偷废书札。

唐宋时期，川蜀地带富庶无战乱，盐亭字库塔多建于此间。李白、杜甫以及宋朝"三苏"父子均在四川生活、为官、游历多年。文化气氛活跃，辞章字句更见精神，带动了崇尚文字和学问的民风。

人们对文字的崇拜延伸出对书的祭拜，也叫"岁末祭书"，岁末祭的还有司书之神长恩。作为藏书人、惜书人、护书人共尊的神祇，"司书神长恩"身上寄托着人类热爱知识、热爱文化的一种美好愿望。

蠹鱼蛀蚀、鼠啮虫咬，是爱书人及图书馆人耿耿于怀、挥之不去的痛。远在明末清初，藏书者就祭出司书神长恩作为防蠹绝招，即在除夕这一天，隆重地祭祀长恩并对着书高呼长恩之名，以求震慑、驱除蠹鱼，确保藏书来年不被蛀蚀。清代著名藏书家庄肇麟和傅以礼分别将他们的书室命名为"长恩书室"与"长恩阁"，也在一定程度上透露了其以书神长恩守护藏书的期盼和祷祝。

岁末祭书，自唐代开始已深入文人生活之中，明清的藏书家沿袭了岁末祭书的习惯。明朝藏书家李鹗每见一异书，虽倾家荡产也要设法购回，得书后则焚香肃拜。岁末祭书的还有清代苏州人黄丕烈，据《藏书纪事诗》载，他祭书不是独祭，而是招书友共祭。他将珍本书供奉在香案上，焚香，烧纸，揖拜三次。当代著名藏书家傅增湘有"残腊祭书之会"，每逢除夕，将读过之书列于香案，整衣而拜。

四

字库文化为千年古县盐亭披上了神秘的文化色彩。一座座字库塔，让人真切地感受到弥漫在盐亭大地上的书香气息，感受到盐亭人民自古以来对文字的敬惜，对文人的敬仰，对知识的崇拜。据不完全统计，我国约留存字库塔251座，嫘祖故里盐亭就保留着32座，其中，"惜墨如金坊"是中国迄今为止唯一的字库牌坊，并且坊塔合一，在坊顶端建塔。

惜墨如金坊，又称蒙子垭惜字坊，坐落在盐亭县城南30里的麻秧街道蒙子村原蒙子垭小学旁边，濒临梓江，是一座高大壮观、造型奇特的石牌坊。

石坊背向西北、面朝东南，采用当地细沙石料，仿木榫扣结吻合而成。坊身高约14米，宽8米，厚2.8米。中门上部耸立宝塔石刹，石刹分三层，刹顶状如脊橼。小门上部与小门撑鼓间镶砌石壁上部收攒成塔楼各两座。靠中稍高为单檐，边楼较低为重檐，加中楼单檐，刹顶三檐，寓意为成七级浮屠。这种坊塔结合、顶上加顶的石坊造型为盐亭仅有。该坊并非一般常见的节孝坊、功德坊、长寿坊，而是一座倡导崇文重教的惜字坊。设计精巧，拼合严密，令人叹为观止。

最早，石坊前20米处建有戏楼一座，供民众逢年过节祭祀孔圣、酬祭农神、蚕神等众神时耍灯演戏等娱乐之用。在后依山而建的是历史悠久、遐迩闻名的道教朝阳观（现为三龙山嫘祖文化旅游景点）和朝阳书院（原蒙子垭小学校址）的殿堂。石坊左右各植黄桷树一棵，枝繁叶茂，遮天蔽日。石坊壁择耀眼处篆刻捐资者姓名和银钱数量，同时铭石为记，表彰鼓励兴学，以昭尊师重教，祈盼人才辈出。

坊身装饰，图文并茂，工艺精湛，文化内涵深厚。坊上立柱、横梁、耳鼓等显著位置，以或深或浅的浮雕手法摹刻戏剧人物故事、场景多幅。凡框边、堵头、空档皆雕刻花卉图案、灵禽益兽、房屋窗棂及个体人物之类，造型逼真，形态优美。在门柱阁柱上刻有楹联数副。中门楹联是："火候文章光芒万丈，仓中经史贮积五车。"中门和左右小门均刻有古代文豪大家的辞章佳句。楹联工整考究，诗文辞藻清丽、雅俗共赏；文字皆以工楷书写，娟秀悦目，俨如法帖；雕刻精细，尽善尽美，堪称"文、书、刻"三绝。

处于全坊中心位置的中门上方塔顶塑像，是用圆雕石狮为磴，竖立两根滚龙抱柱，分成三龛室陈列。中间是字仙宫，右边是忠义宫，左边是至圣宫，分别雕祀仓颉、关公、孔子神像。

诚如是，巍巍屹立，历经无数风雨春秋的惜字坊，感化无数志士仁人，启迪多少奋进后生！

五

文从字而来，字因笔而生，字句辞章要通过笔才能一挥而就。在盐亭，人们对笔极为崇拜，为笔建塔著功。

"一峰刺向蓝天的巨笔，书写着无极的希冀。虎踞龙蟠是您的眉眼，人杰地灵是您的胸臆，大地让您亲吻蓝天，蓝天让白云拥抱大地。白云下面是故乡哟，英雄儿女生生不息……"盐亭作家刘泰焰这样描绘盐亭笔塔。

远望神奇，近观精致。盐亭笔塔建于清光绪十四年（1888年），为重檐歇山式楼阁塔，七层六面，高30米，形体像一管伸向蓝天的巨笔。塔基周长36.8米，用巨石砌成三级台阶。塔身用青砖和精工烧成的筒瓦以及预制饰件砌成。其造型矫健，檐牙飞翘，气势升腾，工艺异常精湛。塔身每层檐下为宽窄浮雕花边图案，宽幅图案由万字格或九叠篆式条纹构成，显得既严密又巧妙。宽幅花边图案中还点缀着花草虫鱼、飞禽走兽，以及山水人物深浮雕场景，其形态逼真，内容丰富，赏心悦目。底层每角棱柱皆配砌大型耳状石鼓，石鼓飞角处置或上蹿或下跳的青狮一尊，其姿态各异，生动有趣。风吹铃动，铃响笔生花。塔上部的第五、六、七层每角悬挂一铃，它们轻重有别，音阶有异，随风之强弱，发出不同的响声，时而悠扬，时而激越……从以"叮当"为主旋律的乐律中，可以品味到自然和谐的共鸣。尤其在月明夜静之时，闻铃心动，或让人怡然陶醉，或发人幽远遐想。

塔身每层正面两边的棱柱上皆刻有对仗工整、辞章锦绣的楹联一副，每层中央皆辟有神龛。顶层龛内塑魁星站立神像，左手执朱笔，右手捧功名簿，神态专注，栩栩如生。第六层龛内塑字仙仓颉站立神像，四目豁然，若有所思。第五层龛内安置"大成至圣先师孔子之灵位"竖牌。

塔身第二层以上其余五面各层面中间也刻有一幅花卉山水或人物场景浮雕。人物场景内容是宣扬"孝、悌、忠、信"的历史典故戏文故事，仍是活灵活现、人物呼之欲出，动人怀古思今之情愫。五面之间的四角棱柱装饰各异：第二层为穿云破雾、向下游动的"滚龙抱柱"，龙头高举，气宇轩昂，龙嘴或开或合，如闻嘘吟有声；第三层为头下尾上的凤凰深浮雕，舒展双翅，翩翩绕降，有迎面扑来之感；第四、五、六、七层皆为花卉浮雕，枝伸朵露，生机勃勃，茂发向上，争奇斗妍，颇具百花竞放、文采飞扬之寓意。

盐亭笔塔融敬神、敬文、敬字于一体，彰显川中大地崇尚文明、积极向上的和谐社会风气。而今盐亭热土仍是英才辈出，文气昌隆。正应了笔塔底层楹联"火候文章光北斗，门前科第擢东关"的寓意。于是，相信风水纪念建筑能够潜移默化、陶冶灵性、启迪后辈的人们，自然而然又要回过神来，反复咀嚼建塔碑文中的话语："风水关乎气运，气运发乎人心，心也者，吾文之宝库也。"远的不说，只说近代，县境内先后涌现了"保路运动"领袖之一的教育家蒙裁成，著名历史学家蒙文通、蒙思明，一代佛学大师袁焕仙，"川党早期马列主义宣传家"袁诗荛，以及侯伯英、卢发社等英雄烈士。他们身上的文心与傲骨在无数次回望和传承中，彪炳千秋。

六

字库塔，一个年代久远的名字，也是久远的文人图腾崇拜载体，在今天看来，已经再难烟火袅袅，难有昔日的鼎盛了。虽然字库塔里没有了灰烬，也没有了燃烧后的余温，透过那塔身的小孔，仿佛还能依稀看到曾经文人们焚烧字纸时的虔诚，对文字的膜拜和尊崇。

盐亭的山水间，写满沧桑的字库塔在晨雾斜阳、耕织种作的时光里安然矗立，绵延的文脉就这样在色泽洁白的井盐和蚕丝里彰显光华。一塔一风景，一塔一故事，久藏在字库塔背后的故事在今天的盛世被逐渐挖掘出来，川剧里经久不衰的《三娘教子》在字库塔上被雕刻得栩栩如生。三娘王氏劝诫后辈求学上进终得善果的故事，也被很多盐亭人津津乐道。字库塔犹如一座座记录文化的丰碑，塔身雕刻的一个个典故是盐亭重学重教的佐证。

"残章无委地，零字悉焚炉，片纸其宜敬，只字之唯寅。""只字必惜，贵之根也，片言必谨，福之基地。"……人们看到字库塔上的这些文字，就看见了劝喻和告诫。人们在字库塔周围，吟诗诵读，缅怀先贤，文化的脉络在一个又一个熠熠生辉的名字里得以延续。

守望千年月，梓江千年流。字库塔中的灰烬渐渐冷却，不会熄灭的是盐亭人对于文化的传承和热爱。竹影依依长，千载放光芒。竹林掩映下的字库塔，如虚怀若谷的君子，它的气韵流淌在墨色与远山之外，更为久远。

（原载2019年第9期《西部散文选刊》，中国作家网2020年9月9日发布）

鲜美"母猪壳"

虽说少小离川，故乡盐亭的美食与特产，依然活在眼前。印象里，最醒目的是红苕和玉米，当年，粗粮能填饱肚子，就算是好日子了。

多年后，故乡人问，啥时候回来，请你吃最可口的"母猪壳"。不由得心中一热，想起了这道川中名菜。

若赴盐亭做客，当地人会到集市上，看看有没有"母猪壳"。如果有，便是川里口福了。如果没时间赶场，会拿出零钱，委托邻居代劳，买一两斤回来。可惜，即便如此，也很难买到。这才叫"物以稀为贵"吧。

老家用"母猪壳"招待，肯定拿出了热待高戚的真挚与坦诚。如果客气地拒绝主人，人家会哈哈大笑，说："你这个客娃子，真是个猪脑壳，不晓得啥子是'母猪壳'。"

那么，"母猪壳"究竟是什么宝贝？

其实，"母猪壳"是四川盐亭县的特产。这种说法，只算俗称，又叫野生小桂鱼，学名鳜鱼。其肉质细嫩丰满，肥厚鲜美，以内部无胆、少刺而著称，故为鱼中上品。

据说，苏东坡在眉山尚未做官时，赶到盐亭拜访书画家文同。文同招呼家人，用"母猪壳"待客。当时，也闹出过类似笑话，传闻，猪脑子吃多了，会越吃越糊涂。没想到，文同用两条鲜鱼来招待他，味道甚好。遂诗曰：壳里壳外无母猪，狂豕壳变水中鱼。品过方知神仙味，食鱼胜过居无竹。

文同善于画竹，堪称中国画竹第一人。在人们印象里，清代郑板桥画竹水平为巅峰，实际上，郑板桥是"后来居上"。文同因为画竹，派生出了一个成语：胸有成竹。苏东坡当然很敬佩，享用过"母猪壳"后，不再说什么"宁可食无肉，不可居无竹"，看来，多年前，盐亭的"母猪壳"就让美食家苏东坡衷心赞叹了。

二人爱竹，还结成了更为亲密的儿女亲家。苏东坡弟弟苏辙的女儿，嫁给文同的儿子做媳妇，两大文豪，交往近四十年。

盐亭"母猪壳"是绵阳水产与美食的代表。它生长于盐亭境内梓江石缝岩龛的清洁水中，白日栖息，晚间活动，以水下草本植物和小虾小鱼为食。它体形小，身无鳞，嘴尖肚大，身有花纹，翅锋利，生成数量极少，很难捕捉。肉质细嫩，无腥气，味鲜，其营养胜食鳖鱼。

这种鱼可红烧，可清蒸，味道醇正，香浓可口。鱼肉中富含蛋白质、脂肪与钙、钾、镁、硒等营养元素，肉质细嫩，极易消化，对老幼及病弱者来说，既能补虚，又不至于消化困难。

"母猪壳"善于在石缝里生存，最多长到七八两大，个头儿半尺左右，最显著特点是，它的下嘴唇比上嘴唇长，属于"地包天"。它与黄河鲤鱼、松花江四鳃鲈鱼、兴凯湖大白鱼齐名，被誉为"四大淡水名鱼"。李时珍到过盐亭后，将"母猪壳"比作河豚，意指其味美至极。

鱼，是宴席上的主菜，也是招牌，宴席的品质如何，要看最后上的那尾鱼的品相如何。若到盐亭，主人请吃鳜鱼，的确给予了顶级待遇呀。

（原载2022年8月5日《河北日报》）

远去的故乡

接到四川二娘去世的电话，在上饶采风的我忍不住泪流满面，恨不能马上就结束刚开始的采风旅程，到二娘的灵前去烧纸悼念。

那一刻，我才知道，故乡变得越来越遥远了。那个小山坳里的坟茔不断增多，故乡渐行渐远。

采风一结束，我就迫不及待地转飞机坐汽车回到四川盐亭，在盐亭汽车站等候我三伯父的孙子李甫从广元工作单位开车回来接我。

"老伯，怎么安排？"见到我以后，李甫问道。

"去李家山，给你二奶奶烧纸，回来再和你爸妈待着。"每次回四川，第一件事就是给我爷爷奶奶和早早去世的父亲上坟烧纸。那片看不够的土地让我痴迷，让我魂牵梦萦。

从县城到老家的老屋前只用了30多分钟，这在很久以前都是不可想象的。以前还没有乡村公路，后来有了乡村公路也没有硬化，很难走车。近几年，乡村公路路网如织，并且全都是水泥硬化，很多农户还自己掏钱把道路连接到自己家门口。中途，我们在冯河小镇买了些许烧纸和鞭炮、蜡烛，侄儿就把车开到了老家的堂屋前停下。同车一起回来的三伯父家的大哥大嫂也开始忙碌。大哥帮助三娘收拾东西去县城住——这个偌大的李家大院最多的时候住过30多口人，如今只有78岁的三娘一人居住，三娘的二儿子要将她接到县城里去住。明天，这百年老屋将空无一人。

大嫂陪我先是去了山上二娘的新坟上烧纸。80岁的二娘生前还常在镇上跳老年舞，身体很硬朗，不想一场风寒便终止了生命。二娘和二伯是一辈子的恩爱夫妻，从未见两人吵过架，红过脸。两人勤劳朴实，善良本分，在老家十里八乡口碑甚好。小时候，家里困难，家父又病重，二伯和二娘没少照顾。二伯以77岁的寿辰善终，几年后，二娘追随他而去。两位老人合坟为一。

"二娘，我来晚了！"我一边烧纸，一边流泪。去年回乡，老人还给我做最爱吃的四川美食，陪我去走街串户，如今却阴阳两隔。

给二娘二伯烧完纸就是给老屋南侧不远的三伯坟上烧纸。三伯和父亲模样最相近，他在世时，看见他，我总会忆起父亲的模样。

给三伯烧完纸，就去老屋东面爷爷奶奶的坟上烧纸。我几岁的时候爷爷就去世了，童年里依稀记得爷爷是当地好犁手。他去犁地总会给我们带回很多落在地里的花生。时间长了，他犁地回来，我们会去翻他的裤兜，总有小收获。爷爷六十多岁就去世了，那时别人都在大哭，而幼小的我懵懂惶惑。

奶奶80岁去世，在她76岁时，我跟她生活了一年，那时，每天她都很早起来给我做一碗饭，让我吃了到十几里地外去上学。我离开她时，奶奶哭得昏厥过去。等我再回去，看到的已是奶奶的坟了，和爷爷合在了一起。二娘说，奶奶得到我要回去的消息，每天都要挂棍去老屋前的大路上遥望，从早望到晚，每天都是失望而归。把别人给的水果和糕点放了半柜子不让别人动，一定要留给我。等奶奶去世后，那些水果糕点全部烂成了水。

爷爷奶奶坟旁就是我那可怜的父亲。老实木讷的父亲只活了40岁。童年时，我就是父亲的尾巴，上山干活，出门赶集，我都趴在他背上，双臂紧搂住他。在病魔折磨他的最后一年里，他总在说一句话："伦娃，爸爸不能供你长大了，你要好好地把书读出来。"父亲坟后是几株高大的翠柏，旁边几丛翠竹相伴。我情意相连的父亲，我永远怀念的父亲啊！

烧完纸，我一遍一遍地看这老屋，几十间屋舍，竟会空空荡荡了。青石地基、木柱框架、竹编泥墙、雕花镂空、灰瓦覆顶……都凝聚着爷爷那一辈人的心血，到他们孙子这一代人竟都要弃之而去了，去山外的世界生活。童年时在院子里跳格子，在屋子里捉迷藏，转眼间我们一个个都年过半百。热闹不在，生气不存，百年老屋将不再是我们的快乐和温暖之地了。

20世纪80年代初，离开故乡的时候，我还是少年。那时，日日盼望长大，盼望长大后搬回故乡去住，还能和二伯、三伯家的兄弟们一起快乐地玩耍。

第一次回乡是个夏天，我在雨后从县城走了50里山路，心情急切。那年，奶奶刚去世，院子仍是热闹的。

之后就是十年一回故乡，每次回去也只是几天时间。那时，故乡依然是热闹的，依然乡情浓厚。老乡们始终没有忘记我这个远行的游子，总是热情地招呼着我。

第四次回乡，离开时，二伯、三伯送我们到很远的大公路上，拉着我的手依依不舍，老泪纵横，让我的心也湿润润的。

此后几年，二伯和三伯先后去世。随着年龄增长，思乡情结越来越浓，基本每三两年就回去一次，老房子里逐渐只剩下二娘和三娘。如今，随着二娘去世、三娘搬去县城，一座大院落变得空荡荡了。

人们的生活似乎在越来越好，可是故乡啊，就这样渐行渐远。

人生仿佛一粒种，落地就会生根。故乡远去，思念长住，这种思念将永远伴随着我……

（原载2019年2月27日《廊坊都市报》）

车过南部县

"哥，你啥时候来我跟儿耍呢？"

"你那儿有啥耍头，未必比盐亭还好耍吗？"

"你啷个用老眼光看人嘛？我告诉你，你来了不一定想走。"

"硬是的？"

"硬是的。"

和远当家子的妹妹李红梅通过电话以后，我并没有去她所在的南部县插个脚巴。因为固执的我很难改变对过去的印象。

五十年前，我和母亲、弟弟妹妹还在盐亭县那个叫作冯河乡的山沟里生活。一到冬春季节，隔三岔五就会见到讨口要饭的，母亲回家后便赶紧把门关起来，说是讨口子来了。此时，就会有顺口溜由远及近传到破旧的屋子里："我是南部县，出来买苕干，走遍川南北，难把肚填圆。家里七八口，难过这年关，求您行行好，一善全家暖。"顺口溜押韵又含蓄，凄切而悲凉。讨口子破衣烂衫，干瘦的面孔，颧骨棱角分明，眼神里满是渴望。

幼小的我也懂得，讨口子就是要饭的，买苕干只是好听的说法，就是要点苕干。那个年代，农村的主粮就是家家户户半窖的红苕。要饭的南部人会站在大门前，反复地唱这顺口溜，直到主人给上一把红苕干或者一碗玉米面。印象中，二娘总会捧出一大把苕干，或者给上尖尖一碗玉米面，把要饭的打发走。要饭的南部人千恩万谢，走的时候会很遗憾地看看那些关上门的屋子。并不是那些屋子的主人抠门，只是那个年月的日子就是这么寒酸，家家都有面黄肌瘦的脸。

因此，我知道了山外还有一个比盐亭还穷的县叫南部县。

生父病故后，我跟随母亲改嫁到了河北农村。第一次回盐亭是1983年，那时村里的女娃子一到十八岁就想办法往外跑，把自己嫁到山外的平原地区，已然成为一种风气，走出大山就是她们的梦想。我所在的廊坊文安县农村，村村都有十几个四川媳妇。毕竟河北的生活水平要比四川好得多，媳妇们不用背扛肩挑，不用跋山涉水，不用上山下河，就感觉幸福得多。

这个姑娘是三台来的，那个媳妇是中江来的，距离成都那么近的金堂县也有穷女娃嫁到河北。她们一个个都是深山里的俊鸟，虽然清瘦但也都十分可人，比干热的北方人水灵多了，竟然嫁给比她们大十几岁甚至二十多岁的河北老光棍。

少年时代，文安县西桥村里串门时，一般都是老乡互串，母亲是村里最老的四川媳妇，那些小媳妇会来我家拜会她们的四川大姐，我也就认识了很多四川小媳妇。有一次，在村里遇见一个来自南部县龙凤乡的谢姓女子，以及一个凤台乡姓才的女子。我淘气地给她们唱起那个"买苕干"的顺口溜。她们没好气地说：你个龟儿子，你哪个不是也跑到河北来要饭了吗？你有啥资格笑话老子？

四川女娃子嫁到河北以后，又将老家的姐妹介绍到河北来。在1990年以前，嫁到河北的四川女子非常多，姓谢的姐姐就先后将她姑姑家的表妹、堂叔家的妹妹、亲姨家的妹妹介绍到所在的村里，那个姓才的姐姐也是如此。她们俨然是娘家人，代言了妹妹们在河北的婚事，为她们撑腰。

这两个看似柔弱的四川女子泼辣能干，很快获得了周围人的赞叹，她们没有像有些北方女子那样打着"嫁汉嫁汉，穿衣吃饭"的旗号安于享受，而是同大老爷们儿一样干同样的重活累活。村里好几个娶不上媳妇的光棍儿还特意委托她们给介绍四川老婆。几年过去，一说南部来的四川媳妇儿，人们交口称赞："四川女子川北汉，南部女子最能干。"这就是南部女子，在四川，她们能把山背回家；在平原，她们能把大洼搬回家。

穷，是河北人对四川人的印象；更穷，是我对南部人的印象。

一晃到了20世纪90年代，我当兵入伍到了部队，其间回到农村探亲，又见到南部县的谢姐姐和才姐姐。她们因为生活变得憔悴，当我问起她们是不是又把老家的姐妹们介绍过来了，她们说，老家的生活好多了，姐妹们都去广东、江苏、浙江打工了，都不愿意来河北了，老家包产到户，粮食够吃，再没有人出去"买苕干"了。

正如南部县的姐姐所说，大包干使得老家的乡亲们鼓足了干劲。家家户户不再把苕干当主粮，打完浆汁以后，苕渣全部用来喂猪。养猪养蚕，栽桑种棉，喂鸡喂鸭，多种经营，你追我赶。乡村公路开始修建，农村也多了一个叫作"摩的"的行业。

那个时候，四川远当家的堂妹李红梅到广东打工，遇见了南部水音乡的小伙子赵成华，一个是漂亮的川妹子，一个是帅气的四川小伙子。两人因为老乡而相识，又因为互帮互助而互生爱慕。当李红梅把赵成华带到盐亭的时候，家里人还不大愿意，认为南部比盐亭还穷，对红梅说，以后到了南部受苦受穷，别哭着回来。但是无论家人怎么劝说，也不能消减李红梅对赵成华的爱。

四川女子不再远嫁河北，四川大山里，在小型农机具的耕作下，农活也不再繁重，交通越来越方便，日子越来越好。四川媳妇也逐渐有了尊严，有了自豪感。

姓谢的姐姐说，要不是这两个小祖宗拖累，真不如回南部算了，但是不能让孩子缺爹少娘。村里有几个南部媳妇想回去的，都让她给劝阻了，咱们南部人做事情有要有始有终，既然这样选择了，就要为自己的选择负责任，在这里有了孩子，有了对咱们还算好的老头子，就认命吧。

想当年，李红梅一家的生活在四川村里是数得上的烂，一家八口经常吃了上顿没下顿，年年分了粮食不够还亏空。当我再回四川的时候，还就数他们老两口生活最好，儿女们最孝顺，六姐弟每家每月给老两口500元。当初让家里人担心会受苦受穷的红梅和赵成华打工挣了一笔钱后，便回到了南部，在县城开了副食店，家里几个兄弟姐妹如今就数嫁到南部县的红梅日子过得好。

就是那一次，我离开四川三十年后，和红梅有了第一次联系。由于不知道交通是什么状况，在大山里望山跑死马，感到路途遥远，也就没能去南部。

贫穷不失志，富贵莫忘乡。2015年11月，我买了私家车以后，就想来个长途自驾游，首先想到的就是开车回四川老家喘瑟一趟，由于不知道四川乡村的路况，再加上担心自己的技术，始终未能成行。2017年春节前，村里谢姐姐的儿子开车带着一家人回过一次四川南部县过节，说四川农村的乡村道路都是20厘米厚、5米多宽的水泥路，非常结实，舒缓平坦。还有很多发小从浙江、上海开车回川。看来，故乡的道路已经是幸福大道了。

2018年春节后，我终于开始了一个人的四川长途自驾游。在西安住过一晚，第二天进入四川境内，从筚路蓝缕到轻舟万里，五十年过去，说不出是怎样一种心情。从高速下来，国道、省道、县道、乡道像彩绸一样变幻衔接。新车走好道，轻盈平缓，像一只悠扬的音符起起伏伏地跳跃在川北山间的乡村公路上。

北方正值寒冷的冬季，川东北仍是绿树葱茏，油菜花金黄得耀眼。那成片的油菜花，如同不规则的金绢铺盖在一沟一沟的山坳里。从广元经阆中，下午4点钟，车就停在了故乡盐亭冯河乡李家村老屋前。真是不可思议，导航精准地将村路指引给我，让我回故乡的路途不再迷茫。

"伦娃子回来了！"二娘、三娘将消息通过手机喊给山里的亲人们。那天晚上，李家山院落里灯火通明，乡亲们兴奋地问起这个远行的游子。家人们都啧啧称赞我的爱车，也说起了他们谁家有了什么车，在哪里买了楼房。如今幸福的日子是他们从来不曾想象的。

远当家的二伯带着二娘也来了，精神矍铄的老两口，穿戴洋气。在座的人争相攀比自己的儿女们，最令二伯自豪的，还是他们当初不看好的幺女李红梅，说红梅在县城里开的食杂店变成百货超市了，在县城里买了两处楼房，女儿结婚时，给女儿陪嫁了一辆车，还有20万元。

"红梅能干！"

"红梅得行！"说起红梅，大家都很赞赏。

二伯说着就拨通了红梅的电话。

"老汉，啥事，是不是又没得钱花了嘛？"

"有，有，还够花。"

"这大晚上的打电话，啥事？没有啥来头（四川话，有病痛的意思）吧？"

"身体好得很，能吃能窝。"

"那还要得。"

"你国伦哥回来了，开车回来的。说两句话不？"

"要得，要得。"

说着就将手机递到我手中。

"国伦哥，来南部耍两天嘛。看得起你这个妹妹不？要看得起就过来。"

"你说空话，啷个看不起呢？"我是入乡随俗，只要人回到了四川，乡音张口就来。

"那你啥时候来？"

"等我把这边的亲戚转完，就过去，要用个几天时间。"

"那妹妹就在嘉陵江边的县城里等你了哈。"

"可以嘛可以嘛。"

岁月催白了我和乡亲们的头，割不断的是半个多世纪的血脉亲情。

第二天，我用了半天时间给去世的爷爷奶奶、父亲和二伯、三伯上坟烧纸，告慰祖宗：伦娃子没有让你们失望，通过自己的奋斗，在山外的平原上有了很好的生活，事业上也有了自己的一片天地。

面对红梅妹妹的盛情邀请，我不能再拒绝了。第四天早上，通过电话，红梅将她的位置发给了我，竟然是万达广场住宅小区。万达广场？南部县究竟什么情况？一个县城竟然有如此规模庞大的城市综合体？万达入驻的城市绝对都是经济强市，都是消费水平、人均收入比较高的城市，一个西部县城竟然有万达广场？对南部的疑问此时又因为一个万达广场开始了。

问手机"度娘"，度娘告诉我：南部县是中国西部百强县。人口100多万，县辖的区镇乡机构竟然达到70多个。当年"买苕干"的南部人果然发愤图强，变得这么厉害了吗？

度娘提供的南部县旅游景区就有十多个。禹迹山、升钟湖、九如山、八尔滩、水帘峡、跑马岭、卧虎山，这些景区的名字都会给人神奇的想象力和诱惑力，驱使我迅速地发动了汽车。

告别李家山的亲人们，我开车直奔南部县城而来。高德地图标识的车程是一个半小时，这么近？童年印象里的遥远就在这一个半小时里？

从盐亭凤凰大道走上245国道，过了富驿镇就是南部地界，近邻也是紧邻。245国道如同一条银灰色的白带镶嵌在山间，远处在山谷中盘绕的乡村公路如同银白色的细线若隐若现，不时也有汽车在那细线上爬行，鸣出一声汽笛，宁静的大山因此不再寂寞，有了欢快的回音。那成片的油菜花如同金黄色的彩练，在南部的大山里跳起了舞。

在万达广场门口泊好车，我见到了五十年未见的"邻家小妹"李红梅，但早已不是小时记忆里的邋遢形象。红梅穿金戴银，描眉画眼，一副老来俏的样子，恨不能把年轻时候没有美过的时光全补上。

"欢迎国伦哥，这是我男人赵成华。成华，叫大哥。"一个中年男子憨厚地伸过来一双手。

"带你看看我们南部万达广场吧。"里里外外，我们用了一个多小时转悠。置身商场，好像到了福州、廊坊的万达广场一样，时尚华贵，富丽堂皇。除了蓝色玻璃墙幕的外观风格与我见过的其他城市的万达广场不一样，其功能与内涵基本上都是一样的：吃、住、游、逛、购，餐厅、影院、超市无所不包。眼前所见的人流量和购买力，以及品牌的高档华美程度，不由得让人怀疑这并不是在一个小县城。

出了广场，赵成华开车带我们来到嘉陵江边。北方还在寒冷中，这里已经是繁花似锦的春天了。玉兰含苞、车厘子吐艳、梨花如雪、粉桃争春、蔷薇含羞、虞美人带笑。城市的高楼，已经与大巴山齐高齐美，以活力四射的姿态不停地拔节，那气势要把天捅破，在川东北大地上，展示南部人发展建设的强劲豪迈。

我心里一遍遍地想，这就是那个五十年前到处都有人出去"买苕干"的南部县城吗？

嘉陵江将南部县城分成飞翔的两翼，远处宏伟的嘉陵江大桥又巧妙地将城市完美连接。宽阔的嘉陵江从秦岭而来，一路奔腾不息，在南部县舒缓的平坦地带里倦怠地休息。我知道，它醒来以后，目的地是一路往南，到重庆与长江汇合，直奔大海而去。

江河，是城市的灵魂，也是城市的记忆。在滚滚的涛声中，它已将城市的贫穷留给了远古。

面对繁华和美丽，看来我要在南部住一阵子了。

第二辑：曾在军旅

轻吻你疲惫的面容

　　这是一封经过洪水浸泡，字迹模糊，已成碎片的信函。信的主人仅看了一页，就接到抗洪抢险的命令，率部队走上抗洪战场。我从洪水中抢出他的这封信，经过一页一页拼凑，终于弄清了信中的内容。

　　"伟东，我挚爱的！回味着你我共处、亲昵的48小时，想着你的音容笑貌，我刻意地让自己默记于胸，不让这绵绵雨季冲淡我无奈的记忆……我知道此际应给予你多一些宽慰，多一些理解，或者说'辛苦我一个，幸福千万家'的直白话语，但你知道我对你深深的理解与挚爱。我不会抱怨，我没有遗憾，但我不能不牵挂，不能不思念，毕竟明天你我将相距千里……"

　　1995年8月1日，在每一个军人欢庆自己节日的时候，武警辽宁总队二支队九中队中队长常伟东和相恋五年的哈尔滨姑娘徐艳丽幸福地结合了。新婚的日子里他们有说不够的亲昵，道不尽的甜蜜……然而一声号令，辽宁盘锦发生特大洪涝灾害。8月3日凌晨两点钟，他望望睡梦中的新婚妻子，率领中队官兵开赴了抗洪前线。甜美梦中醒来，相伴这位新娘子的是一张空床和无尽的泪水与思念。

　　"伟东，请原谅我的不辞而别。其实我好想等你凯旋，继续我们美好的日子。然而昨天（8月4日）你家中来了电报，说你父亲得了急症住院，无人照顾。我知道，那是我的责任和义务，我只有照顾好你的家人，你才会和战友们安心抗洪，才能放心地战斗。我多想伴你一同走上抗洪阵地，给你关注的目光，给你的战友们送去祝福，但是我不能！……"

　　6日早晨，这位新婚妻子克制着自己盈眸的泪滴，拒绝中队留守人员的护送，望着蓝蓝的天空、青青的绿地，独自一人踏上了北去哈尔滨的旅途，她突然间感到自己是那样坚强，尽管她在常伟东面前是那样的软弱。

　　"伟东，此际的你定是黑、瘦、乏力，没有舒适的环境，没有安逸的睡眠，更没有爱人的呵护。但我敢说你有着从没有过的充实，从没有过的刚劲。虽不是战火硝烟，但洪水肆虐的危难中，顶着烈日筑堤，下泥潭固坝的壮举，使你的身心和灵魂经历着从未有过的震颤和洗礼！在我的眼里，你永远是一座山，同样给了我心灵的洗礼……"

在抗洪现场的盘锦市双台子河南岸，常伟东深深地感受到背后有妻子的目光。他率领战士们下水打桩，星夜筑坝，雨中抢险。黎明奔赴险段，风餐露宿，每次排险，他总是走在前，干在先，用他无声的行动号召着身后50多名战士。

"伟东，你的衣物我已经整理好。明天，我让去前线的战士捎给你，你要相信我会照顾好你的父亲。在没有我的日子里不要忘记多保重自己，为我！轻吻你疲惫的面容。永远爱你的丽于8月5日。"

信，终于在7日辗转到了常伟东手里。常伟东仅看了一页就率领中队官兵开始了第二阶段的抗洪，冒雨在大堤的滑坡地段运送沙袋，打桩固坝。他深深地知道，他深爱的妻子带给他的是无限理解和深情祝福。

（此文首发于《辽宁青年报》，后被《辽宁法制报》和《人民武警报》转载，1998年荣获首届全国武警文艺奖）

第二生命

也不知道是哪个伟大的军事家说过：枪是士兵的第二生命。

第一次摸到梦寐以求的枪，军人的责任感油然而生，发自内心的激动和紧张让我们这些新兵热血澎湃。紧紧地握住手中的钢枪，用心去感触它的温度，冰冷的枪身散发着阵阵冷酷，训练中的苦和累瞬间都烟消云散。自古就有"宝剑配英雄"的说法，枪，是军人的标准配置，也承载着军人的家国情怀。

发枪了！战友们欢呼雀跃，那支81式全自动步枪以号码050×××× × × ×86188确定了它的身份，这是一支吉祥号的枪。在战场上，它将是呵护我第一生命的神圣武器，它将是我军旅生涯最亲密的战友。

三分钟热度过后发现，这其实是一件很不好玩的事情。首先，关于枪的训练科目就比简单的队列训练复杂了很多。背枪动作就有三种，肩枪转背枪，背枪转挂枪，来回地反复，动作熟练倒是都能做到，新训班长在前面比画几个要领，我们也能熟练操作，关键还要和战友们的动作保持一致，做到整齐划一。卧姿装子弹是步枪训练中的难点，卧倒匍匐，以左肘作为支撑，身体左倾腾出空间，右手卸下空弹匣，放入弹匣回收袋或弹匣包，然后从弹匣包里拿出实弹匣，装上，拉枪机。退弹要摘下弹匣，拿下空弹匣后反复拉枪机，以确认膛内无弹，再把空弹匣装上，完毕恢复射击姿势。每一个步骤，全体新兵都要一个动静，一个步骤，难度极大。也不知道怎么搞的，在训练中，枪栓还把我的脸划破了，鲜血呼呼直流。看到留在地上的血，我对那枪就有了不喜欢，恨恨地想，原以为只要瞄准能够击发就可以了。

新训排长好像看到了我的情绪变化，关切地对我说："作为一名军人，枪就是第二生命，只有从内心里热爱它，它才能更好地保护我们的生命。熟练掌握和使用，才能让我们面对强敌时处于不败之地。"

就这样，我又对那枪喜欢上了。初入军营，或许还不能体会"枪是军人的第二生命"的真正内涵。况且在炎炎烈日下的训练场，当我们百无聊赖地重复着"瞄准—击发"的简单流程时，更不会去思考这简单道理背后是否还有更多。

有一日，部队组织我们去菜地劳动，回训练场的路上，一队劳改犯人在武警战士的押解下收工回监。那一刻，疲惫的我突然有了自豪和崇高的感觉：正是我们手持钢枪为祖国站岗放哨，才有敌人不敢侵犯，才有这些亡命之徒老老实实接受人民的专政和改造，才有了人民的生命财产安全，才有千家万户的幸福平安。枪，让武警战士神圣；枪，让武警战士威严。

这当儿没有听见集合哨响，我还在慢慢悠悠地看着战士押解着犯人远去，心里还在诗兴大发，油然地升起对军营的热爱，对军人身份的珍惜。哨声就是命令，对于我的慢慢悠悠，那个值班的新训班长不由分说，拿起仅剩的我的那支枪，对着我就是几个枪托，委屈的泪水马上就流了下来。那一天，我对那支枪又一次产生了憎恨：没有想到结实的枪托击打在腿上，是那么的疼痛，也恨那个班长，你怎么能用战士的"第二生命"来侮辱战士的第一生命呢？那一天的委屈我始终埋在心里，但是心中的崇高感和自豪感始终没有消失过。

接下来的日子仍然是关于枪的训练。兵紧张，浮躁；它冷静，坚韧。靶场上，兵将瞳孔融入它的觇孔，肢体与它完美结合，枪总是在兵扣动扳机的一刹那，读懂兵的理想。人枪合一，才是最高境界。多少次，弹壳从兵头顶呼啸而过；多少次，目标在视线中模糊不清，枪与兵都信任依赖彼此；多少次，战场环境变幻莫测，枪与兵都冷静应对。超越自我，把自己作为枪的一部分，所有的意识都集中在准星和缺口的平正上，当这种意识成为自然习惯的时候，便会在不知不觉中忘记自我。

以后的训练中，由于全体战士的刻苦训练，中队的枪械比武拿了全大队第一名。一声令下，所有的思绪都放下，卧姿，装子弹，胸膛紧贴大地，刻画出人枪一线，标准的几何角度，完美地撑起身体的重心。走进胸环靶的世界，枪身的晃动比心跳更规律，瞄与扣的结合，勾画出完美的"动静"。当我用那支枪打出个优秀的成绩，证明了我所拥有的是一支好枪。

多少年后，我对枪的认识才有了真正的提高。

新训结束后，训练执勤，白天外勤，夜里夜勤，严肃紧张。在野外的劳改现场，很多犯人对我说，你们的枪如果没有子弹，还不如一个烧火棍，绝没有烧火棍好使。我很厌恶这样说话的犯人，他们在惧怕这支枪，又在诬蔑战士手中的枪。

枪，是我们身份的象征，是正义的化身。尤其是当我押解犯人去野外劳作时，深感意义重大，使命光荣，心中对军营的热爱总想表达出来才好。白天除了训练，就是执勤，闲暇时刻，中队还要组织兵们到菜地干活，属于自己的时间极少极少。时间在哪里？

同时，日复一日的执勤训练，枯燥无味。我不断地思考自己的未来，难道就这样三年后一无是处地回到家乡吗？出路在哪里？迷惘中想到了自己对文学的热爱，能不能通过文学走出一条路来？

在一个皓月当空的夜晚，我走上执勤哨位，在雪亮的探照灯下，拿出提前准备好的纸笔，开始在岗楼半尺宽的边沿上奋笔疾书，写下《军营的乡思》。在军营遥望故乡，青天明月下，哨位的庄严，士兵的神圣，情感愈加浓烈，身背的上哨枪不知不觉被我放在岗楼的角落里。等到换哨的时候我才发现，枪没了！子弹袋还在身上背着，完全一副枪弹分离的状态，枪在哪里呢？头有些大，寒冷的冬夜，有了深深的恐怖，如果被坏人偷去了，那么等待我的将是什么？我不敢想象，一个新兵蛋子，竟然有天大的胆子把枪丢了！

下了哨位，我忙问同去上哨的战友，是否看见我背枪上岗。战友说，在老排那里。在自己人手里还好，心里长出了一口气。

第二天，我主动向查勤的排长承认了错误，没想到他一改过去的雷霆万钧，没有粗鲁的动作，只是语气威严地说："我要教训你的是，不管如何状态，枪是不能离身的。枪不离身，身不离枪；枪不离弹，弹不离枪，这是铁律。如果离开了枪，就意味着把自己的生命交给了敌人。在任何情况下都不能把枪丢掉，它如生命一样宝贵，一样重要，要像善待生命一样善待枪。执勤的时候干别的，也是严重的失职！"

平时听这些大道理，还有些不以为然，等真正经历过"丢枪"的教训，那才是刻骨铭心。当然，部队也严禁查勤"摸岗"，因为极容易引起误伤，过去也有过类似教训。中队知道这件事情以后，把我和排长都狠狠批评了一顿：摸岗不应该！枪支离身不应该！！上岗三心二意更不应该！！！对我们在小范围内作了处分。

从那以后，我上岗再也不敢一心二用了，干部查勤也不再摸岗了。每周排长还单独给我半天时间，允许我写作，学习文化。

巧合的是，那一夜写的散文《军营的乡思》竟然在家乡的小报上发表了。因此，我被中队干部推荐到了机关做新闻报道员，开始了新的军营征途。

离开中队时，我认真地把那支枪擦拭了好几遍，一次次地亲吻，这支陪伴了我一年零两个月的战友就要分别了，但是枪号已经深深铭记在我的心中。

等我操起手中的笔来，又深深地怀念那支枪。枪对于军人而言，不仅仅是"朋友""第二生命"，还是军人至高无上的信仰。对军人而言，枪永恒的睡眠是军人最终的夙愿，但军人的使命却是让枪保持高度的清醒。只有这样，军人与枪才有最生动的故事。

在部队的每一年，我都会关注那支枪的动态和去处。有一名战士在追击逃犯时用那支枪击伤过两名逃犯，使其成为一支英雄的枪，那名战士因此荣立二等功。我也为那支枪感到自豪。

"执干戈以卫社稷。"紧握手中的钢枪，无悔军旗下的誓言，用青春和热血保家卫国。子弹在天空掠过，书写尊严和正义；沉默许久的信念，在射向目标的一瞬间，将辉煌永久定格。

如今部队又换发了97式样的新步枪，那支枪也宣告退役，有了最后的归宿，并让我永远怀念着。

（原载文学公众号《雨街》，2021年5月14日）

鱼跃悦兵心

11月的盘锦已经很冷了。我们执行看押任务的新生劳改农场，在中队的配合下，经过二十天会战，完成了一万多亩水稻的收割。被监管犯人的劳动相对轻松一些，九中队的勤务压力也随之减轻了，周日终于可以呼呼大睡了。

又是一个周日的上午，吃过早饭，几位老兵拿出六副扑克来，准备开始四人一组的打"钩鱼"升级战。我们三个新兵属于临时替补队员和观战啦啦队，替补过程中如果不能把握住关键点，把对方钩（"J"）回去或者扎（"A"）对方一枪，肯定要被第二年兵、第三年兵训斥，我们当然只能嘿嘿一乐。

那日，我们八九个人，东边通铺和西边通铺刚布置好两大战场，准备开战。几个新兵都准备把平时高高在上的几个老犊子（老兵）干败，以解"压抑"多年的英雄豪气。

突然，班长刘会均很不"识时务"地出现了，他从炊事班拎来几个大水桶，两根扁担，一把铁锹，拿着三个脸盆。命令道：你们仨，跟我走，淘鱼去！

我们三个新兵极不情愿地放下手里的扑克，恋恋不舍地看着刚抓到的一副好牌。尤其是我，手气极佳，三个大王两个小王好几个2，一下子升到"J"没有问题，用"J"钩鱼，也不会有问题。几个老兵没有办法，只好另组战场，重开火力。

很是遗憾，结果鱼没有"钩"成，来"淘"鱼了。一路上，我都在回味着那副好牌，一定可以把对手两个老兵干趴下。

二十多分钟后，我们在班长的带领下，来到一条水沟前。这条水沟距离闸口有100米远，班长命令我们在50米远的地方挖淤泥，打出一条隔段，把沟水一分为二。进入冬季，稻田排出来的水通过沟渠都被引流到辽河里，很多沟渠会剩下一段段较深的存水，鱼在存水深处，人们可以在存水段淘鱼。

盘锦，是中国有名的鱼米之乡和芦苇之乡，沟渠纵横。一到春天辽河放水，到处沟满壕平，水可以自流到无边的稻田里。秋天稻熟，把水排走，稻田不再有水，沟渠干涸。从春到秋，稻田里丰富的稻花以及小虫儿，为稻田里的鱼儿提供了丰富的营养，鱼儿长得肥美动人。在稻田排水的时候，聪明的鱼儿会随水流进入沟渠的深处"猫冬"，等第二年放水的时候，再顺水进入稻田去吃"营养餐"。这样，沟渠里的鱼儿就不再是"小麦穗"了。

鱼儿被班长描绘得鲜美动人，但是淘鱼就不是那么轻松的事了。那个时候，沟渠水已经有了刺骨的寒冷，深挖渠泥，只好赤脚，撸胳膊卷袖子。刚下去，冷得我们三人龇牙咧嘴：这哪如打"钩鱼"暖和呀！

"不要怕冷，干起来就不冷了。你们要把那隔段打得宽一点儿，打得高一点儿，要不然等水淘过去，水多的那段压力增大，到时候再冲垮了，就白弄了。"

我们三人干脆把绒裤都脱掉，只穿裤头，轮流下水，在班长指挥下，用了一个多小时，打出一条长五米、宽半米余、高一米半的隔段，完成了"大江截流"的"宏伟"工程。

淘鱼开始，隔段两头用脸盆往另一段水沟里舀水，第三人站在隔段上，用桶打水往另一段沟里倒。50米长的一沟水，说不清有多少立方的容量。

站在水中，干起来，寒冷随风远去。三人的脸上，衣服上，到处都是泥点子。你看我，我看你，直乐，班里的"钩鱼"早被抛在脑后。

沟渠水不断减少，哗哗的舀水声惊动了冬眠鱼儿的美梦。有鱼开始跃出水面，好像开春后感受春天到来的温暖，在空中画出美丽的弧线，闪出一道道白光。

"大家加油啊，鱼儿在向我们微笑了，看看这些鱼儿都忍不住要进入桶里来。"班长在沟岸上为我们鼓劲，像将军一样，沉着地指挥着战斗。

经过三个小时的紧张忙碌，早过了中队的午饭时间，我们也都大汗淋漓，越来越多的鱼儿向空中飞跃，然后疲惫地跌落沟底，白花花地躺成一片。我们兴奋地跳进淤泥中，不知道是谁先用淤泥扔向对方，我们三人在渠底打起淤泥仗来，甚至用鱼当成炮弹砸向对方的脑袋。

班长在沟岸上看到这欢乐的场面也很开心，哈哈直乐。等我们打得差不多了，班长喊道："新兵蛋子们，别打了，快往上面扔鱼吧！那些'小麦穗儿'就不要了，继续养在水里，明年再来消灭它们，捡那些巴掌大小的，往上扔。"

有诗云："猗与漆沮，潜有多鱼。有鳣有鲔，鲦鲿鰋鲤。以享以祀，以介景福。"这段沟底鱼儿极多，露着白花花的肚子，在中午的阳光下，闪着迷人的白光，并时不时地飞起跃到空中，在阳光下画出一道道亮丽的弧线。沟底鱼龙混杂，各种鱼儿以不同的面目袒露在我们面前。长长的黑棒子鱼、宽脑袋胖头鱼、细鳞白鲢、带微红的红鱼、大嘴鲇鱼、黑背白肚的草鱼……还有一些叫不上名字的鱼儿。因为鱼多，我们可以有选择性地往上捡拾，不顺眼的怪家伙，肯定不会入眼。

我们争先恐后地把沟里的鱼往沟上扔，班长负责捡，放在水桶里。在捡鱼的过程中，我们三人不时惊叹道：你们看这条多大！你看，这条应当称得上"鱼王"！半尺长的、一尺长的鱼就这样使得大家眼睛亮起来，但是"鱼王"纪录在我们三人的欢叫声中不断被刷新。先后有5条一尺多长的"鱼王"和一些"鱼老大"在单独享受一个水桶的空间。

捡了有一个小时，四只水桶都满了。我们寻寻那些"漏网"的大家伙，然后再把桶里的"小东西"扔回到沟里。在班长收工的号令中，我们停止捡拾。

我们把腿上的泥巴洗干净，穿上裤子，午后灿烂的阳光带来阵阵暖意，赞许着我们这个周日的辛勤劳动。在离开之前，我把水回放到没有水的沟里，让那些没有被我们收获的小鱼儿可以自由自在地生长，让那些鱼卵不至于被冻死。来年冬天，那些"小麦穗"将是我们美味的盘中餐。下一次的任务就是淘尽另一段沟里的鱼。

看着这满满的收获，我的心里陶醉了。"南有嘉鱼，烝然罩罩。君子有酒，嘉宾式燕以乐。南有嘉鱼，烝然汕汕。君子有酒，嘉宾式燕以衎。"好像有酒有鱼的美味已经到了嘴边，虽然还没有吃中午饭，但饥饿感已经不在，我们还唱起了《打靶归来》，把胜利的喜悦洒在盘锦大地上。此时心里突然冒出一个成语——竭泽而渔，太形象了，好在我们是抓大放小，来年还有收获。

回到中队，班长让我们把鱼挑进班里，让那些打"钩鱼"的"老犊子"们看看我们四人的收获。丰硕的成果令这帮老兵惊艳，排长惊叹道：你们把盘锦的鱼都抓来了。班长还得意地把中队的主官杨连长和金指导员请来，观赏战果，同样获得了中队首长的大力表扬：好，干得漂亮！今晚改善伙食，吃鱼，让130名战友分享你们的收获！

"鱼王"的去向，成了大家心中的谜团。炊事班长和刘班长商量，把"鱼王"给几个中队首长享用，结果被两位中队主管批评了一顿，溜须拍马不成，反挨一顿好训。最终，"鱼王"被送给中队两个病号和三个战士家属享用，"鱼王"的去处获得了战友们的交口称赞，我对中队干部也挑起大拇指。

进入冬季，中队的副食只剩下酸菜、土豆和大白菜了，新鲜蔬菜极少。那天晚上的清炖鱼，爽了战士们的胃口，大家小心翼翼地择刺儿，笑逐颜开。那些小鱼儿被炖成鱼汤，大家美美地喝着，食堂里啧啧有声：味儿真美！

后来又有其他班的战友们去淘鱼，甚至利用正常操课时间去，也想改善中队伙食，可能是水沟没有选好，收获不大，反而让炊事班哄笑过两次。中队干部知道后，予以制止，淘鱼就成了我们七班的"专利"。

再次去淘剩下的那半段水沟，自然也有丰厚的收获，看到战友们吃美喝爽了，虽然寒冷辛苦，我们心里也特别高兴。

到了12月中旬，沟渠里的水全部冻上了冰，淘鱼工作也就结束了。我们七班在那年冬天为中队"淘"了10次鱼，极大地改善了那个艰苦年代的伙食。

现在回想起来，30年前的那个冬天，是我12年军旅生涯中最充实、最有意义的冬天。到机关后，每到冬天的时候，我总会问驻盘锦的几个武警中队，让战士们出去淘鱼没有？有的中队说去了，有的说没有，后来干脆就是没有，因为部队管理已经不允许外出淘鱼了。我好希望那种鱼跃悦兵心的场面永在。

（原载2020年第10期《中国武警》）

红精灵

看着那股红色的液体像精灵一样，闪电般从我身体里冲出，感觉那精灵好像在我体内委屈了很多年，要去寻找一个自由的世界。从针头蹿进塑料管里，像长长的红蚯蚓，速度极快，一下子就在密闭的塑料袋里四散开来，如同一个扇面，随着那秤盘摇曳，悠闲自在。

看来我给你的压抑太久了，以至于你这样急迫地离开我的身体，但是看到你急急忙忙地离去，我竟然也是那么坦然，就像你不曾在我的身体里待过。

一

"嘟嘟哒""嘟嘟哒""嘟嘟哒"……一阵紧急集合号声响起。全连战士紧急集合！

"是不是跑犯人了，但是没有听见岗哨上的枪响呀？"

战士们背上枪械，利剑一样冲出营房，来到操场，整理好队伍，等待中队首长下达命令。

"同志们，附近的新生劳改总队医院，有一名孕妇生产大出血，情况非常危急，需要我们中队战士紧急献血驰援。"

战士们听说要献血救人，个个摩拳擦掌。经过杨中队长点数，二十名精壮的战士被点名上车，我也有幸成为其中的一员。

汽车风驰电掣，飞速前行，战士们已经热血沸腾，那血液已经恨不能马上就流进那个产妇的心脏里。

在医院的血库门前，医生和护士已经准备好了抽血用具，抽血检验血型。

从那时起，我知道了自己是A型血。400cc鲜血如同一条长长的蚯蚓，急速地冲出。我知道那鲜红、那热忱、那激流般的精灵是要寻找另一个生命，那是它更有作为的另一个舞台。抽验完毕，我抬头望见医院血库门上的几个字——"血库重地，闲人免进"，庄严感油然而生，多少生命在等待它来延续，多少故事和传奇在这里凝聚。

40多天后，那个产妇抱着一个可爱的男婴，到中队来表示感谢，我们看到产妇甜美笑容里满是粉红的颜色，那是中队战士血液的滋润。她深深地向战士们鞠了一躬，眼里盈满了泪水。那可爱的男婴，小嘴抿着，不解地看着这些绿色军装，眼神里满是惊奇，他还不了解这个世界。

那一年是我当兵第二年春天，在辽宁盘锦市新生驻地九中队。那时候，我已深深懂得：绿色、红色和白色组成了生命的三原色。

二

献血车上，倚靠车窗的两排座上，六名军人分坐两侧，右侧绿军装袖子卷到臂弯以上，一根带血的管子延伸到下面秤盘上的塑料袋里，随着右拳有张有弛地舒展和紧握，那秤盘在有节奏地起伏。塑料管里，红色的血液在静静地流淌。

这其中就有我，再一次看那血从身体里流出，我惊异它为什么那么迫不及待地要离开我，要去另一个身体里面，是因为我已经不能给它足够的温暖？

献血结束后，这些绿色的汉子们，三五个一排，站在洁白的献血车前合影，左手捂住右臂上的针眼儿，右手拿着一束鲜花，在阳光的映照下，不敢直面记者的镜头。这些年轻的脸庞，撼天震地的男儿们，竟然如此羞涩，黑黑的肌肤映衬着白白的牙齿，一颗颗火红的心闪耀着激情。

那是我第二次面对你，时间是1998年5月12日，地点是辽宁鞍山市海城武警中队院里，我去采访，也凑了个献血数额。那一天，我再次体会到爱的三原色是由绿色、红色和白色构成的。

三

2000年从部队转业到廊坊日报社的那个冬天，好像特别寒冷。租住的房子每月就要270元的房租，孩子还小，爱人没有工作，一家三口的生活连同房租就靠我每月600多元的工资维持，交过取暖费，日子就更紧巴了。

12月，单位组织职工献血，并说还有500元的营养补助和三天假期休养。500元！一个月的工资呀，我的眼马上就亮了，第一个报了名。报社领导们说，看，还是当过兵的人觉悟高！其实他哪里知道我的困境和需求呢。

几天后我冒着严寒，到广阳道血站献血。在温暖的献血车里，看着那红色的精灵像蚯蚓一样游动的时候，我心里突然有些苦涩，眼角有些湿润。我这是高尚吗？我这是在献爱心？好像那血精灵被我出卖了，这也许是它要急切离开我的原因吧？因为它的主人并没有珍爱它，相反是利用了它。

当听说税务局等部门献血补助高达1000元的时候，我很是羡慕：如果能转业到税务部门多好呀，那是我两个月工资，四个月的房租啊！献血后，我默默地去上班，放弃了休息。

当我把500元补助交到爱人手里，她问哪里来的，我说是稿费。过了几天，爱人知道那钱的来历后竟然哭了，因为那艰难的日子。

那条红蚯蚓，像闪动的精灵，梦幻一样，鲜艳的红色如火，温暖了那个冬季，温暖了我们一家的生活。

四

时间过得好快啊，一晃就已年过半百。我也大腹便便，将军肚隆起。今年疫情期间，我又一次报名献血。好几年没有看到那鲜红的小精灵从我身体里冲出了，很想看看那红蚯蚓的模样，是不是还是那样激情灵动，是不是还是那样急不可耐？

前面不少年轻小伙子的血经过几道严格检验，竟然不合格，我的心也突突直打鼓：我不会也在不合格的行列里吧？

终于轮到我了，我从容地走上献血车，经过几道工序的严格检验，在忐忑不安的等待中，我紧盯着工作人员的嘴唇，等待那俏丽嘴唇里柔美的轻音。"老同志，您的血合格了，可以抽血了。"那一刻，我感觉那名工作人员简直是世界上最美的女子，她的嘴唇是那么可爱，也只有她才懂得我的内心世界。

当鲜红的血液再次从我的身体里流出的时候，那红蚯蚓好像很懂得我的心思，急速地飞驰，好像知道主人要给它找个温暖的新家，给它重新换一个生命通道。它静静地流淌，飞驰急往，去那需要它的远方。

过了几日，手机短信显示："尊敬的谭国伦先生，经过检测，您的血液完全合格。"那一刻，我为自己拥有健康的身体而自豪。身体里所有的鲜血如同蚯蚓一样摇摆游动，起舞在我的生命里，身上的每一粒细胞都在为那迷人的红精灵而歌唱。

五

儿子高考后做的第一件事情就是去献血。他把献血证放在书柜里，被他母亲发现了，那一刻我知道儿子长大了，问起他为什么要献血，他说他老爹那个冬季献血的举动教育了他，鼓舞了他。

不经意地，儿子的那一摞献血证似乎在和他老爹的献血证比高度比厚度。那鲜红的献血证，最早是手写，后来是电脑打印，再后来变成了电子献血证。

儿子的献血证也是各地的章都有，有他在福建农林大学上学时候的，那章是福州市仓山区血液中心；有他在上海工作时候的，那章是上海宝山区血液中心；更多的是廊坊市中心血站的小红章。

翻开两摞献血证，血型都是醒目的、大大的"A"，如同一条红蚯蚓从父辈身体流进子辈的身体里，分割成醒目的两条长精灵，又赋予了新的灵魂与使命，炫舞在生命的传承里，延续在爱的传承中，飞翔在这广阔的世界里。

那些冲出身体的红蚯蚓，如同一条炽热的河流，带着满是滚烫的爱，从灵魂里飞出，成为人世间高洁的精灵，绵绵不绝地流动，成为人世间最美的流淌。

（原载2022年第1期《海河文学》、2022年第11期《博爱》，系2020年廊坊市"爱的廊坊热的血"全国征文大赛获奖作品结集成书后的代序）

让我留下来吧

一

"让我留下来吧，我还想当一回兵，当一名合格的兵，我会刻苦训练，我会认真执勤。"我在心里默默地念叨，多少回梦里又到部队，多少回梦中热泪打湿了橄榄绿的军装。

今年3月，关内已是春和景明，而关外的辽宁盘锦仍然寒风凛冽。我们50多个1989年春天入伍的战友，相约回到30年前的老部队——原武警辽宁总队二支队九中队（现为武警锦州市支队十中队）看看，看看魂牵梦萦的警营，寻找青春的记忆。

远远地就看见一幢三层的浅绿色营房大楼屹立着，在天寒地冻、一片昏黄的黑土地上，很是耀眼，展示着威严和神圣。进了营区，早有连队战士分列两侧鼓掌迎接着我们：欢迎老兵们回家看看，欢迎老兵们回家看看。暖流淌满了黑土地，温暖着我们回望军营的心。

陪同的刘正国指导员是个精瘦的小伙子，黝黑的脸膛透着干练和友好。他热情地带我们参观连队各处，为我们讲解连队的变化。

队列班宿舍是里外套间，里间是休息间，外间是有桌有椅的学习室和开班务会的地方，冬天有集中供热的暖气，夏天有电扇和中央空调。不再是十人一个班，而是八人一个战斗班，一人一个独立床铺，墨绿色的内务整齐一致，边角垂直如刀切豆腐块，都是一般大小。洗漱用品、战备包整齐"列队"。过去人挤人、兵挨兵的大通铺没有了，各班自烧的火墙没有了，如今也不必像我们那个时候一样趴在通铺上写字读书了。

上厕所也不用跑出去方便了，大楼里每层都有冲洗式卫生间，洁白透亮，没有一点儿异味儿。

刘指导员又带我们参观勤务值班室。看押目标监区的所有哨位一目了然，连同哨兵的面部表情都一清二楚，长长的监墙电网，可以放大和拉近。勤务值班室还可以和哨兵对讲，现场如果有一点儿风吹草动，哨兵即刻报告连队，连队可立即处置。勤务室里还有警勤通报、监勤通报和监区的重点防控区域、重点改造罪犯的照片等。对于突发事件的处置，都采用计算机分析，制定最科学的处置方法。目标单位及其营地的兵力布置都是经过多次分析和演练确定的，遇到问题，可以最快速度到达目标地点进行处置。

"81式"步枪早已淘汰进入了历史的仓库，全新"03式"步枪已经装备部队好几年。比起"81式"来，"03式"装有自动机导轨、光学瞄准，具有轻便和后坐力小等诸多优势。

"太先进了，这都是我们30年前不可想象的。"那个时候，我们除了监区勤务之外，还要出外勤，一走就是十几里路，不管炎热酷暑还是寒冷冬季，每天很早就出发，很晚才回来，直接面对被看押的劳改犯人，危险和突发事件随时都会发生。战士出去执勤，对于连队来说，每天都让人"牵肠挂肚"，只有都回到连队后，大家才安心。每天晚上，还要通报外出勤务警情，一起分析勤务中可能出现的突发事件。

荣誉室里，展示着连队辉煌的发展历程，欣慰和自豪感油然而生。看着当年连长、指导员的照片，心潮澎湃，感慨万千：战友们，我们谁都不会想到连队会有这样翻天覆地的变化啊！

会议室、兵器室、器材室、训练室、战备室、储藏室、娱乐室、洗漱室等，设施齐全，功能完备。

移步楼外，刘指导员又带我们参观了食堂，不再是过去烧煤吹火满脸煤灰的年代了。燃气灶具、电蒸饭车、电炒锅、净水器、洗碗机、大型微波炉、排油烟机、大冰柜等一应俱全。战士们每天的伙食费24元，是我们那时候的12倍还多，每天都有鱼和肉，伙食杠杠的。新兵的津贴费都涨到了每月1000元，还有高温补贴，我们那个时候才16元。

好生嫉妒，好生羡慕，现在的兵享福哟。伙食好、津贴费高、勤务没有过去那么重，除了训练紧张以外，也没有其他杂七杂八的事情了。干部对战士、老兵对新兵也不许再有粗鲁的言语和动作，官兵和谐，兵兵团结。没有冷暖之忧，没有馋嘴之忧，没有受气之忧，没有后顾之忧。

在营区院子里，我们寻找着当年"夏天漏雨，冬天透风"的几排老营房的位置、臭气熏天的猪号的位置、设施简陋的菜窖的位置、靠火炉升温的蔬菜大棚的位置，却都对不上号，只能凭印象有个大概感知。如今这些都在，但是换了全新面目，扩大了规模，更加科学化，现代化种植和养殖技术花开军营。

虽然战士们的伙食标准有了很大提高，但部队艰苦奋斗的光荣传统仍然在发扬。

在刘指导员组织下，战士们为我们做了一系列的军事表演：队列、倒功、单双杠四五练习、擒敌拳、四百米障碍。60名战士个个生龙活虎，每一套动作都干净漂亮，每一个项目成绩都在良好以上，整体素质之高是我们当年不能及的。训练场上龙腾虎跃，身手敏捷，喊杀声气吞如虎。九连的精气神儿还在，鼓舞着我们这些年过半百的老兵。

这是我放飞梦想的地方，这是我曾经战斗过的地方。好想再体会一下当兵的滋味，体会现代化勤务的便捷，体会这和谐的官兵战友情，体会这高水准的军营大锅饭……

二

当天下午，我们返回锦州，在原来的二支队机关，现在的速8酒店住下。

原机关楼是"L"形状的四层楼，临街的南楼是机关办公区，一楼是司令部，二楼是首长办公室，三楼是我所在的政治处，四楼是后勤处，拐角过来的东楼是警通中队和机关单身干部和战士宿舍。

速8酒店的服务员很好，很理解我们的心情，帮我把房间调整到原来住过的宿舍。躺在床上，回想着我在这里洒下的汗水，流下的泪水，曾经的迷惘，曾经的意气风发，历历在目。

在南楼三楼的最大房间，那是我们过去的宣传股，现在已经改成茶吧。以前我的办公桌所在的位置，现在放置了一排沙发。那时候，宣传股有很多报纸可以阅读，《解放军报》《人民武警报》都是我学习研究的重点，也是上稿最多的媒体。我的一篇篇报道，一篇篇稿件就是在这里投出的。报道写不尽支队官兵爱岗敬业、爱军习武、无私奉献的可歌可泣的事迹，鲜活的面孔，生动的事迹，又一一浮现在我眼前。

支队的老首长们，你们还好吗？你们不怒自威的神态，风清气正的作风，把二支队带成总队多年的先进支队，也是武警部队的先进典型；机关各部门的参谋、干事、助理们，你们还好吗？你们有的已经奋斗到团职、师级，更多的是走向了地方工作岗位继续奋斗；还有那些吊儿郎当的机关兵，你们还好吗？你们虽然松松垮垮，但干起工作来也是毫不含糊，都是一个顶俩的拼命三郎；还有那几位英年早逝的战友，你们还好吗？你们倒在了工作岗位上，鲜血染红了警徽，我们悲痛的泪水打湿了绿色的军装……虽然不能把你们的事迹一一记录下来，但我们永远歌颂你们，想念你们，怀念你们。

楼，依然是原来的楼，门窗被换，里外重装，完全没有了旧模样。过去威严、神圣不可侵犯的军事机关，变成了游客们随便出入的温馨宾馆。一楼的食堂成为宾馆的高档餐厅，院子成为宾客存车的停车场，曾经在院子里，机关干部和战士整齐地列队出操，威武又雄壮。

如果此楼有记忆，是否记得每个曾经在这里工作、生活过的干部和战士？曾经军旗飘扬、国旗招展、警徽闪亮的大楼，在这繁华的城市里静默无声。服务员说，很多原来二支队的干部和战士到锦州出差办事、探亲访友，都必定住进这个速8酒店，寻找他们过去的时光。怀念的又岂止我一人？

人老易怀旧，睹物易伤感，泪水又不争气地流下来。今日物是人非，性质已经完全改变的机关大楼变成了锦州支队的不动产，对外出租使用。2005年，武警部队响应全军改革号令，强军减政，精简机关，缩小基层部队编制，提高素质和战斗力，大量的经费和设施投入向基层倾斜，机关不再是基层官兵向往之地了。

为此，武警辽宁总队四个直属支队变成两个直属支队，我所在的二支队番号交给以前的守桥部队三支队使用，原二支队所属连队分交盘锦市支队、锦州市支队领导和管理。从黑龙江省一路战斗过来的二支队随同辉煌的历史，庄严的使命，只能存在于我们的记忆里了。

2018年，辽宁总队再一次进行精简。改编后直属序列的一、二支队再次撤销，经过缩减和调整，编制和结构更加优化，使得辽宁总队的武装战斗力更具有实战性和处突灵活性。

这是共和国的选择，这是强军的必然。想起这些，心里释然。我给同去连队的战友讲起了机关的人和事，从楼上到楼下各房间转悠，感受战友们留下的气息，寻找他们的影子。

如今的我带着部队老领导的期望和嘱托，带着部队的优秀品质，已经成为地方某报社优秀的编辑、记者、高级工程师。我感恩部队的培养，庆幸有部队的履历，自豪于我曾是二支队一名合格的三级士官！

如果让我留下来，我会同当年一样超额完成部队的新闻报道任务，写出更多优秀的作品。"萝卜条"和"豆腐块"让其他报道员去完成吧，我来完成急、难、险、重的新闻采访报道任务，我仍然可以四上前线参加抗洪抢险。把那些三等功的荣誉给其他战士吧，我只想证明我还是一个优秀的士兵！

三

"让我留下来吧。"只能是个念想和不能实现的梦。这既是为曾经没有更加珍惜部队时光而遗憾，也是为今日部队良好的待遇而感动。虽然年龄不容许，但是我的激情还在，热血还在。

我们同行的很多战友都表示，要鼓励自己的儿子或者亲戚朋友的孩子来当兵。但是他们并不知道，共和国军队建设至今，参军再也不是"有关系""有条件"就能随便实现的了。

那时候的部队相当于一个小社会。从城市来的新兵，不少是社会上的小混混，在地方混不下去了就到部队镀金，只是为了回地方安置工作。那个年代，农村经济已经开始迅速发展，老百姓也知道当兵很苦，没有前途可言，热情和积极性并不高。接兵干部把部队和部队所在地描绘得像天堂，不少人和地方武装部一样，只为了完成接兵征兵任务而已，兵的质量已经不在他们考虑之列了。可以说，那时候有"骗兵"的成分。有些新兵文化水平不高，政治觉悟不高，身体素质不高，可以说是良莠不齐。这些兵还把恶劣的社会风气带到了部队，拉帮结派，老兵欺负新兵，班长殴打战士，小偷小摸……严重影响人民军队良好形象的行为屡见不鲜。

我那时候入伍就不合格，因为近视，在第一项检测中就被淘汰了，但我当兵的愿望强烈，和体检医生说了几句好话，她很善良，考虑到我是高中毕业，到部队有前途，就让我"合格"了。那个年代，如果身体没有传染性疾病，家庭政审也没有大毛病，就可以到部队的。集结的那一天，邻村的那个战友迟迟不到乡里报到，最后还是派出所去了警察才给"请"到武装部的。

随着国家经济建设的大发展，强军战略全面实施，部队狠抓"兵"的源头，提高战斗力。同时，不断提高军人的生活待遇和社会地位，绿色军营向世人展示着无限魅力，吸引着大批优秀的社会青年，召唤着无数优秀的大学生。

当兵是越来越难了，比过去高考还难得多！说"千军万马挤过独木桥"

也不为过，说"百里挑一"则是恰如其分。我所在的河北廊坊地区，2018年报名当兵的人数达到10万人，最后征走的兵才1000多人，100人里才走一个兵！

好男儿志在千里，也需经过千锤百炼。当兵要经过"政治思想关、文化学习关、身体素质关、体能训练关、心理素质关、家庭审查关"等一系列严格检验和考核。每一项都是大排队，取前面的优秀者公示成绩，严防弄虚作假，严防以次充好。从第一项体检开始，到最后入伍需要两个月的严格检验和训练。这样从源头保证了兵员的素质过硬。哪像30年前，我们体检合格，接兵干部到家里看看，没有大问题就可以入伍了。

不看你的关系硬不硬，只看你的素质硬不硬。如今也不再是部队干部到地方接兵，而是地方武装部按照部队要求，选好兵以后，往部队送兵。即使有关系，家里条件再好，如果不是特别优秀，也与军营无缘。

如果以今日之条件来检验我，起码要有多项不合格。因为近视，肯定过不了身体检验关；因为身体协调性差，肯定过不了军事训练关；因为太多的理想化认识，肯定过不了心理素质关。那时候在部队，因为军事训练跟不上，没少被"粗鲁对待"，泪水也是没有少流。

去年征兵期间，廊坊军分区的朋友给我详细说了当年征兵体检的情况，坚决拒绝我亲戚家一位不合格青年入伍。我对他没有丝毫怨恨，相反，不由得赞叹当今部队征兵的严格。

感叹部队的装备变化，为部队的建设成就感到欣慰，为部队的辉煌发展感到自豪。

战友相逢是一杯酒，军营重回是一首歌。绿色军营远去，曾经的机关不再，一切一切，只能在梦里回望，在梦里亲近那片绿色。

"让我留下来吧。"把梦留在对新时代部队建设的讴歌中，留在对中华崛起的赞美文字里。

（原载2019年第6期《橄榄绿》，中国作家网2020年11月9日发布）

永恒的《二支队之歌》

一

离开部队二十年了，十余年的军旅生活仍历历在目。那些战友，那些故事，每天都在我的眼前，经常在梦里见到他们。军旅生活，成为我一生挥之不去的热血激情回忆。

当我操起笔来，部队的战友们就真实地走到我的面前，盘锦九中队的营房，低矮的土墙，我又置身在那训练场上，那震耳欲聋的口号声响彻辽河两岸。如刀割般的北风，漫天的大雪呼啸，不远处的监狱岗哨威严耸立。整齐的步伐英姿飒爽，上哨接过责任，下哨移交使命。

军事训练、野外执勤、夜间上岗、抗洪抢险、青纱帐围猎、逃犯追击、战备演练、特别比武、政治教育、思想检查、作风整顿、军地共建……生龙活虎的场景，就在昨天。

"金色的盾牌，闪耀着光芒，我们二支队全体干部战士迎着朝阳走向火热的战场……"这是那个时代的《二支队之歌》，吟唱起来让人热血沸腾。二支队的光辉履历成就了多少人的梦想，为多少人带去了终生的自豪与荣光。

中队干部、曾经的战友，还是英俊的样子，一身绿军装，微笑着向我挥手，一个庄严的军礼之后，就离开了那熟悉的军营。

锦州市里繁华区域的一幢浅灰色四层小楼就是武警第二支队机关所在，三楼就是我曾经所在的政治处，宣传股就在最大的办公室。在政治处，我度过了十年光阴，从小豆腐块的新闻到整版的文字，无不浸透着笔墨的艰辛。风雨无阻地往返于去中队采访的路上，南山、高山子、盘山，不知留下多少跋山涉水的足迹，多少风里来雨里往的身影。

新闻干事是部队里最自由的差事，保卫干事则是个比较唬人的差事。几乎是神龙见首不见尾的两大干事，别人羡慕，但是又做不来，况且这两份工作有时候还费力不讨好。于是，大神干事、大仙干事就这样产生了。

如果政治处没有大神、大仙，便会显得有些死气沉沉。如果大神和大仙任意一位在，气氛便会比较活跃，战友们会拿他们打哈哈取乐；如果他们不在，就少了笑料的源头。大神和大仙总有些奇闻逸事被从基层中队反馈到机关，在基层中队，有赞扬也有非议，而赞扬的居多。

主任最早是赵主任，后来是李主任，他们亲切的目光里有威严，言行中有关爱。"那个门怎么了？"就是典型的对事不对人的委婉问话。如果基层军营是"铁打的营盘流水的兵"，那么机关就是"铁打的营盘流水的领导"。他们的音容笑貌在那个四层办公楼里传扬着。每个人就这样把故事留在了部队，丰富着一代又一代军人的情怀。

二

我是结婚后第四天就离开爱人回部队的，然后夫妻两地分居八年后，才团聚在北京东边这个叫廊坊的城市里。

我的爱人面对分居不时有些情绪，我总是安慰她：有国才有家，你不站岗，我不站岗，谁来保卫祖国，谁来保卫家？每次她去部队，我都不是很欢迎，因为部队里全是清一色的男人，我不想我的爱人在一众男人直视的目光中穿行。

爱人是千千万万军嫂中的一分子，也是我笔下的素材。军嫂们对丈夫的工作给予了极大的支持和理解，并以军嫂的荣光坚守着军人的大后方。

军嫂们忍受着相思之苦，家中土地的侍弄，年幼孩子的抚育，年迈老人的赡养，都压在她们羸弱的身上。即便是这样，她们还要忍受一些骚扰和流言蜚语。她们心里只是盼望丈夫脱下军装，或者随军的日子早早到来。

一天在部队院里，收到天津市某照相馆邮寄的照片，是爱人抱着可爱的儿子，那小家伙手握着小拳头，眼睛都不看镜头。那一刻，我竟然想，这是抱着谁家小孩？过了几分钟才想起来，那是我儿子，儿子出生了。爱人生孩子，我没有在她跟前，成了她一生的埋怨。

由于没有心理准备，很长一段时间都没有进入父亲的角色，更不用说尽父亲的责任了。当我对父亲说，我想把爱人和孩子接到锦州市里去生活，父亲沉默了。我知道，那是父亲不愿意。他喜欢这个孙子，天天带着孙子玩，向人自豪地显摆。最后，我遵从了父亲的意愿，只好继续两地分居。现在想起来，正是因为那几年，父亲才有了精神支柱，孙子在他的生命里是快乐的源泉。如果把爱人和孩子带到锦州，父亲该是多么痛苦，留给他晚年的生活又是怎样的无声无色？

每次回到家里，儿子总不靠我跟前，不让我盖家里的被，说是他家的，不能给外人盖。等熟悉两三天后，小家伙又离不开我。问他最喜欢谁，他竟然对他妈妈说，最喜欢爸爸。

不知有多少个如我们一样的军人家庭，也许这些军人家庭都有着同样的故事。

三

战友们展现在我的笔下，军嫂们落在我的文字里。军人们怀着绿色的橄榄梦，装着千家万户的团圆。军嫂们红色的情思里，装着丈夫的安危，装着无尽的思念。

这些身影都是活泼生动的原型，也成就了这部长篇小说。

我沿着政治处干事们的足迹又一次回望军营，回望那个机关。可惜的是，因为部队机构调整，二支队这支从黑龙江一路打过来的公安军的编制不复存在，基层中队调整到锦州市支队，那个机关楼也成为社会大旅店了。二支队就这样留在了很多老二支队人的记忆里。

朱和孙二位干事留给我太多的故事，也感染着我的笔触，我必须让他们再一次闪光，如此才能对得起那些曾经在二支队奋斗和贡献过的军人们。有的战友因为身体原因，因为部队事业，早早地离开了这个世界，离开了思念他们的战友和怀念他们的妻子儿女。当那个指导员对我说，他好留恋这个世界的时候，我们都忍不住流下了泪水。那个志愿兵司机因为劳累去世的时候，他妻子哭成了泪人。

当乔爱华在我的笔下去世后，我流下了太多的泪水，读一次，流泪一次。

我太喜欢这个人物了，敢爱敢恨，风风火火，泼辣能干。她肩上的担子太重了，她不得不权衡各方面，不得不为了丈夫的事业考虑，让丈夫飞得更高，飞得更远。她是朱文成最踏实的一片土地，深沉而厚重的土地。只有在这片土地上，才能成就朱文成的梦想，才能让朱文成更好地飞翔。

泪水流给乔爱华，流给部队的战友们，流给军人身后千千万万的军嫂们。

四

醉卧沙场君莫笑，古来征战几人回。

将军百战死，壮士十年归。

男儿何不带吴钩，收取关山五十州。

……

写着这样的小说，古代壮志豪情的诗篇随口吟诵。虽然是和平年代的军人，他们同样也是优秀的，同样也有这样豪情满怀的壮志热血。

写着写着，小说就变长了。原计划将本篇小说写成一个中篇，但是笔墨如江河奔腾，不能停止。那些人物一个个地涌进我的文字里，一个个变得生动形象了，一个个事迹催下了我的泪水。

以此书纪念我曾经奋斗过的武警辽宁总队第二支队。二支队永恒，永恒二支队，《二支队之歌》传唱在历史的天空里。

写着这样的小说，内心里也涌出一种感激之情。感谢曾经给我成长帮助的领导和战友们，曾经支持我事业的爱人，即将让这部长篇小说面世的出版社编辑，以及在写作过程中给我帮助和指导的朋友们，还有不知疲倦地为这部小说写评论的朋友们。

大恩不言谢，愿你们都安好。

谨以此书献给所有的军人，以及有过当兵履历的战友们和那些支持军人事业的伟大军嫂们。

（本文为长篇小说《少女河心》后记，中国文联出版社2023年2月出版）

那一壶醋意

"谭班长，我是发才，我现在在廊坊呢，咱们一起待会儿吧？"

那日是八一建军节前两天，我在办公室上班，接到了葛发才打来的电话。

"你怎么回来啦？什么时候回来的？"虽说我对葛发才再熟悉不过，但也有十几年没有见到他了，平时联系除了微信，就是电话，还不是经常性的，这次能够见面确实很惊喜。

在我周围认识葛发才的人都说，葛发才的经历就是一部传奇。于是也就成就了这部7万字的中篇小说——《面包、房子和媳妇儿》，小说虽然不是在很高的平台发布，受众范围也不是特别广，但是反响还是很不错的。很多人读后说，把真人真事写成这样传奇的纪实，真是精彩纷呈。

主人公从小说里走出来了，我和与他同年入伍的战友们都很高兴。我是1989年入伍，他是1993年入伍，兵龄比我晚了好几年，正常情况下，如果我三年退伍，也许就不会认识他，也就没有后来和他的交集了。因为部队需要，我在部队留队十二年，也就有了后来对他的了解，并大力地宣传这个从河北廊坊来的朴实农村兵。对于这样出色的战士，也许即使我不宣传，别人也会宣传，也会让这块金子发光的。

聚会地点选在光明西道一个普通饭店。我到场的时候，几个1993年度兵已经到场，这些人当中我认识一部分，有在廊坊某机关任职的，有在城中村担任党支部书记的，有在调河头村里当农民的，也有经商做生意的，当然还有那个叫作邹彦军的。

葛发才还是那个样子，憨憨的表情，黑红的皮肤，厚厚的嘴唇，一乐就咧到一边，不过比以前有了文气。分别近二十年，还是不见老，用他的话说就是奋斗者永远年轻。

"你的夫人呢？我笔下的油田顾姐呢？没有一起带回来？"我落座后

就问。

"前天回去了，家里有事儿。"

"你们怎么这个时候回来啦？"

"母亲病了，在市医院住院呢。回来照顾，我们兄弟几个轮流伺候。"

"你父亲还好吧？"

"父亲在几年前就去世了。"葛发才低头思亲，大家随之沉默，笔下的葛大成还鲜活着呢，现实中竟然已经去世了，这是我不知道的事情。

"邹彦军，你的夫人孙丽娜怎么也没有来呀？"我转移话题。

"家里上有老，下有小，忙。"邹彦军复员后，通过卖嘴皮子，跑起了印刷纸生意，凭着在部队练出的胆量，到哪里都天不怕地不怕，敢打敢冲，生意做得风生水起，在廊坊市里买了楼房，已有两个孩子，目前孕第三胎呢，赶时候、赶政策。

"今天我埋单，谁也不许和我争。"邹彦军有了生意人的豪气，机灵劲儿不减当年。

"邹老板埋单，那就多上五粮液和国窖1573，螃蟹、大虾、鲍鱼、燕窝随便点！"气氛马上就活跃起来。

"还是喝咱们廊坊的迎春酒吧，白菜、猪肉、豆腐炖粉条大锅熬。我很久没有喝咱们廊坊的老迎春了，廊坊的大锅熬最地道了。"葛发才还是那么实诚。

酒前，大家还有些放不开，喝过几杯以后，葛发才又成了大家的话题。

"'葛四发'，你还那么臭不？"

"葛发才，你是发了，我们是完蛋了。"

"葛四发，油田顾姐终于让你的黄瓜西红柿给收买了。"

对于以上的问话，葛发才还是嘿嘿一乐，咧开大嘴，露出一侧的白牙，一副幸福满足的样子。

"油田顾姐厉害不？是白天厉害，还是晚上厉害？"这话就有些情色，大家哈哈一乐。

"你滚吧，你滚吧！"葛发才坦坦荡荡地怒骂着。

他们都是同年入伍的兵，有些话题不是我能够参与的，我很开心地看着这一幕。

葛发才的提干，始终令战友们感慨，也是他们所羡慕的。

"你说，我们在座的哪一个不比你会说，文化不比你高？"

"你家咋就能祖坟冒青烟？"

"我都是回到地方转业到一个单位才提的干。"

这些都是事实，在形象气质、语言表达、文化水平、处事能力等方面，葛发才都不占优势。

"怎么就轮到了你？"这句话是大家共同的疑问，同一个车皮到的部队，廊坊的这批 1993 年度兵，只有老实巴交的葛发才提干了，让人不可思议。

语气中有明显的醋意，正如餐桌上那一小壶陈醋，酸味浓浓的。

"嘿嘿，嘿嘿。"葛发才解释不了这个结果，只能嘿嘿直乐。喜悦之情还像当年那样浓厚。

"我给大家说说当年提干的幕后故事吧。当年应当说竞争是很激烈的。支队八个常委领导，每个人都有一个重点培养对象，都有一个过硬的人选，应该说都是各岗位上的骨干。这样争来争去，还不能影响班子团结，最后只有让葛发才去，领导们才没有意见。"我将其中根由解释给大家伙。

"原来是腐败的结果呀。"不知是谁冒出这么一句。

"不能说是腐败，咱们二支队是全总队的先进支队，各方面都过硬，涌现出来的先进人物、优秀典型确实多，每个领导都想在自己负责的范围内出彩，让自己培养的典型胜出，也都是正常的。"

这样说过，房间内的醋意稍微弱了一些。

"那个年代，只要你特别能干，干得特别好，就有发展前途。现在的部队是政治建军、科技建军、文化建军，像葛发才这种情况绝对不可能出现了，种菜种得好也提不了干，最多转成士官。"

"还是谭班长说得对。"葛发才终于插进了一言。

"敢情谭班长向着你说话呢。"醋味儿还是没有散尽。

"来吧，我们都祝贺并祝福发才，毕竟我们这一届兵里，发才成了我们的骄傲。"提酒祝贺，气氛中虽弥漫醋意，友好的战友情依然热烈。

几杯酒下去，葛发才的脸变得深红沉稳，兴奋地谈了自己的感慨："谢谢战友们。说实在的，我很感谢部队领导的培养，感谢谭班长对我的宣传报道，让我发光发热。"

葛发才比在部队时会说了，说话也有思想站位和高度了。

"战友们，时势造就英雄，环境成就人生。发才有这样的结果，是偶然也是必然，终究是他努力的结果。应该说，我们在座的也都有了很好的人生结果，但还需要继续努力，我们的未来会更美好的。"我是这个桌子上最老的兵，"高屋建瓴"地总结道。

"是，是，谭班长说得对。"葛发才再一次附和了我的发言，他的性格还是那么朴实。

……

这是我最近一次见到葛发才和邹彦军，二人的本质和性格依然和当年一样。战友们之间有些醋意，也是正常的，没有醋意，那就不是正常的社会和人生了。

他们的出现，又把我带回到了那火热的二支队军营里。他们曾经是朝夕相处的战友，还是我笔下鲜活的生命和灵魂，他们的故事将激励更多的后来人。

我必须去写，必须写好，那是我的责任，是一个作家的使命。写作的时候，我也变得年轻了，又回到了激情火热的军营里。

（本文为中篇小说《面包、房子和媳妇儿》创作谈，小说于2021年由《方城文学》分四期连载，2023年第4期《今古传奇》以《黑雨》为题将小说全文刊发）

第三辑：乡情缕缕

当年的自行车

小时候，我们都管自行车叫"洋马马"，几岁的时候在四川的山里看见山间公路上来了自行车，我们就唱起了骂人的顺口溜：洋马马，叮叮当，上面骑个死瘟殇；洋马马，黑肚皮，老子买来儿子骑。在集市上看见了"洋马马"就上前去，摇一摇铃铛，手摇那自行车的脚蹬子。印象中的自行车就是大梁黑黑的，车把亮亮的，铃铛脆声响，那么洋气，漂亮。

然而一场家庭变故改变了自行车给我的印象，也把我的人生带到了另一个天地。我到河北的时候才13岁，一个陌生的高个子男人去接我和母亲的时候，别人说那就是我的父亲（继父）。他推着一辆又大又憨的自行车，没有挡泥板，没有铃铛，没有前后刹车，一路上，很多人和这个男人打招呼：把儿子接回来啦？这个男人很高兴地应答：接回来了。而我却在想，这个自行车怎么和我印象中的自行车不一样呢？

原来河北很多家庭里都有这种叫"大笨车"的自行车，是能够载很多东西的，车架比28自行车高大，车辐条还很粗，轮胎也厚实，后座也长，还没有车梯。这样的"大笨车"最多可以拖载600多斤东西，在平原地区是很实用的。而那种正规厂家出的"洋马马"叫"小洋车"。

我小小年纪就和这种"大笨车"打上交道了。学车的时候，连车都推不稳当，人比它高不了多少，总觉得这个家伙很难驯服，不是把我砸倒，就是被它没有把套的手把戳破了手心，有时候还划破了衣服，还总把脚蹬子摔得过不了车架，还总用扳手扳回来。气得父亲多次警告我，不要再动他的"大笨车"。别的小孩，腿跨不过大梁，就把右腿掏进大梁下面骑车，父亲也让我掏着骑，我也是很笨，怎么也"掏"不会。那跨梁学车吧，可左脚助蹬掌握不好平衡容易摔倒，而且人小跨不上去。后来看见别人有个办法，右脚助蹬以后，左脚踩在中间轮盘的中轴上，右脚再跨过大梁踩在脚蹬上，左脚再回踩到脚蹬上，骑的时候，身子七歪八扭。就这样，我在多少次摔打中学会了骑车。

家里穷，只有这样一辆"大笨车"，父亲还总骑它下地。每次回来，后座上托载山一样高的柴草。轮到父亲不忙的时候，才可以把大笨车骑出去，和小伙伴去飙车。玩儿命从坡底下往坡上骑，骑不上去，就结结实实摔在沟里。年少轻狂，骑着"大笨"去文安，去霸州，活脱脱的野马一样。

说实在的，看见别的少年有了新的"洋马马"，心里好羡慕，铃声那么脆响，骑得飞快，然后"吱——"一个紧急刹闸，车便稳稳停住。没有车，去东桥上学，每天用脚丈量两次，有时候晚了，母亲就去给我借一辆车。去史各庄中学上学，也是会修车的爷爷"攒上"一辆小笨车，一骑就哗哗啦啦响，老远就能听见那种嘎啦嘎啦的声音。要过多少次，父亲也不买。最后说，考上高中，就买"小洋车"。父亲不给我买车并非对我不好，我也知道家里很难，土里刨食，我能上学就不容易了，不能再要求更多。

于是，我就努力学习，也盼望初中快点毕业考上高中。考上高中了，在等待开学的日子里，父亲委托当家子叔叔在天津的亲戚直接去天津自行车二厂，买了一辆"红旗"全套零部件，运回家来"攒"。看见新的"洋马马"，心里甭提多高兴了。当听见别人说"红旗"和"飞鸽""凤凰"是三大名牌自行车，心里就更美了。有了这个"小洋车"，就脚不沾地了，在一个村里去旁边的一个胡同里，就隔几米，也要骑着去嘚瑟，显摆自己的新车。有了这个"小洋车"，我就对那辆"大老笨"视而不见了，那一辆就真正成了父亲的"专车"。

骑上心爱的"小洋车"寒来暑往奔波在去大留镇求学的路上，这辆"红旗"载我一路欢笑一路豪情走过了三年。其间，父亲为了我上学方便，还给我买了手表。每次"长途跋涉"以后，我总要把它擦拭得锃亮。当我以12分之差名落孙山以后，心里好难过，觉得对不起父亲和家人的期盼，对不起这辆崭新的"洋马马"。

后来父亲让我去复读，复读一个月以后，心理压力颇大：再考不上，多丢人呀！继而又回到了家里。"小洋车"又同我做了半年伴，母亲让我去当兵，父亲也默默支持。走的那一天，我坐乡里的小汽车去县里集合，父亲就骑上了那辆"红旗"去县里送我。泪别父亲的时候没有来得及好好看看我的"红旗"，再见到"红旗"时是从军两年以后。

没有探家之前，父亲去部队看过我一次，我问起父亲，那辆"红旗"还好吗？父亲说，还好。我心想，我回到家还能骑它去嘚瑟。

两年后，我探亲回到文安，父亲骑着"红旗"载着我和行李回村里。亲情叙罢，再去端详我的"洋马马"，它已经和父亲一样饱经风霜：辐条不再闪亮、黑漆也脱落不少，也不再油亮了，铃铛也成了聋子的耳朵——摆设了，挡泥板的螺丝也松动了。父亲的那一辆"大老笨"孤零零地倚靠柴草棚里，像个老人一样，等待太阳照射，父亲也不再眷顾它了。

第二次探亲回到家就不见了我心爱的"洋马马""红旗"了。父亲说，去外村办事，丢了。我说不是有锁吗？父亲说："办事儿很快的，我就没锁，谁承想那么一会儿工夫就让人偷了呢？"我想责怪父亲，一看父亲像做错事情的孩子一样委屈，我就没有再吱声儿。父亲又骑上了他的那一辆"大老笨"，"大老笨"像焕发了青春光芒一样，雄健有力，以一种得意扬扬的神态屹立在院子中央的枣树旁。那时候，树上还有许多熟透了的枣子，父亲没有让家里人打，说是留着，等我回来，打下来，给我吃，我心里热热的。

转眼到了1997年春天，一个父亲病危的电话，把我召唤到了父亲的病床前。这样，我和父亲相视无语，我们相伴了一个月的时光，他以53岁短暂的人生离去了。我流干了一生的泪水，一生的悔恨成为永远的痛：他在的时候没有好好地爱他。

后来，每次回到文安农村的家中，都没有父亲任何遗物，只有回忆中的音容笑貌。而他的那一辆"大老笨"被放到墙的旮旯儿，母亲说邻居的一个爷爷要过，她没有给人家。每次看到那辆"大老笨"，就会睹物思人。它的主人是那么善良淳厚，它的主人用他庞大的心胸感染着我，激励着我，影响着我的一生：让我勤奋做事、诚实为人。而它在那个角落里，也如同它的主人一样静静地去了，锈迹斑斑，车胎早已干瘪。它和它的主人一样，曾经伟大过，曾经辉煌过。

如今我转业快二十年了，其间也买过不少自行车上下班，每一辆都骑不过两三年就坏了，随时间过去也就都淡忘了。这些自行车，给我的感觉，花里胡哨，不实用，没有早年间自行车的经久耐用，缺了庄稼人的"实诚"。自打买了汽车以后，就告别了自行车生活，最后跟我上下班的那一辆自行车，扔在地下室过道里，早已灰尘半尺高，没有了本来的模样。

每次回到老家，看见那辆"大老笨"，我心里总是默默地问："亲爱的父亲，你在那个世界，还好吗？"

（原载2018年3月12日《廊坊日报》，荣获第五届中外诗歌散文邀请赛一等奖，2022年邢台市"奋进新时代建功新时代"全国征文优秀奖，中国作家网2021年12月3日发布）

另一种远方

十多岁随父亲下地刈麦。满洼都是金黄的麦子，一望无垠。足蒸暑土气，背灼炎天光。汗流浃背的父亲把腰弯成"n"字，不停地往前移动，镰刀月牙一样透亮，执在他粗糙的手里，他就像是大地的理发师，欸拉欸拉，麦茬就齐刷刷地甩出来，展露出大地的精气神儿。

割麦子靠的是熟练，捆麦子就要靠技巧。父亲把镰刀夹在左腋下，抓起一小把较长的麦子戳齐，分成两绺，两绺麦穗相交扭，变成麦腰，往地上一摊开，放上一大堆刈下来的麦子，然后将麦腰两头一拢，右腿往麦堆上一个跪压，双手攥住麦腰两头，左手往怀里拽，右手往外拉，右胳膊一别，左手两个缠绕，麦个子就捆扎结实了。我感觉父亲就像在变魔术一样快捷，令人眼花缭乱。

"这就行啊？"我持怀疑的态度。

"你提溜到日南，也坏不了呀！"父亲信心满满。

父亲说着，就将麦个子拎起来，摔巴两下，那麦腰纹丝不动，看来捆得非常瓷实。

日南？日南是哪里？是"裁缝寄远道，几日到临洮"，还是"乡书何处达，归雁洛阳边"？

"爸，日南有多远？"我好奇地问这个刚熟悉不久的继父。

"你想它是多远就是多远。"父亲笑起来的时候露出白牙，枣红色的脸上，带着慈祥，目光如炬，和那日的太阳一样，明亮炽热，近在眼前又恍若悠远。

"是山东日照南边？还是日本南边？"

"那才多远？"在这个小学还没有毕业的父亲眼里，日照、日本都不算个距离，好像他一双长腿几步就可以到达。"日南"是超出人想象的远，他捆扎的麦个子结实得坚固无比，如同铁打钢铸。

那是我第一次从父亲的嘴里听到"日南"这个词儿。

是不是河北农村的方言土语里就有"日南"这个词儿呢？我仔细观察周围的农村人，没有一个人说"日南"。劳动创造了语言，劳动人民创造了语言艺术，每个人都有自己独特的语言表达，看来父亲就是通过他的经历创造了这个词儿。

父亲年轻的时候，曾去天津"当夫"，他们把响应毛主席号召根治海河当民工叫作"当夫"。最后回文安那一天，也许是因为太过劳累，父亲睡过了头，没有跟上回村的大马车。等他醒来的时候，已经快中午了，父亲难过了一阵儿，就用一双脚板踏上了回文安的路。在途中，他去沟里方便了一下，又错过了回去接他的马车。大冷的冬天，他愣是凭借着毅力，把150里的回乡路踩在脚下，用了三天时间回到文安。路上饿了就去附近农家要点儿饭吃，晚上就借宿农家。家的方向就是他心中的一团火，激励着他脚下生风。

"当夫"回乡的经历成了他自豪的资本，每次和乡人喝酒，都会有一些自豪的酒词，并把"日南"挂在嘴边。别人说他是"傻小子睡凉炕，全凭火力壮"，他却说"远在心中，近在脚下"。生活的经历教会了他关于远与近的人生哲学。

父亲是修理自行车的行家里手，村里的人修自行车，都是鼓捣半天都鼓捣不好才找父亲的。父亲问过毛病后，三看两看，三下两下，扳子钳子齐上手，三下五除二，就鼓捣好了，那些自行车主人总是用怀疑的眼光问父亲："这就好啦？"父亲的"日南"张口就来："放心骑去吧，骑到日南也没事儿。"

父亲的"日南"随口而出，但意思又是丰富的，是他心里没有标准的远。他如同仓颉造字一样，造出了这个让我刻骨铭心的词语。

在父亲37岁娶亲之前，总有人和他开玩笑："老谭，什么时候娶媳妇？让我们听听你的窗户根儿？"

"甭着急，等到日南以后。"他都37岁了，还让别人不要着急。他很有信心和耐心，对别人说的这个"日南"，是父亲时间上的距离。很多和他同年的人都是儿子女儿老大了，只有他还形单影只。

"日南，日南，日南是猴年马月？"

"你慢慢等就是，保证有你的窗户根儿听。"光棍儿是开心的，无拘无束。北方有"听窗户根儿"的习俗，就是跑到别人窗户下，听人家夫妻之间的悄悄话，尤其是年轻夫妻的"窗户根儿"更让人津津乐道。

那个时候的父亲陪伴着一个鳏居老汉十几年，老少两个光棍儿住在一起，自然有很多共同语言。彼此交流着曾经听"窗户根儿"的感受。老光棍感叹人生的孤独，在人生最美的季节错过了男女缘分，小光棍儿说其实这样也很好，无牵无挂。父亲像三年级小学生学雷锋做好事一样，每天起来给那个老人挑水、扫当院、劈柴，做完这些回到爷爷奶奶那里报到吃饭，然后下地。老光棍儿经常感叹，这么善良的年轻人，为什么遇不见善良的女人？

父亲像走在一条大路上，看到陌生人遗下的重担，便会毫不犹豫地挑起这副重担，继续前行。他以广阔的胸怀接纳了母亲和我及弟弟妹妹四人。那个鳏居老汉说，善良的父亲自然有不怕晚的现成饭，但别人说他的"窗户根儿"没有味儿，一大炕老的少的，没有他们想象的内容。

父亲送我上学了，村小学校长特地找到家里，说这个四川娃儿很聪明好学。父亲说，好好上学，要有个日南的志向，干大事，你上到日南去，你这个继父老子也供你。他说这话的时候，目光平视远方，有着无限的光亮，远不像我现在对儿子说，你小子有本事考到火星上去，你老爹头拱地也供你，我的目标直接又准确。

河北人不把上学说是上学，说"上校"；还把"安"说成"南"，"安全"说成"南全"，"安里村"说成"南里村"。还有不少农民会对做错事的孩子说，我这一脚把你踹到陕甘宁去，那意思是把你踹得远远的。而平辈之间开玩笑用这样的语气，对方会说，"好啊，我一下子就到解放区了，解放区的天，蓝蓝的天，解放区的人民好喜欢"。我怀疑父亲的"日南"是"日安"，日子安稳。但是，那天他的一句话中的两个"日南"，绝不是同一个意思，前一个还是形象轮廓上的远大，后一个是地域上的辽远。慈祥的父亲，从来没有说过把我们踹到陕甘宁的话，只是时而把他的"日南"哑在我们耳中。

日南，成为父亲心中的宇宙，也成为他生活的方向和目的地。他用自己的脚丈量着心中的远。那几年，日子不管多艰难，父亲总是为了我上学到"日南"，长本事到"日南"，不辞辛苦地劳作，每次下地后，那辆又大又重的笨自行车后面都要拖载回山一样的柴草。

以前他一个人吃饱全家不饿，如今平添四张嘴，日子一下就艰难了许多，不过在他的脸上总是洋溢着快乐。好像"日南"以后，日子会好起来的。别人说他一下子老婆孩子都有了，捡了很大的便宜，他也不在意。我们三兄妹还算听话，父亲总是笑呵呵的，很开心满足。

高大的父亲似乎要顶破天，有他在，我就无忧无虑。学习时紧时松，大学终归没有考上。父亲一脸严肃，不停地审视着我，他总听别人说我的学习好，他的愿望谁也不知道有多"日南"，结果却是这个样子。他好像不认识和不信任我一样，让我不敢仰视他的脸。最终一声叹息，表达了他比我还难过，荣光不再，他"日南"的心愿一下子坠落到脚下的土坷垃里。

母亲让我这个不识稼穑的儿子去当兵，父亲好像看到了另外的希望，心愿里有了另外的"日南"。兵车带走我的那一天，相处了九年的父子分别，他红着眼睛说："远在心中，近在脚下。咱们是农村孩子，到了部队踏踏实实地干，不要想那些日南没有用的。"我没有听懂他这个"日南"之意，流着泪水赶紧点头。兵车远去，父亲变成了天边固定的一个点，他看我消失在远方，我看他消失在天尽头。

后来回想，这个"日南"就是空旷不实际的意思了。

关内关外，千余里。父对子的思念没有距离，但也遥远，父亲的思念会不断地穿越他心中的"日南"，慰藉我在军营中的艰苦和寒冷。当我奋斗到部队机关以后，写信告诉父亲，他高兴得忘乎所以，我已经接近了他心中的"日南"。

一日，闲来无事，翻阅机关图书室的大百科全书历史卷，竟然还真查出了"日南"一词。在大百科全书里，这样对"日南"做了解释：日南是中国古代一个郡的名字，其范围在今越南社会主义共和国的中部地区，辖境位于越南横山以南，即从广平省到平定省之间的沿海狭长地带。汉武帝元鼎六年（公元前111年），西汉王朝灭南越国，在百越地区设置了南海、苍梧、郁林、合浦、交趾、九真、日南、珠崖、儋耳共9个郡，隶属交趾刺史部。日南郡位于最南面，其名字的得来是因为当地位于北回归线以南，深居热带地区，大约在北纬16度附近，一年中有近两个月的时间太阳从北面照射，因而日影在南面，故称"日南"。《汉书·地理志》颜师古注曰："言其在日之南，所谓开北户以向日者。"郦道元《水经注》则解释道："区粟（日南被林邑占领后的名字）建八尺表，日影度南八寸，自此影以南，在日之南，故以名郡。"

这一查阅，为我打开了新知识的世界。日南，还是两汉以前的流放之地。流放，又称流刑，是古时将犯人押解到远离政治、经济、文化中心的一种刑罚。在我国，最早的流放可以追溯到上古时代，尧帝将共工流放幽州，于是共工成为流放的始祖。但那时候流放并没有作为一项法律制度被确立下来，直到秦朝一统天下后，流放才被正式写进律法。

汉代流放犯人在广东、广西一带的合浦郡，这个地方偏远，靠海，湿气重，瘴气毒，是个磨炼身心的好地方。东汉之后，合浦郡经过改造，逐渐开始适合人类居住，朝廷觉得日南更加潮湿恶劣，而且远离中原文化中心，人去到那里，基本就是客死他乡了，这才是更加严厉的惩罚。

与"日南"相关的古诗中也不乏名篇。最早有汉代无名氏的《别诗三首·其一》："有鸟西南飞，熠熠似苍鹰。朝发天北隅，暮闻日南陵。欲寄一言去，托之笺彩缯。因风附轻翼，以遗心蕴蒸。鸟辞路悠长，羽翼不能胜。意欲从鸟逝，驽马不可乘。"路远，思念也远。飞鸟不能至，驽马更不可行。唐代张籍的《送南迁客》："去去远迁客，瘴中衰病身。青山无限路，白首不归人。海国战骑象，蛮州市用银。一家分几处，谁见日南春。"诗句将日南的路远和艰苦的环境描绘得更为形象。青山重重路万条，头发白了都见不到亲人，可见其远；瘴气缠身而致病，也许被流放的人离开了亲人，连目的地都到不了就中途病亡，也就不能见到日南的春天了，全诗极为凄凉和沉重。唐代大诗人李白的《见京兆韦参军量移东阳二首》同样也描述了日南之远之苦："潮水还归海，流人却到吴。相逢问愁苦，泪尽日南珠。闻说金华渡，东连五百滩。全胜若耶好，莫道此行难。猿啸千溪合，松风五月寒。他年一携手，摇艇入新安。"不过李白的诗到最后还是比较乐观的。宋代的苏轼也有"九龄起韶石，姜子家日南。吾道无南北，安知不生今"的诗句。

看来"日南"在古人的眼中并不陌生，在他们的心里，日南除了遥远就是蛮荒和艰苦。

"日南"真的很远，但是同父亲的"日南"相比意义就单一了。面对那本大百科全书，我沉思良久，"日南"虽远，却又很近很亲。小学文化的父亲也会知道这些？在那个知识获取途径贫乏的年代，他会知道"日南"？是不是巧合呢，还是在哪本古书上偶尔见到？父亲的祖上也不曾出现过秀才和举人之文化根脉。在父亲的农村小天地里，与"远"相关的概念是没有标准的，他也绝对不会知道早已经有了"日南"这个地儿、这个词儿，如果知道，他会不会创造出另一个词儿来表达他心中的"远"呢？他又是怎么想到造出这个词儿的呢，多年也不曾问过。

几年后，父亲因病去世，才53岁，他脚步还是如此急近。如今，我的岁数已经超越了父亲，我不知道现在的成就和理想与父亲心中的"日南"还有多远。"日南"一词总在耳边轻声响起，带给我的是一阵阵的痛，深悔他在世的时候没有好好爱他。

二十五年过去了，父亲的音容笑貌仍在，尤其是"日南"一词，被他说得轻松自如，炉火纯青。因为劳累，他早早就去了"日南"世界，变成了一颗星星遥望着我们，等待"日南"以后，一家人再亲切地团聚。

（原载2023年第6期《解放军文艺》）

我拾儿衣穿

"爸，我给您买几件新的吧，别总拾我的衣服穿了，有的都破了。"前几天，儿子临去上海，收拾行李的时候，他妈看他的一件汗衫有些旧了，就让他把衣服给我留下，儿子就想给我买件新衣服。

"不用了，你这些衣服，你老爹还能再穿两年，扔了是最大的浪费。"我连忙劝阻儿子。

从儿子上大学开始，我就把儿子要扔的衣服穿起来。外套、毛衣毛裤和衬衣，能穿的就不扔。

儿子已经成年了，朝气蓬勃，活力四射。他刚参加工作，又正值谈情说爱的年纪，穿衣更是讲究时尚，做父母的当然得多加支持，希望他永远年轻帅气。但是，他"过时"的衣服就多了起来，我呢，不用去商场受累了，还能换着花样穿衣，真是两全其美。

说实在的，儿子个子很高，1.85米的大个儿，我才1.69米，儿子的衣服看来不是很合适。但是，现在年轻人穿什么衣服都是喜欢"短款"，所以，他不穿的衣服，就很合我身，有时候裤子长些，就找缝纫师傅剪短一截。我身子粗些，儿子体形瘦些，他的毛衣毛裤、绒衣绒裤，我穿上撑一撑，也就宽松了。儿子冬天的大棉衣外套，我也能拾起来穿。虽然父子俩体形不一样，但儿子不穿的衣服在他老爹这里基本上不会浪费。只是儿子45码大脚穿过的鞋，给我这41码的小脚，就成了"大船"，我只能"望鞋兴叹"。

穿着儿子不穿的衣服感觉很神气，单位的同事们总说我年轻了许多，心里不免美滋滋的。儿子的衣服是年轻人的时尚色彩和款式，所以同事们打趣我"老来俏"，刚开始还以为我在跟年轻人的"风"，时间长了，同事们也知道，我一有"新衣"穿，那就是儿子又淘汰衣服了。

"人配衣衫马配鞍"，我穿儿子衣服成为单位一道独特的风景，也让我心里暖暖的，就好像远在千里之外的儿子在我身旁。这种感觉就和三十年前我父亲（继父）拾我衣服穿的感觉一样一样的。

我当兵的第二年，父亲到天寒地冻的北国去看我，我远远地看见父亲穿的外套就是我在家穿的那件棉袄，衣服穿在1.83米身高的父亲身上有些显短。再看父亲的内衣和绒衣，也都是我在家穿的。我问："爸，您怎么不买几件衣服穿呀？您穿我的衣服也不合身呀！""没事儿，你的绒衣绒裤都是弹性很强的呢绒料子，我穿上，往下拽拽就长了。"父亲身材高大，却有一双小脚，我的鞋，他穿着很合适。

从那开始，我知道了父亲在拾我的衣服穿。我调到机关工作以后，部队发的衣服穿不完，我尽量把不穿的新衣服和鞋袜，尤其是绒衣绒裤，都给父亲带回去，让他穿。部队的衣服号码偏大，父亲穿上正好，也不用再撑一撑、拽一拽了。他特意给我写信说，新的留下让我自己穿，那些我穿过的，不要了的，再给他带回去让他穿。一席话说得我好心酸。信里，父亲还说，我远在千里之外，穿着我拾给他的衣服，他心里暖暖的，就像我在他身边一样。读到那里，我的眼睛潮湿了。

自打我到了父亲身边，就没见他穿过像样子的衣服。有个大棉袄，还是爷爷不穿的，他一直穿到去世。临终时，他还穿着我当兵前的一件呢绒秋衣，我看在眼里，疼在心里。那一天，我含泪用剪子剪开那件有几个窟窿的秋衣，给年仅53岁的父亲换上可能是他这辈子唯一穿过的一身新衣服——"寿衣"。

温暖和亲情就这样延续着。二十年前，父拾我衣穿；二十年后，我拾儿衣穿。我不知道，再过二十年，儿子是否会再拾他儿子的衣服穿。儿子微信回答我：想必会的……

（原载2018年7月13日《廊坊都市报》，荣获廊坊市好家风征文一等奖，中国作家网2021年12月3日发布）

别了，灶王爷

在我半辈子的印象里，那种能够吞没柴草的，将柴草变成熊熊火焰并留下火灰的灶才是真正的灶，那灶上的锅是不轻易移动的，只有锅灰很厚了，才从灶上把锅取下来，刮干净锅灰。

童年的记忆中，灶是很温暖的。冬天里，在灶前烤火，那红红的火光映红了父母亲的脸，他们把我搂抱在胸前，一边在我耳边说话，一边往灶膛里添加柴草。不时有火灰落到下面的灰腔里，等火灭了，父母会把热灰扒拉出来，把穿着鞋子的脚放在灰上，煨热他们冰凉的脚。我调皮的时候，就光脚伸进那热灰里，烫脚就拿出来。等灰腔里的灰快满了，再清出去做最好的肥料。

快乐的时光就是，父亲在灶前烧火，母亲在灶后操作弄饭。然后我在母亲背后要吃的，母亲会不时把刚出锅的玉米面锅巴给我一块。我满足地趴在父亲腿上，看那灶膛里的火焰熊熊燃烧，是那么亮堂，那火会不时轰轰地响，那就是火在笑。

"火笑有客来。"父亲高兴地说。这是南方老家古时候就有的说法。

"客人来给人家吃啥？"母亲对于客来总是很敏感，因为家里细粮不是很多。

家里来客人成了童年的期盼，客人会带来山外新的消息，客人来了，家里会做米面细粮给客人吃，我是可以沾光的。来了客人，或者家里有些大点儿的事情需要厨艺好点儿的厨子主灶，被称作"赚灶"。人们吃满意了，会问是谁在"赚灶"，会把他的厨艺夸奖一番。我觉得那时候灶是最神奇的，可以从那锅里做出很多好吃的来，那火焰努力地燃烧，燃烧出童年的快乐，那就是最美的生活。

盼望客人来，盼望过年，都是我关于南方灶的印象。在屋子外看够了白天的云彩和夜晚的星星，回到屋里就是看那灶膛里燃烧的火，从微小的火苗到熊熊烈焰，把灶前映照得通红。那白云和星星给了我对山外世界的向往，那灶火给了我对美好幸福生活的渴望和期待。

南方农家的灶会在早晨和晚上呈现给我美妙的风景。早晨的炊烟升起，在晨雾里，会变成一座座仙桥，搭在这山与那山之间。有时候就想如果能够上去穿越一下多好，就成为神仙了。我在桥下穿行，去几里地外的学校上学，那烟随日出逐渐变浅变淡，最后消失在空气里。傍晚，我随着落日走在回家的路上，会看见炊烟升起，在对我召唤，那是父母慈祥的召唤，那是温暖的等待。

每天中午放学回到家，首先奔向那灶台，揭开锅盖，看看有没有剩饭温在锅里，要么就是用手摸摸灶膛里有没有一两块烧熟的红薯。冬天里，灶前就是最好的地方，饭后火灰的余温会温暖我一个冬季。在童年的记忆里，对温暖的灶的亲近无可比拟。

有一回，在灶前对着火灰撒了一次尿，小伙伴说，我对灶神老爷大为不敬，日子要遭瘟。他家大人告诉过他，灶神老爷是管我们生活的，没有灶神老爷的呵护，我们的日子过不好。从那时起，我知道了有灶就有灶神老爷。我面对灶膛的时候，会在心里和他对话，希望他能够满足我对美食的需求。那个年代，面条和大米饭是农村人过年才有的饭食。有时候，柴火很湿，在灶膛里，会发出咻咻的声音，那树枝会从空心里流出水来，我想是不是灶神老爷在哭泣，是不是他在流泪。他也会哭泣吗？他也会流泪吗？我没有问过任何人。

在南方，如果灶不好烧了，或者年头久了（一般五年八年），人们会把原来的旧灶拆除，再起新灶。把灶头和灶尾重新安排方向，灶上大中小三口锅的顺序是不变的。那灶依然是一米高，由烟道、烧火灶膛、漏灰的灰腔、三个灶门和四条灶腿构成。拆旧灶要为灶王爷摆上点供品，请示一下，算好日期就动工。新灶落成也要摆上点供品，告慰灶王爷，感谢灶王爷恩惠：新灶落成，希望在灶王爷保佑下，日子越来越好，希望一家人有吃有喝……愿望朴实而善良。

也许真的是我得罪了灶神老爷，童年的日子越过越艰难，后来父亲还得了重病。父亲故去后，我随母亲迁居到北方，开始了我异地迷茫的少年时光。

北方农家的灶和南方的灶大不相同。每家房子中间的外屋一进门就是东西两口锅灶。北方的灶不叫灶，叫锅台，也很矮，半米高的样子，每个锅台上架一口大锅，只有一个灶火门，灶膛和灰腔合一，烟道直通里屋的大炕，再通山墙里的烟囱出烟。每到饭后，就把灶门一堵或者塞进去一些柴草，让灶膛里的火不灭，确保大炕始终是热的，这是因为北方天气寒冷的缘故。

北方的灶台烧火是一件很累的事情。蹲在地上，低头看火，手支着地，脸贴着地对着灶火门吹火，经常被火烀了脸，眉毛和头发时不时就被灶王爷给啃了去，要不就弄个满脸灰，那烟还常把人呛出眼泪来。

北方的锅台还是多用途的。除了放置盘子和碗外，还可以当饭桌、凳子和垃圾桶使用。人少时，可以不用放饭桌，就在锅台边上吃饭，体会"吃着碗里的看着锅里的"的感觉；在外间屋干活时，可以坐在锅台上，即使对着锅台放个屁，也大可不必担心对灶神老爷有不敬之嫌；还有，清扫外屋的纸屑、果皮、菜叶、尘土，也都可以通通填进灶膛里，等待烧饭时就一起焚烧了。

北方基本上是不换锅台的，如果不好烧，那就是里面的积灰太多了，清出去就可以，再不好烧，就上房，找个长杆捅捅烟囱就可以了。如果还不好烧，绝不是锅台的原因，那就是炕倒霉了，扒开大炕，把烟囱最底部的烟灰清干净，自然就好烧了。过上个五年八年的，家里就会扒旧炕盘新炕，因为旧炕的炕坯子积满烟灰，传热效果差，过烟不顺畅。所以，在北方是没有扒旧锅台换新锅台一说的，有的只是随着日子过好了，给锅台贴上白瓷砖，让锅台崭新透亮。

在北方，每逢家里有个大事小情，也会请一个厨艺好的师傅来主灶，称作"掌勺"。人们吃满意了，也会问是谁在"掌勺"。同样也会夸奖一番。当然在饭店里主灶的称之为"大师傅"，这又是另一种概念。

不管南方和北方锅灶有何不同，民间传说中的灶王爷都是存在的。例如，"糖瓜粘满廿四，送送灶王升天日""糖瓜祭灶廿三，离年还有七八天"。前者是南方习俗，后者是北方习俗，意思都是把灶王爷伺候好了，人们才能过个幸福祥和团圆美满的新年，才能人寿年丰。

少年时候，村里有学识的长者给我讲过不少民间故事，其中就谈到了灶王爷。无论南北差异如何，灶王爷是一样的，是同一个神仙。

相传，灶王爷本名叫张郎，和贤惠漂亮能干的媳妇儿丁香，把小日子过得红红火火，但是张郎才过上几天好日子，就开始不务正业，吃喝嫖赌起来，还把劝阻他的丁香休掉了。自从丁香走后，张家就败了，最后到了要饭的地步。他没有想到，有朝一日要饭要到了改嫁后的丁香家里，丁香再嫁后同丈夫把日子过得照样红火。

丁香一见张郎混到如此田地，心一软，亲手为他下了碗珍珠面。

热气腾腾的珍珠面端上来，张郎一眼就认出这是丁香做的，别人是做不出来这味道的。抬眼看过去，可不就是被自己休掉的丁香吗？张郎悔恨交加，心想："这么好的一个女人，都被自己赶跑了，自己还有什么颜面活在世上？"想到此，一头钻进灶膛焚火而亡。

张郎烧死在灶膛里，吓坏了丁香一家。丁香不忘旧情，请画师画了一幅张郎的画像，贴在灶头上，天天烧香供奉。香烟直透天宫，玉皇知悉原委，遂封张郎为灶神，监督人间善恶。张郎做了灶王爷，为了报答人间，就年年上天说好话，月月下界保平安！

那时候，我会缠着那个长者为我讲很多神奇的传说故事，当然，他讲得绘声绘色，但我不能全文照录。他还教我如何向灶王爷行三拜九叩大礼，我很佩服他的渊博。

汉字"灶"的另一注解为"灶神"，俗称"灶君"，或称"灶君公""司命真君"或"灶王"。北方称他为"灶王爷"，鸾门尊奉为三恩主之一，也就是厨房之神。

"与其媚于奥，宁媚于灶。"孔子在向其弟子解释人们"媚于灶"的原因时指出："不然，获罪于天，无所祷也。"（见《论语·八佾》）这句话的意思是"这样不对，如果犯了错误，即使向上天祷告也没有用"。民间在商朝时开始供奉灶神，秦汉时灶神更是被列为主要的五祀之一，和门神、井神、厕神和中溜神五位神灵共同负责一家人的平安。灶神之所以受人敬重，除了他可以掌管人们饮食，赐予生活上的便利外，还因为他是玉皇大帝派遣到人间考察一家善恶的官。每年腊月二十四日是灶神离开人间向玉皇大帝禀报的日子，又称"辞灶"，所以家家户户都要"送灶神"。

少年时代，看到各家各户在锅台的角落贴上灶王爷像，我凝视他的眼睛，他的眼睛始终不动地反看着我，那意思好像是我会偷吃了他面前的好东西。我总是怀疑他的能量，他是不是真的能让家家户户平安吉祥？为何我总是有吃不完的玉米饼子？

村里的那位长者对我说，敬着比不敬着好，信其有别信其无，美好的愿望是必须有的。他还对我说起谢灶之事。关于何时谢灶，民间有所谓"官辞三""民辞四""邓家辞五"之说。"官"指官绅权贵，习惯于年二十三谢灶；"民"指一般平民百姓，会在年二十四谢灶；"邓家"即指水上人，会在年二十五举行。民间老百姓也会选择年廿三谢灶，希望有贵气。送灶神的供品大都用一些又甜又黏的如糖瓜、汤圆、麦芽糖、猪血糕等，用这些又黏又甜的东西，意在塞住灶神的嘴巴，让他回天时多说好话，所谓"吃甜甜，说好话"，"好话传上天，坏话丢一边"。

祭灶君时，摆齐供品，焚香祭拜，要向灶君诚心祷告，三进酒后，将旧的灶君像撕下，同纸马及财帛一起焚烧。焚烧纸马，是将其作为灶神上天的坐骑，准备的黄豆和干草，作为灶神和马长途跋涉所需的干粮、草料。在灶坑里抓几把稻草灰，平撒在灶前地面上，并喃喃叮咛"上天言好事，回宫降平安"之类的话。送走神明后，正月初四（一说除夕夜）还要把众神接回来，此之谓"接灶"或"接神"。我曾经在村里的一个大户人家看见过很隆重的灶神祭拜仪式，记忆犹新。

在河北农村，我逐渐长大。随着知识和阅历的丰富，我懂得了更多。灶神是由原始的火崇拜发展起来的一种神祇崇拜，原始人在长期的自然生活中，学会了使用火，火成了原始人的自然崇拜。远古的火种，温暖了地球千万年，让我们从野蛮走向了文明。但是人们对火的敬畏无法改变，对灶神的尊崇无法替代。如果不讨好灶神，他就会向上天告你的恶状。由于人与天帝无法沟通，天帝只能任凭灶神胡言乱语，凡人"无所祷也"。灶神告什么状，天帝就会给你定下什么惩罚。葛洪《抱朴子·微旨》说："月晦之夜，灶神亦上天白人罪状。大者夺纪。纪者，三百日也。小者夺算。算者，一百日也。"也就是说，谁要是得罪了灶神，严重的要少活三百天，轻微的也要少活一百天。平白无故地丢掉几百日的寿命，这种惩罚实在是让人畏惧。

"北船不到米如珠，醉饱萧条半月无。明日东家当祭灶，只鸡斗酒定膰吾。"历朝历代都有诗人对祭灶予加以描写，大文豪苏东坡更是如此。古时祭灶不分贵贱高低，上至皇宫大臣，下至平民百姓，对灶神都是毕恭毕敬。史载：每年腊月二十三，清朝皇帝例行在坤宁宫大祭灶神，同时安设天、地神位，皇帝在神位前行九拜礼，以迎新年福禧。祭灶这天，坤宁宫设供案，安放神牌，摆放香烛供品，殿廷中设燎炉、拜褥。像民间一样，在灶君升天前，要用黏糖封住嘴，以防他在玉帝面前胡说八道。祭灶时，宫殿监奏请皇帝到坤宁宫佛像、神像、灶君前拈香行礼。

在我的童年和少年时代，家里大人没有让我祭祀过灶神，我也没有看见他们祭祀过。同其他家庭一样，在腊月二十三做些美食，首先是封住了我们孩子们的嘴巴，让我们不哭不闹，耐心等待七八天后的新年到来。冬季到来，吹糖人的、卖糖墩和冰糖葫芦的好像都与"二十三，糖瓜粘"有关联。灶王爷的口福，早在我们孩子们的肚子里了。吃得满嘴满脸糖花儿，再用袖子胡乱一抹。甜甜的，凉凉的，黏黏的，都是幸福和快乐的滋味儿。

四十年后，那位知识渊博的长者早已不在了，我很怀念他。我在农村老家的房子里的锅台也终于要被拔掉了，那是去年的冬天，正是家家户户要烧炕取暖的时候。我家只有母亲还固执地坚守在农村那个低矮的房子里，她喜欢火炕，喜欢每天晚上温暖的热炕头。但是家里已经装上了干净清洁的新能源燃气灶了，还有燃气采暖炉，锅台就显得多余了。我做通了母亲的工作后，就举起了大镐，但忽地又落下，我再次凝视起这口锅台。

这口锅台见证了我们家的辛酸和苦难，见证了我们家的生活变化；它承载着我们太多的泪水和喜悦，承载着全家人太多的感情；它看着英年早逝的继父在我的悲号中被抬出这个屋子，还陪伴着母亲在这里坚守和期待……时至今日，我却不得不将它拆除！

锅台早就贴上了雪白的瓷砖，母亲每天将它擦拭得锃亮。它如同亲人和朋友一样，陪伴了我和家人四十年，一腔的热情倾注给了我和家人们。一日三餐从它这里煮熟，填饱了我们的肠胃。多少亲朋好友，进进出出都从它面前走过，都被它记住。它像一个家庭成员一样，任劳任怨地为我们服务了四十年！生命可以终止，但它是可以不灭的，它可以如同原始人类的遗址一样被保存千万年。但是，它被时代淘汰了，不可能被保护了，它只能存在于我有限的生命记忆里！

我又蹲下身子，轻轻地抚摸了锅台台面，看了看灶腔，又最后烧了一顿火，那锅台好像知道自己寿终正寝前的最后使命，把那火烧得很旺很旺……我对着锅台，对着角上的灶王爷，第一次也是最后一次鞠了个躬，然后把灶王爷纸像填进灶腔里。锅台不存在，灶王爷岂能存焉？一镐下去，打烂了灶门，我的眼泪流了下来：别了，伙计，别了，灶王爷。今生没有敬过您，但是神奇的民间传说，美好的炊烟风景，我会永远记在心里，会把美好的祝愿传递给所有热爱生活的人们。

（原载2019年第1期《广东文学》，中国作家网2021年12月3日发布）

远方的一幅画

冬天到来，北方的"候鸟"们开始了南方迁徙计划。

首先"起飞"的是长春市二道区"都市邻里"小区的万龙海老人。72岁的万龙海老人有严重的心脏病和高血压，2014年以前，每到冬季，全家人就进入了临战状态。因为寒冷是心脑血管疾病的大敌，老人不是犯心脏病就是犯高血压，稍有不舒服，儿女和老伴儿就赶紧联系就近的吉林大学第一医院二部，在最冷的两个月，随时做着抢救的准备。几乎一到冬天都要在那个医院住上一个多月，那些医生和护士都熟悉了万龙海老人。2015年，儿子万海中在海南昌江昌化镇棋子湾中南林海间小区给老人买了一套60平方米的叠墅，冬天一来，儿子赶紧把老两口送到海南过冬。从那时候起，老人的心脏病再也没有犯过。海南的冬天很温暖，使得老人的心脏跳得均匀有力。每年冬天，热情的万龙海老人像那块土地的主人一样迎候着后来到小区的人们，一边打着太极拳，一边和后来入住的居民们打着招呼：来啦，海南空气太好了，好好享受享受吧。

第二个"起飞"的是西藏日喀则边防女警察刘恋。美丽的刘恋姑娘十年前入伍到日喀则边防武装警察支队，后来转业成为边防公安警察。由于一年四季都在高原上，寒冷一直伴随着她，厚重的防寒服让她感觉自己就是折翼的鸟儿不能飞翔。用她的话说就是，没有体会到什么是温暖，什么是炎热，没有体验过穿短袖和裙子的轻盈和美丽。2016年冬天，她和爱人一商量，就去了昌江昌化镇买了一套46平方米的房子，一到高原最冷的时候，就休年假，到海南穿裙子，在大海里游泳。用她的话说，她不能一辈子都在寒冷中度过吧，她要体会什么是炎热，享受裙摆翩飞的飘逸。我们是在昌江县中国银行办购房贷款手续时认识的，一聊起来才知道，我们都曾是军人，还是林海间共同的业主。聊起海南的美丽宜居，作为部队新闻干事的她滔滔不绝。

第三个"起飞"的就是我的同学尹彬一家人。我们同在京津冀核心区的河北廊坊市。我们是2016年冬天相约到海南的，那几年，京津冀雾霾极为严重，冬天昏沉沉的黑雾笼罩了我们的生活，让人的呼吸极不顺畅。我们和同行的人看过临高和儋州市区的海景房后，感觉不是太好，转到大角、中角、小角的棋子湾中南林海间，就不再移动脚步，25号楼的二单元202成为我在海南的家，楼上的302就成了尹彬的家。这样，我们这两个高中同学在30多年后，又成了楼上楼下的邻居。当然，那次在海南一起购房的还有同事，还有朋友，还有亲戚，大家在海南又成了相亲相近的邻居了。冬天一到，同学尹彬家七座的小轿车，载着两位老人和儿子儿媳一家七口人就向海南出发了。其他海南的"邻居"们也就互相撺掇，相约去海南的"归期"。

就这样，鲜花盛开，绿树掩映，椰林遮阳，碧海柔沙，风清气和，这样的美景所在，成为人们的另一个家，北方各地以及高寒地区的人们不约而同地来到海南。海南真是个生活宜居的家园，一个颐养天年的幸福家园。

冬天一到，林海间的物业服务员工们又是另一种忙碌，做好各种准备，迎接这些从北方和寒冷地区归去的"候鸟"们。小区不再是门可罗雀，花香中多了"鸟语"，各地的乡音聚合，丰富着海南的语言。

到海南的大部分都是老人，他们除了陶醉于南国的绿水青山，还会积极参与到小区物业开展的各种活动中。圈套活鸭，穿肉串烧烤，健身舞比赛，回忆过去的故事，文艺演出……让这些"回"家的居民们感到家的温暖和亲切。大家无拘无束，互相问候，把自己带来的土特产拿出来互相品尝，天南地北的人们在小区又成了亲近的一家人，分别一年的亲切友好热过了海南的阳光。

那几年冬天，因为工作关系，都是爱人代我对海南的家行使"主权"。今年春节，我们一家三口相约去海南过节。先是爱人打前站，第二个是我，那日我乘天津到海口的航班到达海口美兰机场，再转高铁。一路的艰辛都在"回家"的急切中消失了，夜间十一点钟了，林海间还有隐隐约约的灯光，多了家的神秘。有的人家还挂上拉花彩灯，明灭变幻，展示节日即将到来的温馨。

这是交房后我第一次到海南。进门后，精致的装修、科学的设计、合理的布局一下子就振奋了我的身心，这个家实在是太好了。第三日，儿子从上海飞过来，进门前一场透雨迎接了他，他是第一次到海南，到海南以后，眼睛也明显不够用了，不停地拍照，发朋友圈。三口之家在异乡团聚过节，多了不一样的喜悦，并把异乡的幸福感飞速转发给远方的亲人。

人在房中，房掩林中，林覆岛上，岛立海中央。蔚蓝的大海轻轻地托起这块南海明珠，橙色的沙滩为明珠勾勒出透明亮的金边，挂上了黄金的项链。海风轻拂，绿岛滴翠，万泉河如丝线，将一片片翡翠细密串联，整个海岛如同黎家姑娘碧绿的头帕。

火焰花开得浓艳，热烈如火，像一束束火炬，照亮了人们的幸福生活；粉艳的紫荆花，娇艳诱人，可亲可掬，浪漫亲切；那三角梅或红或白或粉，一丛丛绽放在道路两侧，做热情的迎宾使者。海边和丛林里还有成片成片的仙人掌，那么丑陋的肥掌利刺，竟然开出了如此娇美的黄花，花瓣片片围成杯状，金灿灿的，里面好像装满了浓情的烈酒。

令人陶醉是大角的温馨主调。在恒大棋子湾和希望棋子湾散步，感受人文建筑与自然环境融合的和谐美景，绿树掩映，花丛点缀，传统建筑古香古色，在这里尤显醇美，虽然不属于自己，但那份"家"的感觉就在身边和眼前，让人流连忘返。

礁石的千奇百怪和白浪滔天诠释了中角的壮观。在这里，人们会被沙滩里那些奇形怪状的礁石所震撼。刚冒出海平面的礁石还是深黑色或深褐色，贴满贝类的壳，成为利刃，展示着锋芒；被沙滩围困的礁石，已经改变了最初的模样，经年累月的风吹日晒，变得圆滑，变成土红色，完全没有最初的英武，人们喜欢在这样的礁石上来回跳跃和坐卧歇息；很多礁石还有红褐色的网状格，一排排像是被整整齐齐切割过，更像礁石的骨架，成为礁石的钢筋铁骨；顽强的仙人掌在礁石缝隙中生长，和礁石比坚韧。因为礁石，海浪也一改细微的模样，激荡排空，声响激烈，浊浪、巨浪、排浪、雪浪一队队袭来，浪击礁石，飞花碎玉，凌空飞腾，震撼长空。

在小角，更多的是享受那沙滩的细腻和温柔，暴晒了一天的小角，沙滩温软，或坐或卧，都是享受。沙滩上，人们都是雕刻大师和绘画大师，雕绘不好，可以一遍遍重来，直到自己满意为止。旁人经过会有片刻驻足，给作者一个微笑赞许，雕绘者也会微笑自嘲，好像是让欣赏者见笑了。欢笑、微笑、嬉笑，都是坦诚和善意，亦如小角沙滩直白的胸怀，温馨在笑声中传递。落日会在这笑声里从炽热变得温热，变成红心透明的气球，慢慢落在海里，去清洗一天的征尘，明日重新跃出。落日余晖，通红地映在笑脸上，这些笑靥如火焰花一样璀璨。远处渔船驶过，带着落日余晖回归到渔港。

紧邻小角的是昌江昌化镇区和渔港。落日余晖进入千家万户，变成明亮的灯盏，街灯次第亮起，进港的渔船燃起了烟火，海景酒店的灯光点亮了夜空，沿街门店的灯辉如昼，昌化镇的夜色连同热情的灯火，又送来一阵阵温馨。走进任意有灯火处都有微笑：欢迎哈。

夜回林海间，那个售楼处早已成为住户们的休闲场所。打乒乓球、下象棋、扑克升级、怡情麻将、中老年街舞，都在售楼处门前和屋内热烈地进行着，欢乐的气氛延续着昼间海岛的热烈。认识与否都可以挥几下拍子，也可以坐下来凑一把手，或者加入舞蹈团队扭几下；没有人会挑剔你的球技和打法，没有人会指责你的牌技和棋艺，也没有人会说你的舞姿笨拙，一个微笑就传递彼此的温情。

当地人友好，外来人和谐，环境舒适，这一切都是这个家温馨的元素。

日间，小区里不管认识与否都会打个招呼，用不同的方言开始交流。住户们还自发建立了业主群，每个人都得意地分享自己的美拍、美颜、美食，互相欣赏，互通有无，互传消息。小区门口有什么样的蔬菜送来了，超市里又来了什么新品，有人要开车到石碌、到乌烈、到高铁站，可以免费搭顺风车……一个微信群就凝聚了人心，彰显了来自山南海北的情怀。

有些黎族妇女会将自家种植的蔬菜和农作物送到小区门口，售价并不比昌化镇和乌烈镇大市场上的贵，她们在卖完以后，会自觉地把垃圾清理干净，就像未曾来过一样。每日到小区门口售卖农产品的黎族妇女好像商量好了似的，今天你来，明天她来，带来的都是不同的农作物，同时每位黎族妇女会穿着不同的服饰装扮出现在人们面前。小区里的人们大多买完就匆匆回去，而我会长时间坐在马路牙子上，看着她们和住户用土著普通话介绍自己的农副产品，有些话听得不是太懂，莺莺之声，如同清幽的晨曲。她们特有的民族服饰是最靓丽的元素，绽放在绿水青山之间。

她们扎球形发髻于脑后，插以骨簪或银簪，上衣边沿皆绣花。服饰的款式与颜色比较多变与鲜艳，有对襟与偏襟、直领与圆领，有纽与无纽之别，上衣也会缀以贝壳、铜线、穿珠等饰品。头巾式样、花色和系法也各有特色。裙子用绣花织纹，四周缝合成筒状，故被称为筒裙。筒裙有长短之分，长的及脚面，短的齐膝。

有时候，我在想，她们才是这里真正的主人，我们毫不客气地进入，是不是影响了主人静谧的生活。

在海南，我们走过三亚，看过海花岛，品尽了海南粉、文昌鸡、嘉积鸭、和乐蟹、东山羊、临高烤乳猪、竹筒饭、椰丝糍粑、清补凉……咂巴着各种滋味。

南天伴白云，鸟语传花香。"九疑联绵属衡湘，苍梧独在天一方……他年谁作地舆志，海南万里真吾乡。"苏轼在九百多年前就表达了我们今天的心情。沉醉之后，我家三口不得不暂时离开这个温馨的家，走的那一天，邻居微信名叫"赢赢"的沈阳大姐，还做了八个东北菜为我们饯行，让我们甚为感动；饭后，另一户邻居要去棋子湾高铁站玩，还顺道搭载了我们。

回归北方时，我们和林海间其他住户一样，有太多的恋恋不舍，但新的征途在等待我们，必须暂时离开。不必担心"家"，因为有物业周到细致的服务，定期通风，定期晒阳，随时排查水电，夜不闭户的海南，是我们最放心的家。

当飞机迎着朝阳腾空而起的时候，整个海岛就是一幅暗绿的画，随阳光变幻逐渐变得明丽青绿。那青山、那绿水、那海岸、那家园，都是画上去的，我们都是画中随起随落的彩色的点。

有房子的地方就是家，家在壮锦里，在画中。

（此文荣获2021年度海口市"我爱我家"全国征文优秀奖）

城市的性格

花开一季，城市十年。

漫步廊坊街头，到处可见怒放的月季。她们展示着这座城市的热情和繁华、娇艳和迷人，而城市也因她们变得妩媚动人，真是"一城花香满城醉，满城芳香溢四方"。

最初是哪位有识之士提议把月季作为廊坊的市花呢？我们不得而知，也不必去追寻过程，因为结果是美好的。月季的形象和特点很恰当地诠释了廊坊这座城市的性格。

二十年前，我因为工作调动来到这座城市，当时这里只有三纵三横的规模，如同一株小小的月季还在土地中植根，幼嫩的枝叶间只有花骨朵儿，还未露出花苞，但是展示着顽强的生命力。

根植沃土的大树要参天，享受雨露的花儿要盛放，廊坊人用自己的劳动与智慧让城市变得美丽阳光。

一年一度的廊坊国际经济贸易洽谈会、北方农交会等多个全国性盛会，把廊坊的满城花香带到了世界各地；一年一度的旅游产业发展大会吸引了四海宾朋，年年的第什里风筝节可以和潍坊风筝节媲美。从京津后花园到平原森林名城、环保产业名城、文化体验名城、幸福宜居名城，这不正是廊坊人不断自我创新、自我完善的性格体现吗？一如那月季，一朵比一朵鲜艳亮丽，一株比一株迷人芬芳。

看举止识性格，读月季辨廊坊。粉色的月季象征优雅、高贵，廊坊同样是优雅高贵的，欢迎高科技企业入驻；红色的月季象征热烈、奔放，廊坊同样是热烈和奔放的，热情欢迎四海宾朋的真诚和善意；白色的月季象征纯洁、真诚，廊坊同样是纯洁和真诚的，对待每一个投资商和游客，都是坦然相见；黄色的月季象征青春、美丽，廊坊同样是年轻有活力的，朝气蓬勃地奔向美好的未来；褐色的月季象征珍贵、珍惜，廊坊善待每一位来宾，珍爱着一切情谊；蓝色的月季象征浪漫、娇艳，廊坊同样是浪漫的、宜居的，人们的欢声笑语就是幸福生活的写照……

月季品种繁多，足见其胸怀之广阔，廊坊海纳百川，接纳南来北往的客人，留下的是欢迎，离开的是欢送，总是那么友好，那么热情，那么包容。就像阳光下的月季，闪耀着鲜艳的光泽，又如同雨后的月季，绽放着迷人的笑容。正是"只道花无十日红，此花无日不春风"。

满城的月季为城市戴上了花环，城市延伸到哪里，月季就开放到哪里，城市盛名到何处，月季的芳香就到何处。月季含苞待放时，花瓣紧紧地相拥；含笑怒放时，花瓣则慢慢地舒展开来，在郁郁葱葱的绿叶间娇羞地露出脸来，在路旁街角、公园、庭院、雅室里绽开娇容。

早晨，晶莹剔透的露珠在叶间滚动，在阳光下闪闪发光，而月季就像是一个戴着珍珠项链的美丽少女，在微风中翩翩起舞。

廊坊因月季而美丽，月季因廊坊而多情。因为她的优点太多而被人忽视，因为她的无欲无求而被人遗忘，因为她的默默奉献而使人无视，但只要给她一个空间，她就会顽强生长，悄悄开放。不管天气多么恶劣，月季都挺立其中，在严寒未尽之时，偷偷地开放在挂满积雪的枝头。她不因春天的到来，去凑那百花争艳的热闹；她更不会在盛夏火热之时，趁百花纷纷凋落之危；即使在深秋时节，默默开放大半年的月季，同样不会和姗姗来迟的菊花去争个"斗严霜"的名头。这便是月季的性格，也是廊坊人的性格，也是廊坊所拥有的不屈力量。

廊坊，成为无数人的居所和家园；月季，给了满城人温馨和芳华。如今，无论我走到哪里，都会自豪地提起廊坊。十横九纵的城区，人们安居乐业，到处是鸟语花香，一派青春激昂。

陌上杨柳轻随风，窗外月季漫花红。年轻的城市正绽放着无限魅力，捧着姹紫嫣红的一簇簇月季，呈现着绚丽多彩的和谐与欢乐，洋溢着一张张喜悦的笑脸，以其独有的性格，走向未来美好的梦。

（原载 2019 年 8 月 26 日《廊坊日报》，荣获 2021 年度廊坊市全国文旅征文二等奖，2023 年 4 月 8 日《中国财经报》转发）

春雪

再有几天就是阳春三月了，连续两场中雪，让人们喜悦。大自然并没有忘记热爱生活的人们，让干渴的土地有了一丝欣慰，每一寸土地都在忘情地吸食着大自然给予的恩赐。

我是一个喜欢雪的人。虽然出生在火热的夏季，但是却喜欢严寒的冬天，喜欢冬天那曼妙的雪精灵。每到11月就盼望下雪，那雪都是呼啸而来，让人目不暇接，让我感叹冬天的美好。农人们对冬小麦基本上也不用上冻水，来年自然会有好收成。漫天遍野都是厚厚一层棉被，那么厚重的棉被是大自然对人们最好的年礼。

然而去年冬天，心里却耿耿于怀：什么鬼天气，连一点儿雪都不下！我所在的北方城市属于中纬度地区，四季分明，正常年份应当有三场左右的雪，但是这几年却有些不正常，夏天不热，冬天不冷。这也许就是报应，就是人们不爱护环境不珍惜环境所应受的惩罚。

因为雪，我们知道了什么是真正的白色，大自然中只有雪的颜色才能注解什么是纯洁，什么是洁白无瑕。

因为雪，我们知道了松的高洁和伟岸；因为雪，我们知道了红梅的怒放和娇艳；因为雪，我们知道了雪莲的神奇。

因为雪，才有无数害虫被灭亡；因为雪，我们很少感染呼吸道疾病，雪给了我们健康。

因为雪，我们还知道了什么是刚毅，什么是坚强……

这几年，因为缺少下雪，我们知道了冬天也会干旱；因为缺少下雪，我们知道了环境对于我们生存的重要；因为缺少下雪，冬天也不再美好。

这几日连续下了两场雪，又怎么不让我欣喜呢？漫天飞舞的雪带着丝丝情意，带着无限的浪漫。

　　很多大人和孩子们都十分欣喜地走进雪天里，欣赏这雪花儿。大人们在雪天里漫步，品味丝丝清爽，任那雪花儿把他们的头发变成白色；女孩子们则欢快地随着雪花儿翩翩起舞，累了，甚至躺在雪地里，成为雪美人，任那雪花儿给她们穿上白大衣，把她们变成白雪公主；孩子们抓起地上厚厚的积雪滚雪球、打雪仗、堆雪人，这是他们欢乐的世界，任雪花儿把他们变成一个个雪孩儿。

　　大自然对我们是一片柔情。这两日的雪花儿温柔地出现，静悄悄地来。没有狂风伴随，没有沙尘伴随，没有雨水伴随。这是大自然对我们的宽容！等我们早晨醒来，便给了我们无限惊喜，大地银装素裹，一望无垠。天明雪仍下，没有一丝风，雪花儿轻舞飞扬，像一个个小精灵慢慢落下，让我们尽情地去欣赏它美妙的舞姿，让我们和它一起起舞，跳一曲人与自然和谐的曲子。

　　天晴了。雪，在慢慢地融化，我们恋恋不舍地看这些生命消失，那雪精灵也是那么地留恋，那雪花儿融化后流下的泪水，就是它们蜕变后的痛苦。即便如此，雪花儿仍然把这泪水融进了大地。

　　春雪尽去千山绿。让我们爱这雪花儿吧，爱大自然吧。爱大自然就是爱我们自己的生活，爱大自然，才有人与自然的和谐美好。这正是"落雪本是无情物，化作春露更护花"。

（原载 2016 年 2 月 10 日《廊坊日报》）

岁月何曾忘记风

　　一场秋雨后，小区旁边的公园里落下很多树叶，地面铺了一地金黄。黄叶覆脚的树木显得年轻了许多，抖落了一身繁重的外套，帅气而轻盈，以"美丽冻人"的姿态昂首挺立在这个城市的角落，精神抖擞地迎战寒风。

　　二十多年前，这个公园和前面的空地、平房以及附近的小区都有一个共同的母亲——村庄。一场城市的扩张运动后，园子、小区、空地、角落便长成了与母亲不一样的儿女。小区成了高大帅气阳光的小伙子，白天伸手去抓太阳，晚上伸手去捉月亮；公园成了蹦蹦跳跳的小女孩，举着花木引着彩蝶，花枝招展；空地成为胸膛袒露、满腔赤诚的鳏夫，任风吹日晒，草落草长；角落成为养在深闺的大姑娘，被遮挡，鲜有人识得真面；遗下没有被拆迁的房屋亦如古稀的老人，岁月留痕，苍老憔悴。

　　这个叫作月亮湾的小公园，因为设计了一个月牙形的小广场而得名。只要没有雨和雪，公园的角角落落便都是老人们的天地。下棋的、打牌的、唱曲的、跳舞的、健身的、闲聊的、静坐的，老人会占满树下的空间，人头远比这些树木要多。石凳、石椅、石桌、石阶、石栏、石桩、石条以或卧或立、或躺或伏、或盘或环、或仰或侧、或展或旋的姿态在园子里安逸地矗立着，时间一久，各种姿态都显得慵懒，无精打采，任由那些鸟儿在它们身上便溺和捉虫儿。这些老人蜂拥进园后，这些石头便有了温度，清醒起来。石墙为大幕，石台为舞台，石阶为观众席，公园里每天都有声情并茂的演出，只要没有雨雪就不会间断。森林本来是鸟儿的王国，这些琴鼓锣号，咿呀不休，是鸟儿们不能接受的，那些喜欢安静的鸟儿们只得栖息在远处的道旁树上，远远地欣赏这里的森林联谊会。

　　下棋的，自带象棋和棋盘，腋窝夹着小马扎，不用相约，每天定时定点在公园里相遇，然后开始两军对弈。车马炮在楚河汉界上列阵，卒子冲锋陷阵，士（仕）象（相）拼命保护将帅。观棋的人把一个小小的棋盘围得风雨不透，水泄不通，高参和军师颇多，下棋老汉反而变成执棋的傀儡。军师和高参意见总不一致，执棋老汉经常是无所适从，急得观棋者恨不得把执棋人推让开。还有起哄的，说输了请吃老北京火锅，几轮输赢之后，红赤白脸，输的一方埋怨高参是瞎参谋，军师是狗头军师，悻悻然地离开，口里喊叫着，再也不下了，生怕让人撺掇请客，赶紧跑。第二天又嘻嘻哈哈地对弈上了，还是那帮军师和高参观敌瞭战。棋盘摆多久，观者就有多耐心，不散局，观者不离开。什么正经事儿都在观棋时光中遗忘了，等散摊子之时，才一拍大腿：坏了，老婆交代的事儿还没办呢，天就黑了。诚惶诚恐的神态预示着回家少不了要挨骂。

打桥牌的，每组都是固定的那么几个人，对手和同伙基本上也是不变的，老头老太太都会。升级、打百分、拱猪、斗地主、跑得快、手把一，玩得五花八门。同样，周围也有一帮啦啦队出谋划策，啦啦队"买"的都是站票，他们比选手还着急。打桥牌的，随意找个石凳，拿出两副扑克来就是战场，或蹲或坐或站或屈，聚精会神盯着对家和上家出的牌。三下五去二，四上五六一，珠算的手法都在桥牌技巧里。从一大早到天黑，瘾头大，不玩个昏天黑地绝不罢休。好像他们的日子除了睡觉和不得不吃的一日三餐，剩下的时光都在"黑红花片"54张扑克牌里。

唱曲的是公园里最热闹的存在。唱歌曲的、唱戏曲的各有舞台，吹奏乐器、打击乐器、弹拨乐器，不亚于一个组合型乐团，比专业的一点儿都不差。这些老人有的在退休之前是这方面的行家，或者是单位里的文艺之星，有文艺团的、曲艺家协会的、音乐家协会的，级别还不低。高音、中音、低音，京剧梆子、昆曲、时调、坠子，声、形、气、貌、态、势有板有眼。如果他们穿戴好行头，扑粉描红，依然如当年舞台上的百灵仙子一样，绝对能献上一流的演出。一些大家耳熟能详的经典剧目和曲子，穿云破雾，直抵人心，让人挪不动脚步，越听越亲切。一个选段或一支小曲儿，就是一生一世，就是万水千山，就是漫长无际的时光长河。笛子、大鼓、梆子、萨克斯、电子琴、充电音箱、电子显示屏等舞台演出的道具，被配器的乐师们不辞辛苦地从家里用电三轮车拉来。人们搬上搬下，打开绒布，裹上绒布，小心翼翼，生怕有个闪失，像宝贝一样爱抚。咚咚锵！咚咚锵！锣鼓响起，开启了公园的演出序幕。他们不在乎有没有观众，也不在乎有没有掌声，只要自己开心，只要自己乐呵，让余生在歌、舞、曲中完美地谢幕。曲儿在阳光里穿过，融化成了岁月。

当然，公园里还有其他阵容，踢毽子健身的，跳交谊舞的……各个组合时间一长，都有了自己的领地，互不侵犯，互不干扰。

当然还有不参与任何活动的老太太，谈起东家长西家短来，一个个都是超级演说家，说起过往的岁月更是声情并茂。内容三大项：第一项是发布自己的独家新闻，一般就是小区里谁家的老人死了，谁又病了，谁娶儿媳妇，谁嫁姑娘了，谁跳着跳着和舞伴跳到一起被双方家人逮住了，谁家卖房还高利贷了，新搬来的是哪个单位的……新闻发布后，还免费为大家当新闻评论员。听众不在多，即使只有一个听众，新闻也会照常发布。新闻发布的关键在于别人不知道的细节，在于自己评论的独特，在于听众的称赞。第二项就是分享自己家或者自己家族连同八竿子打不着的亲戚的新鲜事儿和快乐事。说自己家的好事就有不少炫耀成分，眉飞色舞，无限风光，炫耀引以为傲的内容，享受别人的羡慕，心中无限得意。你说你老公好，她的老公会比你的更好；你说你的儿子优秀，她的儿子比你的更出息。第三项是"忆往昔峥嵘岁月稠"。她们说得最动情的是比万里长征和艰苦抗战更"艰难"的革命家史，讲得也最精彩伤悲。如何从农村一步步打拼过来，好不容易脱离苦海到了城市，在城市还没有把屁股焐热，农村的七大姑八大姨就蜂拥而至，让他们不得清静，找工作的、借钱花的、托人办事儿的，农村就是她们填不满的无底洞；还有控诉婆婆虐待自己的，几十年看不惯儿媳妇的，小姑子、大姑子欺负自己，老公不和自己统一战线的；自己的儿媳妇又是如何挑三拣四的，看孩子、带孩子、接送孩子做家务，自己累得孙子似的还不落好的；好不容易生活好了，老头子又被城市小妖精蛊惑，鬼迷心窍地要离婚的；儿子女儿不听话的，都三十多了不搞对象不结婚的，闲扯淡不学好招惹是非的……家史一桩桩一件件，三天三夜说不完，几十列火车都拉不完，她们在苦海深处，苦大仇深，好像世界上就没有比她们更苦的人。从刚才的眉飞色舞、喜笑颜开到热泪盈眶、痛哭流涕，只需要短短的几秒钟，还让别人跟着赔不少眼泪。能看出她们是生活中最好的演员，能够经常把别人的眼泪赚回家。说完了道完了，心里算是痛快了，日子该怎么过还要怎么过，继续苦大仇深地活着。

公园里的老人们不管曾经做什么工作，担任什么职位，贫困还是富裕，得意还是失落，风都会像一把刻刀一样，在他们的脸上，在他们的眼角刻上岁月的纹络，就像农村犁过的地。公园是他们人生谢幕的舞台，欢笑一日算一日，快乐一时算一时，总有老人在这里谢幕，总有新登台的退休者。

城里的日子和市井八卦成了老人们余生的谈资，日复一日，年复一年，凝练成了岁月，如风一样。温柔的时候是春风，热情的时候是夏风，忧伤的时候是秋风，失意的时候是冬风。

这个街角公园里有一百多棵树，构成了这个叫月亮湾公园的全部生态。树木不多，种类却有十多种，银杏、国槐、香椿、黄杨、法桐、垂柳、侧柏、桑树、白榆、白蜡、香樟、女贞、刺梅、冬青、藤萝，高低错落在这个城市的街角，葳蕤地绽放着青绿，构成一片绿色小天地。虽然渺小，虽然在角落，但它给了城市人舒适，给了城市人最清新的呼吸。月亮从树梢间穿越升空，月华如水倾洒。在我心目中，这个月亮湾就是一片大森林，心中永远的绿色，陪伴着我在这个城市里生活和工作。透过五楼的北窗户，往西北望去，就能透视那片绿波，就能迎进那片青意。

那日晚间十点，唱曲的，跳舞的，健身的，都散去了，热闹了一天的森林，终于安静。森林以静谧的神态让人静心凝思。

突然间，一辆电动三轮车当当地开进这片森林，林间洒落了一些灯光。一老汉把三轮车停稳后，开始清扫地上的落叶，沙沙声成为林间的小夜曲。他并没有把树叶堆积在树下，而是用一个装水果的塑料筐，将树叶收进筐里，然后倒进三轮车斗里。环卫工人好辛苦，披星戴月，迎日送晚，白天为了不影响人们娱乐，只等晚间一个人打扫这个园子。这样想了一会儿，敬意如潮涌，但又突然发现，这个老汉并没有穿环卫工服，三轮车也不是环卫专用的，这引发了我的好奇。

"老人家，大晚上的，你清扫这些树叶干啥呀？"

"喂羊呀，冬天了，要给羊准备过冬的饲料。"

"喂羊，你的羊在哪里呀？"

"就在前面的那片空地里。"

哦。原来是他把那片空地变成了草原，在草原上放牧了洁白的羊群！

这个公园往南有几排没有拆动的平房，平房东侧有一片被拆迁了十多年的空地，旁边的小区有多少年头，那片空地就有多少年头，大约有二十多亩。由于长时间没有开发建设，空地一片空旷，建筑垃圾堆成的几个土丘，使得这片空地有了起伏和曲折。刚开始，小区的居民将车辆随意停到这片空地里，后来有人将这片空地圈了起来。没有人打扰和车辆碾轧的空地，时间一长就成为杂草肆虐的荒园，成为绿毯平铺的草原，那片自由的草儿在阳光下疯狂地生长，春夏时候，还有些花儿在开放。

　　这片空地就这样长成了我心中的草原，长成心中的呼伦贝尔大草原，长成了那拉提草原，一望无际的绿色，传说着动人的爱情。一群洁白的羊群在这片草原上悠闲地吃草，牧歌在城市的角落里飞扬：蓝蓝的天上白云飘，白云下面羊儿跑……

　　没有羊的草原是荒原。市区本无羊，突然有一天，有好事者，车载以入，在里面放了几只羊，让这片草原有了生气，有了活力，草原有了主人。这几只羊儿有很美很青的草吃，从来没有咩咩地叫过，安静地享受城里的草原时光。风比较冷的时候，那群羊就蜷缩在一起，变成不动的云团，如同米黄色的雕塑，静卧在那片草地上；一到秋冬季节，如果不细看，会以为那是几块散落的石头，有着很好的曲线。

　　推开北窗户，遥望那几只羊儿，在心里哼起牧羊曲，让牧羊曲带我飞离这束缚了很久的城市，到呼伦贝尔畅饮呼伦河水，去伊犁寻找最美的那拉提。冬去春来，那几只羊，变成了一群羊，数了数，四十五六只。

　　我居住的这个小区只有四排楼，楼高不过六层，现在来看属于洋房吧，人不是太多，车辆也不多，相对安静，和草原的安静融为一体。小区的楼间距也不算小，视野开阔，没有遮挡，所在的陋室是最西侧一个单元，有很好的视野，可以遥望西北角上的月亮湾森林，还可以西望这片草原，看见慢慢悠悠的羊群。

　　我的思维时而在草原上奔驰，时而停顿在羊群的漫步里。在火热激荡的城市里，能够拥有这样的漫时光，让我的身心得以松弛。草原像一块绿毯兜住了我的目光和思想，只有那羊儿安然，不懂城里人的胡思乱想，不知道城里人面对它们还怀有欲望。

　　在楼上遥望草原的日子里，始终没有看见过牧羊人是什么样子，是年轻小伙儿呢，还是年轻的姑娘呢？草原上的年轻人不会到这里来吧？那个好事者肯定是个老人，闲来无事度时光。也只有老人才有这样的耐心侍弄这群羊儿。

　　倒是小区里有些小孩子，玩够了游乐园的木马和过山车，跑进那片草原，和羊儿亲昵，和羊儿对话，和羊儿交朋友，追逐羊儿跑，给羊儿喂草料。羊儿或走或卧，或躺或伏，或跪或跑，姿态悠闲，永远不会担心狼来了，小孩子们也不管羊是干净还是脏臭，逗弄、骑行、捶打、摇抱，和羊一起游戏，花花绿绿的小朋友把草原变得多姿多彩，草原在周六日变成了亲子乐园。

　　今日终于见到了那片草原的神秘主人，好羡慕他拥有那片辽阔的草原，拥有那些温顺的羊儿，可以和大自然亲密地接触。我兴致盎然地和老人闲聊了起来，年过七旬的张老汉原来是廊坊城二建公司的退休职工，就在前面的小平房里居住，这个小区就是城二建公司建设的杰作。他曾是这个城市的建设者，而自己还住在那低矮的平房里，让人感慨。

"其实，在平房里住很好，出出入入非常方便。退休那一年，闹心，就养了几只羊，后来越养越多，一年出栏两三次。我不喜欢打牌，也不喜欢唱曲，自己和老伴儿身体都很好，有一份退休工资，养羊是个乐趣，也是我最开心的事儿。"

问他每年养的羊都卖到哪里，他一指旁边的"老北京铜锅涮肉"，说那个叫"九门王提督"的餐馆老板要求他把每年出栏的羊都卖给火锅店，因为大家伙知道，这是纯天然无添加的草饲羊。他还说，偌大的一个廊坊，就只有他在城里养羊。在我看来，恐怕在全国范围，也只有廊坊市的他能在城里放牧。

小区正北临街店铺里有一家古香古色的餐饮店，名叫"老北京铜锅涮肉"，北京宫廷园林装修风格，在这里走一遭就仿佛逛遍了北京城，二十多间屋子容纳了北京的"内九门""外七门""皇城四门"。前台的服务员会细心地询问你订餐的用途，谈生意安排"德胜门"，家庭聚餐安排"朝阳门"，朋友间相聚安排"正阳门"，给老寿星祝寿安排"天安门"，出差远行安排"东直门""西直门"，孩子的升学宴安排"大前门"，拜师学艺安排"宣武门"，儿媳妇进家安排"永定门"。"左安门""右安门""阜成门""崇文门""广安门""广渠门""西安门""东安门""地安门"也都有很好的说法，如果食客想去卫生间，男士请入"东便门"，女士请入"西便门"。饭店的老板姓王，熟悉他的人都不叫他老板，叫他"九门王提督"。

一个炭火铜锅，纯芝麻酱，绝对正宗，是城市里难得的人间烟火味。铜锅如同一个火炉，那一绺子炭火火星冒出，人们团团围坐，气氛亲昵热烈。这个"老北京"也开了不少年了，好像和那群羊分不清先后，有那群羊的时候就有这个铜锅涮肉，先有鸡后有蛋还是先有蛋后有鸡，抑或先有羊后有铜锅涮还是先有铜锅涮后有羊，都不重要，鸡和蛋都要上餐桌，羊儿也要上餐桌，命运都是变成食材。有时想，这片草原上的羊群在刚肥硕的时候，就变成了"老北京"食客的盘中餐，感觉有些残忍，多可爱的羊儿呀，它们幸福地吃草，最后又被人幸福地吃掉。

吃涮羊肉，喝白酒，那才叫痛快。老北京铜锅涮肉旁边是开了多年的

"迎春酒专卖店"，好像那酒就是专为小区居民和饭店食客准备的，每天看似门可罗雀，竟然也已开了十几年。

迎春酒是廊坊人自己的酒，酒色微黄，酱香独特，一口下肚便是热烈冲撞，铜锅羊肉一吃，通身是汗，那才叫一个痛快。哪管窗外北风呼啸，天寒地冻，有酒有肉便是人生好滋味。守店的两个女孩子很热情，她们知道我是楼后的邻居，大叔大叔地叫个不停："大叔，您的杂志来了。""大叔，您的快递来了。"现代生活，人们网购频繁，小区里的丰巢总是处于"满员"状态，快递小哥总问我把快递放在哪里，我说放在迎春酒店里。邮局的函件与丰巢没有合作关系，同样处于无法接收的囧途，我也让快递员放在迎春酒店里。刚开始，我并没有和迎春酒店里的两个姑娘打招呼，她们还是接纳了我的书刊和快递。后来邮局的人直接将我成沓的书刊放在迎春酒店里，每次取件的时候，我总是要客气一番，最后收到的都是微笑："没事儿的，您的快递在这里放多长时间都成。"她们的笑容就像迎春酒的色彩一样清纯，话语就像迎春酒一样热烈。

羊肉有了去处，那么羊产生的粪便去了哪里？不会污染了这边的小环境吧？我的毛病就是喜欢打破砂锅问到底。

"那这几十只羊的粪便，你怎么处理呀，你总不能也拉出城去吧？"

"都让你们东边的菜园用啦！"

因为靠近学校，小区是名副其实的学区房，和东面的学校之间还有一排临街楼，楼后还有一片开阔地带，也是平房拆迁后形成的空间。当年城二建打算将其作为小区的二期项目继续建设，被东侧的学校拦住了。两家因为土地产权争执不清，城二建想继续获取学区房的效益，学校想建半商半福利的教师公寓。公说公有理，婆说婆有理，互不相让，再加上后来土地开发管控，土地就这样闲置了十几年。万幸当年没有听那个售楼姑娘的话，让我耐心等待二期房建设，要不然二期的房子买不上不说，还会天天望楼兴叹，如今不知道在哪个地方蜗居。

时间一久，这片空地又成了不为人知的角落。东西北三面有楼，南侧有平房，这片十几亩的空地被圈了起来。土地闲置就是最大的浪费，不知是谁提出了这样的主张，小区的老人们像哥伦布发现了新大陆一样，扒开围挡，刀耕火种，开荒种田。经过几个季节的努力，空地变成了平整细腻的田园，老人们把农村的原野搬进了这个角落，种菜的种菜，种庄稼的种庄稼，有的还搭上塑料篷布，种上了反季节蔬菜。几个平米就是一块菜地，农村田园里有什么，这里就有什么。

老人们还会不辞劳苦地开着三轮车到不远处的环城河里取水，浇地浇菜。一排排黄色、绿色、红色、白色、黑色、紫色的水桶满着水放在地垄边上，碧绿的田园有了缤纷的色彩，田园变成了五彩地。

孩子们是不喜欢来这里玩耍的，这里也没有可玩耍的空间。倒是我经常在小区里散步，会来看看这里的绿色，倾听这绿色的呼唤，凝视蔬菜在阳光下生长。这里没有风，也没有鸟雀光临，这里的绿色纯净而安然。也许因为我在农村长大，对田园有着天然的亲切，置身这片园子里，好像回到了农村的原野。城市是我无奈的工作和生存之地，只有田园才是温馨的家，小时候随同父母到菜园里种菜施肥，在庄稼地里割麦收秋，在温暖的田园里放飞梦想，一旦真的离开了田园，又渴望着回归。城里的一切都是人造的味道，只有田园才是自然的，才是丰富的，闻着泥土的气息，我的呼吸一起一落，舒缓均匀，我知道自己属于土地，属于那块永远不能割舍的田园。

我会同那些老农们一起交流，原谅我把这些退休的城市职工称为老农吧，因为他们朴素的衣着说明，他们已经成为侍弄庄稼和菜园的行家里手。他们忙碌的身影，就像父辈的身影一样，在田野里只会弯腰不会抬头。

十多年来，这里的菜园格局没有变，变化的是菜园的主人。有时候，今天还健在的老人，明天就去了医院，去了龙河南面的殡仪馆，菜园的菜好像也停止了生长，在为它的主人静默。没有一条河流是停止的，也没有一件物品是静止的，更没有一个场所是固定的。人生一世，草木一秋，蔬菜一季，他们像风一样在岁月中走过。有时候看到更换了主人的菜地，难免有些小难过。虽然没有太多交集，但在不大的小区多少还都有个脸熟，见面都要笑一笑，打个招呼："要吃菜，去园子里拔去哈。""好呢。"拔不拔的，心里舒坦。

风吹过田园，菜园随同主人的更换，证明岁月在被风带走。我曾经所在的军营，兵们换了一茬又一茬，如同耕种过的小麦，一季覆盖一季。我所在的报社，人员进进出出，入职的离职的，面孔总在更新。

不管如何，物是人非的菜园总是齐整的，总是绿的。田园里的蔬菜除了满足主人和儿女的食用之外，还会被送给楼上楼下的邻居。我也多次享受过楼上邻居送来的蔬菜，那鲜嫩的蔬菜青绿油亮，没有打药，没有化肥，纯纯无公害。后来那个邻居不在了，我还总是怀念他给的蔬菜，绿油油的耀眼，清爽爽的润口。他曾经说过，蔬菜长这么好是因为用的农家肥。

听说是用的农家肥，我还吃了一惊。难道他们在楼上住，用了厕所不冲，把自己的粪便积攒啦？那得多埋汰和恶心呀！终于有一日，看见一位老农，拉来一三轮车农家肥，苫布没有盖严实的地方，露出干硬的小纺锤一样的羊粪蛋，一粒粒的。当时没有想到是从西侧草原上拉来的，我还佩服这个老农为了几平方米的菜地，竟然跑到城外去要农家肥。没有想到，肥料近在咫尺。已经干硬的羊粪没有臭味，还有没被消化掉的青草味儿。羊吃百草，粪便有劲儿，也不会污染土地。

在羊粪蛋儿的滋润下，那一垄垄冬白菜长得粗大瓷实，整齐排列成一队队等待检阅的士兵，如果不是被一根小小的绳索拢住，白菜会长成一朵朵巨大的绿花儿。周围的建筑在寒风中散发着冷淡的青光，唯有这一片大白菜葳蕤生光，绿得生动，绿得恣意，绿得疯狂，绿得灿烂，在人们冬日的生活中成为一个季节的主角。

田园中，还有那些蔬菜架子已经随季节流转变得枯萎。豆角、黄瓜、丝瓜、西红柿、芸豆、扁豆、倭瓜、葫芦、冬瓜曾经在上面攀爬，把光溜溜的支架打扮得丰腴动人，枝叶繁茂，生龙活虎。植物也有着非常敏感的神经，也会探测到哪里可以落脚和攀爬，只要有附着物，长长的藤须会在第一时间缠绕上去，它也会按照力度大小和结实程度多缠绕几圈，最少都在三圈，多的缠绕五圈，聪明着呢。白天看到那藤须还在空中高扬，卷曲在阳光下，第二天它已经缠绕在最近的枝干上了。它在黑夜中跨越了空间，准确地抓住了缠绕点，像虬龙一样盘旋几圈后，再拉紧藤须。如果想一圈一圈地解开，没有点儿力度是不可能的，遇见砖墙，那藤须会钻进墙缝里，牢牢地抓住，几斤重的大倭瓜、葫芦、南瓜、冬瓜吊在空中，绝对不会掉下来，几根藤须就提起瓜儿的沉重。如果遇见一棵树，还会演绎藤缠树树引藤的植物间的爱情，紧紧相依，不离不弃。大地是它们最好的舞台，在城里的锣鼓声中，向天而舞，钩住云彩，乘风而去。天地生万物，草木有本心，都是有智慧的。几粒羊粪蛋就养大了那么多的瓜菜，真是神奇。

智慧和力量，季节和色彩，丰腴和清瘦，田园和城市，泥土和树木，阡陌和楼宇，垄沟和街巷，这一组组对比和联想，都是岁月与风的组章。让思维穿过楼宇间，到广阔的大地上飞翔。

岁月和风一起，吟唱了一曲新的和弦。走进老北京铜锅涮肉店，叫上三两好友，点起一只炭火铜锅，来上几盘鲜羊肉，喝上几口老迎春酒，再来上一盘绿白菜清口。服务员说，这白菜不白发绿，是来自旁边园子里的大白菜，比那种圆白菜更有清新味道。生吃一片，果然清爽，蘸点儿芝麻酱，又是脆生生的清香。

饭后，挥别好友，趁着兴致，去月亮湾观棋，去看周仓和王横是如何跳马的。观棋的时候，还会兼听一下老太太们讲的市井八卦，对于一个作家来说，市井八卦就是原汁原味的生活。眼睛看着象棋，耳朵却注意着旁边，典型的间谍范儿，还是一个无人防范的酒虫。

森林里没有一丝风，叶子偶尔有飘落。从森林到草原，从草原到田园，从田园到城市，一片叶子变成可食用的大白菜，都是那群羊儿的功劳。

正感念着，不知何时，公园里的老头老太太们都走光了，原来是一年一度的寒风来了，带来了岁月的暖意。岁月不曾忘记风，风要把岁月带走，它们是最好的伴侣。老人们回屋子里去继续他们的岁月，而我却在这里聆听了一场岁月与风的对话。

（本文发表于2023年第5期《延安文学》）

如诗秋声

滴答，滴答，雨声敲醒我的睡梦，天在朦胧中微明。

打开手机，朋友圈里，昨日的丰收节盛景刷满了屏：喜庆、红火、开心、幸福。

啪嗒，啪嗒，雨滴间或落在窗户的护栏棚顶上，声响清脆，惊醒了清晨的宁静。

一位文友的诗歌，引起了我的注意：夜来观雨落，点点尽秋声。落叶凄凄舞，街灯寂寂明。写得很有秋雨夜间的美感，我建议她把第一句修改为：滴滴夜雨落。这样每句话都有一个叠词，在节奏上更有明快的韵律。更何况夜雨无法观，只能听，滴滴有听的状态在其中。她欣然接受，重新发出来，焕然一新，诗意益然。

6点50分，我出门往市文联方向走，去乘坐24路公交车第一班，每天准时准点。下得楼来，天是灰蒙蒙的，楼宇间、街道上是混沌的透明状。我故意不带伞，让牛毛一样的细雨亲吻我的发尖，抚摸我的面颊，凉丝丝的，湿润润的，爽滑滑的，最是喜欢这种感觉。雨如丝织，雨如绣花针落在绸缎上。

天阴并不影响我的心情，我品味着文友的诗，一遍一遍地吟诵。她把昨夜的雨竟然写得那么柔美。

这个城市，南北为路，东西为道。说路也是小路，说道也是小道，给人小小的感觉，雨天即有江南雨巷的韵味，远不像有些城市：某某大街，某某大道，必有个"大"字，突出城市的宏大，一点儿都没有谦虚之态。还有的城市，首都是它的一个街，大上海是它的一条道，一个省是它的一条路：北京街、重庆街、上海道、天津道、河北路、河南路、西安胡同、武汉胡同、成都巷、长沙巷……比比皆是，让你想象那个街道就是某个省市风情，实则不然，一个地名而已，一个城市就是缩小版的中国。

在光明道和永兴路交口，南北向红灯亮起，车辆整齐地停在斑马线一侧静静等候我过马路，我像一个检阅者，在他们面前阔步前行。等一辆右转弯的吉普看我走过来，赶紧停车静候我通行。"礼让行人"都铭刻在司机们的脑海里，让我心里美美的。

十字路口的车辆，井然有序，左转、右转、直行次第分行，在一个路口汇集，再分开，无声地奔向自己的前方，留下的是车行时与湿滑路面摩擦的哧哧声音，轻柔又舒缓。

永兴路的东侧，是一片等待拆迁的平房，已经在政府改造计划之列，只等一声令下后的行动。面朝西的是或闭或开的门店，三两家做金属门窗加工的，三两家做家电维修的，三两家做水暖器材的，三两家做五金电料的，三两家做户外广告的。相同或相近的行业集中在一起就成了大市场。这里不会有鲜花店，也不会有宠物医院，帕瑞斯也不会在这里放下高贵的身价。做门窗加工的门店每天开门甚早，门窗造型别致，摆在橱窗里，虽然不如服饰橱窗诱人，但也多有阳刚之气。门店前是数米宽的人行道，人行道与马路的间隔是两排高大的白杨树和整齐的灌木隔离带。对面永兴路西是繁华的楼区，临街是富丽堂皇的饭店宾馆，与道东的拆迁区判若富人与穷人的相安无事。夜晚到来，对面灯火辉煌，客人们入入出出，热闹非常；这边店铺里的孩子在斑驳的灯光下，跑跑跳跳，玩着童年的游戏，有女人不时喊上几句，不要摔倒，几个孩子叽叽喳喳的，生机勃勃。

女人面前都有一堆衣服，不约而同用盆手洗。精瘦的男人们蹲在门口，要么看手机，要么刷牙。里屋偶尔传来小孩子的呼唤：妈——！我要尿尿。洗衣服的女人赶紧用手在围裙上抹两下，把肥皂泡沫擦净，回屋子把孩子端出来，蹲在临街的灌木下，传来哗哗的声响，那小孩子仍然是不睁开眼睛，慵懒地呼吸。

这些门店都是吃、住、经营一体，空间被最大限度地利用，产生最小的使用成本。他们会蹲在门口，端着一碗饭，简单的米饭或面条，当着路人的面吃得津津有味，向路人展示生活的香甜。哺乳期的女子坐在门口的小凳上奶孩子，大大方方露着半边胸脯，低着头静观孩子的吸吮动作，她把自己变成摇椅，轻轻地晃动身体，让孩子吃得更舒适。孩子一边吃着，一边伸着小手去够女子的脸，一只小腿调皮地蹬蹒，够不着女人的脸就抓住自己的小脚丫捏玩，数着脚指头，悠闲着呢。母子神态怡然，路人经过时，不好意思地把头扭到别处。他们从农村或大山里来，城市不会改变他们生活的习性和幸福的姿态。城市的城中村是他们牢牢的根据地，利用根据地向城市的高楼进军，为城市展示不一样的风景。村里生活和城里居住没有任何区别，在外人眼中，他们只是丰富了城中村的概念和内涵。

今天有些不同，细雨飘来，他们同往常一样洗衣、看手机。男人不停地笑，女人问他笑啥，他说农村的老娘跳的广场舞在昨天的丰收节上获奖了，还把视频展示给女人看，女人也笑起来，手里并没有停下。

起早的两个男人用山东和河南的方言土语打声招呼，谈论昨天的丰收节。老家的喜庆通过手机传来，留守老人的喜悦让在外面拼搏的年轻人有了温暖和满足。两人并不聚拢，远远地说几声，传递喜悦和自豪。

还有一家门店，是做铁艺的。不开门的时候总会挂上一块牌子，牌子上写着：请您稍等，店主出去浪了，召唤电话××××。如果开门了，会把这块"浪"牌挂在旁边的窗户上，字面朝外。门窗都是透明的，里面的铁艺操作设备一目了然。今日没有开门，"浪"牌依然挂着，幽默的铁艺主人使得每个过路的行人看见这块牌子时都会微笑和开心。

在并不密集的牛毛细雨中，一位矮胖的大妈穿着橘红色的环卫工作服，两道莹白的反光条带和橘红色差明显。唰——唰——扫帚每天从早上5点开始忙活永兴路两侧的人行道。从不见她抬头，余光看见行人的脚步过来，会主动退到一侧，让行人经过。大扫帚轻落慢起，不会有半点儿灰尘。今日的雨后，只有几片落叶点缀在深红的路砖上，她认真地扫过，让路砖一尘不染，那黄色的盲道就变得十分明显。

没有人和她交谈，她也不需要和谁交流，她只是风雨无阻地守护这条永兴路，偶尔还有宠物粪便明晃晃摆在路中央，她也只是默默地清理干净，让永兴路亮丽地通向城市的远方。

过了金光道路口，雨有些密集了。有点儿小后悔没有带伞，但是仍然不影响我在雨中的这种诗意想象。那些上班族，外出的，以及要在细雨中"浪"的，都早早地出发了。马路被一夜清雨洗得黝黑清亮，白色的马路地标线和导流线变得洁白无瑕。汽车前面的LED灯，发出莹莹的白光，在地面的反射中轻盈前行，莫名让人想到一个词语：白驹过隙。白驹过来，时光随雨丝流走。

突然，头顶变暗了，一顶黑伞遮在头上，回身一看，一个小伙子把伞举在我的头顶。

"大叔，你怎么不带伞呀？"

"小雨正好滋润。"

"大叔你真浪漫。"我也"浪"起来啦，小伙子黑红的脸上挂满了微笑。

"再不浪漫，就老啰。"

交谈中得知，小伙子也是要坐24路公交车，去正天机械制造有限公司上班。他是外地人，在大学里学的机械设计制造专业，现在是公司里的设计制造主力工程师。自古英雄出少年，我再次回身看了看这个三十多岁的年轻人，他的目光里充满善意和睿智。

"小伙子，佩服你，中国制造，你们年轻人应当担起重任，努力做个大国工匠吧。"看着这个年轻人，满眼都是这个国度的希望和灿烂的明天。

"大叔，你太夸奖我了。我知道现在的责任，每一项工作都与大环境、大气候紧密相连。"

五百米的距离，很快在一把伞下走到了头。到24路文联站点的时候，小伙子要往东去，我要往北去，还不是一个方向。分手时，彼此都没有要对方的联系方式，留下一点儿像雨丝一样的美好在心底，足矣。在马路对面望了望那个小伙子，他瘦高的个子，肩膀很宽，空空的两肩上，我看到了追梦人的毅力、责任、希望和未来。

第一班车到文联站点的时候是7点20分，还有大约十分钟。没有带伞的几个候车人都走进临街的超市屋檐下。我也打算走进旁边的牛肉拉面店里，突然发现一个女学生站在一棵大槐树下，没有带伞，任凭细雨打湿她全身。

我陪她一起淋雨吧，心里这样想，就没有动地方。女孩微笑地望着我，我也微笑地看着她。一老一少就在心里开始了对话，旁边的那棵大槐树做了见证，也偷听了我们的谈话。

"叔叔，你不怕淋雨呀。"

"孩子，你不怕，我也不怕。"

"你也要经过风雨洗礼和浇灌成长吗？"

"我在风雨里品味人生。"

"那就让我们一起接受这雨丝吧。"

这个女孩胖乎乎的，一脸笑意，青春的气息洋溢在雨中，洋溢在她的自信里。

17路车来了，女孩回身对我一笑，就上车了。我知道，17路车经过城市第八中学。那里在放飞理想，那里有希望的歌唱，那里有未来的光芒。

女孩离开了，我不想孤独地站在雨中被人称作傻子，便走近拉面馆，站在门口。拉面馆的女老板不干了："您坐在凳子上嘛，莫站在门口。"外来的甘肃口音，兰州牛肉拉面，只有甘肃人才开得正宗。

"怎么了呀？"

"您站在门口，把人吓着了，不敢进来。"

我赶紧往里走了走，并没有坐下。我有这么可怕吗？店里没有顾客，都是我吓跑的呀。我笑了笑，头戴黑帕子的女店主虽然这样说，脸上满带微笑，"和气生财"都在这笑容里，店里桌椅亮洁整齐，环境温馨。

24路车来了，我和其他人有序地排队上车。出示健康码、测体温、刷卡付费。有一次，我在等车的时候，看手机，车来了都不知道，直到那个司机鸣笛，我才知道车来了。第一班车的司机都知道我这个老乘客，在科技谷大厦站和市文联站上下。

坐在车上，车外就是移动的风景，就是流动的画。

终点变近，道路变短。两侧的楼宇次第向后移动。雨后的城市都是新的，马路清洁，楼宇清新，绿树清丽。在高高的座席上看，外面的汽车也渺小了，一幅移动的车行图在道路上绘织。白的耀眼、绿的清明、橙的鲜红、黑的油亮、灰的银洁、黄的橘暖，车前明亮的LED灯如柱，在细雨中成为荧光柱。车后的红尾灯，一闪一闪，忽明忽亮，就像城市的眼睛在眨动，点亮了夜空，点亮了大地，迷人的暖色，亮在心底。

马路上的隔离带和两侧的绿化带栽满了姹紫嫣红的月季，在细雨里轻舞，带着晶莹的露珠，煽情地摇曳，在城市里飘香。粉色的优雅、高贵，红色的热烈、奔放，白色的纯洁、真诚，黄色的青春、柔情，褐色的珍贵、珍稀，蓝色的浪漫、娇艳，这五颜六色的月季颜色就是城市的颜色。

细雨成诗，城市多情。楼宇在阴雨中变得素雅，但更改不了店铺花花绿绿的妖娆。店铺的主人前世许是浪漫的诗人或是多情的散文家，把店名都起得那么情意绵绵。医院是广安牌的，会馆就在西湖边，服装店让你"伊尔美"，"百衣百顺""千衣百汇"，极尽温柔；到拉米娜色歌厅去抒情，蓝色火焰酒吧里，外表冷艳的，内心是一团火；金沙银贝海底捞，宠物要"永爱"，"一剪梅"和"一剪钟情"是把你的头发做成花，"比罗（骡）拉多"肯定是电动车，你依此还会想到一款小小的手机还要用摩托和骡子拉的吧（摩托罗拉），看字面会把你累得吐血哟；万世达殡葬，云中仙足疗，香汝美容，圣洁口腔，蓝桉家装，紫杉家具；那个做消防器材的老板起名叫安熄，他是考虑到一些人因为火气太大而亡的故事，像三国时代的周瑜；沈师傅、田师傅不教你车床技术和焊接，是请你吃饭，味道美呢。夜晚来临，这些门店的灯光会展现不同的诗语，或亲、或美、或悲、或温、或雅、或迷、或媚、或妖、或娇、或幻、或冷、或艳、或明、或暗、或萌、或烈、或柔。在绵绵的秋雨里，更是拉拉拽拽牵牵扯扯地和你调情，让你爱慕，让你回顾。

北方的城市因为这几日的秋雨有了江南之清韵。如果不是城市的纬度和坐标，你会认为置身于江南。原来北方的城市也可以如柔情的南国女子，青丝秀发，温温婉婉，款款而来。几只花折伞下，含情女子肤白貌美，温润丰腴，紧身旗袍，曲线错落，凹凸有致，细脚高跟，踢踏声响。在宁静的清晨，在宁静的雨中，就是江南水粉画中姹紫嫣红的那一个点缀，怎一个美字了得。

公交车逢站必停。经常坐车的人们都熟悉了每个站点要上来的老面孔，或者在哪个站点下去的熟面孔。实验中学和长征驾校两站上下的学生和学员多一些，经常是新面孔。这些年轻的面孔就是这个城市新鲜的血液，就是城市的活力所在。他们一上车，整个车厢就充满了活力和朝气，车厢里热闹起来，叽叽喳喳像翠鸟喞啾。有时候，车里会弥漫着煎饼馃子的味道，肯定是有人在书包里装了早点，馨香弥漫了整个车厢。年轻人像云一样从不同方向飘进车里，到了学校和驾校又像水一样轻轻流走。

一辆公共汽车就是一个和谐的家。熟悉的老年人上车简单问一声好，打个招呼就不再言语。终点站有个大集市，叫大马坊集，不知道为什么人们把"坊"念作"堡"，正如把"廊坊"念作"廊堡"一样。阴历的逢三逢八，七十多岁的老年人拉着买菜小车早早地坐上24路公交车，小小的刷卡机在喊出"支付宝""云闪付""畅行卡""学生卡"后，也会不停地呼叫："爱心卡，爱心卡。"老人们充分地享受国家的福利。有的老人忘记戴口罩，会有年轻人说："我这里有口罩没有用过，给您戴吧。"还有老人不会出示健康码，也会有年轻人主动站出来，帮助老人扫描行程码。一逢集市，这趟车就成了老年人赶集的专用车，满满一车鹤发童颜的老人，尽享岁月的安好。礼让老年人的爱心专座随时都有，我已经过了礼让年纪，安心地在爱心专座上坐到终点。车停车启，人上人下，但这趟24路公交车并不比我开车慢多少，一路上交通秩序良好，是顺畅快速的根由。

大道不孤，众行致远。每一个路口，南来的、北往的，或者东去的、西行的车辆和行人交叉，作短暂的停留，总有对向行驶的几排车辆在等候，红灯绿灯的变换，就是停驶和起步的命令。停下的，静静等候，变成一条色彩斑斓的长龙；启动的，穿梭如河流奔涌，鱼贯而入，鱼贯而出。没有喇叭声鸣，错落有序，秩序井然。

那穿天蓝色制服戴着白盖帽的是交警，那穿红色马甲执旗的是志愿者，守候在路口。交警指挥着车辆，志愿者指挥着行人。在轻雨霏霏的时光里，来往变换的是不同的车辆，静止不变的是使命和责任。马路就是城市的血脉，不停地奔流，城市因此具备了活力和生命的原色。

车外的雨如丝，雨如织，淅淅沥沥，渐渐大了起来，树上刮落的雨水滴滴答答砸在车顶上，是清脆的砰响。车玻璃上是斜斜的一道道水流，成为波纹，顶上汇集的雨水在司机前方的玻璃上成为一道流不尽的透明瀑布，哗哗地流下来。

出得市区就是到万庄镇的廊万路，廊万路西侧是京沪高铁。在第一班24路车经过的时候，总会有一趟从北京始发的高铁呼啸而来，擦身而过，速度之快，远不是城市公交可比的，到前方还会在这个城市中央站停2分钟。城市和这片土地上的人们一道，感受快与慢的韵律，感受动与驻的和谐。

建设中的首都机场高铁通过城市边缘往大兴机场方向，路基和桥墩已经矗立在城市西北边沿，灰白色的桩基在绿色大地上甚为醒目，坚挺的姿态如给城市植入的助力器。一桥飞架南北，两条高铁线路在城市西北交会，万庄镇即成为呼啸山庄，高铁振翅而过，城市也要飞起来了。

24路车开过华北油田万庄家属区，东行凤仪道。凤仪，有凤来仪，多美的名字啊，凤凰款款而来，仪态大方。城市在凤河和龙河交汇点上建设，龙飞凤舞，龙凤呈祥，寓意着城市的美好愿望。凤仪道南侧是喧嚣的城市，北侧却是寂静的田园，无边的绿色。不知是城市在窥视着田园的幽静，还是田园在向往着城市的繁华？城市像胃口很好的年轻人，没有用多长时间，就把一片片绿色填进自己的胃里。城市又像一张香甜的鸡蛋饼，不停地向四周摊开去，色香味俱全地诱惑着田园；田园像一个禁不住诱惑的孩子，投进城市的怀里，等清醒过来，发现已经不是自己了，也就坦然地享受城市的红红绿绿。城市又像个帅气有活力的青年男子，田园像个美丽贤淑的村姑，一下子就让城市给俘虏了。

终点站是科技谷大厦，需要在路口左转，路口南面的内侧就是逢三逢五的大马坊集市，司机会在这一天在站外多停一站，让赶集的老人在路口南侧下车，防止老人过马路出现安全事故。等老人下车以后，再把车左拐，停到科技谷大厦站牌面前。

今日不逢集，车里人相对少一些。越往终点，只有下客，没有上客，和我一同到终点的都是科技谷的上班族，不认识的熟面儿，他们有的是因为车限号，有的是和我一样纯粹就不开车。

雨从雨丝变成了一排排明晃晃的雨幕，斜斜密密，交织如网，比我刚从家里出来时大了很多。每个雨点砸在路面上啪嗒啪嗒，好像天上的玉石一块块掉落，成为碎末飞扬，落在车顶乒乒乓乓，像鼓点一样此起彼伏，击打在玻璃上啪啪如爆豆，落在叶子上唰唰地梳理草木。满世界都是音乐了。

7点50分，公交车以往会准时停在科技谷大厦站点。今日竟然没有停下，直接开到200米外的科技谷西门，打开车门前，那个中年司机眼望前方："车里有雨伞，可以免费取用，再上车的时候，随意放在哪一辆公交车上都可以。"我们谢绝了司机的好意，感谢他把车停在了科技谷大厦的院门口。

车里空了，干干净净的，就如同这车没有载过客人一样，留下的都是温馨的记忆。

院门口的保安在遮雨伞下向进入的车辆和上班人员敬礼，科技谷大厦一楼的工作早餐香味飘进鼻息，胃在抗议也在欢呼，那些辛勤的厨师们肯定又是很早地起来，准备了丰盛的早餐。

回望那辆24路公交车，如同一块软软的、温润的绿面包，带着两只隐约的红灯慢慢转过弯去，消失在雨雾里。

诗雨打屋顶，白祥风铃敲。新的一天，美好的一天，就这样开始了，开始在如诗的秋声里。

第四辑：影像记忆

可爱的中国

先生，请允许我这样称呼您吧？坐飞机、乘高铁，回到廊坊已经很久了，但是我忘记不了，那片长满英雄树的红土地，那片被革命先烈鲜血染红的土地；也对您的家乡每一个角落，都印象深刻，不能释怀，犹如昨天才看过，好像是今日才记忆……

先生，您既是伟大的无产阶级革命家、军事家、杰出的农民运动领袖，又是文学家。但是，我愿意以文字的前辈称呼您：先生！那一日下午，我们怀着激动、敬仰之心，去了您的家乡——江西省弋阳县漆工镇湖塘村。我们先是来到以您的名字命名的方志敏读书会，端坐在屋子里，河北文学院的胡院长领我们重读您的作品《清贫》，就如同回到了童年，在教室里聆听老师给我们讲您的作品和您的光辉事迹。那琅琅的读书声，回荡在红土地上空，那气氛，让我们每一个人在您的作品面前，变得十分虔诚。让人心潮澎湃，让人热泪奔流。

先生，我们在您小时候的读书园里漫步和观赏。您不知，那已经有几百年历史的才子桥依然坚固，只是那桥下的流水日夜流淌，那潺潺的梅溪河带走了往昔岁月，今日已是茂林修竹，苍翠接天。我好像看到了您在这个园子里读书的身影：您依靠树干，仰天沉思，心中在呐喊着，百姓的幸福在哪里？新的中国在哪里；您手捧着书，慢慢地走在阳光下，轻声地默念着，那阳光把您的身影照耀得长长的，那身影已经带着您的思想去冲锋了；您坐在石凳上和小伙伴们争论着，中国的未来是怎样的，在您的心目中，中国将是最美丽的、最可爱的……曾经陪伴过您的那些树啊，已经长高长大了，有的需要好几个人才能搂抱过来。只有它们和这片土地一样，历经摧残、饱经风霜，依然坚强地挺立在这片土地上。只是您不在了，这些参天树木，今日在梅溪河畔静享这美好时光。微风吹过来，树叶沙沙，可有您的声息？那青楝树、枫树、沙栾树、莲子树、檀香树都在述说您的事迹。蓝天下，白云飘过来了，可带来了您的影子？那圣洁的鲜花开了一年又一年，阳光穿透了流水，穿透了今古，走向未来。我漫步园中，和这河流对话，同这老桥交流，与这大树同吟，寻找您的足迹，追寻您前进的方向。应当说，这片园子还不叫园子吧，因为没有围墙，碑和亭是后来人们为了纪念您而修建的。也许您不愿意这样，但是，怎么能够泯灭后人对您的怀念和敬仰呢？

先生，我们参观您的故居时，心情都很沉重。我们的文学同行们，不乏很喜好热闹的，但是在您的故居里，是那么肃穆。您36岁的年轻生命，为新中国革命事业做出了杰出的贡献。故居里，展示了您的生平，您创建的革命队伍走向了抗日前线，走向了新中国的成立，功勋卓著，日月同辉。故居陈旧了，简陋了，主人已逝去，但是它却因您的光辉吸引了千万人前来瞻仰和参观。在湖塘村满是白墙灰瓦的高大楼房群里，您的故居是那么陈旧和不入流。我们知道，这正是先生您的所愿啊，用您的鲜血和头颅换取更多人美好的生活！

先生，我们很欣慰，您的后代都以您为自豪，他们在您的精神鼓舞下，努力工作、勤劳生活。红土地历经苦难，孕育了无数优秀的儿女。我在读书会，见到了您的当家侄儿方和平，是个很朴实的汉子，他曾经当过兵，在部队里学会了做饭，是国家二级厨师，他时刻因您而自豪，时刻以您为激励，以一己之力为国家和社会贡献自己的力量，我想这就是您所有后代的心声，他们一定都是这样做的。我同他交流了很多，他的纯朴、他的执着、他的热情，就像这红土地一样赤忱。晚上，您的侄儿，还给我们做了一桌好菜，很是香甜，让我们深刻地感受到了红土地的乡风民情，如同一杯陈年的老酒呀，浓烈、热情、暖身。我们晚上住到了附近的老表方坤家里，那房间里吊顶、地板砖、壁灯、金属栏杆、现代化家用电器、观景阳台、洗澡淋浴间、抽水马桶等设施一应俱全，丝毫不比五星级饭店差。女主人说，他们家建造这三层小楼，花费在一百万之多，她很兴奋很自豪地和我们说起了今天的幸福生活。先生，我们都想不到现在的农村人们有了这么富足和现代化的生活，我想，这也是您想看到的呀。房子的主人又让我们有说不出的感动，在三楼茶几上，摆满了干果和鲜货，还有瓜子和开水，一袋未开包的当地特产茶叶，让我们随便享用。第二天一大早，就把他们家最好的美食给我们做出来，摆了满满一大桌子。临走的时候，我们和主人合影，紧握着手，依依不舍，他们把我们送出老远，就如同是当年的红军与乡亲一样的军民鱼水之情啊。先生，那场面您经历过，和我们今日的感受一定是相同的。时代在变，民风不变，红土地人民的优良品质不变！

先生，您有所不知，今日之弋阳在绿水青山中，如诗如画，湖塘村的民居在这青山绿水里，是画中最美的色彩，人们在这画中过着幸福美满的生活，和谐快乐的歌声已经飘向四面八方。烈士赴前去，背负后人生。想当年，湖塘村104户人家，430多口人，遭受了19次屠杀和烧毁。敌人没有摧垮方家儿女的斗志，没有让方家儿女屈服，在您的鼓舞和影响下，小小的湖塘村先后出现了96位革命烈士，一个个英雄事迹，歌不尽，唱不完。岁月流逝，英魂犹生，正是无数个湖塘村，千千万万个如先生您一样的革命烈士英勇献身，才有了我们今日祥和环境里的快乐幸福的生活。

雪压竹头低，低下欲沾泥。一朝红日起，依旧与天齐。先生，这是多么豪迈的诗篇！在那样白色恐怖的日子，您竟然预言：目前的中国，固然是山河破碎，国弊民穷，但是谁能断言，中国没有一个光明的前途呢？不，绝不会的，我们相信，中国一定有个可赞美的光明前途……您在这样的预言下，为后来的革命者和我们又描绘了一个灿烂光明美好的世界：朋友，我相信，到那时，到处是活跃跃的创造，到处是日新月异的进步，欢歌将代替了悲叹，笑脸将代替了哭泣，富裕将代替了仇杀，生之快乐将代替了死之悲哀，明媚的花园将代替了凄凉的荒地！……先生啊，我们赞叹您在那样的环境下，竟然作出了这样成功的预言！这又是怎样的先知先觉？这是您作为一个革命家的坚定信念所致！您不仅为我们预言了这样一个美好的生活，还为我们的民族作了精彩的预言：我们民族就可以无愧色地立在人类面前，而生育我们的母亲，也会最美丽地装饰起来，与世界各位母亲平等地携手；这么光荣的一天，决不在辽远的将来，而在很近的将来，我们可以这样相信的，朋友！……先生啊，您即将走向刑场了，面对生死，您是那么坦然。但是您依然不忘把每一个可以倾诉的人都当作朋友，把真心话告诉他们，给他们以信心和力量，鼓励他们去争取和奋斗。这是您作为一个革命家的胸怀和真诚！我们看到您这样深情的预言文字，满含热泪地告诉您：先生，这些都已经实现了呀！您若在天有灵，您一定可见：今日我们的山河壮美秀丽，发展日新月异，人民当家做主，科技先进，民族独立，生活富足，国家强大；我们正走进世界舞台的正中央，民族不再受欺凌和宰割了，那样的时代一去不复返了啊。

先生，您的故居前是纪念您的文化园。我知道，文化园唱响了您的冲锋号角声：假如我还能生存，那我生存一天，就要为中国呼喊一天；一个共产党员，应该努力到死！奋斗到死！您是这样对自己要求的，也是这样做的。可您的回报要求呢？仅仅是：在您流血的地方，开出圣洁的花朵！先生啊，正是因为有无数个您，才有我们的今天，有你们的血流成河，才有今日阳光灿烂，才有鲜花开满原野山岗！

江山代有才人出，英雄自有后来人。那骑在马上纵横天下，目光坚定，放眼光明的未来，就是精神不朽、信念永存的先生您啊！先生，以后的中国将更加美丽、更加可爱，请您放心，我们一代代的后来者，将在您描绘并已经实现的美好蓝图里继续奋斗，用清贫洁白朴素的生活，去战胜许多的困难，为民族的复兴而实现新的梦想！

（原载2019年第5期《散文百家》，中国作家网2020年9月9日发布）

环卫之家

一

从河北廊坊到北京，乘高铁不过二十分钟。但对这个廊坊的家庭来说，家里人这次去北京，无疑是件隆重的事。

"明天一早就集合了，怎么还不回来？"家住廊坊市广阳区的张静，在屋子里焦急地转圈。时钟指向晚上9点半，还不见丈夫马希军的影子。

"洗漱用品，换洗衣服，都准备好了吗？"婆婆石淑敏已问了好几次。

"都准备好了，娘。"

"千万别落什么东西，带上一套手机充电器。"马希军的姐姐马希芹也凑了过来。

这是2023年2月26日。第二天，马希军将以第十四届全国人大代表的身份赴北京参会。

这样的场景，在这个家庭中出现过不止一次：2020年，马希军以全国先进工作者的身份前往北京接受表彰；2021年，马希军又以全国优秀共产党员的身份参加建党100周年庆祝大会。每次去北京前，一家人都会这样在一起等候他。

"还没回来，肯定是班上的事儿多。咱们都去睡一会儿吧，明天还要早起呢。"石淑敏发了话。

屋外起风了，有些寒意。石淑敏躺在床上睡不踏实，多少次梦里笑醒。激动、自豪和感慨，在她的心里交织。

这是一个普通却又不一般的家庭：一家两代环卫人，四人是环卫工。母亲石淑敏，建设部（现住建部）劳动模范、全国先进女职工；大女儿马希芹，廊坊市环境卫生管理局（现廊坊市环境卫生事务中心）先进工作者；儿子马希军，全国五一劳动奖章获得者、全国先进工作者、全国优秀共产党员；儿媳张静，廊坊市环境卫生事务中心先进工作者。

石淑敏这个"先进"的母亲，带出了"先进"的女儿、儿子和儿媳妇。如今，马希军又当选为全国人大代表，全家人怎能不激动？

二

我结识这个家庭，始于去年10月。在廊坊市里的一次活动中，我听说了马希军的事迹。我惊讶地发现，原来他的母亲就是被誉为"调不走的铁扫帚"的石淑敏。

1968年，二十岁的石淑敏初中毕业后，从天津市红桥区下乡到廊坊安次县南营村，在农村一干就是十多年。在别人介绍下，她嫁给了朴实的农民马凤元，生下两女一男。大姐就是马希芹，老二就是马希军。

上世纪80年代初，石淑敏按照政策可以回到天津市。父母兄弟热切盼望她回去团聚，爱人也劝她，农村比不了城市，回吧。爱人朴实的话，反而坚定了她留下来的决心。为了爱人，为了这个家，她愿意当一辈子农民。后来有了新政策，石淑敏被调到安次环卫站，从事环卫清扫工作。从那开始，"唰、唰、唰"的声音伴随了她一生。

南营村距离城区三十多里路。石淑敏每天四点钟就要起床往城区走，晚上九十点钟才到家，都来不及和三个孩子说说话——孩子们早就进入了梦乡。上下班路途远，在没有星月的黑夜，马凤元总要送一送、迎一迎。

当年没有环卫工人休息室，石淑敏白天工作困了累了，只能找个阴凉避风的地方眯一会儿。晚上，石淑敏一个女人，在前后都望不见人的浓厚夜色里工作。万家灯火时，只有大马路上"唰、唰、唰"的扫马路声，冲淡了夜晚的宁静。

石淑敏扫马路的声音，深深印在三个孩子的童年里。每到周日和节日，石淑敏就会让姐弟三人早早起来，跟着自己扫马路。她给每人配了一把小扫帚，还教他们清扫的窍门：把腰弯下去，把扫帚面压平，轻拉长推，才不会扬起灰尘。

石淑敏知道有些人看不起"扫大街的"，她耐心教育孩子们：工作不分高低贵贱，只要踏踏实实好好干，都是在为人民服务，都是在为"四个现代化"贡献力量。母亲的一言一行影响了三个孩子。他们忘记了扫马路的辛苦，只想着自己多干一点儿，母亲就可以早一点儿回家，全家人就能多聚一会儿。

秋冬季节，街上的树叶、积雪多了，石淑敏发动爱人和孩子们一起清扫。有一年大年初二，孩子们的两位舅舅从天津赶来拜年，到了石淑敏家，却发现屋里空无一人。大过年的，一家人跑哪儿去了？一问才知，原来全家人都出来扫雪了。于是两位舅舅也找到马路上来，一起跟着扫雪。

石淑敏曾有回天津工作的机会，按政策还可以带走家中一名成员，成为天津市居民。但为了一个团圆的家，石淑敏拒绝了。她说什么都不离开廊坊，更爱上了环卫清扫这一行，还因此得了个"调不走的铁扫帚"的美称。

退休后的石淑敏不肯闲下来，找相关单位认领了一段道路的清扫工作，不要退休金外的任何报酬，义务劳动了二十多年，一直坚持到现在。这些年里，她从马路正中扫到边上的人行道，又从人行道扫到街边墙角的旮旮旯儿，工具也从大扫帚变成小扫帚和长夹子。用她的话说，阵地越来越小，不用像过去那么辛苦了。因为大路上有大型扫街车，人行道上有小型清扫车，墙角街边用夹子和小扫帚就可以清理干净。她有时会站在路边，看那些清扫车辆"呜呜"地在马路上扫出痕迹，那是她最喜欢的风景。

三

石淑敏的言行深深影响和教育了孩子们，他们都觉得母亲很了不起。但真正做到像母亲那样，谈何容易？

大女儿马希芹高中毕业后，可以去某单位坐办公室，却拗不过石淑敏，只能不情愿地扛上大扫帚去扫大街。头一个月，她心灰意冷，动不动就哭鼻子，工作也心不在焉。母亲知道女儿委屈，每天看她扫不完，就默默地帮她完成剩下的工作。母亲弯着腰一下下替自己"收尾"的身影，马希芹看在眼里，那一阵阵"唰唰"声也像扫在她的心上，母亲的教诲又在耳边响起。她终于对这份工作踏下心来。后来，马希芹因财会业务好，被调到了机关后勤。她把扫大街的踏实心态带到了新的岗位中，被评为先进工作者。

马希军高中毕业后，也干上了环卫工作。但他不是扛扫帚，而是在垃圾点扛铁锹清运垃圾，每天要跑十多个垃圾点。马希军永远忘不了他第一次清运的情景。他捂着鼻子，忍着腥臭进行装卸，午饭都吃不下去。一天下来头昏脑涨，回家路上看见行人对着他掩鼻皱眉，才发觉自己身上又脏又臭。到了家，他嫌弃地把脏衣服丢在门口，但这味道已经透过衣服粘在了身上。他跑到卫生间洗澡，恨不能把自己搓掉一层皮。

工作辛苦，又没"面子"，连找对象都难，干点儿啥不都比这强？这想法曾在马希军心里游荡了好久。直到有一次他清理完一条街的垃圾，回头一看，街道焕然一新，一种成就感顿时涌上心头。他想起了别人评价母亲的一句话："宁愿一人脏，换来万家净。"他知道，这句话原本说的是老一辈劳模时传祥，他和母亲一样，都是环卫工。当初，无论是对这句话，还是对母亲扫马路时的那份勤劳、忘我，马希军都只有一个模模糊糊的理解。直到他亲自干上这份工作，才慢慢揣摩出个中滋味——看着人们生活在自己创造的整洁环境中，仿佛他们的幸福美满都与自己有关了。那种自豪感，真的可以让人忘掉一身的疲惫。

马希军工作越发起劲了。每次清运，他都先铲后扫，再用苫布将车斗里的垃圾盖好，用绳子勒紧，生怕在运输中撒落。单位认可他的工作，选派他做清运司机。每到一个垃圾点，他都下车和清运工一起往车上装垃圾，再帮着清理消毒，清运效率提高了不少。这期间，马希军也收获了爱情，妻子张静也是清运管理站的工作人员。

马希军在工作中，见证了城市的变化。街角和公园的卫生间已是"旱改冲"，过去小山似的露天垃圾堆也变成了封闭式压缩处理站。清运的垃圾从填埋到无害化处理，再到焚烧发电，垃圾变废为宝，城市欣欣向荣。

如今，马希军已经是廊坊市环境卫生事务中心清运管理站的副站长。他每天凌晨到岗第一件事就是清点人数，随时准备替岗到一线；晚上等所有司机回来后，总结工作，检查所有车辆，最后一个回家。每一辆车的性能和检修状况，每一位司机的姓名、驾龄和家庭情况，他都清清楚楚。

四

"三百六十行，行行出状元。"在年复一年的工作中，马希军练就了"听扫帚声音，知清扫进度"的本领。轻快，就是垃圾不多；沉闷，就是垃圾多；短粗，就是在清扫角落；单一，就是清扫的尾声。清运管理站的单臂吊车、压缩车、消杀车、吸污车、挖掘车、抑尘车、洗桶车、路面养护车等工作车辆，马希军都能熟练驾驶和操作。

说到马希军，清运管理站职工都是一个字：服！每年站里举行职工技能大赛，用铲车把摆好的五层砖块，一层层移动到别处，码成同样的五层，马希军最快只需二十秒，在站里无人能够超越。用单臂吊车挂链子钩箱子，移动摆放，车辆出库完成操作再入库，马希军同样创造了一分二十秒的纪录。

大家敬佩的不只是马希军的岗位技能，还有他在工作中下心思、肯琢磨的那股劲儿。

2018年，住在市区的一位六十多岁大妈，跟一处垃圾站"较上劲"了。她在一个新建小区购房，效果图上没看到附近有个垃圾中转站，交完房才发现。她为此三番五次打市长热线，坚决要求把垃圾站迁走。协调处理的任务落到了马希军头上。马希军知道，这个站位置重要，不能简单地一搬了之。于是他来到大妈家，想先站在居民的角度，感受一下垃圾站给生活带来的不便。他在房间四处观察，楼里楼外跑了好几趟，发现垃圾站的影响虽没有大妈说的那么大，但确实存在。他向大妈承诺：尽快解决问题，把影响降到最低。大妈见马希军调研认真、态度诚恳，思忖一阵，留下一句"观后效"。

这让马希军看到了希望。他认真拟定了改造计划：将露天处理改成半封闭处理；调整清运时间；按时喷洒消毒液进行除臭驱虫……改造计划经批准后一一落地，这个垃圾中转站一跃成为全市最干净的标准站。大妈看到了改进的成效，也理解了环卫人的辛苦，便不再坚持迁走垃圾站，还不时给工作人员送去开水和食物，大家处成了好邻居。

2019年秋天，马希军被安排到昆明疗养。他对景点兴趣不大，和团队领导沟通后，就开始满城寻访垃圾处理站。他想，昆明作为知名的旅游城市，肯定有很多先进的技术设备。几个垃圾处理站转下来，马希军被智能除尘、消毒、驱虫设备吸引了。他将这套系统的情况摸清后，回来汇报给领导。很快，廊坊各垃圾处理场所的消杀设备又上了一个档次。

环卫工作，劳动辛苦，考核严格，员工们压力不小。马希军那次去云南，还学习了当地的管理模式，在日常管理中强化奖励机制，提高奖励标准。员工们获得感、荣誉感大增，很多员工因为这里的良好氛围，选择了长留下来，一干好多年。马希军到站里检查工作，不是只动嘴，而是看到什么活儿，就抄起家伙一起干，一边干一边处理问题，他的意见同事们都很乐意接受。

五

马希军工作认真勤奋，屡获嘉奖。如今，光荣的时刻再次到来。

2月27日凌晨，躺在床上的石淑敏老人听见了门响。儿子回来了。她起床，拉亮了灯。

"娘，怎么这么早就醒啦？"

"娘高兴，睡不着。你忙了一宿？"

"没有，下午单位有个会，然后我又去检查了一下车辆设备，干完就后半夜了，怕打扰你们休息，就在单位眯了一会儿。"

"那还好，赶紧洗洗，换身衣服准备出发吧。"

张静也醒了，去厨房张罗早餐。大米粥、热馒头、两碟咸菜、一个煮鸡蛋，和平时一样。马希芹夫妇也早早过来，还有马凤元，一家人都聚到了一起。

"希军啊，你一定要记住，我们只是做了应该做的事情，组织就给了我们这么高的荣誉，比我们优秀的人多着呢，咱们不能有任何的骄傲。记住，这是责任，是大家对你的信任，一定要多向其他代表学习。"说着，石淑敏的眼睛湿润了。

"记住了，娘，您放心吧。"马希军把老母亲石淑敏拥抱在怀里。

在全家欢送马希军的场景中，还少了一个人，她就是正在天津上大学的马希军的女儿马洁。

马洁心中的父亲，踏实而不张扬。2016年马希军获得全国五一劳动奖章，马洁过了很久才知道。她自豪地发了朋友圈，却被父亲好一顿批评："荣誉是大家的，咱个人没什么好显摆的。"马洁在成长过程中，一天天读懂了环卫工奶奶，读懂了父母和姑姑。她常在朋友圈里宣传保护环境，普及如何处理各种垃圾的常识。

未来在青年。马希军说，女儿的思想转变，反映了一代年轻人的思想转变。未来，环卫人一定会得到社会更多的认可和支持。

六

"马站回来了！"

3月14日凌晨，清运管理站出早车的司机们看到马希军像往常一样出现在他们面前，高兴地大声喊。马希军惦记工作，也惦记同事们，会议结束当晚就搭顺风车回到廊坊。

"马站，我在新闻里看到你了！""我也看到了！"同事们纷纷亮出一张张手机截图，他们的"马站"穿着西服，佩戴代表证，还蛮帅气。他们知道，两会关乎国计民生，非常重要，自己身边的同事出席两会，让他们一下子觉得这盛会是如此亲近。

马希军的眼睛有些湿润。他深知，有了同事们的大力支持和配合，才有他今天的成绩和荣誉。他也只有回到同事们中间、回到站里，才真正感到踏实。

两天后，在我的要求下，马希军答应带我一起转点。早上4点整，马希军给早班车司机们做出发前的安全动员："越是车辆少的时段，越要注意安全，不能大意。遛早的行人、出早车的车说不定从哪里就冒出来，一定加倍小心。"

出发前，第一班二十辆车排成长队，马希军拿着酒精检测棒一个个地检测，严防酒驾。二十辆车组成的清洁车队，在早春的清晨里，涌进睡眼惺忪的城市。东南角的天幕上，几颗星星慢慢隐退，让出天空的舞台给那即将升起的一轮红日。

我随马希军和业务科小侯开车向市区出发。先是辛庄道垃圾中转站，站内白炽灯亮如白昼，站管员立在出入口，迎接着清运车到来。在裕华路垃圾中转站，七辆大三轮车排着队等待把垃圾送入压缩箱，站管员逐一记录垃圾送来的时间、来源、重量等信息。

马希军和小侯检查完设备，开始动手帮忙清扫。马希军拍拍压缩箱，就知道快满了——这是他从箱体震动的情况判断出的。果然，"箱内已满"的指示灯很快亮起。单臂吊车迅速就位，"啪嗒"，准确地将挂钩挂上压缩箱。伴随几声机械声响，压缩箱已经稳稳地落在车上，准备下一步的运输。

我们来到城南的垃圾转运站。运来的垃圾在这里称重后，被倒入三层楼高的圆形大罐里，被沉重的大锤一下下夯击、压缩起来，一个大罐能装二十多吨。一楼有重型车辆将装满垃圾的大罐送去进行后续处理和焚烧，前前后后有十道工序之多。"丢垃圾"这件我们生活中的小事，背后有多少环卫人的汗水？我们对此又了解多少呢？看着马希军忙碌的身影，我不由感慨。

"丁零零"，马希军的手机响起，又有新的问题需要他去处理。我看看表，时间是上午8点20分，已经工作了四个多小时的马希军抖擞精神，整装再出发。

此刻，城市已经醒来。马路上车来车往，人们穿行在整洁、现代化的城市中，筹划着今天的工作和生活，无限的生机正在升腾——新的一天开始了。

（原载2023年4月1日《人民日报》第8版）

举起鞭儿，轻轻摇啊摇

一

悠悠子牙河，流经千百年；广袤的平舒大地，物华天宝；将军故里，英雄豪气常在；英雄侠义，多惊天动地之壮举。

暴雨过后就是淅淅沥沥的小雨，芒种后的土地急需雨水清洗，子牙河的涓涓细流有了欢快的韵律和节奏，依旧轻声吟唱着那流传千古的太公钓鱼神话。

走进廊坊大城县，从村镇名字中阅读这片土地，会发现平舒人很含蓄内敛。大多数镇子以村名出现，如果不在后面加上一个"镇"字，绝对会让人以为这是村名。旺村镇、权村镇、大尚屯镇、留各庄镇、臧屯镇等。同时，一个个村名却是用人名来代替，旺村镇下属的村街里，张思河、李思河、王思河、崔思河、邢四岳、崔四岳、梁四岳、刘四岳、尹四岳，魏王文、吴王文、薛王文、申王文、田王文，李次花、张次花、大次花，前孝彩、后孝彩……这些名字如果不挂上一个"村"字，都会被认为是一个个鲜活可爱的人。这些村名放在一起，如不同姓氏的弟兄姐妹，既亲切又有温度。

这一组组朴素的村名，让人从心底感到亲近和温暖，也足以说明大城地域的民风淳朴浑厚，坦诚真实。

从县城西行不远再北去，奔经开区方向。县道宽广平坦，树木茂盛青绿，阳光下，闪烁的光斑耀眼，一阵夏风吹过，枝叶摇曳。津石高速大桥横过，南侧不远就是两个很著名的古村落——前孝彩村和后孝彩村，两个村都不大，县道将两村分置东西。

两村虽小，历史却悠久，战国时期就已建村。相传，秦始皇三十二年，秦始皇巡狩本地时，其子染瘟疫而亡，殡葬时，摊派该村出彩棚、孝衣，由此得村名"孝彩"，后分为两村，故名"前孝彩""后孝彩"。

但更广泛的说法是，自古以来，两村村民勤劳善良，尊老爱幼，家风良好。两村虽有齐、杨、褚、石等诸多姓氏，但是他们和谐相处，团结互助，相亲相敬如同一家人。父慈子孝，母善女顺，多少年都没有出过邻里纠纷，村里夜不闭户，路不拾遗，婆媳和睦，形成了以"孝"文化为特点的淳厚民风。

杨会金已经78岁了，是后孝彩村的一名会计，曾经担任多年的村支部书记、村委会主任，耳不聋眼不花，精神矍铄，走路健步如飞，一头黑发会让人猜错他的年龄。他讲起后孝彩村的孝文化故事，如数家珍。

"就说你今天要去采访的这一家女主人，就是一位典型的贤孝媳妇。"

"您说齐胜杰的母亲李苓恩吗？"

"是的。"

在老会计杨会金的叙述中，尚未见面的李苓恩的形象在平舒大地上高大起来。

现年58岁的李苓恩从24岁嫁到后孝彩村齐家以来，基本上没有过过一天舒心日子。丈夫齐瑞学有四个姐姐、三个哥哥，那时候公公婆婆都是快70岁的老人了，三年后婆婆过世，70岁的公公谁也不跟，就要和老儿子齐瑞学生活在一起。李苓恩二话不说，就把老人接到自己的院里来。无论多辛苦多忙碌，都要把一日三餐及时给老人端上。李苓恩和四个大姑姐、三个嫂子没有红过脸，也没有争执，大姑姐和嫂子提出轮流赡养老人，也被她拒绝了，说老人岁数大了，也习惯她做饭的口味。她从不计较自己得失，也从不在村里人面前抱怨养老人的辛苦。那时候一对双胞胎儿女还小，伺候完老人就是照顾孩子，放下孩子就是老人。赡养公公到了第14年的时候，娘家父亲又瘫痪了，自己又和娘家姐妹轮流伺候，白天伺候公公，晚上还要回到四十里外的娘家照顾自己的父亲。丈夫为了一家人的吃喝，每天早出晚归，根本指望不上。白天晚上两头跑，寒来暑往，风雨无阻，任劳任怨，她就这样伺候公公到86岁终老，如今还在伺候着自己娘家88岁的父亲。李苓恩家先后多次被镇里、县里评为文明家庭。

有其母必有其子。李苓恩对孩子没有任何豪言壮语的说教，而是用自己的行动影响和激励着儿子和女儿。

齐胜杰就在母亲潜移默化的行为教育中长大，从小好人好事做个不停，为孤寡老人拾柴火、背粮秫，帮助"五保户"家庭抬水、收庄稼，最终成为三闯火海，勇救瘫痪老人的新时代英雄。

二

把时光倒回到2016年初的那个寒冷季节。

1月29日18时许，后孝彩村的老人周锁芹吃过晚饭后出去串门，她的老伴儿齐瑞祥则躺在东屋的炕上休息。十八年前，齐瑞祥因脑出血而瘫痪，饮食起居全靠周锁芹一个人照顾，由于长期卧床，没有运动，瘫痪的齐瑞祥体重达到了210多斤。

"救我！"十分钟后，牵挂老伴的周锁芹返回家中，岂料刚推开院门，就听到老伴儿的喊声，只见东屋炕上被褥正在燃烧，屋内也浓烟滚滚。情急之下，周锁芹奔到大街上大喊救命。

25岁的齐胜杰在自家院内听到呼救声，第一个赶了过来，二话不说就冲进周锁芹家救人。冲进屋内的齐胜杰没有找到被困老人，却被浓烟呛得喘不上气来，只得跑出来猛吸几口气，再次闯入火海。他在炕上摸到正在挣扎的齐瑞祥老人，奋不顾身地穿过大火，拼尽全力硬是把老人背到火势稍小的西屋内。

此时齐胜杰的体力也已消耗殆尽，因担心晕倒无法救人，他只能跟跟跄跄冲出火海，用力地喘了几口气后，又一次冲进大火已经蔓延的西屋，准备将老人背出来。眼看大火就要将二人吞噬，就在这时，闻讯赶来的其他村民用锄头将西屋窗户砸开，合力把二人救了出来。

齐胜杰的棉衣棉裤全部着火，全身烧伤面积35%，头面部烧伤面积达80%，头发全部被烧光，双耳廓因严重烧伤而变形，双手功能部分受损，属重度烧伤。被救出时，齐胜杰和齐瑞祥两人都已接近昏迷。

乡邻们急忙拨打120急救电话，二人被迅速赶来的救护车拉到县医院，之后又被连夜转往天津武警医院救治。

大火烧毁了齐瑞祥家的房屋，更是烧疼了小村人们的心。人们看到这么好的小伙子被烧得面目全非，都流下了泪水，乐于助人的齐胜杰在村里广受好评，曾经带给小村无限欢乐，那些被帮助过的老人听说后还几度哽咽，多好的小伙子啊，千万要活着归来。

时代呼唤英雄，英雄不能死！齐胜杰被抬上救护车的时候，还处于清醒之中，送入重症监护室后昏迷了过去。顽强的生命凭借毅力与死神抗争，也许上苍还不忍心收留这个年轻的生命，齐胜杰终于在昏迷十天后苏醒了过来。

在天津武警医院住院的三个月里，齐胜杰先后进行了6次大手术，最终脱离了生命危险。尽管大火给齐胜杰造成了很大的伤害和痛苦，但醒来后的齐胜杰并不后悔："大家都是邻居，哪能忍心看着老人活活被烧死？！"

火灾发生后，全村人都被齐胜杰的义举感动，纷纷到他家探望，并自发为他捐钱，少则50元，多则一两百，甚至还有外村村民为他捐款……那些颤颤巍巍的老人拄着拐杖，也到家里慰问，后孝彩村又因"义"感天动地。

义薄云天，大城大爱。

齐胜杰的义举还感动了大城县的爱心人士和爱心企业。当年5月，大城县政府专门召开齐胜杰见义勇为先进事迹座谈会，对齐胜杰火海救人的先进事迹进行表彰，并发动现场认捐。十余家爱心企业慷慨解囊，很快捐款74万元，用于齐胜杰的后期治疗。

女本柔弱，为母则刚。齐胜杰的母亲李苓恩再次彰显了女性的坚强和伟大。儿子不再英俊帅气，满脸的黝黑，植皮后成了浑身肉粒的黑人，双手如同机械手指，不能弯曲，不能握拳。面对重度烧伤的儿子，母亲的心在哭泣，滴血。她像照顾自己公爹和娘家父亲一样，又精心地照顾起自己的儿子。在没黑夜没白日的三个月里，她任劳任怨地伺候儿子的吃喝拉撒，没有睡过一个囫囵觉，因为小孙子才八个月大，需要儿媳妇冯丹丹的照顾，而且她也不想儿子这个样子伤到儿媳妇的心。

父亲齐瑞学患有高血压，心理更为脆弱，面对烧伤的儿子，感情上不能接受，疯狂地撞墙。一个大男人在医院里嗷嗷大哭，令在场的医护人员伤心动容。

火灾，带给了这个家庭太多的痛苦。

青青子衿，悠悠我心。年轻的妻子冯丹丹，面对面目全非的齐胜杰，自己都吓了一跳，泪水无数次滑过她秀美的脸庞。"这个还是那个活蹦乱跳的丈夫吗？这还是那个与自己相亲相爱的丈夫吗？"夜晚到来，她无数次地追问自己。小夫妻昔日恩爱甜蜜的一幕幕，不时地涌现在眼前。回忆过后，就是恐惧，齐胜杰煤一样的脸，只剩下白色的牙齿和转动的眼白。非洲人虽然黑，但皮肤还是光滑不粗糙的呀，可如今的丈夫浑身就像一张铁砂布，抚摸就如握刺。齐胜杰丑陋的面孔让她想起了小时候看过的连环画《巴黎圣母院》，书里的那个敲钟人卡西莫多，面目狰狞的外表下，有一颗无比善良的内心。她在学着慢慢地接受丈夫成为英雄后的另外一张面容，帮丈夫穿衣，喂丈夫吃饭，照料齐胜杰的全部生活。她不能有其他任何想法，不能让丈夫伤身又伤心。

英雄壮举，彰显了这个民族伟大的牺牲精神和使命担当，也考验着这个家庭，在社会各界的关爱下，一家人逐渐接受现实，并在传统的"孝义"之外深深体会到社会的"大义"。

三

"妈妈，我想照照镜子可以吗？"齐胜杰醒来以后，就想看看自己真实的模样。他没有想到，回到家以后，家里所有的镜子都被藏了起来，他只是看到，村里来看望他的人们，看了他第一眼后，就不敢再看他第二次了。

"胜杰，等再过些日子吧。"

"还要等到什么时候？"

"你现在要做的不是看你是什么样子，你是要锻炼自己的身体，做好手掌、手指、胳膊弯曲锻炼，握拳练习，不管多苦，你都要练习下去。你不能一辈子让人喂你吃饭啊，不能一辈子都让人帮助你上厕所啊。"

"胜杰，等你自己能自理了，就有信心了。"母亲李苓恩知道，儿子能够战胜大火，但是还需要战胜"心火"。只有当他战胜"心火"时，才能更好地融入社会，才能勇敢地面对以后的人生。

一家人铭记医院心理医生的嘱托，齐胜杰面对自己的面容要循序渐进，要有心理准备，不能一下子让他看见自己的脸，刺激了他。

齐胜杰从床上站起来以后，就没有看见过家里的镜子。镜子真实地反映世界，反映世界的光彩，那么一块玻璃竟然在他的生活里消失了，洗手间里没有，卧室里没有，即使能够反射人影的玻璃也不存在。他不知道自己究竟有多丑陋。他用手触及自己的脸，不再光滑和细腻，两只胳膊就像两根枯黄的树干，前胸的皮肤、大腿上的皮肤东一块西一块地被移走了，剩下的真皮如同一片片白癜风散落。

"大火怎么会把我毁得这样恐怖？"齐胜杰有时会茫然地望着过去和妻子的婚纱照、旅游照。风景有多美，他就有多帅，妻子就笑得有多甜。如今，他成了一具会说话的"木乃伊"，唯有头顶上还有一块生长头发的皮肤，还在伴随着他和这个世界一起呼吸。

这块头皮就是齐胜杰生命的宝贝。身体其他地方再也不能排汗，只有这块皮肤还能正常排出汗液。每当身体燥热，需要出汗时，头顶就像瀑布一般，哗哗地流个不停。

2016年8月8日，齐家人为了让齐胜杰勇敢地面对自己真实的容颜，邀请心理专家到场，全家人集中在一起，举行了一个小小的仪式。一家人在院子的西院墙贴上一块大玻璃镜子，用红布遮挡。女儿齐梦颖手捧着一束鲜花，走向了齐胜杰："爸爸，您在女儿心中，永远是一个伟大的英雄，我们永远爱你。"

齐胜杰在心理医生的引导下，犹犹豫豫地走向那一块镜子，心怀忐忑，他迟疑着，远远没有那一日冲向火海时的勇气和胆量，好像那不是镜子，是一个随时能够吞噬他生命的魔鬼，比烈火浓烟还要狰狞。他转过身来，看到的是妻子微笑的目光，看到的是父亲坚毅的笑容，看到的是母亲的喜悦，看到的是女儿纯真的笑脸，还有心理医生的鼓励。

那是一堵高墙，需要他飞身翻越；那是一条河流，需要他勇敢地穿越；那是一条峡谷，需要他勇猛地跨越。

命运的安排，让他必须具有这样的勇气，具有挑战未来的决心。

他双手合掌，抓起那根红绳，轻轻地扯下那块红布，刹那间，他惊呆了。一股电流瞬间击中了他；"这是那个英雄吗？英雄有这么丑陋？"他虚弱的身体趔趄了两下，终于是站住了。

"孩子，你就是英雄，英雄不论美丑，英雄在于勇敢地一往无前，在于责任担当，你有这样的勇气就是成功。"随着心理医生的话落，小院里响起了热烈的掌声。不知道什么时候，后孝彩村的父老乡亲已经将院子围挤得水泄不通。

"小齐，你是好样儿的！"

"小齐，你是大家学习的榜样！"

英雄，不仅要有面对危难冲锋陷阵的勇气，更要有直面惨淡人生的胆略。只有这样，才是一个纯粹完整的英雄。

走出小院，处处是蓝天白云，绿树鲜花。

正气参天地，义勇照古今。笑脸和掌声紧紧地包围了他。"廊坊市见义勇为模范""河北省见义勇为英雄""河北省见义勇为先进个人""中国好人榜"等荣誉不断涌来，鲜红的绶带披挂，烫金的证书拥簇。慈祥的颁奖领导抓起他黑黑的手，拍着他的肩膀，鼓励着他：小伙子，好样儿的，继续努力。

齐胜杰再一次认识到生命的价值：今生不后悔此举，明朝如果还需要扑火，还会义无反顾。

他终于战胜了不敢面对自己"丑陋"的心理恐惧，这一战就用了两年时光。

四

鲜花和掌声让齐胜杰重拾面对社会、面对人生的信心。然而现实与理想往往是脱节的。

齐胜杰不能夜间外出，人们会被他的面孔吓着。他曾到一家企业去上班，竟然把门卫老大爷吓得直哭：这哪是人呀，这和鬼有什么区别？他想往人多的地方去，人们见了他远远避之。他想和人们打招呼，人们应答之后就赶紧离开。

人多的地方，还有小朋友，小朋友都会被他的容貌吓哭，同时还有小朋友家长的训斥："你是英雄不假，但你能不能把英雄当到底，别出来影响市容村貌，影响社会形象，别出来吓唬人？"这些话又让他的心凉了一大截，泪水默默地流下来。

人们认可他是英雄，但是不能接纳英雄的丑容。

齐胜杰经过两年多的训练，双手终于能够弯曲，虽然还不能握成实心拳，但也可以游刃有余地握成空心拳，双手的几个手指头虽然不能紧紧捏住，但也能夹住某些轻物体。他希望有能够适合他身体现状的工作，他不愿意成为家人的拖累，他要成为自强自立的男子汉。

旺村镇政府同辖区的企业沟通，先后几次为齐胜杰安排了工作，但都不能长久地干下去，要么企业因为疫情等原因经营不善，把他辞退；要么就是因为他的容貌将企业客户吓退；要么就是员工们没有接纳他做同事的心理准备。

客观情况是这样，主观因素则是因为他的工作效率跟不上企业工作节奏的要求。别人干完一项工作需要十分钟，而他需要半小时。即使他同意领取最低的工资，有的企业还是委婉地辞退了他。他听到的议论是，很多正常人都找不到工作，哪有清闲工作给他呀？

火灾前，他曾无师自通地学会了几种专业车辆的驾驶技术，开企业天车，开环卫清扫车，开土石方挖掘车。但是操作这些车辆，必须有专业的驾驶执照，而他现在又不够学习条件。企业如果用他操作专业车辆，又违反安全操作规程，面临监管部门的重罚。

每到一个新的工作岗位，他都希望能够跟上企业的工作节奏，但手却不听心的使唤。握攥时间长了，双手乏力，再也捏不住任何东西。

每次被辞退，齐胜杰都恨自己不争气的双手，恨自己缺了无名指的右手，恨那大火的无情，恨周锁芹老人烧炕的时候为什么不小心。

每一份工作都以短暂的时间告终，长则三个月，短则十几天，前前后后的工作加起来也就一年时间。

既然不能出去工作，能不能自己在家里干事儿呢？以前他家是开小饭店的，从自己烧伤以后，家里的饭店就停业了。能不能重操旧业？妻子冯丹丹把这个想法一说，齐胜杰也说可行，但他只能在后厨操作，在前台，肯定会吓走食客，影响客人就餐。在后厨，时间长了，人们知道是他在掌勺，必然也会面临客人越来越少的境地。即便饭店能够维持，齐胜杰用单手也端不动炒锅，握不紧炒勺。关键还有他不能长时间经受炉火的炙烤，他的皮肤不透气，排汗不及时，会昏厥的。

简单地试做了几个菜，差点儿又进了医院，开小饭店的想法被一家人否定了。

能不能把企业的手工活带回家里来，自己做半成品加工？母亲李苓恩跑了几家企业，领回来一些小加工活儿，扭螺丝套扣这些简单加工活，计件付费。挣多挣少，也是自食其力吧。齐胜杰做了几个，质量也达不到要求，还要让人二次加工，手指如同木棍一般死板，又不听使唤了。

开个小超市如何？看超市，就在门口一坐，观看几个监控，做好缺货的补充，岂不是又轻松又省事？当大家都觉得可行的时候，母亲提议说，去村里其他人的超市实习几天，看看效果。给其他超市缴纳了两天200元实习费用，就算人家赔钱的损失。结果两天实习下来，他在门口如同黑脸包公，即便是齐胜杰赔上很多笑脸，顾客仍少得可怜，小孩子们和年轻女性宁可绕远去别的超市也不进去，两天的经营额只有几十元，比平时少了好几百元。

那家超市坚决不让他再实习了，经不起这样赔本连吃喝都赚不来。

咋整啊？齐胜杰原本对自己信心满满，残酷的现实却让他摔了一个又一个大跟头。

他虽然是农民的儿子，但是已经回不到那片土地上了。他从不上学以后，就给人家打工上班，都不知道土地的厚薄。家里14亩土地已经承包出去大部分，实行大机械化耕种。还有两三亩，家里自种点粮食，但他也早不识稼穑和农时，土地需要精细地侍弄才有收获，交给他，还不弄成"种豆南山下，草盛豆苗稀？"

临街的窗外车来车往，人去人来。人们都在奔忙着"钱途"，心情喜悦地迎接自己的新生活。

"我的未来不是梦，我的梦又在哪里呢？"

走出自己丑容阴影的齐胜杰再一次迷茫了，他感觉自己就是一个废人，社会不需要的废人，在家里吃闲饭的废人。危难时候的英雄，挑战生活的弱者。

五

齐胜杰就这样在家里苦恼地又过了一年。别人劝他母亲找找关系办理低保，吃一辈子低保吧。母亲李苓恩偷偷去咨询了民政部门，按照国家评定伤残标准，儿子能被评定为四级。

齐胜杰知道母亲去民政局咨询后说："妈妈，政府给咱们已经够多的了，咱们不能再给政府增加负担了。"

"儿啊，你妈也不想再给政府增加负担了，但就你这个样儿，我和你爸还能干几年，帮你们过日子？等我和你爸老了，你的儿女也大了，到时候，咱们一家人怎么生活啊？指望你媳妇吗？一个年轻女人，她这几年带着孩子上网课，也很辛苦，哪有这么大能力啊？"母亲李苓恩抬起衣角擦了擦眼泪。瘦弱的她，已经是疲于奔命了。

母亲的话又一次让齐胜杰沉默了。在熊熊烈火中，他没有屈服过，在撕心裂肺的伤痛中，他没有流过一滴泪，但在现实与自己的无能面前，他多少次痛哭。

他多少次茫然地在野外溜达，看着那些葳蕤的庄稼，看着那些绿树繁花，看着那白墙红瓦的村庄，一切都那么美，欢声笑语在乡间流淌。他却成为这美丽之外的不和谐元素。

人活着都是有意义的，那么他活着的意义在哪里呢？不能给社会创造财富，又不能给社会尽责任，还不能自食其力。

齐胜杰一次一次地犹豫，一次一次在头脑中出现恶念。那么可爱的儿子女儿，他们长大了是什么样子？他难道要逃避这个世界赋予自己的使命吗？

生来就是为了活，活是为了更好地生。在这样的苦痛中，齐胜杰成了生活哲学家。他不能因为自己的丑容而离弃自己的亲人。

齐胜杰的低沉，引起了家人的注意。

"胜杰，你可不要胡思乱想啊。"

"胜杰，你在，咱们家就是完整的，就是快乐的。"

"逃避了，你就不再是英雄，反而成了懦夫。"

面对亲人们的安慰，他知道自己必须往前走，不能倒下，不能被现实打败。

远处的鸡叫了，喔喔喔——伴随着日出，唤醒每一个沉睡的早晨。不知道什么时候，那雄鸡高唱的声音坚实地响彻齐胜杰的心底。

"妈妈，我想养鸡，可以吗？"

这倒是一个办法！齐胜杰可以不出屋子，不与外人打交道，自然省却了很多麻烦。民以食为天，鸡蛋是城乡消费最快的副食，鸡屁股决定菜篮子的质量。

周边附近不乏养鸡成功致富的先例。咯咯哒，喔喔喔，鸡鸣声音唤起了齐家人全部的希望，唤起了齐胜杰对未来美好的向往。

母亲李苓恩开始和村里干部们商量如何把村北的那几亩地建成鸡舍，拉上电线，接上水管，去乡里咨询环保手续，到农村信用社办理种养殖业小额无息贷款。

齐胜杰要自己创业，自然赢得了政府的支持。

一山放过一山拦。政策条件已经具备，但齐胜杰的身体条件必须采用自动化养鸡才能够适应。家里人决定建设一个小型的半自动化养鸡场，即便这样，预算费用也要七八万元之多，这样的费用可不是这个家庭所能承受的。刚开始没有技术，鸡苗又不能保证存活，损失和风险肯定也是不可避免的。

全家人又陷入了迷茫，难道说就一次次地让齐胜杰创业的理想夭折？

正当全家人一筹莫展的时候，前孝彩村的齐向华主动找上门来。"胜杰兄弟，听说你想养鸡？这样吧，你可以跟我去放几天羊，看看能不能适应，如果能够适应，我教你养羊吧。"

这个40岁的年轻人虽然姓齐，但他原是内蒙古人，十几年前成了前孝彩村的上门女婿。2019年春，他从内蒙古带回来几十只种羊，经过几轮繁殖，带动了村里8家农户养羊，每家年均收入二十万元。

雪中送炭！太好了，怎么没有想到养羊呢？一家人不约而同地拍了一下脑门儿。

前孝彩村为了鼓励村民养羊，还统一建设了养殖大棚。租上一间，从少数养起，蛋生鸡，鸡生蛋，一只羊也是放，一百只羊也是赶，带着一条狗，鞭子一晃，羊群就乖乖地吃草。现在农村人再也不用柴草烧火，地边沟边的青草有的是，到了秋天，庄稼秸秆堆成山，就是羊的过冬饲料，何愁羊儿不肥？他齐胜杰不说每年也养100只羊，养50只还可以吧？不说挣二十万，挣上个七八万元不也很好吗？比父母打工加起来的工资还多。

前景辉煌，信心满满，齐胜杰决定养羊是在2021年秋天。齐胜杰跟随齐向华养了几个月的羊以后，啃了一本本关于羊的养殖书籍，熟知了羊的习性，在今年春天开始了独立饲养。齐向华先赊给齐胜杰20只羔羊，绵羊这东西繁殖快出栏快，半年后，齐胜杰养羊的数量就达到了50只，年底就可以见到利润，全家人笑得合不拢嘴。父母不忙的时候，也会给齐胜杰帮帮忙，两个孩子多了玩伴，也很开心。全家人因为羊而喜气洋洋。

有了一群羊做伴儿，齐胜杰多了交流和沟通的对象，每天心旷神怡地游荡在野外。"举起鞭儿，轻轻摇啊摇。"新时代的牧羊曲在每个晨曦里唱起。

在养羊的过程中，他看到了母羊对小羊的舐犊之情，羊羔跪乳的温馨画面，羊群的世界，就是他和亲人的世界。

在他眼里，那群羊就像一团白云，他举起的羊鞭摇荡起一阵风，白云就悠悠地在蓝天下游弋。

（本文被收入2022年度河北省文联道德模范丛书，2022年9月17日中国作家网发布，荣获2023年度山东省"见义勇为杯"全国征文二等奖）

深情藏沃土

听说快七十岁的王恭祎退休以后还不闲着，不仅不为他亲手培育的"廊坊杨"代言，反而在鼓捣什么"桦林桐"，宣传推广"桦林桐"比宣传"廊坊杨"还卖力气。

在6月中旬的一个上午，我们驱车从廊坊市里直奔永清城郊而来。省道廊霸路两旁，高大挺拔青翠的杨树，密密麻麻地伸向远方，如同茅盾笔下的《白杨礼赞》里一排排北方的哨兵，坚挺笔直。六月的阳光明亮，照得碧绿的树叶哗哗啦啦地闪烁，跳跃着无数的翠玉、无数的银，为大地留下纷纷扬扬的阴凉。

"多好的廊坊杨啊，杆挺，质细，速生，抗旱，抗病虫害，是杨树中的骄子，树龄都在十五年以上了，成为根植沃土的参天大树了。"

"难道说王恭祎把它们培养成材以后，就不管不顾了？还是见异思迁了？"

说到王恭祎，还真是一个传奇式的人物。

一

王恭祎，1955年6月出生在河北永清县的一个农民之家，1973高中毕业后在乡政府放电影。有一天，村支书找到他："恭祎，咱们村一千多人靠果树活着，产量一直上不去，乡亲们日子过得很艰难。你嘛，年轻，有文化，来当林业队技术队长，为乡亲出把力吧？"

望着老支书焦虑的面容，年轻的王恭祎一时说不出话来。

那时，有位亲戚正介绍他去廊坊市钢厂工作，并说以后可以转正。20世纪70年代，进城当工人，那是多少农村青年梦寐以求的愿望啊。

有一天，一位80多岁的远房大妈，挂着拐棍，颤颤颠颠地来到王恭祎家，拉着他的手，亲切地说："大侄子，别走了，咱村老老少少都指望这些果树呢！"

王恭祎被老人家的话深深感动了，他反复掂量，下定决心，回到了村中。

林业队技术队长也不是轻而易举就能当好的。王恭祎一面拜师请教，一面抓紧时间看书，通读果树栽培管理学、病理学、病虫害防治学，果树专家吴耕民教授17万字的《果树修剪学》，他几乎能背下来。

那时，果树的病虫害很厉害，严重影响产量。王恭祎想，治虫好比打仗，一定要在第一时间拿下。他将人员分组，分工包干，自己带领一个组，率先示范。在他的精心策划和带动下，人停机不停，头一天就创造了奇迹，三天全部防治一遍。人们一下子都惊服了："王恭祎真行！"

因为及时的防治与修剪，果树生长良好，第一年产好果率就达90%以上，年产60多万斤，销往北京、天津等地，乡亲们脸上露出满意的笑容。

改良果树品种，提高产量，没有试验田怎么办？他家的当院，他家的炕头，他家的自留地，都被他"败家子"一样改成了试验田。试验不成功损失是自己的，决不能让村里的老百姓有任何损失。

他趁父亲去城里开会，找来一帮村里的小伙子，刨掉父亲当作宝贝一般辛苦种植的四五寸粗的榆树，全部栽上了从中国果树研究所买来的新品种红富士苹果。父亲回来一看，气得抢起铁锹追着要打他。为了引进巨峰葡萄，大年初二，他就登上去东北的列车，以免费打工为代价学习技术，回来把爱人撵下热炕，铺上沙子做温床育苗，爱人一气之下回了娘家；葡萄发了芽，为不耽误扦插，他背着家人把三分自留地的麦苗翻耕了，气得母亲生了病……

这就是王恭祎，为了大家致富，不管自家做出多大牺牲。他常常在果树林中一蹲就是几个小时，探索实践，用自己的一腔热血，用科学的方法调理，硬是让村里的果园由原来的年产20多万斤提高到147万斤，家人的埋怨变成了支持，乡亲的一时不解变成了赞扬。

1975年9月，永清县搞林业清查，王恭祎被抽调，他工作积极、扎实、有成效。清查结束后，被留在了县农林局。

1984年，果园开始实行家庭联产承包责任制，由于技术管理没跟上，全县80%的果树出现不同程度的减产，县里决定成立森林病虫防治检疫站，王恭祎被点将出任站长。对于以农业为主体、果林收入为重点的永清县而言，这个森林病虫害防治检疫站，显得何等重要啊！

林业局也是穷，只是给了王恭祎一个站长的职务，其他的什么也没有，房没有一间，地没有半垄，钱没有一分，人只有他一个。说白手起家一点儿都不为过。他首先走访了全县23个果园，对果树品种、技术管理、病虫害防治等情况作了深入调查，制订了果树管理方案。随后，以无偿提供服务为条件，借用了胡庄四间土房，借钱买来四只大缸、一口大锅，通过耐心说服请来三名技术员。四人吃干粮，喝凉水，骑自行车上北京、天津购农药、原材料，经过反复研究，配制出"灭虱菊酯""果棉灵""新棉灵"等新型药剂，有效地控制了虫害。

惠元庄有250亩梨树虫害严重，年产不到4万斤，果农赔钱，连承包费都交不起。王恭祎与果农签订了技术服务合同，及时防治虫害，修剪果树，去掉多余的大枝。有人不理解，告到县里说砍了他们的"摇钱树"，结果是，秋季树上果实累累，产量高达35万斤。

西贺村王永年以6000元承包了村里100亩梨树园，他媳妇盘算着赚不了钱，死活要喝农药逼他退回合同，这事一时闹得沸沸扬扬，村干部没办法，找到王恭祎。王恭祎赶到村里，与他订下技术服务合同，当年就产出20多万斤大梨，王永年脱贫致富。后王恭祎见到他媳妇，开玩笑："嫂子，还喝农药吗？"她不好意思地说："留给虫子喝吧！"

管好果树的王恭祎并没有停留在林果丰收这一层。据县医院统计，1981年至1991年，全县因喷洒农药中毒丧生的果农有60余人，作为森防站站长的王恭祎，每当他听到有的果农因农药中毒而死亡的消息，心里都有种刺痛感。他觉得自己有责任改进喷药设备，保护果农的人身安全。听说日本喷枪先进，他就托人购回两支。喷枪价格昂贵，果农难以接受。他经过无数次的设计、试验，终于研究出一种射程远、雾化好、省水、省药又安全的喷枪，技术性能指标超过日本喷枪，成本只有8.7元。后来，王恭祎又研制出双缸高效节能泵与喷枪配套，这两项技术均通过省级鉴定，都达到了国际先进水平，获得两项国家专利。球面喷枪荣获世界华人重大科技成果奖，彻底解决了果农喷药的安全隐患，每年还为永清县节省农药费用1250多万元。

1994年，王恭祎任局长，由于他艰苦且卓有成效的工作，永清县的林业一跃成为全省和全国森防先进单位，全国绿化先进县。1998年，他调入廊坊市农林科学院，担任林果研究所所长。

二

在林果研究所，他继续保持往日雷厉风行的工作作风，想农民所想，急农民所急，为农民排忧解难。有一天，大城县大伏村村民蔡风岐百亩杨苗遭雹打，他连夜赶到苗圃，打着手电、点着蜡烛察看灾情，研究补救措施，挽回经济损失近30万元；永清县栽植5000亩速生丰产林，他每天4点钟起床，白天走乡串户安排工作，晚上讲解栽培技术，深夜一两点才回，还要核实当天栽植的数量，计划来日苗木的运送。有一次，他到邯郸永年县引进杨树新品种，夜里出发，清早赶到田头，与当地有关部门签订协议，听取介绍栽培技术，临近中午，又累又饿，身体支持不住，晕倒在苗圃，经医院检查，血压升到180。人们劝他歇歇，他说："农民的儿子，家乡人还念着呢，别歇了！"办完事又急急地往回赶。

王恭祎像农民一样的淳朴，土地一般的厚实。质朴的外表下蕴藏着中国农民几千年传承的勤劳、勇敢、谦逊、好学的美德，可人们怎么也不会想到，他竟是国务院授予的"全国先进工作者"、全国总工会授予的"全国自学成才十佳标兵"，先后多次被评为河北省优秀共产党员、河北省党风廉政先进个人、省科技十大杰出青年、中青年科技管理专家。2006年，他被国家科技部授予"星火科技带头人"称号，成为享受国务院特殊津贴的专家，2007年中国十大创新人物。

那么多的光环和荣誉落在头上，他却淡然处之。他看重的是农林科学院整体的力量，这支团队坚韧不拔的意志。由于骄人的成绩，2004年廊坊市农林科学院被省政府授予"河北省先进集体"称号，同年被中宣部等部委联合授予"全国三下乡先进单位"，2006年被全国总工会授予"全国五一劳动奖状"，当年还被省委、省政府命名为"河北省文明单位"。

这一切与他们辛勤培育、推广廊坊杨密不可分。

自古有"南方杉，北方杨"之称。可杨树也有优劣之分，有的木质差，成材率低，有的抗病虫害能力弱。廊坊市农林科学院两代人，经过16年的研究、培育，取得突破性的进展，他们将中国杨与外国杨杂交培育出新的品种命名为"1号"；将我国南方杨与北方杨杂交培育的新品种命名为"2号"；将以美洲黑杨为母本，另一种黑杨和白榆为双父本杂交而成的优良品种命名为"3号"。

智慧与理想凝聚，鲜血与汗水浇灌。1号、2号、3号杨都具有速生、抗旱、抗盐碱、100%抗光肩星天牛的特征，在自然条件下，一年可长到茶杯那么粗。它们都可扦插育苗，十分便利，成活率达95%以上。1号、2号杨木质硬度大，板面颜色洁白，非常适合做人工合成板的面料，3号杨纤维长，适合造新闻纸，发展前景广阔。

1997年，河北省鉴定前两种新品种时，称之为"冀廊杨"，后为向全国大面积推广这几种优质杨，改称为"廊坊杨"。

命运与职责仿佛从天而降。王恭祎调入市农林科学院后，对廊坊杨的速生性、丰产性作了进一步的论证，又对它的抗虫性、抗干旱、抗盐碱能力进行深入研究，顺利通过专家鉴定。

如何让廊坊杨成为绿化华夏大地的生态先锋呢？

王恭祎苦愁的是起步资金。困难是挡不住王恭祎和他们这支团队的，他像祖祖辈辈的农民一样坚忍。

他先与妻子商量，妻子是位通情达理之人。她一向支持丈夫的工作，就将家中预备购买新房的8万元积蓄庄重地交给王恭祎，他们还向人暂借了5万元。推广中心的同事们，个个想着这件大事，领导带头，他们也都纷纷解囊，又凑了20万。有了这30多万垫底，他们就订购苗木，开展推广工作，并向国家新闻媒体作了介绍。《人民日报》等10多家媒体先后报道了优质新品种廊坊树，并称这支西部开发的"绿林军"一定会染绿神州大地。

皇天不负有心人。甘肃、新疆、北京、山东、山西、内蒙古、辽宁等19个省、市的林业部门纷纷派人到廊坊考察、求购种苗，廊坊杨售出种苗2000万株，推广面积18万亩，单北京通州的一个乡，就购买苗木84万株，种植面积达12700亩，这个项目得到了时任北京市委书记贾庆林的称赞。

三

西部开发，国之重任，王恭祎挂念着缺绿少荫的西部。在党中央、国务院采取退耕还林、退牧还草的政策下，王恭祎乘势将廊坊杨植根在了大西北。

首先克服大西北植树成活率低的困难，带领大家研究出一整套廊坊杨的栽培技术，到西部建立育苗基地，逐步推广。

电话连线的甘肃农科院开发中心主任张建业，是位地地道道的林业专家。他怀着激动的心情说着当年深切的体会："我们从甘肃农业大学引进箭胡毛杨，从新疆引进俄罗斯杨，从东北引进荷兰杨，与王恭祎院长他们的廊坊杨在苗圃基地试植比较，廊坊杨一年长到三米多，并且枝叶繁茂，极富观赏价值，很明显它比其他品种高出五六十厘米。在这200亩的基地里，廊坊杨在抗旱、抗风、抗寒、抗病虫害等方面独领风骚。"

"生态环境的重建和整治，重点就是退耕还林，种草种树。那么，选择什么样的树种，适应它的种植环境，显得尤为重要。"甘肃省农科院副院长孟铁男在电话那头说，"我们选中廊坊农林科学院选育的廊坊杨三个新品种，它的最大特点是抗虫。甘肃这一带有一种叫黄斑星天牛的害虫，导致整个甘肃省，特别是312国道沿线杨树大面积死亡。廊坊杨树种的引进，对这害虫是一个很好的防治。同时，廊坊杨又是一个速生、抗旱、抗寒的树种。"

廊坊杨是国家林业局向全国推荐的优良树种，可见它的品质。甘肃省林业厅在全省范围内推广栽植廊坊杨后，广袤的甘肃大地上，廊坊杨遍地染绿。

王恭祎同样对新疆哈密永强农业开发公司的苗圃倾注了大量的心血，苗圃主人每次发来廊坊杨长高的信息，王恭祎都会激动不已。苗圃开发公司的经理是位下岗女职工，叫蒋树荣。蒋树荣一家原在石河子，1995年调到哈密化工公司，她在政工部负责计划生育的事，丈夫在生活基地当场长。1997年8月，化工公司解散，人员下岗，缺乏经济来源，日子过得紧巴巴。她想，咱也不能光向国家伸手，下岗工人那么多，总得想着自己解决问题的办法。她从报纸上看到《廊坊杨与王恭祎》，眼前突然一亮。新疆缺水，干旱，风沙大，廊坊杨有这么多的优越性，正是引进栽培的好品种。她自费到廊坊考察，请教王恭祎，回去即自筹资金，向亲戚朋友借贷，投资18万元左右，搞起了200亩的廊坊杨苗圃。

每个育种廊坊杨的苗圃公司，王恭祎都会像对待自己嫁出去的女儿一样疼爱和牵挂。他和这些购苗育苗的客户从没有财物两清的感觉，把幼苗卖出去，让客户种活，扩大了种植面积，有了经济收益，他才会放下心来，就如同帮助自己出嫁的女儿过上好日子一样，和客户一联系就是十几年。

蒋树荣没有食言。二十多年过去了，在王恭祎的帮助、指导下，她在新疆种植的一片片的廊坊杨已经蔚然成林，很多廊坊杨已经成为经济板材。

内蒙古的杜宏斌是从中央电视台的经济二台《星火科技》栏目得知廊坊杨的。他曾做过贸易加工业务，用他自己的话说，有一点儿富裕的经历，想在当地搞点儿公益事业，发展有效益的产业。他两次到廊坊考察，觉得廊坊杨很适合在他所在的伊克昭盟种植，作为防护林和经济林。当年，杜宏斌就在茫茫沙土地上承包了800亩，承包期为40年，并以每年递增200亩的速度培栽树苗。20年后的今天，他承包的林地已经达到了3000多亩，防护沙漠面积上万亩，防沙绿化和经济收益，两方面都得到了兼顾。

四

廊坊杨的培育、推广、利用是一项庞大的系统工程。

在王恭祎主持下，经过大家刻苦、耐心攻关，又培育出了耐盐碱工业用林新品种——廊坊杨4号，它在含盐量0.3%、pH值8.7的盐碱地和含盐量小于0.1%的脱盐碱化土上，同样能够速生成材。

如今，环渤海湾的辽宁、河北、天津、山东等地的沿海土地上，廊坊杨4号已经郁郁葱葱，既阻减了海风的侵袭，又改善了土壤和环境。

农民的事，是天大的事。王恭祎总是盘算着让农民有更多的收益。他先后主持了一系列廊坊杨的选育配套栽培技术及产业研究，"廊坊蜜桃97-05选育和栽培技术研究""廊坊08号梨选育和栽培技术研究""耐盐碱工业用材廊坊杨4号选育研究""廊坊杨3号全光喷雾嫩枝扦插育苗技术研究""林农牧高效栽培的调查研究"等课题，均达到了国内领先和国际先进水平，也为广大农民开启了致富新门路。如：廊坊蜜桃97-05，头年栽植，第二年结果，第三年丰收，亩产达3800公斤；廊坊08号梨，一年定植，两年结果，三年丰产，平均亩产4000—5000公斤。

廊坊杨得到了人们的喜爱，单廊坊市就栽植了20多万公顷。王恭祎看着昔日稀疏的树苗如今已铺天盖地，如泽如海，一种激越豪放之情涌上心头，可当他看到人工林下的闲置土地，又顿生疑问，这些空闲的被大树遮阴的大片土地能否再为农民增加收益呢？

王恭祎这人干事有股子虎劲儿，可面对茫茫的郁闭，也惆怅起来。他找院里人员商量。大家纷纷议论各种方案，最后，他确定并主持开展林下食用菌高效节能栽培技术的研究。经过三年的努力，成果丰厚，效益明显，并取得了一套培育的方式方法。2005年8月，这一技术通过省级鉴定，此成果达到了国际同类研究先进水平。

农民喜上眉梢。有了这项技术，每年每亩林地就可增收8000元左右，成功地解决了栽植速生丰产林农民短期收益的难题。

为了农民，王恭祎的脑子不停地运转。有一天，他突然想到发展循环经济。他经多方调研，深思熟虑，首先提出了在农业科技领域用工业理念开发农业项目的思想。

大家反响热烈。于是他又组织人马研究3号、4号廊坊杨的生物法制浆。

不用化工原料制浆，为我国长期困扰的造纸业作出了重大的贡献。生物法制浆产生的污水，经加工后制成肥料、饲料、固沙剂、除臭剂等产品，满足了农民需求。这样，无黑液排放，无污染，无公害，经济利益像滚雪球一样，深受人们的喜爱。

在廊坊杨林下食用菌栽培过程中，利用废弃菌棒饲喂养殖蚯蚓，生产生物肥、液肥、饲料；将廊坊杨的枝叶加工为饲料，喂养牲畜……

循环经济，带动了一批产业的发展。

如今，廊坊杨的研究成果已推广到全国21个省、市、自治区，累计推广造林面积达4000多万亩，获得直接经济效益169.49亿元。

廊坊杨也走出了国门，地广人稀的澳大利亚也引进种植10万亩，罗马尼亚、匈牙利等国也引进了部分树苗。廊坊杨的伟岸身影，在异国他乡也展示出它的亮丽风采。

王恭祎从事农林科研推广30多年，取得31项重大科研成果。其中，河北省科技进步二等奖2项，三等奖2项，四等奖1项；国家林业部科技进步三等奖1项；市长特别奖2项。有4项发明获得国家专利，其中2项获国际和全国发明展览会金奖，2006年获国家林业科技三等奖。他在国际、国家级、省级刊物上发表论文78篇，著书4部。2005年，由他主持完成的一年生廊坊杨配套栽培技术及造纸课题获"河北十大发明奖"，同时廊坊杨基地被国家外专局授予"国家引进国外智力成果示范推广基地"。

面对铺天盖地的荣誉，他却说："获不获奖并不重要，重要的是农民要有实惠。"

五

市农林科学院原来的基础设施比较薄弱，科研条件简陋，两三千万元的固定资产都抵押在银行，科研工作基本依靠银行贷款维持，科研成果也没转化为现实生产力。王恭祎上任后，让全院开展解放思想大讨论，那热烈的场景，令他有几分感动，群众中蕴藏着无穷无尽的创造力。群星闪烁，才形成了一个明亮、诱人的美丽夜空。

王恭祎集中大家的智慧，响亮地提出了廊坊市农林科学院"12345"的奋斗目标，即"围绕一个目标（争创国内一流的地市级科研院所），紧扣两大主题（科技创新和农业产业化），抓住三个重点（出人才、出成果、出效益），强化四项任务（管理体制创新，条件改善，成果开发，国内、国际间交流与合作），推进五大建设（思想、组织、作风、业务、制度），争创国内地市级一流科研院所"。同时还提出了"科研创新是立院之本，市场开发是强院之路"的办院方针，很快形成了"团结、求实、拼搏、创新"的团队精神。几年时间里，廊坊杨等一批科研成果的市场开发创造了良好的经济效益，科学院内盖起职工宿舍楼，还清了原来500多万元的欠款，固定资产由原来的4000多万元迅速积累到1.2亿元。

廊坊农林科学院这支团队正是在王恭祎所倡导的"团结、求实、拼搏、创新"精神的感召下，由穷变富，由富变强的。

王恭祎有科研专利有技术，在农林行业上是个不可多得的人才，多方都想争取。山西有位老板就诚邀其前往，语气恳切地允诺每年给他工资30万元，还给职位、汽车、别墅。王恭祎没有动心，他想他的事业应在市农林科学院。

北京通州区有乡镇邀请他出任顾问，他们那里急需王恭祎这样人品正、技术精的人才为乡政府出谋划策。他们以重金重奖、解决他爱人及子女的北京户口和工作为条件，想以此打动王恭祎，谁知王恭祎仍是婉言谢绝了他们的美意。

王恭祎同时主管财务，他坚持500元以上的支出都要上会决定。建设农林科技大厦时，承包商看到这是个肥差，纷纷请他吃饭，想把工程揽到手，他都一一谢绝了。他坚持每一项工程的发包都必须经过院党委讨论，发挥集体才智，不能个人说了算。正是这样，建设工作进展顺利，达到预期效果。

2003年，市农林科学院吴堤高新技术园区的项目竞争异常激烈，有位老板为降低标数，上门求见王恭祎，他想只要王院长通融了，事情就好办了。意想不到的是，他手中的一万元钱还没有递出手，就被王恭祎送出了门。

王恭祎荣获"全国先进工作者"称号，奖金3000元，廊坊市为激励他，又给予特别奖5万元，他都如数交给了科学院，作为大家的福利之用。他带领格林中心创收，按规定可拿超出创收款的20%，但他坚持只拿平均奖，这笔款累计有20多万元。

廊坊市农林科学院有140多位职工，他们在王院长的心中都有一个详细的记载，有人病了，他总到医院探望，送上真诚的祝愿；谁有困难，他主动给予帮助。院宿舍楼有位老职工的遗孀，独自生活，没人照顾，他不时地去看望，问寒问暖，还叮嘱工勤人员一定要给予特别的照顾。可他对自家的事，总是悄悄处置，怕给大家增添麻烦。女儿结婚，像做地下工作似的，悄无声息办了；爱人乳腺癌住院做手术，身边只守着他和孩子；自己生病，上午上一会儿班再去医院，下午再回来处置一会儿公务。待痊愈了职工才得悉，院长前一段一直是在住院。

六

王恭祎这些事迹，每个熟悉他的人都耳熟能详。

有些人对于职位总是那么留恋，对于退休，一想到就潸然泪下。对于王恭祎来讲，却像得到了解放："我本来就不善于做行政事务，让我退休可以更好地钻研我热爱的农林事业，我就是那退休以后又回到了那片森林里的一棵树。"

退休不久，很多企业纷纷抛来高薪诱惑，都被王恭祎拒绝了："我都这么大岁数了，要那么多钱干什么？儿女们都有很好的工作和收入，他们生活也都很好。"他最后选择了桦林桐的指导和推广。

半个小时后，我们找到了王恭祎所指导的中轻汇丰农业科技有限公司林木基地，他的精气神十足，如果不是有了些皱纹挂脸，你不会想到他已经是一个老人了。他在指导园林工人们如何育苗种苗的时候，双手沾满了泥巴，泥巴也裹满裤腿，汗水已经湿透衣背，像一棵树一样把自己种在大地上。

问及为什么不再努力推广廊坊杨而大力推广桦林桐，王恭祎的思维总是那么超前："廊坊杨的影响力和种植面积已经达到单一树种的饱和度，而绿化造林又不能是单一树种，应当说一个林带里，树种越丰富，抗病虫害能力就越强，植物种类也就会越丰富，对动物物种也有很好的生态保护作用，自然环境也就会越优良。"

每一棵桦林桐如同一把高高的华盖，笔挺的巨伞，棵棵桦林桐相连，如同支撑起的绿色大帐篷，绿叶浓密不透一丝阳光。在这个育种基地，我们知道了桦林桐的优越性。它是我国科学家培育出的一个四倍体新树种，具有速生性、抗逆性、适应性强等优点，五年就可以高达15米以上，胸径25厘米以上，出材率、板材密度、硬度、纤维素等指数都要比普通泡桐高很多，栽植如同种红薯苗一样简单，耗水量仅为杨树的三分之一，叶子阔达，如同脸盆大小，吸收二氧化碳比其他树种多5倍以上，放出的氧气也在5倍以上，是改善环境比较优质的树种。

在王恭祎的指导帮助下，这个公司将桦林桐种植到冀、川、鲁、豫等地，面积多达两万亩，还是雄安新区生态环境建设首选栽植树种。

放弃自己的"孩子"，竭力培养别人的"孩子"在华夏大地上当家作主，这需要怎样的胸怀和境界呢？王恭祎说："世界本来就是丰富多彩的，百花齐放，才是春色满园。"

王恭祎为农民为社会的胸怀，像廊坊杨那样伟岸，像桦林桐那样蓬勃，胸怀在蓝天，深情藏沃土。他像廊坊杨那样巍峨挺立，像桦林桐那样繁茂参天，经得起风雨，经得起狂沙，抵御各种"病虫害"的侵蚀，植根广袤大地，植根农民心中，需求的很少很少，献出的却是满目灿烂……

（本文收入2022年度河北省文联道德模范丛书，2022年9月17日中国作家网发布）

耀荣楼里的阳光

一

这是位于霸州市胜芳镇的一幢土黄色的小楼，名曰"耀荣楼"。说它小，是因为面积只有2400多平米。楼高也只八层。

"河北省残疾人职业技能培训基地"的牌子，赋予了这幢小楼以神圣，也赋予了它责任与使命。

从一楼中门进入，有无障碍电梯可供上下，轮椅前门进，不用转身便可后门出，反之亦然。在四、五、六层楼里，培训桌椅可供轮椅直接入位操作，椅子有扶手，可以支撑残疾人起立和坐下。可见大楼主人——河北圣沅服装有限公司董事长、河北省道德模范王元顺的匠心。

为方便残疾学员休憩，七层楼顶设计成一个微型四合院。灰瓦白墙，红柱绿廊，木格绿窗，柱梁相连处是精雕细刻的木艺，连廊顶部是鲜艳的中国风的水彩翰墨。仰望星空，小院恰似一方天井，落在天井里的正午阳光也是方的，四角连廊有可供休息的倚靠。天井中养植盆景若干，石榴、丁香、桂花、冬青、冬梅。南侧是餐厅，北侧是茶室，室内的设置同样儒雅大气。

墙上一幅书法，是这栋楼的写照，也是楼主胸怀的流露。

二

万丈高楼平地起，这幢八层的小楼也不是一开始就是现在的样子。它就像一粒种子，从生根发芽到参天的大树，先后三次扩建和翻建，其间经历了四十年的风风雨雨。

生于1957年的王元顺，是家中幼子，四岁时患上小儿麻痹。他念书的小学离家只有六百多米远，别的孩子五分钟就到，他走一趟中间总要歇个五六次，到学校常常累得大汗淋漓。

在童年王元顺的眼里，母亲汪耀荣就是伟大的风景，20世纪40年代，母亲上过几年私塾，记忆力强，会背很多书，教给幼小的元顺很多做人的道理。粮食匮乏的年代，母亲把自己家里不多的红薯干煮熟了送给邻居，告诉自己的孩子越是困难越要互相帮助。

王元顺落残的左腿右臂严重畸形，因生活所迫他自学缝纫裁剪。大姐为了满足他学技术的愿望，攒了一年的工资买回来一台蝴蝶牌缝纫机。从最初笨拙地穿针引线，到熟练操作跑直线、挖兜、匝鞋垫……他单脚踩着踏板，找到了人生的自信和未来努力的方向。

那是1974年，王元顺凭借过硬的技术顺利通过企业独设的考试——用缝纫机做一条裤子，成为霸县（现霸州市）第一服装厂唯一一名残疾男缝纫工。

"长木匠，短铁匠，不长不短是裁缝"，功夫和技艺都在用料上。身为残疾人，找到一份工作不容易，王元顺暗暗在心里为自己鼓劲儿，决心干出个样儿来。

每每工友们下班后，他还留在厂里，捧起服装书籍，在缝纫机前比比画画，研究时兴的样式，常常熬到凌晨一两点。

"银灯青琐裁缝歇，还向金城明主看。"在王元顺的心里，明主就是每一位顾客，每一位顾客满意才是最终目的。八年间，从做零活到裁缝，再到打版、修理机器，他几乎干遍了服装厂所有工种，每天钻研到深夜，"单夹皮棉"都不在话下，技术水平受到厂领导和老师傅们的交口称赞。他做的西服板正有型，霸州好多人做衣服都点名找他，他年年受表彰，多次被评为"先进工作者""河北省青年技术能手"。

改革开放后，他主动放弃国营企业的"铁饭碗"，拆掉家里的炕，摆上几台缝纫机，在家里办起了服装裁剪培训班。胜芳镇中亭河畔的那个院落里，讲授声、缝纫机声和剪刀声不绝于耳。培训班最火爆的时候，一天有上百名学员，分上午、下午和晚上三批上课。

第一批学员里，有个女孩叫刘四霞，聪明能干，朴实善良。在学习中，被王元顺的善良、热情、执着、正直和高超的技艺所折服，学习结业后，冲破家人的阻挠，嫁给了身残志坚的王元顺。从那以后，她就成了王元顺几十年的得力助手。

王元顺培训的百余名骨干学员成为当地服装产业的生力军，他们从事着比师傅更大规模的服装教学、生产和销售，为胜芳经济初期发展，奠定了良好的基础。名满天下的胜芳古镇曾列全国百强镇，素有服装、家具、钢材三分天下之说，服装占其一，王元顺功不可没。

三

好裁缝跟雕塑家、画家、音乐家一样，都在塑形塑心塑魂，都想塑造出一款在世人灵魂中引起反响的作品。基于这样的认识高度，王元顺经过再三权衡，决定临时关店，用了三年时间到北京拜师学艺。深造后，他掌握了更精湛的服装裁剪制作技术，也为以后为更多的残疾学员服务奠定了坚实的基础。

虽然命运给了他一个残缺的身体，但是中国的服装文化却在他的心中矗立成一座大厦，他要把心中的大厦移植到这片土地上。

1993年，王元顺在胜芳镇北环路也就是现在的芳津道上建起一座三层的小楼，并以母亲的名字命名为"耀荣楼"，母亲的美德时刻温暖激励着他。

这座楼专门培训来自各地的残疾学员，从2004年开始，培训范围逐步扩大，设有盲人按摩、电子商务、服装裁剪、手机维修、化妆美甲等十几种专业技能培训课程。哀莫大于心死，心残比身残更为可怕，每个心怀疑惑的学员走进耀荣楼，王元顺先是对他们进行塑人的心理培训，再对他们进行塑身的知识技能培训。

桃李不言，下自成蹊。十几年来，王元顺的培训学校先后培训了上万名残疾学员，并为他们对接了缝纫、计算机、按摩、养殖、美甲、化妆、电商等多个就业渠道。这些从耀荣楼走出去的残疾学员们有了稳定的工作，有了稳定的收入，绝大多数还收获了幸福美满的婚姻生活。

四十六岁的高纪英，在三十岁生完孩子那年落下了残疾，强直性脊柱炎、类风湿使得她要终生拄拐。随着残疾程度的加重，婆家人的脸色越来越难看，甚至闹到要离婚的地步。2015年她参加王元顺的美容化妆、服装裁剪、电脑电商培训，获得了一专多能的技艺，什么挣钱干什么，现在钻研网络直播，成为直播带货助理，月收入六千多元，家人久久不见的笑容又回到了日子里。在今年廊坊市残疾人职业技能竞赛中，高纪英获得了网络销售大赛第一名，还将代表廊坊市参加河北省残疾人职业技能竞赛。

口金包，从古代女子的箱奁演绎而来，逐渐成为时尚女子们的标配。钟建在接受采访时，脸上始终洋溢着灿烂的笑容，那是发自内心的喜悦。她因为先天脑瘫而腿残，曾是个有自闭倾向的女孩。走进耀荣楼以后，她恨不得将老师的全部技艺都学到手，因成绩优秀，获得廊坊市残疾人服装大赛第一名，被聘为基地助教。她的口金包技艺已经超越了王元顺，出自她手的产品成了市场的抢手货。

四

三层楼不足以接收越来越多的残疾学员，王元顺就让楼再长高一层，长高不久，发现仍然满足不了培训的需求。他这里已经是国家、省、市、县四级残疾人联合会指定培训基地。

王元顺是心容大海的人，政府的信任、社会的责任，促使他在扶残助残的路上不断地投入更多的精力、财力和物力。

虽说国家给每一个残疾人都有技能学习补贴，但每个学员得免费吃、住、学，有特殊困难的学员还可以把教学用的电脑、维修用的工具、缝纫机和一些书籍免费带走，王元顺为此每年都要搭进去不少资金。

钱从哪里来？从王元顺的圣沅服装有限公司的收入中来。说到圣沅服装有限公司，王元顺早在培训第一个残疾人开始，就知道必须有一个实业，才能支撑和维持残疾人教学。

他在北京三年的学习结束以后，以工匠精神，开始在服装行业里精工细作。由圣沅服装公司生产的旗袍，精细到上百个工序，样式上千种，已经成为胜芳古镇文化的名片。从2003年开始，王元顺制作的西服和旗袍被新丝路模特经纪有限公司指定为参赛服装。

行走在芳菲的流年里，身着旗袍的女子是世间最美的流波。为了古镇这道亮丽的风景，王元顺的一针一线都是精致，都是文化。

说到精致，都超越了常人的想象。就拿一条简单的裤子来讲，王元顺每天画图制作版型，可以一天二十四小时琢磨，臀围和腰围的比例搭配就有上千种尺寸，王元顺要让每个顾客都穿上合身合体的衣服。

"您看我这条裤子，质量绝对是超一流，就是在公司制作的。"王元顺的助理钟颜展示了她的裤子，腰围和臀围如同流线一样的美感，弧度、曲线柔和自然，久坐之后，没有一丝褶皱。

"这些年他设计了多少版型呢？就这么和您说吧，翻盖这栋楼时，从四层另起八层楼，裤子的版型尺寸纸板，就拉走了三大卡车。"

和一条裤子都这么较劲的人，产品自然是一流的精工，体现的都是王元顺的独具匠心。在南京举行的中国残疾人技能大赛中，他还是男服制作组的仲裁委员。

服装厂和残疾人培训就是王元顺走路的两条腿，蹒跚的两腿支撑了他的生命，支撑起他的事业，也支撑了王元顺的高度。

他挣了一辈子钱，但没有为两个儿子置办房产，而是倾其所有重起这八层高楼，把残疾人技能培训事业做大做强。

王元顺的两个儿子在他的精神激励下不断成长进步，也让他引以为荣。大儿子王者风在部队成为优秀士兵，并荣立三等功，还是全军国防科技声像奖获得者。二儿子王者雨子承父业，报考服装专业，读了硕士研究生，如今在浙江某品牌服装公司任骨干设计师。

"我只不过是在父母家庭的影响下，在政府和社会的关怀照顾下，实现了一个残疾人曾经的梦而已，真的没有啥。"面对这样的成就，王元顺如此谦逊。

（原载2022年第12期《当代人》）

从馨出发

　　每一条城市的道路，都会给人无穷的想象。总有一条道路维系着人们最多的情感，要么是回家和上班之间的生活之路，要么这条道路通向无尽的远方。道路两侧的店铺霓虹，灯光温润，气息芳馨，树木林荫，风景会因无数次的过来过往而被熟视无睹。风景从指间溜走，一晃就是另一个秋天。

一

　　在廊坊市区永兴路上我走过经年往复。永兴路上有个小区叫馨境界，这个小区的不同之处是，永兴路将小区分为东区和西区。建筑风格也与其他小区有很大的不同，楼面是土红带紫，十几年过去，这个颜色给人的感觉依然时尚，依然光鲜亮丽，比周围很多小区的颜色持久，沉稳中透出一种魅力，是那种内敛中充满活力的基调。道路两侧也不同于其他小区那样让商铺把小区严严实实地遮挡，而是透绿沁香的矮墙，小区里的翠绿花香、翠鸟轻鸣飞过矮墙优雅地来到道路上，让热闹繁华的永兴路多了馨美。静默的围墙里外树木葳蕤，好像围墙为繁绿打了一个隔断。小区建筑就像城市领跑者屹立在永兴路两侧，伟岸地矗立在城市中央。

　　每当经过这个小区，心里就有不一样的情愫。小区的开发建设者是我歌之不尽、赞之不绝、写之不穷的城市主人。这样的城市小区建设是一种考验，也是一种责任和情怀。不仅馨境界如此，他们开发建设的馨视界和二期的花城，同样占据了城市爱民道西的"T"字形地块。如何既要同城市发展定位合拍，还要使分散开的小区成为并不割裂的整体，总这样考验着他们。他们不仅经受住了这样的建设考验，而且以独特的建设风格提升了城市品位，一个个小区被评为省市级优秀建筑示范小区。也许是建设者的精神风貌和社区优美的环境助力了在这里工作的人们，馨境界社区还成为全国先进社区，社区党支部书记也成为全国先进。

和我同年岁的吴冀川让人钦佩。他的父亲是四川德阳人，在河北工作；我是四川绵阳人，后移居河北。巴山蜀水孕育的两只"阳"在河北大地相识并一见如故。第一次见到吴冀川时，感觉巴蜀大地湿润的气候润泽出他一副年轻帅气阳光的形象，刚健的短平头展示着青春的勃发力量，也代表着中房公司如东升的红日一样奋发向上的精神。那时候的中房集团廊坊公司是在市场上敢打敢拼的初生牛犊。在他们开发建设的廊坊第一个超大体量楼盘开盘的宣传方案讨论中，有一家公司的广告语为"挑开红方巾，可是意中人"，前半句非常好，后半句啰唆无力。我直接提出：吉祥花园给你吉祥给你如意。这样一个提议被副总经理吴冀川采纳了，他给了我很随和的印象。

后来又一次，我去他所在公司办理业务的时候，有一笔费用，由于销售经理签批理由容易让人疑惑，成了可以支付和不可以支付的两可状态，送到他那里签字，他看到以后，马上予以纠正。虽然数额不大，但是体现了他为别人考虑的胸襟。这样的举止，让我看到了他的人格魅力。

从那以后，我就跟随着吴冀川的步伐，欣赏着中房人在冀中平原上大刀阔斧干事的身影。吉祥花园之后，就是普通楼盘价格的联排别墅香榭郦舍，中房人把别墅搞成了亲民的普通住宅。

城市不是由俄罗斯方块组成的，建筑也不是用火柴盒子搭积木。居住是历史，建筑是文化，生活是情感。那时候执掌帅印的老吴总更多地听从了他这个小吴总的建议。他们很快把欧洲塞纳河风情的建筑特色融进中国建筑元素中，中西合璧的别墅很快成为天津和廊坊连接处的独特风景。

房子是用来住的，舒适程度决定着楼盘的品质和品牌。每个人都会用"馨"组成很多词语——温馨、馨香、清馨、甜馨、风馨，后来执掌帅印的吴冀川围绕着"馨"字做了系列文章。馨钻界、馨境界、馨视界、馨园、馨美墅……他们不仅在名字上下功夫，同样在舒适度、绿化率、人本化、智能化、光照度等方面提升和改进。一个城市的美好，来自居住的舒适，来自生活的方便，中房人把城市人居环境的提升作为己任。

二

为了人居环境的不断改善，吴冀川带领他的中房人不断开拓创新，而他们自己的办公地点却像打游击一样，四处搬家。先是在吉祥小区的活动房子里，好不容易安稳在自己辛苦建成的大楼里，大楼又被征购使用，他们告别"繁华"来到了"荒凉"的公寓的顶楼上，再后来是小区的幼儿园里，经过二十多年的辗转，终于固定在如今的创展大厦。

巍峨壮观的创展大厦像一座城市发展的方向标。铁灰色融合着钢灰蓝的楼面不失庄严，椭圆形的楼体如同流线飞舞，竖条线格的柱墙像城市的脊梁一样挺拔。它昭示着中房人追求不止的激情，坚实和创新融合为进取的脚步。

一路走来，我与吴冀川交往了20年，经常一起交流和沟通，参加他们企业组织的活动。

有时候我们一起去爬山，一起游戏。他不仅有着南方人的细腻，还有着北方人的豪爽。谈天说地，在一起无拘无束。从他的言语中感知着他对企业发展的责任，感受着他对社会的胸怀，感悟着他对每一个员工的情怀。

很多时候，人们看不出他是一个企业老总，和员工们在一起就像一个孩子头似的。每次企业的趣味运动会和拓展团建，他像一个年轻小伙子一样，和员工们一起游戏，一起争夺比赛名次。

印象比较深的一次，我们一起去八路军一二九师司令部参观学习，夜宿邯郸市。他像个燕赵主人一样为我讲述邯郸历史，讲述燕赵文化，讲述成语之都的很多故事。

吴冀川每走到一处，都在不停观察那个城市的建筑特色，了解城市的居住文化，汲取众家之长，他的博学不是为了猎奇，而是为了丰富中房公司的建筑文化。正因如此，他的"馨"文章才有了更多的人文情怀，他会根据年轻人的需求，将上下水通到阳台上去，方便居住者晾晒衣物；他会将太阳能用于照明和热水，减少入住者的居住成本；馨园的徽派风格，如同江南的小桥流水之静美；花城楼体有着古色的庄严和仪式感，与周围的中小学和大学的文化气脉相通相连。

他总说，二十年以后，公司能否继续发展？五十年后，这些跟他一起拼搏的人能否有饭吃？发展和生存，促使他不敢懈怠。

他说，谋求一时之快一时之利，都是对国家、对社会、对企业、对员工的极不负责任。

所以，他心中考虑的是企业发展的全局，和企业能否稳步前行。曾经有多少人在羡慕其他企业的大发展，也为他的公司不能大张旗鼓地跃进而焦急。

他审时度势地把房地产主营业务拓展到教育、医疗、健康、旅游等微利行业，跨行业发展的投资全部是企业自己的积蓄，有多少钱办多大事，这是吴冀川从量入为出而考量。这些行业也是其他一些大的房地产企业不愿意涉足的领域。

在吴冀川看来，这些行业才是中房发展的新方向和新领域，只有如此，中房人才能长久地生存发展下去。这些年，中房员工因此而稳定，企业因此而稳定。

我感受着中房发展30年的前行足迹。这个与廊坊建市同龄的企业，始终同城市的脉搏一起跳动。这就是吴冀川的情怀。

2020年的那个春天，疫情考验着每一个中国人，考验着每个企业。突如其来的疫情在消磨我们的斗志，考验着我们的耐心，修炼我们的韧性。日日圈在家里烦躁无趣，电视看久了也无味，书看多了无聊。每日增长的确诊病例无不让人心紧，为那些无辜被感染的人心痛。

在新感染和新治愈的忧喜变化中，总有感人的事迹不断传来。春节后一日，接到一个电话，是中房集团廊坊公司办公室刘通主任打来的，说他们公司捐款100万元，用于新型冠状病毒防疫。虽说我不是一个容易激动的人，但是这个消息让我很是激动。

很多的信息从网络传来，从电视传来。吴冀川是我最熟悉的人，我能够想象身在海南陪伴父母过春节的他，在疫情突来的时候，是如何心急如焚。海南迷人的椰岛风光，已经不能对他产生任何吸引，鲜花绿草不再让他有任何留恋。他的心已经飞回到了廊坊，飞回到了公司。疫情在肆虐，病毒在猖獗，大众的生命健康在遭受威胁。他在想公司员工们怎么样了，是不是都增强了自我防护的意识和自觉，公司物业是不是开始做好各个小区的防护，做好消杀工作。

三

那些日子，他每天都要过问，让员工们在公司的群里汇报外出和接触人员的行踪，了解他们是否有感冒发烧咳嗽等情况。

心急如焚的吴冀川再也无心休假和陪伴父母，在老人的叮嘱中，他快速地奔向了美兰机场。他只有一个想法，那就是回到公司，站到抗击疫情的前沿去。老人对他的行动完全理解，好在父母身体健康，不用人照顾。但是离开后，父母的健康和安危又成了他的牵挂。

大是大非面前讲立场，大灾大疫面前看担当。他的心里装着公司上千名员工及其家庭的健康安全，装着所有公司建设的住宅小区和物业公司服务小区业主的健康安全。现代化的通信技术，给人们提供了便捷。他及时和公司班子成员做了沟通，要求公司所有员工保持通信畅通，及时汇报春节假期的行程。要求中层以上领导和物业公司要迅速领会政府抗击疫情的要求和指示方针，响应政府号召，随时做好应对和防控措施。

在他的带领下，公司老总们行动起来了，公司的中层干部行动起来了，公司员工行动起来了。距离他们的上班时间还有20天，但他们都义无反顾地停止了放假。

城市建筑在他手里有时候像积木，被很有艺术性地搭建，还让很多市民喜欢。面对疫情，这个地产行业的专家说，他只能尽自己最大努力做好自己的事情和企业的事情。公司迅速成立了由他负责的疫情防控领导小组，在人员、物资、财力等方面做好保障，确保人员坚守在一线，物资防护到一线，资金保障为一线。

他每天都心悬一线，检查各小区的消毒防护设备，每天还要不停地过问情况。每天都忙到很晚，在汇总了公司所属几十个居民小区情况以后，再将情况汇报给政府部门，他才能心安。

随后，他又组织了公司班子成员开会，提议公司采购100万元的防疫物资捐赠给广阳区政府，提议得到公司其他领导的赞同。当即责成公司办公室等部门线上、线下咨询和购买。

公司相关人员做了很多努力，都不能采购到如此巨大数额的口罩、防护装备和消毒用具。他当即决定，捐赠100万元现金，支付给广阳区红十字会，用作抗击疫情专用资金。

公司不是多么富有，但吴冀川每次都尽可能地拿出钱来支持社会公益事业。三江抗洪、抗击非典、汶川地震、城市教育、公益交通、社会养老等方面，先后捐助社会3000多万元。

一晃又是几个春天过去，又是几个秋天到来，吴冀川和他的中房公司经受了大环境严峻的考验。

以"心"铸"馨"，"馨"和"欣"的融合，"馨"到"兴"的升华，都在秋天的季节里上演着，中房人的哲学思维把秋日变成了春潮。

（原载2022年11月28日《廊坊日报》）

那一片青青的麦子地

一

大地简洁而素雅，天空开阔而深远。两个乡镇的几十个村庄在不到两年的时间里，剩下一片等待绘制新图的原野。原野上，阡陌还在，路边的树木在没有村庄的大地上略显孤独，在冬日的阳光下，凛冽地屹立，展示着这片土地的性格。不远处，永定河在这个季节里变得清瘦，不知疲倦地流淌着，静默地见证这片土地的奇迹，把土地上的故事带向远方。

替代村庄的是一片长高的楼区，谓之"临空家园"，人们将层层叠叠地迁入高楼，举手星辰，抬头日月，这是他们未来的生活。他们曾经的家园，已经变成远处腾飞的银燕羽翼，飞向未来，飞向世界。

临空家园火热的建设场景，与季节的寒冷有些不相称。高楼像被雨水浇灌庄稼一样飞速地拔节，欲与天公试比高。不时有村民前来观看，在地上生活了几十年，一下子要到空中生活，是什么感觉？他们的脸上洋溢着笑容，憧憬着未来，他们的心已飞上了天空，与白云相伴，与丽日同行。

村民们在参观的途中，会遇见那些曾经让他们搬迁的年轻人，不免要问一问临空家园的进度，他们什么时候能够上楼，是这些青春笑脸让他们离开了祖祖辈辈生活过的土地。村民们后来知道，这些年轻人就是负责征迁的，他们都说不出来工作组的全称，说不出来小伙子姑娘们的具体身份，但他们心里有个最朴素的认识：国家发展需要他们支持，政府会给他们一个更好的家。

高高飘扬的五星红旗，在很远就能看见，迎风招展，指引着这片土地的希望和方向，鲜红的颜色以蓝天做背景，光彩夺目。旗帜，就像冬天的太阳一样温暖着他们，温暖着这片土地。

二

临空经济区建设的基础工作就是征迁。征迁同千家万户打交道，同老百姓一地一屋一瓦一木一粮一秣谈补偿，百人百性，各有期待，各有要求，合理的不合理的一股脑儿全端给你，难度可想而知。

河水欢唱，自北向南的永定河在这里悠闲地转了身姿，欢愉地向东流去。拐弯处的南岸被规划为科技创新区，一河之隔的是北面的服务保障区和航空物流区，三区构成100平方公里的廊坊临空经济区，北岸叫北部片区，南岸叫南部片区。南部片区涉及曹家务和管家务两个乡镇26个村街，涉及1.3万人搬迁和3万亩土地流转。

干过征迁工作的人深有体会：征迁苦，不如回家卖豆腐；征迁忙，忘记还有爹和娘。

在临空经济区工作两年，每天都有动人的故事发生，每天都被感动着。由于距离和位置因素，北部片区光鲜亮丽地代表了整个临空经济区，视察、调研、考察、慰问、宣传等高光时刻都聚焦在北部片区，南部片区更像是默默无闻坚守的孩子，被遗忘在角落里。

当我把视觉投向永定河南岸的时候，被他们深深震撼了。南部片区女孩张梦迪的日记让人心里酸酸的：

"在炎热的夏天，带着设备到现场测量实际面积，我们忍着被蚊子亲吻叮咬，强烈的阳光照射，汗水流满了衣衫；在寒冷的冬季，我们穿梭在荒芜的灌木丛中，戴着安全帽拿着电锯像个男人一样工作，一种更伟大更坚强的体验说明我不再是小女生。我们用热情、真诚、温暖去叩开搬迁户的心扉，一遍又一遍地为每户百姓计算赔偿款，生怕少算了一分钱；为老百姓选房，我们怕自己做得不够好，一次次地练习喊房号，喊户主名字，直到把嗓子喊到沙哑；帅气的小伙子熬成了大叔样，美丽的姑娘像个村妇。"

"近在咫尺的云裳小镇，就像诗和歌一样飘舞，建筑美感如乐曲一样飘逸，像天边的云霞一样艳丽，吸引着我们这些爱美的女孩子，我们都没能够去逛一逛，去淘一件心仪的服饰。我总想，以后南部片区建设好了，一定会比云裳服饰小镇更漂亮，更有诱惑力。"

"上级领导要来了，就如同娘家有人来看望我们一样。我们好激动，我们借用中铁十六局办公室布置成接待室。几个视察点之间有十多公里路程，马路上积满了厚厚的征迁尘土，一场大雨，又把路面造得泥泞不堪。我们全体出动，拿起铁锹和笤帚做好清理。30号晚上又赶上暴雨倾盆，雨刷器都不管用了，司机看不见方向，郭哲成不愧是当过兵的人，在暴雨里，站在推土机前面的机盖上指引方向。国庆节当天，领导看完了各点，走到我们的列队前，审视了这支队伍，和我们一一握手，看到我们每个人熬红的眼睛，他没有说'同志们，你们辛苦了'。他说的是'孩子们，你们受累了'。他用一个长者关爱的目光问候我们。我们心里感受到了无比温暖，这种温暖积蓄成一种我们继续前行的力量。"

日记就这样吸引了我，在寒冬季节，我走进了南部片区，开始寻访南部片区的记忆。

三

北部片区的村民由于距离廊坊市区较近，他们有亲戚在市里工作或做生意，在政府的宣传发动下，思想觉悟、大局意识、临空情怀都能很快提升，对征迁工作能够积极配合和支持。

南部片区属于大农村，村民们以土地为宝，以房屋为家，观念相对固守。没有了土地吃什么？没有了家住哪里？孩子到哪里上学？一说到让他们离开相守几十年的家园，不少百姓呜呜大哭，太难以割舍了。

2020年4月，临空经济区组建南部片区征迁工作组，谁去担任这个组的组长没有人主动站出来，难度不可想象，辛苦无以猜测。动员令下达两天后，一位中年人站了出来："我来试试吧。"

徐嘉良！他行吗？很多人在心里挂上了问号。

一个从安次区教育局来挂职的干部，按说在原单位当着好好的党组副书记、副局长，如果稳中求进，过两年扶正到哪个部门主政，前途自然不可限量，为什么非要申请到临空来体会"创业艰难百战多"？让人不可思议。

要让1.3万人满意地离开生生不息充满情感的土地，谈何容易。接过重任的徐嘉良真就小看了南部片区的艰苦。组队之初，整个临空经济区人手少，抛开信任不说，距离市区50公里，每天不能正常往返，也就没有人愿意跟随他干。临空的大局情怀也不能强迫别人放弃手里好不容易熟悉的工作跟随他去从头再来啊。

购买社会劳动力服务，向全社会吹响临空集结号！

集结号强劲地吹到了北京首都机场。90后的女孩张梦迪心动了，她天天开着跑车去首都机场上班，从事的VIP头等舱服务工作，高端大气，体面干净，收入丰厚，人人羡慕。临空，临空，在哪里上班不都是临空事业、临空梦想呢？更主要是距离廊坊近，几乎没有犹豫，她就把向北的跑车掉转向西开进永清。第一次到上班的地方，因为方向感差，三绕两绕，导航把可爱的跑车导进了泥地里，这是要飞的临空吗？看着泥猴一样的爱车，张梦迪心疼得要命，廊坊临空怎么会是这个样子呢？在她想来，大兴机场临空经济区不论是环境、人文以及配套设施都应该比首都机场要好很多，等到了上班的地方，"认知版"的临空和"现实版"的临空，和首都机场整洁、干净、舒适、明亮的工作环境差之千里。面对徐嘉良描绘的伟大临空梦想，热血沸腾的张梦迪选择留了下来，经过两年的工作历练，看似娇弱的她竟然有让人想不到的顽强和毅力。

来自安次区23岁的小伙子郭哲成已经有着辉煌的履历。1998年出生，2017年9月入伍到中国人民解放军驻港部队，先后任职通讯员、文书兼军械员、炊事员等职务，参加过三军联合搜救、海空巡逻、青山打靶、驻港维稳等重大军事任务。在临近退伍之际，郭哲成了解到家乡建设情况，知道廊坊正在大力发展临空经济区，完成军旅梦的心中又升起临空梦，廊坊临空的集结号旋律准确地融进了他的青春，成为退伍军人突击队的负责人。

临空集结号不仅让年轻人热血沸腾，还让很多老同志壮心不已。从曹家务乡财政所退休的所长刘双缔62岁了，一直在家里照顾95岁的老母亲，尽享岁月的安好。面对徐嘉良描述临空经济区再造一个廊坊，他感觉自己还有能力，还有责任。他歉意地离开母亲，为母亲雇了一个保姆，并坚持不要任何福利待遇，就是纯粹的义务奉献，但他反而搭上了雇用保姆的费用。在刘双缔的带动下，县信访局退休的几位老同志也一起聚集到徐嘉良的麾下，组成老同志服务队。

四

南部片区竟然没有办公地点！有人员没有根据地。

徐嘉良看着这些在家里娇生惯养的青年，心怀歉意。他坚信：任何一项事业都是从无到有的，什么是创业？这就是创业！

鸠占不了鹊巢，那就"鸠鹊共巢"。他们组成50多人的征迁工作组和永清征迁指挥部40多人，拥挤在企业要废弃的天园山庄里。说到庄园，人们很快会想到，环境优美，舒适温馨。然而一个废弃的庄园就和破房烂屋没有什么区别，水、电、暖、气，不是今天出毛病就是明天出毛病。漏雨透风不说，一个不大的庄园，正常的接待能力也就30多人，一下子就拥进百多人，可见之拥挤。

没有办公室，趴在床上起草文件，制订方案；没有会议室，大家围坐在草地上，出主意想办法解难题。五月份蚊虫已经肆虐，不管是帅小伙还是美少女都是蚊虫喜欢的小鲜肉。炎热季节，不能穿短袖，不能穿长裙，即便是这样也遮挡不住蚊虫的疯狂，一个露天会议开下来，每个人都会胖一圈儿，靓丽的脸蛋被叮咬得大包摞着小包。一个月下来，南部片区再无俊男靓女，都是一个个黝黑小伙和一个个红脸姑娘，人见人心疼。

正人先正己，为了让建设企业尽早进场施工，让两个乡的百姓感受到"新家"并不遥远。就这样一个废弃的山庄最先被拆迁了，永清的同志完成政策宣讲动员任务，撤回到县里，徐嘉良领着这支队伍继续"找鹊巢"。在山庄屈就半年后，50多人分散到中铁十六局项目部和中铁十二局项目部"打游击"，分别在两个建筑企业里搭伙，好在两个项目部仅仅是一墙之隔，南院北院在通信信号不好的时候，一个嗓门就能发号施令。

"北院的，开会了。"

"北院的，集合了。"

扯着嗓子喊的是一个年轻小伙子，在那片寂静的土地上，他尖亮的嗓门成了最洪亮的男高音。

南院的和北院的在一起时会比拼伙食，相互吊起对方的胃口。

"我们这边是油焖大虾，随便造。"南院的连比带画，好像那大虾有两丈多长，拉长了北院的眼睛。

"我们这边是羊肉氽丸子，配粉丝香菜，倍儿香，管够。"北院的说着，还咂巴滋味，清香味儿还挂在嘴边，让南院的口水流了一地。

两家建设企业当然也没少为他们的"东家"改善伙食，但远远到不了这样诱人的程度。

住在央企，徐嘉良也让这支年轻的队伍更好地学习了央企的传统文化，感受了以前铁道兵的优良品质。"那些家在几千里外的建设者们都这样夜以继日地辛苦和劳累，他们一年也回不了两次家，我们还有什么怨言呢？"山川异域，风月同天。同吃同住的七个月时间里，他们和央企建设者们结下了深厚的友谊，红色基因在交流中流进了征迁工作组的身体里。

省、市领导和临空经济区建设管理者的重视和关注关爱，激励了张梦迪们和郭哲成们，增强了他们"激情干事业，挑战不可能"的信心。他们从刚开始犯怵的心理变成了一个个敢打敢拼的勇士。白天，分组奔赴各村挨家挨户核定和测量田亩、房产以及地上物，晚上回来统计数据，整理资料，计算补偿数额。天天鏖战到三更半夜，央企员工休息了，他们还在忙碌，甚至到第二天听着《铁道兵之歌》的号音直接去食堂吃早餐。

前来检查工作的市领导看到他们的居住环境和工作环境，很心疼：临空再穷，也要给他们弄个像样的窝！

不要多好，只求有个窝。在中铁十六局和中铁十二局的日子再好，那也是"寄人篱下"，开展工作有诸多不方便。在马路对面，徐嘉良想办法征迁出一块空地来，请来企业搭起活动板房。把能留下的树都留下，有些是几十年上百年的大树，他精心设计，尽可能把更多的树木留住。2021年4月，组队一年后，这支"寄人篱下"的队伍有了自己的"家"。

一排高大的树木在院子里分列两侧，显得精壮干练，像一队士兵在守卫着这片土地，守卫院中央的那一面鲜红的国旗，高高的旗杆正对院门，旗帜在蓝天下鲜艳夺目。在入住第二天，徐嘉良向对面的两家央企学习，每天早上日出的时候，播放国歌，举行升旗仪式。郭哲成、李伟伦、王璇、郭全兴这些优秀的退伍军人都曾是专业的旗手，他们组成了"临空国旗班"，每天准时在雄壮的乐曲声中，让国旗与朝阳一同升起。徐嘉良认为："临空的事业是国之大事，每天升国旗，增强'国'之概念，增强'国'之责任。"这不仅是纪律的养成，更是形象的展示。

院子的西北角，有一棵百年大槐树，在那片空荡荡的土地上，独立寒秋，傲视秋风。在大树下，鸡窝、羊圈、猪舍，徐嘉良建了一大排。几十只土鸡每天定时被放出来，悠闲地去草丛里觅食；土地上厚厚的落叶被他们收集起来，那是波尔多羊一冬的草料；那十几头瘦肉型猪欢实地成长，泔水有了去处。

秋收后的那块空地，是一片绿油油的麦苗，在冬阳的眷顾中，发出青青的光泽，枯黄的大地有了鲜嫩的颜色。火热的工地，寂静的绿波。对比鲜明，都是希望，都是梦想。

在紧张地忙碌后，征迁工作组的小伙子姑娘们会走到院子西北角，去拥抱一下那棵大槐树，欣赏丰收的庄稼，听母鸡咯咯哒地叫，亲亲咩咩叫的羊，抚摸哼哼唧唧的小猪崽，心情会放松很多。工作也有了烟火气息的温度，把工作当日子来过，把日子干成了工作，浓郁的生活气息让征迁办公驻地更像一个家，给绷紧了的神经放个假，温馨又温情。

五

为了工作，他们随时可以搬家；为了使命，他们枕戈以待。唯一不变的是，为脚下的那片土地早日铸就辉煌的临空梦。

3万亩土地的组卷、1.3万人的搬迁、农作物的登统测算、企业工厂的评估、住宅产权的核实、合同的制定、公产的转移、孩子们上学的安置、坟地的统计搬迁、建筑垃圾的粉碎等，一系列工作都要他们谋划、组织、实施，千头万绪。

老所长刘双缔也激发了像年轻人一样的激情。寒冷的冬天，他采取边测绘边踏勘的办法。带领11名同志，利用一天的时间，徒步走了7.5公里，实地踏勘了最大的那片树林。大树多少棵，小树多少棵，死树多少棵，都准确记录。天寒地冻，北风刺骨，大家深一脚浅一脚，跃沟踏渠，衣服被划破，双手被扎破，都毫无怨言，一直坚持到最后，以准确的第一手材料防止被征迁农户的狮子大开口。从那以后，每户的征迁补偿工作，都被这些年轻人做到了细致有节。

初到征迁工作组的李明达虽然有七年党龄，但他还是第一次走到需要为之奉献的群众之中。当面对一张张或喜或忧的面孔，一双双怀着期盼的眼神时，他百感交集，竟一时不知道该说什么。当看到一户户村民手捧着选房确认单，选到自己心仪的房屋后满足的表情，李明达终于明白，全心全意为人民服务，是一个共产党员的价值所在。为人民努力工作才会有真实的成就，群众的笑容萦绕在心中才是最大的幸福。

南部片区的征迁人就这样在如火的骄阳下，用双脚丈量村庄中的每条道路，踏入一户户村民家中，与百姓面对面地聊天，倾听困难，记录诉求；在寒冬腊月的深夜，顶住低温与疲倦的折磨，为了项目进度夜夜守在施工现场，只为万无一失和保障村民们早日回迁。

一手抓工作，一手抓防疫，两手都要硬。如果用"小女子""小女生"之类的词语就委屈郭玥彤了，她身高180厘米，曾经是中国式摔跤裁判员。到南部片区负责繁重的防疫工作，背扛着重重的防疫物资，只能让人用"女汉子"来形容她。白天干活儿，晚上汇报工作，还得参加省里市里召开的视频会议，经常凌晨两三点才到家。与郭玥彤相比，王淑英只能是"小女子"了，但她同样不输"女汉子"，人员隔离、核酸检测、统计排查样样不落后。后来二人又同借调干部李臣组成"科创片区新航城征迁工作小组"，新航城占地面积最大，赔偿金额项目最多，协调范围最广，时间紧、任务重、人员少，是一块硬骨头。三人不仅借用中铁十六局几间背阴狭小的屋子，连办公用品也是临时借用，遇难题解难题，重拾信心再出发，从春季忙到夏季，就这样没日没夜地工作。最终，新航城用地得到了最快保障。

六

大地是温暖的，河水是温情的，征迁是温馨的。徐嘉良要求每一位同志要善于以情感人，用真诚去感染每一户村民。

顾德旺夫妇的日子过得很不富裕，对房子的征迁还算满意，但对土地的补偿不满意，认为自己种植的葡萄品质比别人好，就应当多得补偿。房子拆了，顾德旺在树林里弄了个小窝棚，开始养羊。二姑娘得病花费上百万之巨，工作组的郭家宁在医保中心工作过，他积极帮助顾德旺联系救助款，经过努力，终于将顾德旺感化，最后把那块葡萄园签了。

王维学是个比较能干的女人，前几年投资一千多万元建起三层万余平方米的大厂房。当她面对征迁不足以收回投资的补偿款时，她怎么也不能接受。她决心和工作组耗到底，一定要维护她最基本的利益。让她惊奇的是，徐嘉良比她还有耐心，一磨就是半年。有一次，她穿着厚厚的棉衣去徐嘉良所在的中铁十六局，在那个铁皮房子里，竟然比室外还要酷冷，在屋里开空调，还把她冻得瑟瑟发抖，坐了一会儿，还停电了，屋子像冰窖。她真没有想到，这群年轻人就是在这样艰苦的环境里工作，她的心就有些软了。徐嘉良知道她有个离婚的女儿，没有工作还带着个孩子，就把她的女儿安置到征迁工作组做了临时工，解决了她女儿的生活困难。当她看到女儿高高兴兴地上班和下班，她坚守的防线一下子就被击垮了。签吧，毕竟国事为大。等签完协议，去做法律备案时又发现，这个库房被人抵押贷款了，又是这几个年轻人一趟趟地跑银行、跑法院，重新备案重新签协议，坚决不给她留下后遗症。

有房无人的房产，他们想办法找到主人，在外地工作的，就在电话里沟通，谈好以后，直接奔赴房主所在地面签协议。2021年8月22日，周洪泽带领相关部门人员奔赴西安，锲而不舍的精神感染了征迁户，见面半个小时就完成了签约工作。

被征迁户的困难就是他们的困难。各户的困难多种多样，他们最大限度地调动身边的资源，卖自己的脸面，解决好征迁户的问题，可以说，他们对自己的家事都没有这么尽心过。

一间间房屋被推倒，一片片田地被围栏圈起。土地回到了原始的空寂状态，建设企业一个个进驻，临空的梦想开始在土地上放飞。征迁办公室后院的那一块麦子地，成为那方土地上唯一的绿色，清养了每个人的眼睛。

七

日月行天，以鉴丹心。临空人除了对得起事业之外，对于家庭就是一片空白。

2020年1月，疫情来临，好多农民工不能返乡过节。为了做好维稳工作，刘双缔白天转工地，检查安全生产，晚上和同志们一起进工棚耐心做思想工作。那个时候，95岁高龄的母亲卧床长达七年，身体状况非常不好，病情不断加重。即便这样，他也没有请过一天假，一直瞒着领导和同事。3月11日，母亲病情突然加重，而他却在去村民家中的路上，等回到15公里外的永清镇养马庄的家中时，母亲已闭上了双眼，这成了他最大的痛。处理完母亲的后事，他强忍悲痛，投入紧张的工作中。

当叶学丹"大海里捞针"找到丈夫郭家宁时，丈夫还在那个窝棚里和放羊老汉顾德旺聊天，她眼泪一下子就流了下来。这都成什么人了呀，浑身脏兮兮的，那几日变天，还冻得冷飕飕的，连续七天都没有回家的丈夫快成乞丐和野人了。看见他那个样子，来看望爸爸的两个孩子吓得不敢近前。她想说："你是不要命了吗？不要家了吗？"但她又把话咽回去了，她能做的是赶紧带着郭家宁去洗了洗澡，在车里换上她带来的新衣服，看到焕然一新的郭家宁，孩子们才和他亲近起来。

还是说说徐嘉良吧。他像一个运筹帷幄的将军，对于南部片区的所有工作审时度势，指挥有方。每天晚上总结，拿出解决方案，第二天总要到最难的堵点去化解问题，他已经成为年轻人的主心骨，牢牢地把握着方向。

可徐嘉良同样要对家人说声对不起。42岁的他，上有老下有小，两口子供养着双方四位老人，老人的总岁数已经超过三百岁了，都需要小辈们的照顾。儿子在外地上高三，老二是个4岁的小姑娘。上上下下，里里外外都是爱人操持。在今年紧张的高考复习期间，爱人怕老大情绪不稳定，让岳母去陪读。爱人每周开车带老二去看望一下，有时候急刹车，把后座上睡着的老二摔到车座下，磕碰得鼻青脸肿。岳母在陪读期间还突发脑出血，被送进了天津环湖医院，又是爱人去陪床护理。他只能把老二带到工地来，征迁工作组多了一个年龄最小的征迁成员。

刚开始的两天，小姑娘从她爸爸办公室里跑出来以后，发现所有办公室的门都一样，开一个门不是爸爸，开一个门不是爸爸，小姑娘"哇"的一声就哭了，哭声传满了楼道。几天后，小姑娘不认生了，每天叔叔长、阿姨长地叫，大家都很喜欢她，谁有空就带带她，小姑娘成了"官家"的孩子。后来，还是徐嘉良嫁到外地的妹妹把孩子接走，才解决了他的难题。

八

一夜的大雪覆盖了那一地青青的麦子，大地上白茫茫的一片，空寂的原野变得单纯了许多。远处，打通的临空大道已经连通北部片区，连通大兴机场。临空家园马上就要封顶了，新入驻的企业正在竖起高高的塔吊，鏖战风雪严冬。

南部片区征迁工作任务高效完成。临空经济区进行了机构改革和人员重组，南部片区半数的同志因为工作调整都要到其他岗位去就职，徐嘉良一马当先。

青春如斯过，岁月品流年。一起吃苦，一起攻坚，一起成功，一起欢笑，一起青春豪迈，一起激情飞扬，一起筑梦蓝天。国旗下，一起举起过拳头："我们是临空人，我们努力，我们奋斗，为了临空事业而拼搏。"

历史照耀未来，征途未有穷期。茶话会，成了两年来的工作总结会，成了分别会。一起回忆过去，一起回望昨天，一起列举成就，一起分享甘甜，两年的胼手胝足，泪水在眼眶里打转，红了眼圈。

不需要什么荣誉，当南胡其营村村民送来"以村为家、解民之忧"的锦旗时，他们笑得最美，笑得最甜。

打着京剧脸谱一样的波尔多羊欢快地叫起来了。午后的阳光如同洗过一样，明亮清纯。凄冷中，雪在悄悄融化，雪地闪着晶莹的光芒，麦苗从积雪中探出头来，成为一叶叶绿芽。

（原载2022年1月10日、1月17日《廊坊日报》）

镌刻在大地上的梅花

"谭老师，您看现在10点多了，工人们再过一会儿该下工了。等下午凉快了再去吧？现在气温已经是35度。"

"不，我就想看看在如此高温之下，咱们的工人是如何在野外作业的。"

8月5日这天，在项目部自己的核酸采集员张涵为大家采集完核酸后，我找到了中铁二十三局大兴机场廊坊临空项目部党支部书记董鹏程，他最终没能拗过我，带我到了临空经济区南区项目二期野外工地。

在筑路工人作业的野外，不仅有滚滚的高温热流，还有成群的蚊子，闻着汗流浃背的气息，扑面而来。

曹家务东路，已经在大地上深挖成为一段凹槽，凹槽周围，杂草丛生，出入的道路上，因为汽车来回碾轧，干热的泥土已经成为滚烫的细面，如果不小心下脚，这些细土面会非常热情地把人变成泥猴。

我们小心翼翼进入施工现场，只见几名工人穿着长裤长袖，戴着安全帽，捂吧严实，好像在"捂汗"，紧张地忙碌着，汗水如小河淌水，湿透了衣背，白花花的汗渍，让每个人背了一张地图。

钢筋工正在编织电力井四壁的笼架，有的用钢丝绞锁，有的用电焊焊接。在炽热的阳光下，那焊光尤为刺眼，给操作工人又增加了很多的热度，呲呲声音响起，火花四溅，如果有一捆干柴，马上就会引燃烈火。

木工们叮叮当当地铺架板材，把钢筋严严实实地围在里面，炎热中，工序同样细致，严丝合缝。汗水不时落进那空间里，实实在在就是用汗水筑路。

周围没有阴凉之地，用戴着厚厚手套的手划拉一下脸上的汗水，黑红的脸上就是一把把泥道子。

旁边有项目部后勤人员送来的绿豆汤。渴了休息一会儿，解解暑后，又继续作业。

"为什么要这样拼命？怎么捂这么严实？"我问起现场的负责人石佳猷。

"没有办法，这是要把上半年疫情耽误的工期赶回来。您说为什么捂那么严实，主要是因为蚊虫多，还有钢筋板材表面温度可以达到60摄氏度，防止烫伤。没有厚手套，根本都不敢摸。"

我用手摸了摸钢筋，像炭火一样，那板材也要着了似的，烫手。工人们就这样从天亮干到上午十一点，从下午三点继续干到天黑。

盛夏到来，连日的高温天气，好在二十三局项目部的防暑降温措施得力，保护工人不出现中暑情况。

在曹家务东路，董鹏程给我普及了公路几种地下管道的不同用途，不同技术标准。

城市道路建设，涉及桥涵工程、给水工程、排水工程、再生水工程、绿化水工程、电力工程、通信工程、照明工程、交通工程和城市家具。不再是过去把路轧实了铺上一层沥青混凝土那么简单，已经是一项高质量的综合技术工程。管网不同，技术要求不同，井口不同，有电力井、通信井、雨水井、污水井等。

就拿雨污分流管线来说，已经是技术差别很大的两种涵管建设。在廊坊，雨水管线是允许渗漏补充地下水的混凝土管线，而排污管线相反，是不能渗漏一滴水的混凝土管线。排污管建设好以后，灌满水，两头封堵，进行24小时闭水试验后，要查看渗漏情况，没有渗漏，才算达标。绝对不能污染地下水，要保持地下水的清洁。

电力井同样要防止地下水进入，还有集水坑来抽排少量渗漏水，保持各种线缆始终处于干爽的状态，才不易损坏。

真是让人眼界大开。

11点钟了，工人们从深达六七米的电力井爬上来，赶回生活区，午饭后，休息三个小时，下午3点继续迎战高温。

下午3点，气温仍然高达37度，拽上董鹏程让他带我到北区一期施工现场。冬日里温暖可人的太阳进入伏天以来，就成了火魔，多日的气温都在37、38度，开启大地的烧烤模式。汽车在热浪中穿行，半小时后，到达翔升路。

翔升路北去，直通临空服务中心楼群，通往环经济区的生态秀林起点。道路正在铺设第二遍沥青混凝土，沥青混凝土从运输车流入摊铺机，腾起阵阵热油烟气，呛人烘人。董鹏程说，现在的沥青混凝土温度是140度，摊铺机铺过之后，几名工人同样穿捂严实，用铁锨和耙搂把边角、不匀实的地方铲平、填满。等碾轧完成后，我站在沥青路面上，上蒸下煮，好像有地火要穿透我的脚心，热气从衣服的下摆直冲我的胸膛，我已经在蒸笼里变熟，瞬间，汗水已经给我洗了个烫澡。配合摊铺的工人却任汗水流淌，一丝不苟地把边角和不匀实的地方填充好，几班工人轮番在沥青混凝土上面作业。

"他们中午都没有休息。"董鹏程很平静地说。

"啊？你们不会真不顾工人的死活吧？"

"看您说的。高温天气下的作业，首先要有很好的防暑降温措施，工地上除了提供绿豆汤、温开水之外，还给工人们都发放了藿香正气水。"

"因为沥青混凝土路面施工的连续性要求，只要开铺就不能管是什么时间了，必须尽快连续铺设，沥青混凝土温度降到90度下，黏稠度加大，就不好铺设了。碾轧好的沥青混凝土温度降到60度下后，就可以行车使用。"

原来如此。就是苦了这些在酷暑里奋战的工人，周围几百米之内连一点儿树荫都没有。

在我心疼这些工人们的间隙，董鹏程给我讲起他们在新疆戈壁滩上的项目，沙漠和戈壁滩，夏天会把人热死，冬天会把人冻死。那几年，工程机械设施还没有这么先进，人工作业要占一半以上，他们都苦过来了。

项目部很多员工都有着辉煌的经历。

经理王后高建设了重庆单轨地铁，重庆地铁是我们国家根据山城特点修建的单轨地铁。说是地铁，一会儿钻地，一会儿穿楼，一会儿悬空而行，在中国堪称独一无二。

合同部负责人舒芬，参加了北京大兴国际机场草桥地铁站建设，机场开通运营时，她在工作岗位上，清晰地听见了总书记宣布营运的声音，那声音向世界宣告，是那么响亮，振奋人心，让人自豪。她到廊坊项目部后，还带了两个徒弟。

这样的团队，豪情满天，壮志凌云。项目建设所到之处，攻无不克，战无不胜，以优质高效获得了项目单位和廊坊市诸多殊荣，对他们而言，严寒和酷暑的困难如同这些蚊虫一样细微。

与其说是不忍再看这些铺路工人在热汗淋漓中的艰辛，还不如说我自己忍受不了这酷热。沥青混凝土的油热可以辐射到几十米开外。

我们从翔升路南去，路上有不少工人在手工铺设人行道上的步道砖，路缘石、树坑石横平竖直，蓝黑色的步道砖已经吸收了阳光的炽热，拿在手中如同"烫手的山芋"，但工人还是认认真真地将它们归放好，码放紧凑整齐。

翔升路往南是万兴道，道路要从万兴桥下穿过。在这里又是另一番景象。

道路穿桥施工的技术难关不在最中间的机动车道，而在于两边的非机动车道。非机动车道高于机动车道两米左右，除路面工程外，还有承载着顶部辅路土石方挤压的挡墙工程。在修筑混凝土挡墙时，要深挖地基，要打若干桩基，并在基础上安装30厘米厚的混凝土预制板，混凝土预制板要挤顶着辅路回填土。

在西北侧已经画好了140个桩基点位，每个点位用木桩和布条标识，以便泥土遮盖后能够找到。25米高的打桩机正在向大地深处钻探，探知大地的深沉和厚重。螺旋形的钻杆是空心的，顶部连接着混凝土管，泥土随着旋口涌上地面。等钻杆到底，往上提升时，钻杆底部阀门打开，混凝土流进去，钻杆提出，一根直径40厘米的桩基就算完成。不远处是混凝土车，连接混凝土泵，流水线一条龙作业，旁边的洒水车恭候，等待清洗混凝土管道和混凝土泵。

工地负责人王轸说，只要混凝土正常供应，打桩基任务是一天24小时三班倒的活儿，因为混凝土管路、混凝土泵的清洗、连接特别费时、费力，一旦开钻就要连续施工。

这就是他们在上午11点到下午3点仍要作业的原因。头顶上的阳光一点儿都没有变温和的迹象。项目部负责工程质量的寇成在几个施工点来来回回查看，取样检测，浑身湿透，如同从河里爬出来的水猴子。

在桥上方的东侧，是一个小型预制场，头顶上有遮阳的防晒网，稍稍好一些，但是里面像是不透气的蒸笼。钢筋工在里面绑扎钢筋、木工在里面合模，浇筑"T"字形钢筋混凝土挡墙预制块，一块有四五吨重。

在工地上，没有人因为炎热而叫苦叫累，没有人长吁短叹。责任比天大，质量比命硬。

这样的施工场景，让我很是心疼这些工人，期盼在酷热中来一场透雨，哪怕有一些凉意也好。

心诚则灵，在这样的盼望中，晚饭前，老天终于流了几滴眼泪，连地皮都没有湿透，那也是阿弥陀佛了，气温能降下好几度呢。面对这几滴雨，项目部的员工们都很欣慰。

晚饭后，我让董鹏程还带我去北区的打桩机现场，我要看"将军夜战洮河北"的夜战场景。和我们同车的还有安全员雷三江，他要到工地上去检查防汛防洪设施是不是已经严格防护到位，因为天气预报说，凌晨将有大暴雨，如果大雨将各种管线淹没，损失和后期工作负担就太大了。

我们到达万兴桥上的时候，是晚上10点钟。临空工地灯火通明，远处的服务中心楼群更是灯火辉煌，把天空映照透亮。西南处不远，灯火映红了半边天空，那就是繁忙的大兴国际机场，不时有飞机的轰鸣，那是飞机在起飞和降落。机场的繁忙，带动了这片土地的梦想。

高大的打桩机举着头颅傲视着天空，顶部闪烁着的防空灯点亮了夜空。下面的几台工作机械开启夜间工作模式。几束闪耀的灯柱，漠视着周围的黑暗，织锦般编织着大地的未来。

我们在高处俯瞰，有将近20个土堆，土堆中央是一个大孔，桩基就在孔里面，给人感觉就是一片已经喷发过的小火山群。三个一排、两个一排这样间隔，都是规则的1.5米间距。

由于夜间降水和降温，那桩基深处的热气被带到地面，在泥土堆上面形成一团团白色的雾气，好像是火山在喷发了，颇为生动。像一片微缩版的云朵飘在山峦，极为形象。

让人吃惊的是，25米高的打桩机，长度将近10米，重达50多吨，笨笨的样子，憨态可掬，在移动打桩的时候，竟然非常灵活。机器可以旋转，钻杆在工人指引下找准点位。打完前面的，整个机器可以在轨道上向后移动。如果还需要后移，那么打桩机会伸出四条腿来，架起整个打桩机，提起两条轨道，把轨道再后置七八米。看过这一通移动和操作，真没有想到这个庞然大物竟然是一只非常灵活的巨兽。刹那间，佩服机器设计者和制造师的高明，这也许是大国工匠精神的一个闪光缩影。

突然发现，那些因打桩而堆积成一个个环形山一样的土堆，以一种梅花状呈现在我们面前。

那带着螺旋的钻杆就像一把巨型的刻刀，凝聚着大国工匠精神，带着中铁二十三局人的情怀，将这神奇土地编织成时代需要的锦绣，将这片非机动车道镌刻成一朵朵灿烂的梅花，绽放在这片热土上，怒放在这夜空里，永远开不败。

（原载2022年8月19日《中国铁道建筑报》，2022年9月19日中国作家网发布）

最美的笑容

何谓美景美人，这在许多人心里并没有十分清晰的概念。刚学摄影时，总是习惯把镜头瞄准好风景与美女，也不是立志做风光摄影师或美女摄影师，而是犯了所有初学摄影人的通病，好像只有如此才会拍出好的摄影作品。

这样的心态被一位资深的摄影家批评了一通，最终只记得他说过的一句话："再丑的人也有最美的一刹那。如果我们抓住这一刹那，那么你的人像摄影就成功了。"这句话过去了几十年，至今记忆犹新。

今年4月，记者到大兴机场临空综保区中铁十七局建设工地深入生活，再次感受到了"再丑的人也有最美的一刹那"。其实她们并不丑，只是常年的工地劳动，风吹日晒，肤色变得黝黑粗糙，但是她们的笑容是那片工地上最美的笑容，成为留在荒凉土地上最美的记忆。

一

"你莫要照，丑死了。"面对记者的镜头，她不停地侧身，捂脸，小姑娘般羞怯，把安全帽压得低低的，不让人看见她的眼睛。

在综保区综合业务楼下，机械轰鸣。一位戴黄色安全帽的妇女，认真地操作一台套丝机，为钢筋车螺纹，工序看似简单，实际并不轻松，每根钢筋重的有二十多斤，直径有3厘米粗细，需要先把断面切齐，然后再车螺纹。把钢筋送进卡盘，要死死卡住，防止切割中移动，成为残次品，她需要一次次把旋转扳手放松，吐出完工后的钢筋，再送入新钢筋卡紧。记者发现，她每次松开和卡紧的时候，都要把整个身子压在旋转扳手上，身体呈悬空状态，像一弯弓，也像一弯月亮，用身体的弯度与卡紧钢筋或者放松钢筋的力度默契配合。反反复复，有时候调换不同粗细的钢筋时，她还要重新调试螺旋扣的车刀尺寸，用卡尺测量。

她才47岁，脸上没有一点儿修饰的痕迹，看上去给人60岁的感觉，脸上布满了皱纹，每一道皱纹都饱含着生活的艰辛。面对记者，她有些不好意思地说：手没得那么大的劲儿，不用身体的气力卡不紧。一口浓郁的贵州乡村话，亲切朴实得如同邻家大嫂。

刚来时，工地负责人不想把这项工作交给她来做，怕她身小体单，干不了，她信誓旦旦地保证没有问题。她没有想到这一天要切、要车钢筋上千根，以保障施工用料进度。工人们在下料时发现，她切出来的断口平整，螺旋扣线锋利，螺母一套，顺顺溜溜就旋钮进去了，质量绝对没得说。工人们对这个女农民工双挑大拇指。

她和记者聊过几句，也不再拘束。她平静地操作车床，一丝不苟地看着车床切口和车刀，熟练的状态像老师傅，身体还是一起一落地悬起和放下。

问她叫什么，就是不说，不说的原因就是"丑得很"！只说家是贵州毕节农村的，为了老人和孩子有更好的生活，出来当农民工许多年了。

在她身后的不远处，有两个女工在用钢丝熟练地捆扎着这些加工好的钢筋，打成捆后，塔吊会将钢筋吊运到楼顶。

阳光照在她的脸上，一绺头发耷在她的鼻尖，怡然的神态里盛着满足。是的，她不是美女，生活剥夺了她太多安逸，她的经历仿佛都写在脸上了，那满脸的皱纹如同大山里深秋的梯田，黝黑黝黑，又整整齐齐，满是丰腴也满是希望。她有着劳动妇女天然的美，嘴角放不下的笑容都放在了眼角那里，这是最美的笑容，笑容里有对家人的爱，有对明天的憧憬，更有创造幸福生活的自信。

二

综保区仓储库，一层楼相当于住宅的两层楼高，记者走上二层楼顶，相当于到了五层楼，在简易木梯上往下看，恐高的记者被高处的风一吹，恍然有马上坠落于万丈深渊的恐怖。

那些工人就站在脚手架上，搭建墙体和梁柱的浇筑模板。站在脚手架上的还有不少女工，她们同男工一样，头戴安全帽，肩挎一个装有铁钉的工具袋，手拿铁锤，按照标注好的尺寸和位置，钉紧每一块模板，每天不知要在这头晕目眩的脚手架上来来回回走过多少趟。

现在的工地人性化，允许夫妻档，夫妻在一起干工程，这样好处很多。一是夫妻之间一起生活多年，能够配合默契；二是女工心细，比男工细致得多；三是夫妻一起工作，没有相思之苦，也有利于施工队伍稳定；四是有女工的作业场面比较和谐，有动力有激情。工地负责人为这些夫妻档开展劳动竞赛，评选工地模范夫妻，成绩与奖金挂钩，让这些夫妻个个不甘落后。

工地上工种没有女工和男工之分，男工能干的，女工也能干。登梯子爬高，刚开始她们也胆小，但是不放心爬高的丈夫，她们爬上来了；搬运几十斤重的木板，她们同样不输男工；十几米长的钢筋，同样一扛就是几根……除了同丈夫一样的装备外，她们身上都还有一个围裙，下工之后还要张罗餐饭，打扫房间的卫生，洗两个人的衣服，都来不及脱下围裙。

在工地上，记者听到女工对丈夫的谩骂：告诉你小心点儿小心点儿，你不听，把手弄破了吧？你再不听话，老娘不伺候你龟儿子了。

还有埋怨：你不要管我，你安全了，我就安全了，你一心一意地干活，不要胡思乱想。

多温馨啊，你安全了我就安全了，这是世间最美的情话，这些言语满含着女子对丈夫的疼爱，这些言语融化了血气方刚的男人的心。

这时候，那个南方来的带工负责人来了一句：大家都要把心思放在工地上，放在安全和质量上哈，不要总想晚上那些事情，晚上的事情晚上干，出了问题我对你们可不客气哈。

换来的是一阵哈哈大笑，女工们有的会羞红了脸。工地上的疲劳和紧张也会一扫而光。

三

42岁的杨青翠来自重庆万州区，应该说人长得还算漂亮，肤色虽不白，一笑起来却很甜。安全帽下还有一个粉色的大檐帽，一双丹凤眼，鼻子下有一颗大大的黑痣，有着南方女性典型的娇小玲珑，工地上总有她清脆的笑声。

问起她登梯爬杆的感受，她说刚开始也胆小，但时间长也就不害怕了，胆量都是锻炼出来的。问她为什么干和男人一样的活儿，她说女人能顶半边天，剩下那一半才是男人的，语气敞亮得很。说起她的家，她有着幸福自豪的满足：老大是女儿，已经考上了大学，老二是儿子，已经上了小学；家里老人也都很健康，老公冉广斌也知冷知热疼爱她；夫妻两人这一天可以收入八九百元，她随手指了指旁边那个沉默的年轻农民工。

记者对他们有这样高的收入很是高兴，给她算了一笔账，一天八百元，一个月两万四千元，一年二十八万元，天呀，你们是高收入家庭哟。

"你这个人，哪个算账噻，那些雨天雪天不能干活的钱你给呀？没有活路时的钱你给吗？"川南乡音带着笑声，绽放在工地上。

问起她怎么嫁给她老公的，她说老公看上了她的美人痣，就狂追了她，让她心甘情愿跟他吃苦受累。她喜悦的脸上洋溢着甜美的微笑。

记者看到有的女工还是主力，丈夫们则给她们当助手，给她们递扶木板，拿钉子，而她们稳稳地站在铁架子上，手撑木板指扶钉，当当地敲响铁锤。动作熟练自然，人在脚手架上如履平地。

这些娇小的女工真的就是女汉子，杨青翠搬起比她高的板材，二十几步就送到了电锯案板上。

直到下午6点，从早上6点开始的工作才算结束，如果晚上不需要加班，她们就会好好地洗漱洗漱，打扮打扮。杨青翠脱下全副武装，露出玲珑的小腰，卷起裤腿洗脚，让人看见，她其实是个肤色很白的女工，玲珑的白脚丫，细小的白腿，如果不被阳光曝晒，她应该是个典型的川渝美女。工地附近的职工宿舍区，总会有她们清脆银铃般的笑声，叽叽喳喳的，开始了她们的热闹。

这样的笑容是建筑工地上最美的风景，是她们的幸福。

四

在综保区全景平台接待区域，前来调研考察参观的人们都会收获一个笑容：欢迎您，领导。然后递给你一顶安全帽，递给你一瓶饮用水。笑容真诚大方。

如果你把这个头戴红色安全帽、四方大脸、身材小巧、始终挂着笑意的女子等同于一个普通的接待人员，那就大错而特错了。一份简历，不由令人感叹：自古英雄出少年。

高晓亚，女，27岁，河北沧州人，2015年4月大学期间加入中国共产党，湖南理工大学土木工程专业毕业，2016年7月参加工作，2020年7月起任中铁十七局集团大兴机场综保区项目部办公室主任、项目工会主任、海关卡口工程党小组组长、项目团支部书记。

这个一步步从资料员做起的小女生，竟然担当了如此多的重担和大任。

在项目经理和党支部书记不在的时候，高晓亚当家管理着项目部一百多人，并会把各项工作安排得井井有条，每一项工作梳理得井然有序。她在布置工作的时候，都率先干在前面，小个子就像一面旗帜，指引着项目部的员工，用微笑激励同事们干好每一项工作。

她在日记中这样写道：办公室工作不同于工程技术，更多的是锻炼人的对外沟通交流能力、对内协调管理能力，要具备较高的综合素质。在这一点上，我相信自己会一直为之努力，希望早日成为项目经理的得力助手；在工作和生活中结交不同的同事、朋友，提升业务能力，加强阅读，不断丰富个人的精神生活。

办公室的工作琐碎复杂，接待、协调、材料、组织等，她必须细致；对于负责的项目，工程进度、技术难度、工期要求，以及每一项技术指标等，她要做到心中有数；对于队伍的党团管理，她要做到以身作则，成为同事们的榜样和模范。

年轻有为，是人们对她的赞赏。实际上她知道，年轻有为是自己不断付出和努力干出来的。她懂得，大兴国际机场是京津冀协同发展的中心地带，临空经济区是对外开放的门户，建设过程中不能有一丝疏漏和差错。能参与机场综保区建设，为第二故乡发展添砖加瓦，是她的荣幸，也是对她最好的锻炼和考验。

她有着这样的思想境界，这样的认识高度，并且还在不断提升自己，利用一切空余时间学习建造方面的知识，力争拿下一级建造师资格证书。

她的身上洋溢着青春的激情，绽放着灿烂的笑容，微笑中透露着对事业的追求，闪耀着对未来的希望，展现着奋发向上的拼搏斗志。

综保区工地上，朝阳冉冉升起，最美的笑容绽放，就是盛开在大地上绚丽的花朵，如同朝霞般鲜艳，这或许就是中国力量。

（原载2021年7月22日《中国铁道建筑报》副刊）

幸福的花儿竞相开放

　　这里是一望无际的大平原，天空和大地呈现两个颜色，蓝天下的大地，是一片无垠的绿色。白云是天空的装饰，村居就是大地的点缀。

　　在这辽阔的大地上，在这些美丽的乡村中，一些本应该生活幸福的人，因为多种因素，未能跟随时代前进的步伐，还在贫困线上挣扎，在寒冷的冬天寻求温暖，成为和谐大地上不和谐的存在。

　　春天来了，阳光照耀大地，每个角落开始冰雪消融，阳光在温暖他们，春风在迎接他们，时代在拥抱他们。

一

　　廊坊市大城县臧屯乡十王堂村村民李广源和妻子都是二级智力残疾，没有劳动能力，家庭条件非常困难。在村委会的帮助下，他提出贫困户申请，经过"村评议""乡审核""县审定"几个识别程序，他家最终被确定为建档立卡贫困户。

　　和李广源一样，廊坊市所有贫困户的识别全部按照规定程序严格进行，做到应纳尽纳、应扶尽扶。

　　冰冷的数字在真情的传递中变得温暖。2017年8月，廊坊市严格按照"两不愁三保障"和2016年农民人均纯收入2952元的国家现行识别标准，抽调各级干部18474名，组建工作队3358个，走访农户88.79万户，接受贫困户申请9513户24771人，严格按照"村级评议、乡村两级公示和县级比对公告"的认定程序，秉承"不漏掉一个贫困户，不让一个不符合条件者蒙混过关"的原则，最终确认贫困人口2304户6113人。

　　富裕的家庭是相似的，贫困的家庭各有各的不同。在廊坊建档立卡的

2071户贫困户中90%以上是因病致贫、因残致贫、因缺劳动力致贫，廊坊市针对每户贫困户的致贫原因和家庭状况，制定有针对性的、个性化的、可持续的帮扶措施，衔接对口的扶贫政策和产业，逐人逐户确定帮扶产业、就业岗位，确保所有建档立卡贫困户实现产业扶贫就业脱贫全覆盖。

为进一步做好精准退出工作，廊坊市设计脱贫路径和成效表，由村乡干部和帮扶责任人组成工作队，与贫困户核对脱贫路径和具体举措成效，做到明明白白退出。通过组织工作组入户复核，对重点人员进行抽查，严格程序，精准退出。

目前，全市贫困户脱贫退出"村评议""乡审核""县审定"环节全部完成，共公告退出1364户3885人，加上标注人口110户304人，2018年度确定脱贫退出1474户4189人。到2020年2月，全市累计脱贫1934户4829人。还有379户1284人正在脱贫路上。

他们和其他居民一样，曾经，贫困的帽子压得他们喘不过气来，走在路上低人一等。如今在奔向小康的路上，他们呼吸着自由的空气，尽享平等的阳光。

二

"我腿脚不利索，原来只能靠政府救济生活。没想到，有一天咱也能自食其力。"安次区杨税务乡朱村农民朱文志一边赶着鹅，一边对笔者说。他的神态有了更多的自信，快乐更多地呈现在他的脸上。"一只成年公鹅能卖七八十元，一枚鹅蛋能卖四五元，今年又有5000多元收入。"

对于像朱文志这样有能力、有意愿自主发展特色种养、特色林果、电商、乡村旅游、家庭手工业等产业的建档立卡贫困户，政府积极落实惠农政策，通过项目扶持、技术服务等帮扶措施，帮扶建档立卡贫困户发展壮大产业，实现稳定增收。

产业造血，就业致富。当前，廊坊市已走上了"产业扶贫"＋"就业扶贫"的新路子。市农业局以市扶贫领导小组名义出台《关于开展产业扶贫、就业脱贫攻坚行动的实施方案》，明确提出，要按照"一户一策"的要求，增加建档立卡贫困户工资性、经营性、财产性、转移性四项收入。

对于不能离家离地及劳动力较弱的贫困人口，将其安置到乡村保洁员、垃圾清运员、安全生产协管员等公益性岗位工作，签订就业协议，实现就地就近就业。霸州扶贫办为该市大河庄村贫困户郭争争安排了公益岗位，在当地一家企业做保洁，目前月收入2000元，实现稳定增收。

此外，他们对于没有劳动能力或劳动力较弱的建档立卡贫困户，通过流转承包地经营权、闲置宅基地使用权等措施，使其获得稳定收入。同时，科学、合理、合规使用扶贫专项资金，确保建档立卡贫困户获得稳定收益。截至目前，全市实施产业就业扶贫2071户，实现了100%全覆盖。

三

天地有大爱，人间存真情。一方有难，八方支援，这一中华民族的优秀传统在今天的廊坊脱贫攻坚工作中被演绎得淋漓尽致。社会各界为贫困户实现早日脱贫纷纷伸出援助之手，八仙过海，各显其能，汇聚了打赢脱贫攻坚战的磅礴力量，构建了全社会"大爱抓扶贫"的良好格局。

"我的沐益泽小康榨油坊开业了，有了固定收入，日子肯定会越来越好的。"近日，安次区码头镇大益屯村建档立卡贫困户李国术家喜事临门，布雷博（廊坊）惠联制动有限公司捐赠了价值3万元的全套榨油设备；艾润堂公司送去了价值2000元的花生原材料。

李国术全家5口人，妻子是智力残疾四级，女儿上初三，家中还有年长的老母亲和智力残疾的弟弟，作为家里的唯一支柱，李国术心有余而力不足，家庭条件十分困苦。

自脱贫攻坚开展以来，安次区辖区广大企业充分弘扬扶危济困的高尚风格，担起社会责任，积极奉献爱心。富智康廊坊精密电子有限公司等80余家企业与建档立卡贫困户结成帮扶对子，226户贫困户每户有1家企业帮扶。安次区利用宏泰市镇发展有限公司、龙茂华园区投资有限公司两家爱心企业主动捐助的2000万元和全区干部职工捐助的100万元，建立区精准帮扶暨城乡困难群众大病救助基金，为广大贫困户及低收入群体构建起坚实保障。截至目前，全区企业共拨付28笔818万元，切实发挥了救急救难作用。

先富带后富，共奔小康路。"残疾人也能自食其力。残疾人也能为社会作贡献。"自身也是残疾人的德尚雕刻厂厂长宋建康，是当地的致富典型。他为贫困群体免费传授雕刻技术、安排住宿、提供原材料和工具，多次开办针对残疾人的免费培训，并提供就业岗位。自2015年至今，已有400多人免费学到核雕技术，吃上了手艺饭。

在扶贫攻坚过程中，廊坊市还坚持把精神扶贫与物质扶贫相结合，注重激发贫困群众内生动力，全面提升贫困群众"精气神"，帮助群众立下"脱贫志"。对有劳动能力和就业意愿的贫困人口，通过鼓励企业吸纳、灵活就业、开发扶贫专岗安置等多种渠道帮扶就业。截至9月底，16至65周岁有劳动能力和就业意愿的1222人全部实现就业。

谁也不想拥有残疾的身体，谁都想过正常人的生活。他们对于幸福的渴望比常人更为强烈，他们的渴望只不过是过上有暖有饱的日子。如今他们拥有了，他们体会到和谐社会幸福阳光的温暖，他们时常在梦中笑醒，这曾经是多少年前的梦想啊。

四

昨日贫困今日暖，未来幸福有长远。着眼于后三年与三年后的扶贫脱贫工作，廊坊市进一步完善社会救助制度，将支出型困难家庭纳入贫困户范围，统一制定了城乡低保等多项社会救助标准，为濒临贫困边缘的家庭和人群建立防贫机制，有效降低贫困发生率。

王金利夫妇是能干的中年人，在外打工的同时家里还种了6亩地的果园，收入稳定，一对儿女聪明可爱，是村里羡慕的幸福之家。然而2016年，儿子王铮被确诊为白血病，治病要花100多万元，沉重的医疗负担让这个家庭陷入了困境。和王金利的情况一样，现实生活中，一些家庭虽然总收入超过最低生活保障标准，但医疗费等刚性支出过高，很有可能滑落到贫困线以下。对此，安次区积极探索谋划出台的保险防贫新机制，为低收入群体构筑起多重保障。

保险防贫新机制面向全区广大农村建档立卡贫困户、不稳定脱贫户和城乡非建档立卡低收入户，进一步扩大施保范围。主要是按照每人享受20万元保险金的标准，为困难群众购买商业保险，用于救急救难。设立防贫预警监测线，由保险公司会同建设、卫计、教育等部门，对全区低收入群众的医疗、入学、灾情等方面费用进行大数据分析，划段预测、抽样调查，分类评定防贫监测线。

脱贫是目的，防贫是关键。廊坊市出台《关于建立精准防贫机制的实施意见》，防范贫困人口新增风险，有效控制贫困增量，为全市贫困群众和非贫群众建立坚实的防贫保障。

　　廊坊市在确保贫困人口高质量脱贫的同时，对存在返贫风险和致贫风险的重点群体，抓住因病、因学、因灾等致贫返贫关键因素，分类制定精准防贫办法，有针对性地进行扶持和救助，建立近贫预警、骤贫处置、脱贫保稳的精准防贫机制，有效防贫堵贫，为坚决打赢脱贫攻坚战和全面建成小康社会奠定坚实基础。

　　扶贫回访发现，各家各户都在致富的道路上轻装上阵，幸福的花儿已经开满心间，也开满祖国大地。

（原载2020年第8期《中国扶贫》）

阳光灿烂

——富平纪行

我们到达陕西渭南市的第二天，东道主渭南日报社便安排我们去富平看一看。

从淡村镇中合村走出的少年

中原天灾苦，秦川粮草足。中合村，是一个几百人的村落，光绪八年（1882年），因为灾荒，富平县淡村镇中合村从河南邓县来了一家老小。他们到了这个村以后，很快以他们的勤劳善良，与当地百姓打成了一片，当地人们也很喜欢这户与人为善的中原人家。他们在当地辛勤劳作，终于有了殷实的生活，子孙繁衍，人丁兴旺。一晃几十年过去了，1913年10月15日，这户人家又增添了一名男孩。

高山风雨育苍松，自古英雄出少年。这名男孩从小受到了来自家庭的良好教育，很快就成长为一位坚强的少年，小小年纪就能够对当时社会的不公平现象进行深入思考。1926年，年仅13岁的少年在富平立城学校加入共青团，1928年考入三原省立第三师范，因积极参加爱国学生运动被国民党反动派关押，反动派对他的威逼利诱和严刑拷打反而铸就了他钢铁般的意志。在狱中，他被组织转为中共党员，此后走上了职业革命家道路。

原始的磨盘和石碾，曾经用过的镰刀与农具……我们好像看到少年头顶烈日，在田间地头挥汗如雨。在这名少年的故居里，件件物品感人心，例例史实励人志。艰苦的生活，给了他更多的思考：越勤劳越善良的百姓为什么反而生活得更加贫穷和艰苦？

饱读诗书为中华，革命足迹遍天涯。他32岁主持西北地区工作，37岁出任中宣部部长，46岁任国务院副总理兼秘书长，负责国务院日常工作，后来又成为改革开放的先行者和实践者，他主持广东工作时，正是党在历史上具有划时代意义的十一届三中全会前后。

年少胸怀家国志，终生操劳为国忙。故居里展示了少年光辉的一生，彰显他89岁的人生履历：勤奋为民、赤胆为国的卓著功勋。

在故居前面是他的铜像：他正雄姿英发、豪情壮志地向未来走去。他就是后来杰出的无产阶级革命家、思想家、卓越的党和国家领导人——习仲勋同志。

在怀德公园里长眠的老人

当日，灿烂阳光，我们又来到了富平县城外不远的怀德公园。公园里绿树成荫，鲜花盛开。公园里有一条路与别的道路不同，这条道路是由红色橡胶铺就，我们走在这条橡胶路上，没有一点儿声响，让我们也随着脚步安静下来。

橡胶道路尽头是一尊巨石雕像，雕像上的老人神态安详，洞察百姓生活的目光炯然遥望前方。雕像旁边，是毛泽东同志对他的评价：党的利益第一位。当然，熟悉党史的人还知道，毛泽东同志对他的评价先后有五次之多："他比诸葛亮还厉害""从群众中走出来的群众领袖""已炉火纯青""他是一个活的马克思主义者"……充分说明了这位老人的才能、品质、贡献、功勋都是一流的。

花红树茂绿成荫，先辈光辉照后人。对于老人的卓越贡献也无法用语言一一表述。只有这些苍松翠柏伴随老人，只有这些鲜花绿草在聆听。前来的游人都在向老人敬献花圈和宣誓，铭记老人的丰功伟绩。

整个公园很安静，没有喧闹，好像不忍心打扰老人的长眠。他太累了，他从13岁参加革命，到80岁离开工作岗位，将近70年的革命生涯都在为人民服务。偶尔有几只鸟儿在鸣叫，似在呼唤老人醒来，再看看这个美丽的世界。

老人所安息的公园于2005年5月作为红色旅游景点正式对外开放。2015年3月，公园被中宣部命名为全国爱国主义教育示范基地。在这里安息的老人就是前文中叙述的少年——习仲勋同志。

让人留恋的富平风物

我带着崇敬的心情离开了怀德公园，漫步在富平县城的街上，欣赏这个小城的风貌。街宽路净，人流熙熙攘攘，人们的脸上都如今日灿烂阳光一样，满含笑意，幸福感从心底流露。

富平县隶属于陕西省渭南市，位于陕西省中部，关中平原和陕北高原的过渡地带。因取"富庶太平"之意而得名，是华夏文明重要发祥地之一，早在人类文明尚处蒙昧的远古时代，中华民族的人文初祖黄帝就曾采首阳之铜铸鼎于县南荆山之巅，故富平自古即有"关中名邑"的美誉，并因此而扬名天下。

午餐是东道主安排的特色美食。九眼莲、富平尖柿、富平琼锅糖、富平麻食等让我们胃口大开。

富平九眼莲远近闻名。"九眼莲"节长尺半，洁白如玉，胖若儿腿，手感沉实，切开九眼，薄如蝉翼，生吃熟食，入口无丝，脆嫩香甜，鲜美爽口，荷叶包裹食品，清香扑鼻，保鲜耐储。富平的莲藕有九个孔眼，环状排列，故称"九眼莲"，为藕中极品，为历朝达官贵人进献皇宫的贡品，是富平人款待亲朋、结交挚友的礼遇象征。

富平尖柿已有两千多年历史，最初作为观赏树木栽植在宫殿寺院的庭院内，供皇帝、达官显贵、信徒、香客等游玩观赏所用。到南北朝时期，逐渐由庭院布景转向田边地头栽植。境内百年以上的柿树屡见不鲜，曹村镇马家坡附近唐顺宗丰陵的西侧，生长着一棵树龄有一千多年的"柿寿星"，每年还可采收鲜柿一万五千多斤。明朝时，民间已有用尖柿制作柿饼的习俗，明清两代曾为贡品，"富平柿饼"从那时起便声名鹊起，成为名贵特产。

午餐的主食里有一道香、酥、脆的"太后饼"，服务员给我们介绍起"太后饼"的来历。相传，汉文帝刘恒的母亲薄太后经常由长安来此省母，随行御厨将烤饼技艺传授给当地村民。从此，汉宫烤饼落户民间，故取名"太后饼"。两千多年来，这一烤饼技艺世代相传，延续至今，成为地方名食。

物产丰富，政通人和，无愧"富平"。在回程的路上，车外次第的高楼和绿树飞速地向后闪去，这次富平之行，感慨颇多，老一辈无产阶级革命家带领无数先烈打下今日江山。习仲勋老人不仅对革命作出了巨大贡献，他还为中华民族培养了一位优秀的儿子。如今，他的儿子正带领中华民族走上复兴之路，在这条路上，梦已经不再遥远，虽然还有无数风雨，但是雨后阳光更加灿烂。

（原载2018年6月29日《廊坊日报》）

一棵梨树的酸酸甜甜

一

一个人对食物的喜爱是从味觉开始的。

朱靖常也是。

朱靖常是安次区草厂村人。他出生三天没有吃上娘奶，是奶奶忙上忙下用熬出的冰糖雪梨汤平息了他饥饿的哭声，撑开他的小肚子，敲起来嘭嘭响。瘦弱的娘第四天才挤出几滴奶水，即便有了温热的娘奶，朱靖常对冰糖雪梨已在味觉里打下烙印。母乳的香甜不能止住他的哭声，一勺冰糖雪梨送到小嘴上，那甜丝丝的气息像灵丹妙药，刚才还哭声震天的屋子，一下子变得鸦雀无声。

那一年是1944年夏天，庄稼青黄不接。朱靖常还有两个姐姐，这个盼望已久的男丁到来，让一家人的喜悦充满了朱家前后两个大院。

那个时候的朱家，家底已经丰厚，有土地200亩，100亩种粮食，100亩种梨树。家里雇用了6个长工，3个种庄稼的，3个打理果树的。农忙的时候，一起忙乎粮食，果实丰收了，一起忙乎梨果。

说起朱家这份辛辛苦苦积攒起来的家业，还得从朱靖常的高祖父也就是他爷爷的爷爷朱怡鸣说起。

草厂村的朱姓源自明朝，燕王扫北后留下大量的朱氏官兵屯田稳定边疆，到了朱怡鸣这一代已经是大清朝。朱家非常贫穷，吃了上顿无下顿，皇室朱氏后裔只能是精神上的自豪与安慰。鸦片大行其道，清朝在腐朽和没落中风雨飘摇。距离北平和保定直隶府很近的农村，穷人家的男丁有的选择变成半个男人，去清朝宫里做事，俊俏女子在怀孕生产后有的去大户人家当奶娘。为了生计，朱怡鸣的父亲也想让他净身后去宫里，因为贫穷，什么大明朝皇室血统的尊严也顾不上了，朱怡鸣却在那个黑夜跑了出去。一直跑到赵县，在一家种梨大户家里做了扛活的长工，一去就是八年。

赵县，是雪花梨的种植大县，有两千年的栽培历史，很有名气，出产的雪花梨为历代皇家贡品。

八年后的冬天，草厂村的朱家人以为这个外出当长工的男丁已经不在人世。没有想到，朱靖常的高祖父赶着一辆马车，带着一车树苗，还有个押车的年轻女子回到了草厂村。这个女子就是朱靖常的高祖母。扛活的东家见朱怡鸣踏实勤快，人又年轻，一膀子好力气，还掌握了梨树的种植养护技术，自己的小女儿又喜欢，就把他招赘为女婿。朱怡鸣惦记着草厂村自己的穷困父母，做通岳父一家人的工作要回草厂村，岳父要给一千大洋做嫁妆，朱怡鸣说有一车树苗就够了，金子银子总有花完的时候，一车树苗就是用不完的财富。

朱怡鸣用自己的积蓄置办了10亩地，用那一车梨树苗育种，种了200多棵梨树。朱怡鸣为自己家过日子更是不要命，把在岳父家学到的梨树栽培技艺全部用到自己的一亩三分地上，那200多棵梨树竟然非常争气，桃三杏四梨五年，第五年的时候，梨花雪白如海，成为安次县的春天雪景。梨果争先恐后在枝叶里抛头露面，果大腰圆，像一串串葫芦，外皮浅绿变浅黄，瓤子雪白雪白，从酸甜变蜜甜。朱家每次收获了梨果，就运往周边的县城、保定府和天津卫销售，时间长了，朱家的梨成为直隶总督府的专供品种。这样，安次县从朱怡鸣这里开始，就有了大规模种植雪花梨的历史。

朱家艰苦创业的历史与雪花梨血脉相连并一代代传承下来，朱家人也就拿雪花梨当成了宝贝。朱家传宗接代的几代女人也都是用上千斤雪花梨作为聘礼，娶回来的媳妇。

到朱靖常父亲朱简生这一支，当家子弟兄有十几个，一代代如同梨树一样分枝分权。坚持把梨树种下来的，也只有朱简生，整个村落里，除了朱家，就不再有成片成林的梨树园，有的只在房前屋后和院子里零星栽种几棵。在庄户人看来，粮食才是根本，才是正经营生。朱简生一家奉行半梨半粮的农耕生活，用粮食填饱肚子，用果实发展经济，日子在村里上百年不曾衰败，但是也发达不到哪里去。

二

朱靖常会爬了，家里人给了他一枚铜钱、一项官帽和一颗梨子，代表经商、当官和种地三层含义。结果那油绿带着浅黄的梨子，吸引了属相猴子的他，父亲朱简生摇摇头，这孩子，不会有大出息，只能像偷吃蟠桃的孙悟空，做个偷吃梨子的"弼马温"。

朱家因为梨树而繁荣的历史是奶奶讲给朱靖常的。他还知道奶奶是用500公斤梨和10石麦子娶回家来的，母亲是朱家的丫鬟，父亲的第一房妻子因为难产败血症而死，奶奶又用500公斤梨果和50公斤麦子将母亲娶回朱家。

小时候，父亲朱简生经常不回家，父亲在村里被迫给日本人做了几年事后，又被迫给国民党军队做事。那鲜亮的梨子在饥饿的年代，很有诱惑力。朱靖常喜欢和管理梨树的几个长工玩，那几个长工也喜欢朱靖常，给小家伙骑大马骑脖子，带他上树，小家伙的欢笑声灌满了那片果园。

淘气的朱靖常整天在梨树园子里玩，和小伙伴们追蜂逐蝶，梨花的雪白，梨果的清凉，是一个孩子心灵里的美好。在幼小的心中，雪花梨是世上最好的水果，苹果的甜是涩甜，桃子的甜是浓甜，只有梨子的汁水像清澈晶莹的水晶，滋润得他的心里凉爽爽的，他在耳濡目染中也知道了一些梨树的栽培管理技术。

收获的季节，朱家院子里堆积着像山一样的梨果，今天移走一山，明天又搬回来一山，朱家人脸上都笑开了花，笑容像开了口的梨果，雪白又甜蜜。朱靖常围绕着果山跑圈，跑累了，就拿起一个梨子来吃。咔吧咔吧，声音脆着呢。外面运梨果的马车排着长队，等待装车，这样的场面要持续一个月的样子。

朱家不仅会栽培梨树，还很善于储藏梨果。老朱家人在多年的梨树种植中摸索出一套实用的储存方法。斜口挖入曲径通幽的地窖，这样可以防止空气直通对流，撒上少量的石灰，用于干燥，减少地窖里的湿度，用小块的塑料将没有任何损伤的梨果包裹严实，储藏的梨果必须在七成熟的样子，不能熟透了，把果梗留在外面，用于梨果呼吸空气，挤出里面的空气，一个个放在柳条筐里。这样人工储藏的梨果保质期能达到6个月之久。从第一年的冬藏开始，可以储藏到明年的春末。

一年三季，朱靖常都能吃上冰糖雪梨。

日本鬼子跑了，国民党跑了。解放了的草厂村实行土地改革。朱家200亩地，变成了10亩土地和10亩果园。曾经的花果山一样的果园一下子就有了很多农民进入耕种。少年的朱靖常有些不解。父亲朱简生说，以前他们是剥削阶级，应当把土地分给更多的穷人。

　　长工没有了，爷爷去世了，前面的院子分给了村里人，院子里的地窖也被踏平了。他知道，不会像过去那样有更多的梨子吃了。

　　很多农民不会摆弄梨树，加上朱家梨树园子年代久远，结果率并没有过去那么高，有些果树过早进入衰退期，有的农户就将分包的梨树砍伐。一百多亩的梨树园东一块西一块地散落，成为土地上绿的黄的补丁。

　　上学以后，朱靖常懂得了什么是剥削阶级，朱家占有了太多的土地，让更多的人失去了土地。他为自己是剥削阶级的后代感到耻辱。那一山一山的梨果，并不是什么快乐和美好，而是剥削阶级的罪证。

　　"你们家的梨，都是压榨贫苦农民的血汗才长那么大的，劳动人民的心血供养了你们。"这些批斗父亲的话语，通过大喇叭钻进他的耳膜。朱靖常感到那些梨子不再可爱，不再甜蜜，虽然吃进嘴里还是甜的，感觉却多了酸涩味道。

　　受了小朋友欺负的朱靖常回到家责问父亲，你为什么要剥削别人，父亲也是有口难辩。

　　和朱靖常玩得好的，就是同一个街上的小男孩杨爱谷，杨爱谷有个妹妹叫杨爱霞。杨家也是穷得揭不开锅的贫农，分田分地时，他家也分到了地。朱靖常心里很开心，别的小朋友分他家的地他不高兴，唯有杨家分他家的地他高兴，就像他平时将家里的梨子带给杨爱谷和杨爱霞一样开心。

　　父亲朱简生在批斗中多少次想把那片梨树园子砍掉，但对于一个与梨树有了深厚情结的朱家人来说，又怎么忍心呢。梨树如果养护得好，可以活到200—300年，里面很多梨树比他们全家人的岁数加起来还大。如果梨树不结果了，锯断老枝，重新嫁接新枝，有的梨树都是爷爷、父亲、儿子、孙子同干同根，就像他们朱家人，爷爷、奶奶、父亲、母亲、儿子同院同生活，一茬茬的梨果给了朱家人生活的希望和快乐。

　　出来混，迟早都是要还的，父亲得到了惩罚。因为朱家地窖藏过抗日游击队队员，朱简生才得到了免死之罪。被带走的时候，他告知朱靖常母亲，千万要留住那几棵梨树，他死了要埋在朱家的梨树园子里。

　　朱靖常的奶奶也老去了。大姐嫁人走了，家里就剩下母亲、二姐和他三口人。"地主崽子""劳改犯的儿子"这一顶顶帽子压得他喘不过气来。小学三年级上完，朱靖常看到母亲和姐姐如此辛苦，就不再上学了。他有时候怨恨起父亲，他们家为什么要种这么多梨树？

　　朱家，因为梨树而兴，因为梨树而败。

朱靖常恨那些梨树，但是他又爱那些梨树，是那些梨树给了他甜甜的童年，让他的童年比别的小朋友幸福和甜润。

三

甜蜜的童年过后，便是苦涩的少年。割资本主义尾巴开始了，朱家仅存的十亩地300棵梨树遭到了无情砍伐：那是资本主义流毒，必须清除，大饥饿年代，人们都吃不饱肚子，还能留下封建主义尾巴？封建主义尾巴也好，资本主义流毒也好，都要铲除。朱靖常一家人，眼睁睁地看着那300棵树被砍伐，母亲好几天吃不下饭，院子里的四棵梨树树龄五十多年，十几米高，树冠把院子遮挡得严严实实，在炎热的夏季是最佳的凉篷。因为母亲的苦苦哀求，孤儿寡母的艰难，使生产队决策者动了恻隐之心，梨树才得以保留。

朱家的梨树留下了几根"血脉"。公有化以后，朱家和村民一样不再有半亩田地，土地上的甜蜜成为回忆，朱家院落里不再有丰收的梨果，青悠悠堆成小山。那饱满如同女人乳房的青梨，存在了朱靖常的回味里，十多岁的他成为生产队里最小的农民，每天跟着大人到田地里牵驴饮马。

他对梨树再也恨不起来了，生死在天，富贵由命。人人平等的发展道路，劳动者丰衣足食。这是他们老朱家必然的经历，他和家里人的思想在改造中得到转化。朱家人再不敢提自己是明朝皇室的后代。

朱靖常每天下地回到家都要倚靠在梨树下坐上十几分钟，享受梨树带给全家人的阴凉，后背痒痒了，就在树干上蹭蹭，一家人在梨树下乘凉，在梨树下吃饭。

第二年春雪过后，树木都开始发芽，朱靖常也在盼望自己院子里的四棵树开出雪白的花朵来。然而，距离院门口较近的一棵树迟迟不开花，剜割下一小块树皮，里面全然干枯，没有任何因由地死了。母亲说，灾年怕是要来到了。

果然，从1958年开始，连续三年大旱，庄稼颗粒无收，饥饿的人们开始挖草根，揭树皮。野外的吃完了，开始吃房前屋后的草根树皮，朱靖常一家也是如此。一家三口看着院子里的三棵梨树，眼泪往下流，怕是这树也要保不住了。

果然，饥民们冲进朱家，要砍伐这三棵梨树。母亲说，给它瘦瘦身，好歹给梨树留一条命吧。把周围的树枝树叶砍下来，撸叶揭皮，又是那个生产队队长带领着人，砍下了500公斤梨树枝叶和幼小的青果。每家分了5公斤树皮叶子和青涩的果子。

被砍的三棵梨树，原来是"勾肩搭背"的好哥仨，枝繁叶茂，青绿油亮，现在成了互相遥望的干瘪"老头"，向上的几根树枝带着枝叶，如同戴了一顶绿色的薄皮帽子，砍口流出很多汁水，朱靖常认为那就是梨树因为伤痛流出的眼泪。院子里一下子豁然开朗，阳光干热地照射进来，刺得朱靖常睁不开眼睛。

那个砍枝场面，朱靖常记忆犹新。那天，母亲让他上树给三棵梨树包扎"伤口"，用塑料布包好砍口，不让砍口里的水分蒸发。在包扎完第三棵树的时候，朱靖常不小心从树上摔了下来。髋胯骨一阵疼痛，躺了一天后，又和正常人一样。那一年，他才17岁。40年后，朱靖常无缘由地瘸了腿脚，到医院检查，髋骨有骨裂，年轻的时候没有对接长好。老伴儿杨女士说她千挑万选，最后嫁了个瘸子，这是后话。

四

朱靖常童年的小伙伴杨爱谷在夏天玩水，差点儿淹死，救上来后，已经人事不省，是村里懂得急救知识的赤脚医生将其救活。但是因为呛进去很多水，肺部始终不见好，现代医学为之定义为吸入性肺炎。一到冬天，咳嗽厉害，朱家的梨果成了救命的良药。雪花梨具有清心润肺、利便、止咳、润燥清风、醒酒解毒等功效，传统的中药"梨膏"就是用雪花梨配以中草药熬制而成的。喝下一碗冰糖雪梨，就能够气血畅通，朱家每年冬藏的梨果，卖给了杨爱谷家治疗肺病。杨爱谷在23岁的时候，又查出血液病。血液中的白细胞大面积异常，在25岁的时候疫亡。

孩子小的时候，可以东家串串，西家走走。后来长大了，男女青年见面就不是一件容易的事情，杨爱谷在冬天哮喘厉害的时候，朱靖常还可以随时去杨爱谷家送梨送梨汤，见到喜欢的女子杨爱霞。杨家女子就像雪白的梨花一样耀眼美丽。虽然他们玩得很好，但是杨家不可能把一个俊俏的闺女嫁给一个地主儿子。朱靖常的姐姐因为地主子女的身份，那么漂亮的一个高大女子，只能嫁给邻村的断掉右胳膊的青年，好在朱靖常这个"一把手"姐夫对她姐姐还好，朱家人无奈之中有了一丝欣慰。

杨爱霞懂得朱靖常的心思，她知道从小到大，朱靖常偷给她不少梨果吃，还有那些清凉凉的冰糖雪梨汤，但是她不能够到朱家去当"地主婆"。她一个大姑娘怎么能嫁给地主儿子，而且她还是村里的团支部书记，好说不好听，她也忍受不了村里人的闲话。她的想法就是靠着在铁路上班的父亲，也要到北京去上班。因此，她拒绝了很多家庭派来的媒人。他的父亲只是一个跑长辛店到廊坊的普通铁路职工，哪有那个能力安排女儿的工作？杨父托人努力了好几年，给杨爱霞的答复就是，去了也是黑户，还没有工作。那么多返城的知青都要去扫大街，要么在家待业，不可能有她的工作。

朱靖常顶着地主儿子的帽子，没有媒人上门，也没有姑娘愿嫁，他虽然喜欢杨爱霞，但是自卑的他始终不敢开口。一直拖到了32岁，杨家女子也迟迟不能走出农村去，在30岁的那一年，终于认命地接受了现实。那个年代的农村终于见证了晚婚晚育的一对夫妻。朱靖常对杨爱霞的表白就是，一辈子对她好。杨爱霞说，她一辈子也不会嫌弃他这个地主儿子。

小两口就在梨树下，在那个"抓革命促生产"的年代里，过着苦中有乐的甜蜜日子，很快，梨树下又有了欢声笑语，一儿一女来到了这个世界。院子里的老梨树结出的梨果同样又温暖和甜蜜了朱家后人的童年，让他们的馋虫得到解放。

朱靖常的父亲朱简生入狱26年后得到释放，父母、儿女和他们两口，全家人在梨树下有了团圆。

朱简生在狱中的时候，正值国家贫瘠，生产力低下，物资奇缺，做梦都想吃一只梨子，每天都惦记着家里几亩地的梨树怎么样了，那是祖辈传下来的基业，和梨果打了大半辈子交道的人竟然馋得要命。回到家中的秋天，见过老伴儿见过儿子，见了儿媳见了孙子孙女。最后是抱着老梨树痛哭，用拳头砸那树干，砸得老拳肿胀血流，一生的命运都因为梨树而悲喜，因为梨树而成为汉奸成为地主。梨子是甜，但是甜在身外的苦难只能用一生来体会。

他爹，吃几个梨子去去火吧。在老伴儿的安慰下，朱简生不管不顾，一顿狂吃，恨不能把26年没有吃过的梨子补回来。他脾胃虚寒又一把年纪，吃梨更是火上浇油，终于在出狱后的第四年，离开了人世。

五

1978年的夏天，大雨滂沱，电闪雷鸣，一个炸雷，正房门前将近20米高的那棵梨树被一劈两半，劈下来的大树枝还把房檐砸碎了，一抱粗的树干成了白花花的利剑，刺向风雨中的天空。

怕是又要变天了。朱靖常对自己说。那棵见证了朱家的兴衰，积蓄四代人的希望和梦想的梨树就这样被雷公击中而亡，难免让他和家人一阵酸楚，小儿小女没有见过这样大的雷，没有见过这么可怕的闪电，吓得紧紧藏在他的身后。

他们家的地主帽子被摘掉了！朱靖常的母亲，那个76岁的老太太踮着小脚丫，拉着他和媳妇跪在院子当中，老泪婆娑，向着老天磕头。天晴了，压在他们头上30年的帽子被摘走了，全家人高高兴兴地祭拜了祖宗，吃了一顿好饭。

重新分地了，朱靖常一家在村东分得旱地6亩和水浇地3亩，一共9亩。

种什么呢？朱靖常征求家人的意见。要不，在水浇地里育上梨树苗，栽上梨树吧？

不！老母亲和媳妇杨爱霞坚决反对。梨树给他们家带来太多的痛苦了。父亲朱简生那辈人的教训怎么能够忘记呢？万一哪天再被割掉资本主义尾巴，再被当成资本主义的苗，把他们家树立成为斗私批修的典型呢？地主帽子再重新戴回来呢？他们家岂不又要面临灾难？

一致的意见就是，别人种什么，朱家也种什么，随大流。

看到百姓谨小慎微，不敢大力发展多种经营，只限于传统农业，政府鼓励农民迈开步子，大胆地搞种植养殖业。万庄乡政府给朱靖常和其他农户免费送去了100棵梨树苗子，让他们种，让草厂村的梨花开如雪海。

面对这100棵梨树苗子，朱靖常一家人不相信这是真的。他问乡里来的干部，以后不会割资本主义尾巴了？不会再给朱家戴一顶帽子吧？当得到的答案是肯定的时候，朱靖常再一次流泪：看来，朱家和梨树的缘分还没有到头呢。

有了政府的肯定，朱家人的梨树栽培技术又有了用武之地。钻进梨树园子里，朱靖常又想起了小时候在梨树园中的幸福和甜蜜，院落中，梨果成山。冰糖雪梨润泽了喉咙和身心，孩子们快乐地欢笑，甜蜜地成长。

朱靖常使出看家本事来管理这100棵梨树。别人栽培梨树都是三十六般技艺，而他却是孙悟空的七十二般变化。拿花期管理来说，就有花前追肥、花前复剪、花朵疏除、人工授粉、花期喷硼、花期防冻、花蝶驱虫等多道工序。看似在画中穿行，享受繁花的馨香，却是管理重中之重，花蝶飞舞，有的花蝶是在产下吃果的虫卵。

虽说有花才有果，面对满树繁花，朱靖常还是毫不留情地"辣手摧花"，疏除过多的花芽。开花消耗树体大量营养，疏除多余的花，使树体营养供应集中，提高坐果率，在花序分离时即疏花，每个花序留1—2朵边花。

防霜冻的方法，除传统的花前浇水和树干涂白外，他还有独家的熏烟防霜法。熏烟能减少土壤热量的辐射散发，起到保温效果，同时烟粒能吸收湿气，使水汽凝成液体而放出热量，提高地温，减轻或避免霜害。他会用锯末、秸秆、柴草、树叶等，分层交错堆放，中间插上引火物，点火出烟，尽量使其冒出浓烟，还不灼伤树体枝干。对于梨树的栽培技术，别人愿意学的，他一点儿都不保留，但是本村的乡亲没有像朱靖常那么耐心，常常因为栽培不到位，管理也不精心，梨树死的死，侏儒的侏儒，种了两年的新鲜后，看不到结果的希望，又还耕复种。紧邻朱靖常家的临地主人，一步一步地紧跟朱靖常的操作方法，和朱靖常一样，梨树在第五年也挂了果，获得丰收。

朱家的日子好像又回到过去半梨半粮的状态，只是远没有过去的规模。种粮食的几亩地成为老伴儿杨爱霞的责任田，他就专心当梨树园的护花使者，忙的时候，两人便互助合作。不过百十来棵梨树的产量也不用远去保定和天津销售。秋季两个月，周边乡镇几个集市就可以把他家的梨果销售掉，一年可以获得两三万元的经济收入，日子像雪花梨一样甜美。对于几十种梨果，朱靖常独爱雪花梨，成了方圆百里雪花梨种植专家。

儿子女儿远没有自己小时候对果园的兴趣和对梨果喜爱的强烈，日子越来越好，零食和水果也多种多样，冰糖雪梨也不再是世间最美味的饮品。儿子女儿读书刻苦努力，比自己小时候学习用功多了，看来朱家栽培梨果的日子在自己这辈就要到头了。儿子喜欢吃梨，对栽培却是一点儿都不感兴趣。儿子总说，有梨子吃，为什么还去想梨树是怎么栽的呢？

六

艰苦岁月如同流年，幸福日子瞬间飞过。转眼就到了新世纪，邻地三亩梨树因为主人全家搬到城市里生活，将梨树园子转给朱靖常打理，这样他有了6亩地200棵梨树，连成一片，浇水锄草，间种杂粮，更为方便。

世界的变化越来越大，让古稀年纪的朱靖常目不暇接。草厂村人挣钱的途径和方式越来越多，盖楼造屋，别墅小院比比皆是，比自己小院高大豪华多了，人们已经把有粮填饱肚子有果换零花的朱家甩到天边。儿子在北京城里也有了很好的工作，女儿在廊坊市里也有了自己的家。家家户户的欢笑不时传到朱靖常的耳朵里来。

他的粮田他的果园也用不着像过去那么繁忙地劳作，他会操作很多小机械，提高劳动效率。

让朱靖常吃惊的不仅是从北京来的105国道加宽变美，还有不远处永定河畔的大兴国际机场的开发建设，几年时间就建成营运。他想不明白的是，人怎么有那么大的本事？一眨眼，高楼拔地起；一眨眼，桥梁铁路飞架南北。机场的飞机从头顶飞过，还能看见机翼上的标识。

面对世界的变化，他感觉自己老了。但面对那一片梨树园子，他又恢复了青春活力，好像面对自己的老情人一样，有说不完的话题，有讲不完的故事，他还有力量打理这200棵梨树。梨花、梨叶、梨果、树干，都会让他精神振奋，梨树园子的香郁像是龙牡壮骨冲剂，让七十几岁的他，耳不聋眼不花，双手还有一把子好力气。只是年轻的时候从树上摔下来，髋骨没有长合好，让他的腿脚有些瘸拐。他买了一辆电动三轮车，可以带着老伴儿下地进园。

儿女有了好的生活，他和老伴儿就这样想着，干一天算一天，直到老死就得了。还有让他想不到的事情，天上的大飞机要带跑他的梨树园子。

飞机飞起来，竟然要把他的家带走。草厂村全部征迁，征迁的还有周边不少的农村，还要把他的土地收走，把他刚盖上才几年的大瓦房带走。

活了一辈子，总要往明白处想，政府征迁有政府征迁的道理。"大兴临空经济区"这个新名词来了，政府要用，都是为了百姓，他哪能反对？让他不能割舍的是那一片6亩地的梨树园子。

不远处的城市高楼，几年后就在草厂村出现。周边还要建工厂，工厂肯定比"草厂"要好，临老临老，还要住几年高楼大厦，过几年城里人的日子。政府给的待遇可是不低，一家五口人可分得两处楼房，还有租房的流转钱。

廊坊通往机场高速的引线连通大广高速，引线将他的6亩耕地和6亩梨树园分成东西两处。梨树园子在引线西侧，在征迁范围之内。那是经过两轮嫁接的优质雪花梨树，个大脆甜，汁多瓤细，果瓤雪白，让人想到白雪公主。

离家念故园，人老惜旧物。院子里的那两棵梨树在沧桑中，随着机器轰鸣而倒塌，让朱靖常和老伴儿杨爱霞流了一天的眼泪。儿子却在高高兴兴地搬着可用的家具，在他心中不断地否定那些跟随了几十年的旧物。

老两口在105国道对面租了一个院子。

七

政府没有亏待他的梨树园子。6亩地给了他102万元。他如果卖梨果要卖上三十年才会有这样的收益。

无人能够理解农民对土地的情结，老有所为的是，高速引线东侧还有6亩地可以耕种。儿子说，老爹实在是想种梨树，他可以买来梨树苗子，或者把那6亩地的梨树移栽过来，让老汉与梨树为伴。树挪死人挪活，太不现实的事情。让他重新摆弄小树苗，恐怕他见不到挂果就去见祖宗了。他摇摇头，算了吧，种点儿粮食有个事儿干就成了。

没了梨树园，朱靖常老汉像丢了魂，每天抢起几公斤重的大铁鞭，上下翻飞，摔得啪啪直响，清脆的响声能传出几公里远，很多年轻人都不能把那根铁鞭抢响。常年的劳动和抢铁鞭，让老汉有一膀子好力气，脸色红润，头上没有白发，只有眼角的鱼尾纹证明他有了一些年岁。

朱老汉还是每天开着电三轮，穿过道洞子，去看他那几亩梨树园子。他总想在梨树园子被推倒之前，好好看看倾注他40年心血的一棵棵梨树。在每天和梨树道别的絮语中，心气渐渐平和，难受劲儿慢慢变淡。人有命树有终，一切都是自然安排。

周围的楼房在快速地被夷为平地，一些树木被挖掘机连根挖走。唯独他的这片梨树园子无人问津，好像被遗忘了似的。

等了几个月，终于有人走近他的这片梨树园，指指点点的，不知道说了些什么。

种树的不叫种树的，叫园林工人。园林工人开着大机器，在梨树园子周围大兴土木，翻土、机耕、整平、铺设管道，好像要重新种地似的。有人画线，有人操平，仪器设备都叫不上名字来，真是现代。干活的园林工人好像对梨树园视而不见，干活都绕过梨树园。

又过了一些日子，围绕他的梨树园，新移栽过来一些花木，还有草坪灌木，和他的梨树园错落有致，林木间还有花草，自动喷灌可以把水流打出老远，像一挺挺机关枪，旋转扫射出一根根水柱。林带里还有一条彩色道路，用于人们休闲走动。

原来这些园林工人建设临空生态秀林，因地制宜利用了他这片梨树园！真好，省时省力节约了成本。他的梨树园变成了花园。春天到来，他的梨树园一片雪白的花海，引领着周围的林木次第开花，紫丁香、连翘、月季、海棠、玉兰、山杏、碧桃、蔷薇、露梅、线菊，种类繁多，从机场高速引线一直到远处的永兴河岸。每种颜色都是一片，绝无杂乱。他不认识那些花，上大学回到乡下的孙子会一个个地用手机识别给他，还是他的梨树园的梨花最壮观，整整齐齐的，像一块白云落在了地上。

梨树园没有被推倒，让朱老汉心里高兴，每天可以乐呵呵地带着老伴儿，来到生态秀林里转悠两圈。

还有让老汉喜悦的事情来了。

"老人家，我们商量决定，生态秀林里的这片梨树还由您来养护。秋季的梨果收入都归您！"

"树木靠养护，才有长久活力，果树更是这样。我们不太懂得梨树养护，所以交给您。"

"真的吗？"老汉知道，一旦卖出去的东西，谁还能白给他使呢？

"老人家，您来养护，我们放心。所以，您还是那片梨树的主人。"

就这样，朱靖常老汉两口儿又回到了半梨半粮的生活状态，每天奔忙在庄稼地和生态秀林里，像打了兴奋剂一样。一晃就是三年，老汉黑红的脸上总是挂着甜蜜的笑容，笑容就像那开不败的梨花。

（原载2022年7月18日，8月1日、8日、15日、22日《廊坊日报》，2022年9月19日中国作家网发布）

茶里乡愁

云烟川酒福建茶，
大田美人洁无瑕。
馨香缕缕愁何在？
故园千里思无涯。

当我把这首诗送给陈金阳时，他的眼睛湿润了。故园对于他来说，魂牵梦萦。

一

七年前，在杭州举行的中国报商联盟大会上，廊坊日报社作为全国报业＋商业经营先进单位在大会上分享了经验。茶歇时，一位很斯文的中年男子主动走到我跟前，索要我的联系方式，期望会后有个很好的交流。那时候，我认识了他，陈金阳，38岁，福建三明人，在上海自贸区从事快消品生意。

"谭老师，《廊坊日报》的经验太好了，在'媒介＋'的今天，全体报人都是商人，全体报人都是销售员。"

"其实也不能这样绝对，采编还是分开的，只不过编辑记者要有经营意识，我们是在经营报业，而不是纯粹办报。报业只有经营才有前途。"

就这样，我们熟悉了，并成为多年的好朋友。

会议期间，陈金阳请我们喝茶，但是喝的并不是我们预想的西湖龙井，而是黑中透红，像牛肉干一样粗长的茶叶，品相绝没有龙井那么细小漂亮。我和报社的同事都怀疑他的真诚，到杭州了，还请不起西湖龙井吗？甚至还让茶馆老板冲泡他自带的茶，只是支付了茶房费用。

南方人就是精明，这是我们对他的第一感觉。我们没有吱声，陈金阳也没有给我们解释喝的是什么茶。不过那茶水味道还是真不错，色泽深黄，气韵迷人，醇香久远，应该是收藏年份不短了。

在言语中，我们感觉到了这个中年人的干练，他希望我们报社能与他合作，把快消品迅速打入廊坊市场。那时候，我们还不知道快消品就是妇女卫生用品和儿童的纸尿裤。

和妇女儿童用品打交道，一个媒体单位经营这些好像有损党报形象，这些产品也上不了纸媒台面。我和同去的报社副社长经过讨论，婉拒了陈金阳的合作要求，拒绝他的也不只是我们一家党报媒体。

"不能合作也没有关系，我们依然是很好的朋友。"我们的委婉拒绝有力，他的真诚也不容怀疑。

那次见面非常简单，就好像在茫茫人海中与人擦肩而过。不过，那个茶的味道却是令人回味。

二

"爸，你看我给陈总带点儿什么合适呢？"

"儿子，你已经长大了，这个事情你可以自己来决定。"儿子接受了我的推荐，他有了很好的实习去处，自然高兴。

"不是，我说陈总有什么喜欢的？"

"我也不知道，反正我知道他是福建三明人。"

第一次和陈金阳见面后过了两年，儿子在福建农林大学第三学年，因为有半年实习期，去哪里实习呢？儿子没有找到合适的单位。我试着给陈金阳发了个微信，希望儿子能在他那里实习，给他做半年免费员工。

"谭老师，不瞒您说，我这里都有二十个实习大学生了。虽然他们不拿工资，但是我要提供免费的食宿，也是不小的开支。"

这样一说，他就像当年我们婉拒他一样，婉拒了我，我的心里有些凉凉的。

"谭老师，让您儿子过来吧。"好像有过几分钟的犹豫。

"太感谢了，太感谢了。"我知道在手机遥远的那一端，陈金阳下了很大的决心。

两个月过后，问起儿子在陈金阳公司的表现，儿子很高兴，说陈叔叔对他的工作很满意，给他报销了福州去上海的高铁票，给他们表现好的5个人，每人每月500元补助。我不由得对陈金阳产生敬意。500元补助和报销车费，在之前，他并没有承诺给我。

对于一个要钱花的大学生来说，500元属于他人生中的第一笔收入，也是企业对他的认可，他有了靠劳动收获的自豪和满足，这也是对他成长中的教育。

我赶紧发微信表达谢意，陈金阳反而对我说起了感谢："谭老师，我应当感谢您教育了这么好的一个儿子。小谭非常聪明，也非常勤奋，他如同我工作中的助手一样，帮助我解决了不少难题，青年学生思想活跃。他有这样的表现，我不能让优秀的孩子'杨白劳'，对吧？"

陈金阳的一番话，改变了我对他精明的印象：原来，福建人也很厚道。

三

那年十月国庆节，儿子回来了。我们很高兴，陈金阳给儿子放了假。

儿子给我带回一盒茶叶和两瓶进口红酒。红酒的包装是那种暗淡的色彩，茶叶的包装是那么明快，山水图案在外观，给人山明水秀之清意，"大田美人茶"几个大字，让我第一次知道大田美人不仅是福建的美女，也是美茶。

"爸，这酒是我带给您的，这盒茶叶是陈金阳叔叔带给您的。"我真的没有想到陈金阳会给我带礼物。

"爸，我去陈叔叔那里实习的时候，听您说他是福建三明人，我就想，福建是产茶大省，铁观音、大红袍全天下都知道，您说他是三明人，我就选了三明大田产的美人茶送给他。他见了这茶叶，愣了一下，很高兴就接受了。没有想到，他又让我把这盒茶叶带给了您。"

转来转去，礼物又回到了自己的手里。陈金阳不仅接纳了我的儿子，还给了他那么好的实习待遇，如今又把儿子送给他的礼物还给了我。这让我心里暖暖的，这个福建三明人竟然如此豪放。

"陈总，非常感谢您，你给了儿子实习之地，还让儿子给我带了礼物，让我受之有愧啊。"我心里的感激无限。

"谭老师，你儿子做事很细心。所有前来实习的孩子，就您儿子给我带来了礼物，说明你儿子情商很高，没有成为书呆子，在工作中，你儿子也很出色。再有啊，你儿子给我带来的大田美人茶，一下子就把我带回到故乡里去了，我就是三明大田人。"

那次的聊天，让我对陈金阳有了深刻的了解。陈金阳十四岁时因为父亲去世，随改嫁的母亲到了江西赣州农村。大田成了他的故乡，离家二十多年，仅仅是回去过两次，后来在上海上大学，在上海参加工作，安家在上海。大田这个给了他生命和成长的地方，成为他人生的记忆。思念大田，思念故乡，成为他久远的梦。

儿子的一盒大田美人茶，就勾起了他无限的思绪。一个在外漂泊的游子，面对故乡的特产，又怎能不感到亲切呢？

我听过陈金阳一席话，惊呆了，我的人生经历与陈金阳竟然大同小异。我是四川绵阳盐亭人，13岁时父亲去世，随改嫁的母亲到河北廊坊文安县农村。陈金阳考大学后落在上海，我是当兵12年后又回到廊坊。两个思念故乡的人成了知己。

四

陈金阳和我一样，离开故乡后，对故乡的情怀像蝉茶一样浓烈。故乡的一草一木都是生命中的记忆和关注。

大田美人茶成了陈金阳的最爱。送朋友礼物，自己喝茶，请别人喝茶都必须是大田美人茶，他说只有那样，才是和故乡在一起。只要美人茶那一缕醇香进入肠胃，他就又回到了故乡。

每当别人问起他是哪里人，他会很自豪地说，他是福建三明大田人，那里盛产美人，盛产茶，还盛产美人茶，些许的幽默给人神秘感，让人神往。他对江西赣州农村的生活经历却只字不提，认为自己只是那里的过客。一个人原来对于给予自己生命的出生之地有着这样刻骨的痴情。

在西子湖畔没有请我们喝龙井的谜底在那个时候才揭开。故乡是我们两个南北朋友共同的话题，乡愁是我们共同的滋味儿。我说故乡的惜纸字库塔，他说故乡的大田美人茶。一个是需要认真品读的历史文化，一个是需要细致品味的自然文化，回味起来都有异曲同工之美妙。

有时候，我们会互相得意起来。我说历史是文化的根，是魂，不能缺失的。他说自然是生活的天，没有天就不会有地。历史和自然是人类不可分割的左膀右臂，是两条走路的腿脚。历史越陈越香，自然越新越美。谁也说服不了谁，友谊就在字库塔和美人茶的交流中得到升华。

实际上，我也是在那时起，开始关注大田美人茶。查阅资料，才知道美人茶确实很神奇。

大田县地理山川秀丽多姿，层峦叠嶂，山青水美，经年的海风吹拂，气候湿润，是盛产茶叶的好地方。大田唐代为江南东道福州管辖，至宋朝"南剑州土产茶，有六般：白乳、金字、蜡面、骨子、山挺、银字，建州土产茶，建安县茶山在郡北，民多植茶于此山……"

大田美人茶，茶如其名，她身着白、青、红、黄、褐"五色衣"，神似飞天的仙女，茶汤呈明澈鲜丽的琥珀色，甘柔醇绵，让人久久不能忘怀。天下之茶无不惧怕虫叮蚊咬，唯有大田人允许一种绿叶小蝉入住茶树间。大田美人茶的"蝉茶一味"魅力，归功于茶小绿叶蝉，喜欢吸食植物汁液的小绿叶蝉，虽是农业害虫，但只有被它叮咬过的美人茶，才能拥有更醇厚、更香浓的蜜味。身体呈浅绿色的茶小绿叶蝉，这个自然界的精灵，竟然成为茶中仙子，它的唾液成为茶的馨香之味。人们在品味美人茶的时候，也就和这个自然精灵在唇齿间交流。

人，只有关注对方所关注，才能成为对方真正的朋友。陈金阳对我故乡的字库塔的了解甚至超越了我，时刻让我感动，这也许就是福建人的执着。

五

"老兄，让你儿子毕业后跟我干吧。"在儿子实习期满，面临毕业找工作的时候，陈金阳发来邀请。

"谢谢兄弟，儿子有他的想法，我作为家长只能建议，不能干预。"我们不知不觉因为故乡，开始称兄道弟了。

"我们福建人是最讲究嫁女儿的，那陪嫁比男方家的财产一点儿都不少。你儿子要跟我干，我会给他介绍一个漂亮能干的福建女孩。"陈金阳打起了糖衣炮弹。

"谢谢兄弟美意，谢谢兄弟高看。好像他已经找到了工作，应聘到上海一家钢铁贸易公司做采购。是你培养了他，他由衷地感谢你呢。"

"唉——那真是太遗憾了，不过大侄儿在上海需要我这个叔叔帮忙的，让他尽管找我吧。"

"那肯定的，到时候，还望他陈叔叔不惜余力。"

儿子从跟随陈金阳做妇女儿童用品，到如今做钢材贸易，一下子阳刚了许多。儿子在谈到陈金阳对他的培养时，这样风趣地说。

那都是陈金阳大田美人茶的功效，让你变得阳刚，让你脱离了妇女儿童。我有时候这样对儿子开玩笑。

六

儿子虽然离开了陈金阳的公司，但我们的友谊像茶一样仍然浓厚浓郁。

每到年节，陈金阳都会给我邮寄一盒大田美人茶，让我能够享受到美人茶的魅力，开水一冲泡，那金黄的色泽一起，我就不堪一击，像中了美人迷魂散一样，被醉倒了。我好像看见大田山水间的采茶女，身着秀丽的古装旗袍优雅地采茶唱歌。间隙，在茶园里弹奏起一首思乡的曲调，在茶坊里演绎着茶艺乡愁。

陈金阳就这样把我变成了大田美人茶的俘虏。

我能回报陈金阳什么呢？我总不能去四川搬一座字库塔给他邮寄过去吧，那字库塔最矮的也有十米高，三层楼之多，万斤之重。

在品味美人茶的美味的时候，总在想如何回馈陈金阳的美意。北方的特产不一定符合他的口味，北方的烈酒，他肯定喝不习惯，北方的牛羊肉制品又太俗气。有时候，我会委托新疆的朋友，给陈金阳邮寄一些鲜果和干果。

故乡的人和事，都在交流的记忆中清晰起来，每一件都在梦萦里。就这样你来我往延续了好多年，围绕着故乡，围绕着大田美人茶。乡愁是我们共同的语言，美人茶是最好的乡愁引子，我们都是离开家太久的孩子。

七

相同的命运，一样的奋斗，让我喜欢上了陈金阳这个朋友。

爱屋及乌，我也爱上了大田美人茶。因为美人茶，乡愁会湿润我们的心灵。

在众多精品茗茶中，我们同爱这个茶中的"贵"妃。她以"三贵"传奇于天下，贵在阳坡净地出生，贵在五颜六香之姿色，贵在情窦初开之品味！

取少许美人茶，置入透明容器，那片片茶叶就像沉睡千年的女子，静卧其中。冲入开水，如同震耳的晴天霹雳，催醒了美人的酣眠，慵懒地伸了伸懒腰，打着哈欠，吹出一口长长的香气，世界开始变得芬芳。终于都醒过来了呀，或坐、或卧、或躺、或立、或仰、或伏、或侧、或浮、或飘、或飞、或舞、或翔，美人儿千姿百态，争先恐后地绽放迷人的魅力，从橙黄、到橘黄，到金黄，到鹅黄，满眼都是诱惑，令人心驰神往。

甜甜的茶汤，尝起来浓厚甘醇，带有熟果香和蜂蜜芬芳，风味独特，不亚于我所在城市廊坊的酱香型白酒。故乡，是一杯烈烈的酒，也是一杯浓浓的茶，茶里是无尽的乡愁。

乡愁几许？就是陈金阳带给我的大田美人茶几许，乡愁滋味就是他思念的故乡美人茶的滋味儿。他说，是去世的亲人们把自己融入那片土地，土地上的蝉茶才有了飘逸的灵秀和钟毓的妩媚。美人茶是亲人，也是故人，品茗就是在和亲人对话，和亲人交流。

我何尝不是呢？遇见一个人是一种缘分，爱上一种茶是一种机遇，惆怅一种乡情是一种交流。我和陈金阳视频对话的时候，我为他念起那首诗，我看见了他的泪。

（此文荣获由福建省作家协会主办的2021年度首届"大田美人茶杯"全国征文优秀奖）

太行石

一

走进这个村庄，你会认为进入了石器时代。远望山坳，绿色的山峦下，古老的石堡依山而建，从谷底一直爬到山腰，在蓝天白云下，散发着浓郁的古韵，反射着浑白色的光芒，与大山的青绿色形成鲜明的对比。太行山中麓的井陉县于家乡石头村就以这样的原始面貌迎接着来人。

石街石巷、石墙石坡、石桥石栏、石楼石阁、石像石塑、石神石佛、石雕石刻、石龛石笼、石磨石碾、石井石窖、石园石廊、石阶石墩、石桩石梯、石门石框、石房石院、石梁石柱、石缸石柜、石锅石灶、石坛石罐、石盖石塞、石槽石池、石椅石案、石床石台、石桌石凳、石锤石舂、石砚石盒、石画石钟、石磬石印、石塔石坊、石刀石斧、石球石砖、石鼓石棺、石冢石碑……没有哪一个村庄能够如此细致地利用每一块石头，村子里没有哪一户不是这样世代代与石头生活在一起，从生到死，石头都与村人血脉相连。

如果说原始社会的石器是粗糙的，那么这里的每一块石头则都被精致地打磨过，物尽其用，成为人们不可或缺的生活器具。石头成为人们生活的全部，这里的人们与石头世代相依。洪荒宇宙、苍茫大地，唯有这里的石头独领风骚，风韵迷人。

石韵风华，温暖于家。石街石巷，人来人往多了，地上石头已经变得黝黑光滑。如果光脚走上去，不必担心硌脚或者扎破脚底。每个庭院里的石器，因为主人的常年使用，变得温润油亮，散发着主人的温度和气息，每一件石器都有了灵性和生命。

温润的石头如同少女的脸颊，细腻光滑；坚硬的石头如同男人的胸膛，沉稳厚重。

多少年过去，古村古景风采依旧，明清建筑完好无损。石头村原名"于家村"，因石多而习称"石头村"。村中300多个四合院无一雷同，各有神韵。除大门的设置有一定规矩外，各家各户可按自己喜好修建。没有了约束，造就了高低宽窄不一的石头建筑群体。古式门楼、黑漆大门与简易木门相邻，深宅大院与柴门相连，古庙古阁点缀其间，村容和街景因此独特。

铺路石多为青灰色，石质坚硬，岁月的摩擦使石头棱角圆润光亮。石路光滑，干爽洁净，走在上面，脚下发出轻微而有韵律的"嗒、嗒"声响，这声音让人心中泛起一股宁静、幽远的情思。站在石街上，环顾四周，与足下石路相连的街、巷、胡同全是青色的石路，两旁全是石头房院，随便推开一扇石门，便又会看到一个石头筑造的小天地。

大自然中的任何一块石头都有自己的呼吸、自己的感情，都在咀嚼一段岁月，蕴藏一部历史，都是一个会思考却沉默不语的精灵。世上没有完全相同的两片树叶，也不会有完全相同的两块石头。每一块石都有自己的性格，每一块石都有自己的灵魂，每一块石都有自己的高度。

正是这样，于家乡的人们对石头就有了更多不一样的情感。

二

于家乡的村落，都散布在井陉矿区西南的峡谷里，所有建筑用的近乎全是石材石料。建村至今已经有550年历史，村民95%为于氏家族，均为明代政治家、民族英雄于谦的后裔。当年于谦之子隐居井陉南峪，留有于有道、于东道、于南道三子。明成化年间，于有道举家迁到白庙山下，靠自己的力量修梯筑田、雕石器、盖石房，营造"于家村"。清乾隆年间于家村达到鼎盛，人口增至1300多人。于有道生有五子，繁衍至今已是第24代传人。

于家村凝聚着中国北方村落光辉灿烂的石头文化，积淀传承了丰富多彩、极具特色的石头文化民俗，保持着明清时期的建筑风格，整个村落是一座规模宏大的天然石头博物馆。

这里的房屋大多是四合院，还有古色古香的四合楼院，沿白色石阶登上石楼，放眼四望，周围是一眼望不到边的白花花的石房石屋，门与门相对，户与户相连。建筑规范明确，东西为街，南北为巷，不通谓胡同。全村共有六街七巷十八胡同，总长3700多米，街巷全是青石铺就，街巷串连的石头房屋达4000多间。

村内最有代表性的建筑要数建于明朝天启年间的石楼四合院了，四合院占地两亩，房屋百间，北高南低，分东西两院。正房下层三室九间，上层开阔明亮。东西厢房是小姐绣阁，南屋是会客厅，整个楼院高大宏伟、气势威严。仅这座宅院在明清两代就走出去12名文武秀才，7人成为各级官员，不愧为于谦子孙。

井陉县所在地太行山区，石多土少，以于家乡一带更为明显。山上薄薄一层土，土层下面是各种各样的山石，石厚土薄，只有一层灌木覆盖，高大乔木稀少，植被脆弱，沟谷里石头遍布。人们像珍惜自己的皮肤一样珍惜这稀少的土层。村里的房前屋后，街角巷尾，用石围成一片片小"地块"，种上蔬菜，暴雨的时候，就努力加固地块周边，防止土层流失。山间的地块也是积土而成，东一块西一块地散落。可以说，就是这片贫瘠的土地养育了世世代代的太行山人。

数百年来，于谦的后人们作为社会最普通的劳动者，以于谦为榜样，继承了于谦刚直不阿的铁骨精神，传承着民族英雄的不朽光辉。

太行山人像太行石一样骨头坚硬。要想让一块石头弯腰、屈膝，除非把它折断、砸碎。不，即使把它折断、砸碎，每一块被折断、被砸碎的石头也不会弯腰、屈膝。

白居易诗云："刻此两片坚贞质，状彼二人忠烈姿。义心如石屹不转，死节如石确不移。"抗日战争时期，这里是百团大战主战场，于家乡的儿女们，于谦的后代们，以自己微薄的力量，支持着抗日战争，和广大抗日军民一道，浴血在太行山上。他们以石为武器，制成石炮、石弹，挖石壕，垒石掩，打击侵略者。在国家和民族的危亡时刻，在中国共产党的领导下，他们践行着勇敢顽强、不畏艰难的革命英雄主义精神；践行着在极其艰苦的条件百折不挠、艰苦奋斗的精神；践行着为人民利益勇于牺牲、乐于奉献的精神。他们如太行石一样，彰显着坚韧的太行风骨和不朽的太行精神。

集石头文化、民族精神、红色教育为一体的于家石头村，成为人们纷纷前往的旅游地。1998年11月被河北省民俗协会命名为"于家石头民俗村"；1999年5月被中国村社发展促进会授予"中国文化民俗村"的称号，荣登中国300个"民俗文化村"之列；后来又成立"于谦研究会"，建成"于谦纪念馆"，将太行石的民族风骨永远传承。

三

千奇百怪的太行石巍峨了太行山，千姿百态的太行石丰富了人们世世代代的生活。

自古太行多奇石，多姿多彩。一石如一花，都有自己的心。不同的是，花开花落，花盛花衰。而一块石，几万年前甚至几亿年前，它就是一块石，再过几万年甚至几亿年，它仍然是一块石。

石心为实，石身不朽。文字与历史刻在石上，文字与历史也因此不朽。

太行山多石。石挨石，石依石，石压石，石拥石，石盖石，石托石，石顶石，石映石……千万块石相拥相聚相挤在一起，这就是大自然之间的爱，相拥就是亿万年，彰显个性与灵魂。

石面对着石，石凝视着石，石倾听着石，石暗恋着石。一块石与一块石成了知心朋友，默默相守，交谈了亿万年。人不懂石语，反正是亿万年的不离不弃。

太行石为石灰石，一块块被山体解离下来，又经漫长岁月的风化、雨水冲刷，地下地表酸性水溶腐蚀，也由于岩石纯度不匀，造成差异溶蚀，去软存坚，便形成了立体纹理，这些纹理具有蚀线交错、平行、弯曲、延伸等变化，构成了沟壑纵横、脉络多向的状态，赋予每块奇石不同的意境，如巍巍太行，像挺立悬崖，状物象形，情趣盎然。

模树石由于含有金属氧化物，被地下水或其他地表水溶蚀，沿着岩层裂隙渗透，沉淀固结于岩石面，呈现出树林状、松树枝状、小草状的图形，造型奇特生动。在白色的岩面上，映着丛丛灰黑色的层层松林，摇曳生姿的小草，婀娜多姿的沙地柏，枝影婆娑的小树枝，景象忽远忽近，忽虚忽实，透视合理，气韵生动，有如神笔绘就的一幅幅令人惊叹叫绝的风景画。模树石图案生动自然，栩栩如生，常被人们误认为是树枝或小草的化石，其实与化石丝毫不沾边。

雪浪石更为神奇，宋代大文学家苏东坡为其命名。该石为富含暗色矿物的岩浆岩或碎屑岩，变质成为片麻状构造，故称片麻岩，在太行山广为分布。其图案丰富，变化奇幻，黑白分明，对比强烈，像北方汉子一样粗犷豪放，气势磅礴。雪浪石顾名思义，如雪似浪，如云似水。如雪者，雪飞浪涌，飞涛走雪；似浪者，波涛汹涌，气势磅礴；如云者，云卷云舒，缥缈奇幻；似水者，飞瀑流泻，水声滔滔。难怪苏东坡先生那么赏识，并为之挥笔命名。

亿万年的地球力量造就了太行山无数奇石、怪石、丑石和秀石。模树石和雪浪石只是太行石中最有魅力的代表。

四

自古以来，人类对石的崇拜与生俱来。

女娲炼七彩石补天，一块被女娲娘娘丢弃的无用石头被曹雪芹写进了《红楼梦》。这块石头因"无材补天"被女娲抛弃在青埂峰下，又四处游荡，到警幻仙子处做了侍者，遇见一株绛珠仙草，日日为她灌溉甘露，后来又被一僧一道携了投胎下凡做人，他就是贾宝玉。那株绛珠仙草也跟了石头下凡，她就是林黛玉。《西游记》中的虚构人物孙悟空是这么出场的："……那座山正当顶上，有一块仙石。其石有三丈六尺五寸高，有二丈四尺围圆。……上有九窍八孔，按九宫八卦。四面更无树木遮阴，左右倒有芝兰相衬。盖自开辟以来，每受天真地秀，日精月华，感之既久，遂有灵通之意。内育仙胞。一日迸裂，产一石卵，似圆球样大。因见风，化作一个石猴。五官俱备，四肢皆全。便就学爬学走，拜了四方。目运两道金光，射冲斗府……"

人人心中都有一块沉甸甸的石头，每办成一件重要的事情心中总会有石头落地的感觉。大事件发生，会说石破天惊，小事件发酵成大事件，会说一石激起千层浪。一个好的想法使人摆脱困境，真可谓点石成金。每个人在生活中都有一个信念，这个信念就是试金石。每个人也正像一颗石头，在生活的岁月中修炼自己，直到离开这个世界。

人类赏石的历史最早可以追溯到18000年前。战国时期儒家经典之一的《书经》中，出现了有史以来第一篇记载石头的文章《禹贡》。文中记载了各种矿物石种并将产于泰山的怪石列为给禹王的贡品，可谓开创了石文化研究之先河。西汉司马迁所著的《史记》中，有"轩辕赏玉，舜赐玄圭，臣贡怪石"的记载。

最早赞美石头的诗见于《诗经》中的《扬之水》《渐渐之石》等。唐代诗人白居易也喜爱赏石并为文作诗，他在《太湖石》中写道："形质冠今古，气色通晴阴……何乃主人意，重之如万金。"明代陈继儒在《岩栖幽事》中写道："香令人幽，酒令人远，石令人隽，琴令人寂。"明代文震亨的《长物志》中说："石令人古，水令人远。"

古人将赏石作为一大嗜好，并将奇石佳品视为宝玉，爱如儿孙，足见古人对奇石的酷爱。不少文人墨客都喜爱玩石、藏石，宋代大文豪苏东坡喜欢收藏石头。宋代书法家米芾更是爱石如命，每见奇石，便叩首下拜，人称"米颠"，并留下"米颠拜石"的佳话。清代文学家蒲松龄爱石藏石，一生收藏奇石无数。

现代许多著名的文学家、艺术家，如郭沫若、张大千、徐悲鸿、齐白石、梅兰芳、老舍等都是奇石爱好者，他们爱石、赏石、写石、画石、咏石。

五

越说越远，充满魅力的石文化与于家乡石头村的石头还有一定的区别。于家乡人以石为生活，同崇拜石文化相去甚远。

于家乡石头村这个国家级贫困乡村，在旅游开发以后，生活几乎没有什么改观，入村参观的人年均不到万人，收入也仅够支付村里打扫卫生和服务人员每月400多元的工资，年轻人走到山外去打工，年老的守着那几片薄地。农家乐院落才十来户，还常常闲置。整个石头村常年空街空巷，人迹罕至。几年后，依然未减贫脱贫。

韩立飞，这个中国地质大学的毕业生改变了小村的面貌。他毕业后的第一份工作在北京国电，从事地矿行业的人都知道，这个单位在全国都是非常牛的权威单位。工作几年，韩立飞勤奋努力，足迹几乎遍布了祖国各地名山大川。

2009年，小伙子辞职下海成立了自己的第一家翡翠公司，2013年创办珠宝加工厂，2014年开拓全国市场，2016年成立石文化发展有限公司，目前给全国50多家珠宝商家提供珠宝批发、珠宝培训等服务。他在南方做石头生意发现，全国多数石文化消费者都是北方人！何不在北方建立一个石头文化市场呢？

小伙子迷石醉玉，痴得胜过爱人。大概是因为对美石美玉那种莫名的情怀，早已融进他的文化基因中。正如《牡丹亭》里说的："情不知所起，一往而深。"

市场主体选择哪里为好？韩立飞2018年初来到于家乡石头村，就深深地被这个地方的文化底蕴和历史传承迷住了，从此开始以于家乡石头村为中心，建设北方的石文化加工交易市场，把历史文化、人文情怀、石头村特色风貌、石材加工融为一体。韩立飞依托国家发展乡村旅游的大背景，立足井陉天路的交通优势，以水滴石穿的精神打造这个市场。

韩立飞成了太行山深处的点石成金人。他把玉石小镇建设方案同当地政府一沟通，马上就获得支持和响应，他的到来无异于雪中送炭，为当地百姓打开了一条增收致富的途径。

太行山有的是石头，大有可为。韩立飞首先给村民确定工作岗位，打扫卫生的，看管停车场的，管理公厕的……岗位工资一下从400元提高到1100元，石头工艺加工工人每月可以挣上2000多元的基本工资。没有工作岗位的村民可以去山里捡石头，在捡石头之前，他给村民们讲石头，很多村民知道了奇石、丑石、怪石和秀石的基本知识。石头捡回后交给韩立飞，韩立飞派专人收购，按照用途、品相、质地、大小定收购价格。村民靠捡石头又有了不菲的收入。

静美的石头会唱歌。韩立飞以及他的团队入驻以后，石头村的青年外出打工的少了，村民都有了活儿干。那些石头在他的"点化"下，成了宝贝。工艺石、建筑石、装饰石、观赏石、雕塑石……无一不体现价值。大至公园的景观巨石，小到人们手上的石手串，太行山里亿万年的睡石，今日终于苏醒过来，唱着歌谣，都有了各自美的去处。

石头村的村民因为韩立飞的"点石成金"术，富裕起来了。两年时间不到，石文化也延伸到周边乡村，更多村民加入韩立飞的企业中来。由于石文化的影响，2019年底游客数量比2017年多了五倍，吃、住、游、购收入翻了三番。

漫山遍野的太行石，如今在于家乡人们的眼中，无异于满山的金子。

（原载2021年第3期《橄榄绿》、2021年第5期《鄂尔多斯》，2022年1月11日中国作家网发布）

一路芳香向远方

丰宁不远，近在咫尺。很多人都在描绘坝上草原的碧绿和苍翠，遥远和空旷。但我始终没有去过，没有去过的地方，可以说就是远方。

今年3月，在一个文学群里认识了一位老兄，他是个诗人，他说，你要不嫌弃我是农民，你可以在这里最美的季节来玩。读了他的诗，给人一种遥远的美好，让你想象无穷。被诗人的豪放和直爽所吸引，在美丽的八月初，我和几个爱好文学的同学成行了，直奔诗人所在地——丰宁县鱼儿山镇。

汽车在燕山山脉中穿行，一路崇山峻岭，山高路险，翠绿的植被掩藏了高山的险峻。远处湛蓝的天边坠下一朵朵灰白的云团，为大山挂上了白色头冠。等车开到近前，那白色头冠又挂在另一处山头上了。

鱼儿山，一个美丽的名字，我们充分发挥着自己的想象力：去看鱼儿成山，满镇游鱼戏水，好不壮观……

穿过隧道，越过桥梁，驰过山涧，旋过山路。我们经过5个多小时，终于驶出大滩高速口。出了高速口，风景变成了另一番模样。大滩往北的道路很是宽阔，漂亮的旅游大道迎接着我们。双向六车道，漆黑的柏油路，路旁是白色、红色、粉色、蓝色的格桑花彩带，彩带外侧是大片大片的油菜花地，我们行驶在花丛中，摇下车窗，一股原野乡风迎面扑来，让久居炎热城市中的我们分外兴奋。远处的青山低矮柔和，没有奇峰，没有险峻，没有高冈，山形平滑优美，像妩媚的曲线一样平缓地舒展开去，像细水一样慢慢地向远方流淌，像轻音乐一样在曼妙的舞姿之中弹奏。山坡上满是青青绿草，放眼望去，犹如碧毯平铺，似有巨大熨斗熨烫过，平平整整，随山的形状似清波漫流。片片墨绿色的森林又给大山打了补丁，使得大山的绿色有了起伏。远处的野花如同漫天繁星，在原野的清风中摇曳。偶尔可见成群的牛羊，让草原有了灵气和生机。

我们在晚上八点钟到达目的地鱼儿山镇，开始感受草原的胸怀以及诗人的热情和豪迈：热情如诗，好客如酒，胸怀如山。在他博学的言语里，有深奥的俄国文学，有多情的印度泰戈尔诗篇，有粗犷的梵高画作，研究得头头是道，让你感觉不到他是个种菜的农民。谈起他对北方多民族的理解，你才知道：北方，他才是合格的主人，只有他的才华激情可与这高亢辽阔的草原相媲美。

第二日的行程尤为紧张。在诗人的描绘中，不远处的内蒙古重镇多伦是射雕英雄铁木真开疆拓土的出征地，也是元朝都城元上都所在地。辉煌的元上都后来片瓦无存，埋没于浩瀚的大沙漠。

我们首先寻找诗人遥远记忆里的黄沙大漠，在松树和沙柳间植的森林里，寻觅许久也未看见半片沙漠，问一路人终得解，就在前方有印迹。一碑矗立，碑前书：总理视察处。碑后为总理题词。2000年5月，朱镕基总理来到一片荒漠的多伦，题词：治沙止漠，刻不容缓；绿色屏障，势在必建。如今这里已不再是荒漠，而是"森林曙色百鸟啼，满目青山凤不离"，"曾为繁华后变沙，江山后人谱芳华"。

几十里外的多伦县城宁静美丽，街宽楼靓，车流、人流，熙熙攘攘，人们生活随意自然。城外远处一石碑证明此处曾经的辉煌：元上都遗址。历史就这样掀过新的一页，江山盛景由当代人主宰和铸造。

一路繁花香如海，草原清风扑面来。汽车在辽阔的草原上飞驰，让人心旷神怡。诗人跟随我的车前行，一路讲解，把我们带进北方民族历史深处，把我们带进草原文化深处。在他的眼里，悠久的草原文化和浑厚的民族风情就是草原的灵魂，虽然他不算是草原人，但他却有着对草原的无限深情。

多伦湖，草原深处的一颗明珠。烟波浩渺的多伦湖，像是一块镶嵌在高山和草原中间的翡翠，山、湖、草原相映成趣。诗人同样是熟悉多伦湖的，多伦湖由七个相连的大小水潭组成，形成两个湖心、两个大半岛、一个沙半岛，已被国家旅游局评为国家4A级景区。2011年，多伦湖被旅游休闲杂志评为中国最美的两个秋日赏景地之一。我们饶有兴致地乘坐了快艇游览多伦湖，驾艇师傅给我们表演了多种惊险刺激的动作，吓得我们连连尖叫。快艇激起的水花时而湍急时而平缓，让我们感受了多伦湖的多彩和温柔，体会着与大自然接触的精彩瞬间。天高水长，阳光普照，空气清新，水体纯净，在青山绿水间，迎面而来的是一种刺激，一种惊险，然后是"有惊无险"后的轻松。在上下起伏中体验生命的动感，在宜静宜动的湖面体会无穷的乐趣，在如山水画般的湖心中品味诗意的人生，真可谓乐趣无穷，让人流连忘返。

多伦湖被赋予了更多的文化内涵和时代特色，秀美神奇的自然风光和浓郁的多伦风情融为一体，成为锡林郭勒草原上著名的旅游胜地。

我们沿着依山傍湖的环湖路前行，多伦湖的美景尽收眼底。

回程的途中，诗人带我们去看了看他的五十亩菜地。诗人所在的丰宁县鱼儿山镇属于半牧半农地带，在公路两侧的山底一般都是庄稼地，远处就是青色的高山草甸了，所以我们能在车行的公路两侧看到一片片油菜花和向日葵。美景时而引我们驻足，停留拍照欣赏，恨不能把这美景全部带走。诗人的菜地里全部种满了菜花，菜花正是壮苗时期，还没有出花，有的已有花蕊了，诗人流露出丰收的喜悦，因为这五十亩的菜花已经被上海的蔬菜物流公司全部订购。真好，我们为他高兴和欣慰。

诗人和我们说起他的过去，其实他经历过很多苦难，但是那表情平常得好像谈论的是别人的故事。诗人今年五十岁有余，精瘦干练，做过生意、贩过马，又种了多年的菜，风风雨雨经历过很多。这些年赔赚相当，勉强维持一家人的生活，大女儿出嫁以后，家里负担还轻一些。小女儿学习不错，这对他来说是最大的安慰。即便是这样，他也坚持写诗，很多诗歌被不少专业的文学网站刊发，还有很多文学组织邀请他参加各种活动和集会，给他名誉，他对这些都置若罔闻，视如烟云。同样，他的才华也吸引了很多文学好友前来请教。在他的诗里，草原的美，令人们无限向往。诗人尽量在农时不忙的间隙接待前来的朋友，以最大努力尽地主之谊。

回望草原，因为有很多人的热爱和坚守，才有宁静与美丽。我和诗人曾细谈，以他的文学才华和矢志不渝的努力，也许可以走出另一条人生道路，他和我说起吾桐树、顾城、海子、殷谦等诗人。他说："他们以诗的美好扼杀了现实的美好，以远方的缥缈演绎了自己的人生悲剧。没有对现实的热爱，怎么会有远方的美好？坚守这片土地，才有源源不断的诗情。"

一路欢笑一路歌，到了和诗人分别的时候。分别时，我认真地端详着这个北方汉子，一张黝黑的脸上满是善良和真诚，深邃的眼睛里满是才情和诗意，一双粗糙的大手满是坚强和力量，一副结实的身板满是执着和渴望。对现实的坚守和热爱，谱写了他对那片土地的忠贞，为世间和他人传递了美好。

归去来兮，打开网络，诗人的诗作又在眼前：……就让我在你博大与厚爱上/再去梦上一回青春/一次爱情吧/生活近似浓烈的日子/灿烂的阳光与新鲜的空气/每一天都是这么美好……秋天不只是生命的告白/这里有许多新的开始／自然的力量／是风是雨是阳光与山峰的崛起／和默默流向远方的大河／他们在共同演奏一首交响乐／我们也许是聆听者／我们也许是狂舞者／有时还是前行者。

在诗人的作品里没有对生活的抱怨，没有对世间的怨恨，只有无限的热爱。作者简介也许能说明什么：不死鸟，男，本名张来德，笔名远方。河北丰宁人，生于1966年，专业菜农。喜欢绿色生活，绿色人生，由此深爱上世界的美好，由此喜欢上了诗；是一个天天写作的人。

（原载2018年10月30日《国防时报》）

光的力量

"小同志，注意抽烟不要乱扔烟头哟。"

"这位姑娘，电动车不要驶入机动车快速路，在这个路口拐出来！"

"这位年轻人，遛狗的时候，一定要把粪便清理一下，注意不要伤着人，注意定期做检疫。"

"电动车没有上牌照的，抓紧把牌照上了，没有戴头盔的，赶紧买头盔戴上，那是为了生命的安全。"

······

在霸州市益津中路和温泉道路口，一位年过六旬的老大妈，穿着志愿者红马甲，拿着个小旗儿，从早到晚，和颜悦色，不断地提醒过往的行人和到街头公园里遛狗的市民。只要是不符合城市管理规范的，都成了她要管的内容，活脱脱的一个"事儿妈"。

这位65岁的张和芬大妈，做志愿者已经两年了。

一

两年前的张和芬是退休之后围着儿孙转的"家里控"。张和芬退休前是医院里的一名护士，三班倒之外，还有做不完的家务。好不容易退休了，本以为可以和老伴儿好好享受一下天伦之乐，安享晚年了，但是突然的厄运，打碎了她的梦想。

在61岁这一年春天，她经常会出现谵语、嗜睡、肌肉颤动，莫名地烦躁，突然地惊厥。她心里一惊，不祥的预感笼罩在她心里。在当主治医师的爱人的陪同下，到北京301医院和协和医院分别做了检查，残忍的结果是相同的：尿毒症晚期。

晴天霹雳！

她认为自己还年轻，她对家里人还有那么多责任，还有那么多义务。孙女还在蹒跚学步，孙儿才刚刚上了幼儿园。老伴儿退休之后，又被医院返聘回去，坚守着"医者仁心，悬壶济世"的信念。

她在看护孙女和接送孙儿中，感受着生命不断延续和不断成长的乐趣。孙儿孙女就像那田野里破土的幼苗，她还期待着仰望参天大树的那一刻呢。

老伴儿的身体硬朗，精神矍铄，她还想多陪伴他几年。儿子还在事业上升阶段，她还想看到儿子事业有成后的荣光。

然而，一切的一切，都被"尿毒症"三个字击碎了。人不管到了什么样的年纪，都有那个年纪的梦，她的梦就是多活几年，看到她想要的结果。

她自己曾是那样同情护理过的患者，曾柔声细语地安慰着病人。如今，她也要面对这无情的病魔。

她的生命即将枯萎，未来已经不在，梦已经不在。

她在阵痛中，逐渐接受了这残酷的现实。

二

"无论花多少钱都要给你看好！"爱人代表儿女做出这样重大的决定。

家人的决定像一缕春风，让张和芬心里燃起了活着的希望，未来还在，梦，还可以实现。

怎么看？唯一的办法就是换肾！

做配型，等待肾源。等待的日子，度日如年，每天都那么漫长。她怕自己的身体坚持不到那一天。在家人的鼓励下，她坚信做了一辈子白衣天使的她一定会等到那托起她生命的肾脏。

化疗的痛苦，每周都在重复，没有合适的肾源，每天的盼望都是被否定的。很多次都想放弃化疗了，期待死亡那一天早早到来，让爱人不要再为她做无用功，不要做无谓的花费了。把好不容易攒下的积蓄留给儿孙吧，它们还有更好的用处。

"你说什么呢？你一定要坚信，那个属于你的肾脏很快就会到来。康复后你会更加年轻。"丈夫心疼地攥住她的手，不许她胡思乱想。

"张和芬家属！马上到医生办公室，签字！肾源来了。"

2020年7月6日，张和芬被推进了手术室。

熬过了一个个排斥反应,通过药物保护,那颗属于别人的肾脏开始在她的身体里正常地工作,她感觉到了浑身的力量!自己突然年轻了许多。

看过太多生命曲折和心酸的她知道,这是另一个生命在利用她的身体而存在,而不是自己利用这个肾脏而活着。突然间的心理障碍,让她对这只无名氏的肾脏有了厌恶,她甚至都不想做排斥反应治疗了。她有时候感觉自己就像一个小偷一样,盗取了属于别人的东西,她为自己感到羞耻。

当她知道这个肾脏属于一个三十多岁的年轻小伙子时,她感觉这好像一个母亲剥夺了儿子的生命,让自私的自己生存。好像那个小伙子的车祸就是为了她而发生一样,她的心理排斥就更大了。

难道老天就要让一个年轻的生命以这种方式消失,让一个六旬的老太太活下去?张和芬无数次流泪,为那个消失的生命感到悲痛。

那个年轻人是什么样子,是丑是俊,是高是矮?他结婚了吗,他的孩子多大了呀?这些问题不停地在张和芬脑海里纠结着,她的心就像阴沉的天一样,始终被雾霾笼罩。

那个小伙子一定很热爱生命,一定是那个可恶的司机违反了交通规则而肇事的。

她好想去见见那个小伙子的父母,很想去给他们一些安慰,但是器官捐献法规又坚决不容许双方见面,以免带来不必要的麻烦。

排斥反应和心理反应就这样双重地折磨着她,为什么不让我这个老太太去死,为什么不让那个年轻人活下去?

家人和心理医生轮番地做工作,给她创造最好的治疗环境,她才逐渐认可了这样一个肾脏移植的结果。

年轻的生命以这样一种形式转移到她这里,她唯有珍惜。

三

张和芬出院了,久住医院,看多了白衣服和白墙,家里的颜色多姿多彩,让张和芬心情舒畅了许多。精神好,心情好,身体的排斥反应不再像过去那样强烈,两个生命结合在一起,她有了全新的认识和感悟。

每当夜晚来临,面对漫天星光,她感觉有个小伙子在天上,笑眯眯地看着她,好像对她说:"阿姨,我的生命已经交给您了,您一定要珍惜,我多年轻,您就有多年轻。我每天都会这样看着您,看着您快乐幸福地生活,您一定要生活得更好。"

像心有灵犀一样，她得到这样的信息后，就好像有一缕光穿透了云雾，把她的心底照亮。

她不知道哪颗星是那个年轻人，但知道那个年轻人一定变成了一颗最亮的星，照亮着她，指引着她，给她前行的力量。

她的面色红润起来，身体强健了起来，她又是那个健康的张和芬了！

她认为自己就是那个年轻人的化身，她已经和垂老的自己告别了，年轻的肾脏给了她全新的心理和无穷的力量。

"我不能用这颗年轻的肾脏浑浑噩噩度过我的下半生。年轻的肾脏不仅要我把生命延续下去，更需要我代替年轻人把他的责任继续下去！"

张和芬把这番话说给家人的时候，她的人生哲理让家人刮目相看，一下子就让家人感觉她高尚了许多。

"妈妈，你想怎么办？"儿子和女儿说了话。

"我知道移植后的肾脏可以让我再活10到20年，我要珍惜这10到20年的宝贵时光，再做一些有意义的事情，请你们支持你们的妈妈，请老伴儿支持我。"

当然，只要她快乐开心，做什么事情，全家人都会支持。

"我要去做社区志愿者！维护小区的秩序，维护温泉路的交通安全。"

到社区办理志愿者手续时，社区工作人员千叮咛万嘱咐，让她适可而止，千万不要累着。

就这样，张和芬同老伴儿分了工，老伴每天送孙子孙女上学，然后再去单位上班。自己每天按照社区要求，去路口维护交通秩序，或者到小区里打扫卫生，要么就去张贴和发放宣传品。

四

生命有了新的姿态，有了不一样的状态。

张和芬怕社区不给她任务，或者怕她累着，给的活儿太轻松。她对社区工作人员说，我拥有年轻的肌体，拥有年轻的生命，我老婆子身上是两个人的力量。

社区工作人员把她当成年轻志愿者分配工作，她才会快乐。每当张和芬接受了新任务以后，总要到网上去查阅相关资料，她不能让人说她是外行，干得不能比年轻人差。

社区养狗，已经成为社会隐患，她每天都要拿着大喇叭，到社区里各住宅小区去宣传养狗注意事项，看见有狗出门，她就要去找狗主人，检查是否有养犬手续，会问人家疫苗是否定期打了，遛狗千万不要伤人，要注意远离老人和孩子。整个一个"事儿妈"。

个别"顽固分子"说，老太太，你是不是多管闲事？她说，我是为了大家，我老太太是个不怕死的人，你要不按照要求来，我就要和你死磕到底，一副不要命的姿态。

那"顽固分子"反过来一想，招惹一个老太太，无异于自找瘪子，自然也乖乖地按照老太太的要求养狗遛狗。

一些不太守规矩的年轻人，经常是见到穿红马甲的张和芬就跑，让老太太逮住，免不了一顿好训。

在疫情到来的日子，张和芬又成了疫情防控专家，本来就是医护退休人员，那些不遵守规矩的社区居民，更是逃不过她的法眼。

社区里熟悉张和芬的人说，手术后的张和芬简直就像换了一个人，变成了年轻人的化身，有着年轻人不灭的激情和干劲儿。当廊坊市优秀社区志愿者荣誉证书捧在她的胸前，张和芬的心里已经是阳光灿烂，她的脸上又布满了过去被评为全市优秀医护工作者时的荣光。

两年多的社区志愿者生活，张和芬已经不再纠结那个年轻肾脏主人的模样，她很坦然地接受了一个生命的馈赠。她努力地工作，这是另一个生命最有意义的存在。

每当张和芬走出家门去做社区志愿者的时候，她知道有一束光在照耀着她，给了她无穷的力量。

（原载 2023 年第 5 期《博爱》）

小草在歌唱

　　人的这一辈子会经历很多事情，遇见很多人。这些人和事都如同大海里的波浪，一层覆盖着一层，有的浪花细小如纹，有的浪花巨大翻滚，有的浪花拍岸惊涛。留在记忆最深处的也不一定就是卷起千堆雪的那一巨浪，也不一定是直冲天际的大潮。细微的浪花以细微的姿态，点缀在大海深处，带着和煦的微风，舒展着人的心灵。巨浪不常有，但是大海上处处都有微微的细浪。正如大地上的小草，普通得不能再普通，平凡得不能再平凡，但唯有那春风吹又生的离离原上草，给人无边无尽的绿色，愉悦人们的眼睛。

一

　　十年前，我在廊坊日报社临街的办公室里主持《廊坊周末》。一天下午来了一位70岁的老人，很瘦弱，是那种风一吹就会倒的瘦，满脸皱纹，进来给我送稿子，很冷的冬天，穿得有些单薄。他问《廊坊周末》有稿费吗？我说有的，就是不多，老人说有就可以。

　　这个年代投寄稿件，都是以发表为乐，以宣传为荣。谁还会在乎稿费的多与少，更不会有人以稿费为生。

　　我看了看老人送来的稿件，质量不是很高，但是看到老人期待的眼神，我说没有问题，下期能发，到时候过来取报纸和稿费吧。老人很高兴地离开了。

　　第二个周五，老人兴高采烈地来到我的办公室，带来几串冰糖葫芦，让我吃。看到有他文章的报纸，老人的眼睛一下子就亮了，接过我给他的50元稿费，兴奋得像个孩子一样，千恩万谢地离开了。

　　人越老越爱钱，人越老越重名。这在这个老人身上，表现得尤为明显。

周末部的几个人都这样纷纷议论。

以后的日子里，老人每天下午快下班的时候都会来周末部办公室，送来几串冰糖葫芦，推辞不过，只得留下。老人又送过几篇质量不高的文章，经过我们润色以后，一一刊发，然后按照最高标准支付了他稿费，老人自然是兴高采烈。

时间久了，我们和老人聊天，才知道事情原委。

因为家里穷，他单身到了45岁才与一个40岁的残疾女子结了婚，在50岁生下一个儿子，依靠家里几亩薄地维持生存。到70岁时，20岁的儿子还在上学，而自己身体已经不如从前，干不动庄稼活儿了，只好把地租了出去，乡里给办了低保。老人无奈到市里谋生存，爱人摆地摊，自己白天卖糖葫芦，晚上写稿子，希望挣点儿稿费，就这样艰难地撑着日子。老人说得最多的是，希望把儿子供养毕业，给他成家。他说不知道能不能支撑到那一天。说起这些，老人的眼里就变得黯淡无光了，他在担心自己的身体。不过，他说只要还有一口气就要给儿子多挣些生活费，给老伴儿多留点儿积蓄。从他的背影中，我看到了平凡人的坚强与不屈。

我对老人说，每天卖不了的糖葫芦，都送到周末部来，我们全要了，我要求周末部的员工每人每天最少吃两串冰糖葫芦。老人感激的表情说明他读懂了我们在帮助他。每天一百多元的糖葫芦，员工们吃了有十天，后来大伙儿见了糖葫芦就想吐。

这当儿，有人送来一封信，信是那个老人写来的：尊敬的谭主任，谢谢您这段时间的关心，我也知道我写的稿子水平很差，别的地方都不用，您都用了，还给了很高的稿费，谢谢。我把您的关心讲给我的儿子和老伴儿，他们也很感激。如果哪一天我不能给您送冰糖葫芦了，我可能已经不在了。但是我到了另一个世界，也会感激您，感激《廊坊周末》。

从那以后，我和周末部的员工们再也没有吃过那么甜的糖葫芦了。

二

近几年，我的工作岗位屡屡调整和变化，这也是报社发展之需。

迎春路新兴里小区有一家朝鲜热面店，每天人都很多。从早上4点开始一直开到晚上6点，三餐时段人都很多，每到饭点，很多人都在等，店主两口子忙得不亦乐乎。应当说，我是那个热面店的忠实顾客。店主是河南人，热情不说，量给得足，味道也很好，很多远处喜欢吃热面的人也不辞辛苦到这个小区来吃他们的热面。大热的天，辣辣地吃上一碗，呼呼地出一身汗，给人的感觉就是痛快。

有一日，我要出差赶早，5点钟就到那个店里吃热面。等我汗流浃背地吃完了，算账的时候，店主说有人给我结了。我怀疑谁会这么早请我吃热面呢？店主手指一个女士。我顺着店主的指引眼光前移，只见一个矮矮的胖胖的女士正吃着热面。

我疑惑地看着她，我也不认识她呀，无缘无由，无亲无故，她为什么给我结账？我一再坚持把钱给她，她坚辞不受。

她有些不好意思地笑笑："谭主任，我是发行部的投递员。今天就当我请您了，我们也请不起您吃大餐，一碗热面代表我们的心意了。"

无功不受禄，我哪好意思呢？我没有想到一个普通的员工会请我吃面。更何况我不在发行部任职已经有七八年了。

她说了请我吃面的缘由，原来我在发行部任职的时候，为她们每月争取了100多元的收入，我的理由是必须超过河北省最低工资标准或者小时工标准，廊坊日报社所有员工都应当享受到报社发展的成果。

报社领导批准以后，发行部近百号投递员欢呼雀跃。

没有想到这么个小事情，被这些投递员记在了心里。那一天，那碗热面吃得我心里热乎乎的。

三

几根篱笆遮挡，一个小小土坑，就是多少年来农村的厕所，如今在美丽乡村建设中早被淘汰，处处都是旱改冲。城里厕所从收费到免费，从臭气熏天到无味无渍。"郁金堂北画楼东，换骨神方上药通。露气暗连青桂苑，风声偏猎紫兰丛。长筹未必输孙皓，香枣何劳问石崇。忆事怀人兼得句，翠衾归卧绣帘中。"唐代大诗人李商隐笔下的豪华茅厕，如今在城市里到处皆是，富丽堂皇，还有专人打扫。

公厕是一个时代发展的象征，也是人类文明进步的标志。城市公厕亮洁美，比很多人家的厨房还干净，真如过去神仙皇帝出恭之所。

去年的夏天，我去广阳道邮局取稿费。在漫长的等候中办完取款之后，有些内急，询问工作人员，说旁边拐到永兴路不远，就有一个公厕。

我急急忙忙用完厕所，在洗手池洗过手，刚出门就被保洁员叫住了："您怎么到这边来了呀？"我回头看看周围没有别人，这位保洁阿姨就是在和我说话！

"我到这边办点儿事情，您认识我？"我疑惑不解。

"我认识您，就是不知道您怎么称呼，您是报社的，对吧？"保洁阿姨黑红的脸微笑着。

"我以前在报社门口北边的那个公厕做保洁，因为我做得好，环卫局又让我承包了这个公厕。我把那个公厕交给我们家那位干，我来这边做保洁。"她很高兴很自豪。承包一个公厕，全年收入3万元，对于这些五六十岁的阿姨们来说，也是很好的收入。

她怎么会认识我呢？

"我们做保洁的，基本上对谁经常用厕所都有印象，但是您用厕所比别人都注意卫生。您用过的蹲便池，冲洗很干净，没有那些遗留物，您用洗手池，都是把手上的水甩到池子里，给我留下了很深的印象。一个人用厕的文明，也体现一个人的素质。"

啊？！她竟然观察这么细致。看来不文明用厕的人背后没少得到她们的"臭骂"，我在她这里是这样"著名"的。

我一时不知道如何回答她。"但凡用厕所的人都应当这样啊，最起码是对你们工作的尊重，也是珍惜你们的劳动成果。"

"如果人人都像您这样想这样做不就好了吗？一些人把很干净的厕所鼓捣得屎尿遍地。"说到这样的人她很是憎恨。

"嗨，那只能辛苦您了。"

"您去忙吧。"她用微笑的目光送我离开。我回头的时候，她还在望着我，我感觉到那微笑里的真诚，微笑里的赞许，如清风一样和煦。

当然，我经历的凡人小事绝不止这些，我也只是做了应该做的那么点儿事儿。说实在的，我都不知道他们的名字，也许有人说我官僚，自己手下的投递员都不知道，但投递员几乎和我们见不着面，有发行站给他们派发任务，只有在一年一次的全体大会上才能见上一面，我又怎么能够记住他们呢？

应当说，那位如今已不健在的老人、那位报纸投递员、那位保洁阿姨是劳动阶层的代表。他们，是社会中最普通最广大的劳动群体，生活在社会的最底层，他们用自己的思维和眼睛观察那些所谓"高高在上"的人，他们的心，明镜一样。

在文明廊坊的建设中，他们是不可或缺的力量。他们就如同城市美化中不可缺少的小草一样，如果只有高大的树木，只有鲜花，没有绿草，那城市角落谁来装扮？他们珍惜来之不易的岗位，就像小草一样珍惜着阳光；他们收藏着美好，就像小草一样收藏着雨露和春风；他们没有寂寞没有烦恼，他们的足迹遍布天涯海角。他们以己之力为这个城市贡献着人生中本该享乐的时光，他们以己之善良传递着文明和谐。这就是他们人生中最美的乐章，这就是小草在歌唱。

（原载2020年第4期《廊坊文学》，中国作家网2021年1月6日发布）

纸鸢飞过五百年

一

临街的几间屋子里，案台上摆满了各种风筝骨架，做风筝用的竹条和柳条，一捆捆倚靠在墙角；墙壁上贴满了五颜六色的轻绢细纺；空中挂满了各式各样的风筝，图案有花鸟鱼虫、人物肖像、山川风物等，色彩斑斓，琳琅满目，俨然是一个多彩的童话世界。

最西边的屋子里，50多岁的刘书杰夫妇正在一丝不苟地制作风筝。刘书杰给动物风筝绘制，妻子扎制样子和裱糊绢布。夫妻二人就这样辛勤地制作风筝，一枝一叶一笔一画地弄了40年，以风筝为生计，养活了全家老小五口人，现在每年可以收入十四五万元。如今儿子大学毕业，在乡中学里当了老师，他们还在市里给儿子买了楼房。在刘书杰和70多岁的父亲刘平先后获得河北省非物质文化遗产传承人称号之后，他们的儿子刘起佳也开始钻研风筝，把风筝文化和技艺带到了学校，带进了课堂。小小的风筝给他们三代人带来了幸福的生活和快乐的日子。

在飞鹞斋工艺美术品有限公司，公司负责人、河北省非遗传承人赵艳强正在案台前专注地忙碌着。桌上摆放的风筝骨架及半成品勾勒出老鹰的雄健身姿，墙上挂着的各式风筝仿佛振翅欲飞。

飞鹞斋以传统手工艺风筝的生产、销售为主，一些大型的精品风筝更多地用来展览和展示，小型风筝多用于开展非遗教学，出售的是技艺，传承的是文化，他的风筝从来不愁销路。赵艳强告诉记者，"受疫情影响，三个多月来我们几乎没有发货，但是客户已经下了2000只的备货订单，年前的存货加上近期生产的风筝，目前可以满足客户需求。"令赵艳强高兴的是，疫情期间，他集中精力，一鼓作气完成了年前北京客户的一个大订单——两条33米长的巨龙风筝。

这就是河北省非物质文化遗产之乡，廊坊安次区调河头乡第什里风筝小镇里两个普通家庭的缩影。

二

沿着105国道，从廊坊市区南行20公里，就是全国著名的风筝小镇第什里村，宽广的道路两侧，挂满了各式风筝，树木已经披上了绿装，鲜花在绿叶中藏匿。春风吹来，那些风筝唰啦啦地响，随风摇摆，道路成了色彩绚丽的风筝大道。不时有汽车在人行道边停下，从车上下来的年轻夫妇和孩子，购买他们心仪的风筝，然后满意地离去。

穿过古色古香的村子牌楼，就是风筝翱翔的世界。风筝艺术大道北侧是风筝文化广场，中间是巨大的春燕风筝塑像。青年男女和孩童们在广场上放飞着各式各样的风筝，"红线凌空去，青云有路通"（清·吴友如《题画诗》）。中国龙摆动着长长的身躯，腾空而起，巡视着大地山川；那红红的鲤鱼跃过龙门，飞上天空；春燕扑闪着翅膀，被蓝天白云召唤，奋力地飞向高处；神仙驾着祥云而来，落在少年的手中，同少年叙述阳光的温暖。人们奔跑，人们欢笑，风筝飞舞唰啦啦响动，树叶哗啦啦摇曳，快乐和幸福回荡在蓝天白云下。

广场的南侧，是上千亩地的桃园花海，色泽艳丽，芳香四溢。刚开的桃花色彩最为浓烈，带有很多湿气，像被清水洗过，粉艳如凝脂，好像要流淌下来，如同女孩子脸上的腮红一样诱人。姑娘们手把着一簇簇桃花，轻轻地吻着，品味着桃花的香溢，把很多相思情意，对花呓语。桃花映红了她们的笑脸，她们陶醉着，徜徉在桃花树下。妇女们欣赏桃花的方式就是不停地留影，这树好，来一张；那树更红，咔嚓一下。远景、近景、全景，各种姿势，恨不能把自己所有的美姿展示出来，与桃花的香艳媲美。忙碌的就是那些老爷们儿，手持照相机或者手机为他们的爱人服务，拍得不满意，还要被训斥，然后再赔上笑脸，继续"笑一笑"……

东侧是一片绿树丛林，一栋栋黄色木屋掩映其间。游人们在这里小住三两日，白天放风筝、赏春景、品美食、体验风筝制作，夜晚静享乡间夜色的静怡，悠然自得。在城市的喧闹中寻这样一处世外桃源，在忙碌的工作间隙，闲庭信步，岂不美哉？

三

广场北侧一幢红色的建筑倒映在水面，与周围景色相映，在蓝天下，鲜红亮丽，这就是北方有名的风筝博物馆。

这里，记载了第什里五百年的风筝历史和传承。一幅百米长卷，书画着风筝在这个小村从取材到制作、到放飞、到售卖所有工序的全过程。看似简单的一个风筝，要讲究骨架结实、受力平衡、图案美观、色彩搭配、寓意祥和、放飞技巧等。每一个图案都是一道工序，并不重复。光看这长卷就要费很长时间，而制作风筝更需要不厌其烦和耐心细致。

第什里风筝历史源远流长，起源于明朝永乐年间，兴起于清朝乾隆年间，由于独特的地理位置和悠久的历史传承，形成了集北京、天津流派之长于一身，独具特色的宫廷风筝。第什里是中国宫廷风筝的发源地、传承地、生产地，有着200多种宫廷风筝画谱和几十种风筝口诀，70多种扎糊口诀。五百年的风筝制作历史，使这里成为宫廷风筝的主产地。以第什里为中心的风筝基地，可生产硬翅类、软翅类、微型类、板子类、串形类等多种类型的风筝，有几百个品种及图案。第什里风筝具有属地性、科学性、人文性、拟人性、实用性五大特点，寓意富贵、康宁、尚德、包容、和谐，荣获河北省十大旅游产品，当代第什里风筝文化已是第五代传承。

馆里有多种样式的风筝，寓意不同。蝙蝠和寿桃合为"福寿双全"，雌雄两鸟合为"比翼双飞"，肥瘦双燕合为"丹凤朝阳"，双狮怀抱大小子孙合为"四世同堂"等。从风筝形态和寓意中，人们可以知晓很多的文化知识，尤其是对青少年有着很好的教育传播意义。例如，蛱蝶寻芳，出自《诗经》"雄羽映青彩，雌衣耀紫晖"。画中青色雄燕喻为男，紫色雌燕喻为女，两手共抓一根连理的牡丹，意为两人的命运连在一起。后面是田园山水，画面赋原诗："为筑双栖室，撷取连理枝。卜居武陵溪，仙源靡赋役。"这是人们向往的没有战争、没有徭役、没有剥削的世外桃源的生活。一只风筝就是一个文化符号，承载着文化的内涵。

还有一些战功赫赫的风筝像是征战归来的功臣，陈列在馆内。这个是全国风筝技艺大赛三等奖获得者，那个是全国非遗展览一等奖获得者，还有的是中央电视台亮相"嘉宾"，还有那些多次在放飞大赛中的冠军、亚军和季军。惟妙惟肖的神态无不高傲，可爱调皮的眼神有着自豪和得意。正是这些无声的精灵，为这个小村带来了"中国风筝小镇""河北省非遗小镇""中国3A旅游景区"等诸多殊荣。

四

顺着村中大街往里走，古朴风貌的村舍白墙灰瓦，在绿树荡漾中，巍然屹立，静默不语，像焕发了青春的老人，在阳光下展示着矍铄的神态。这些老北京样式风格的民居四合院，镌刻着第什里风筝的辉煌。

一街一文化，户户风筝飞。路边灯杆的灯箱上有各种风筝图案，路旁是一家家风筝店铺。"藏筝阁""风筝坊""纸鸢府""飞鸢馆"……店铺门口一只只"蝴蝶""老鹰""蜻蜓""神龙""神仙"等代表着主人的风筝特色。

"翅膀糊从两翅先，纸由条后搭向前。膀线两端纸开口，预将稠糊涂外缘。……"这168字的风筝制作口诀，很多小孩子都会背诵。第什里村200户人家，家家制作风筝。像飞鹞斋这样的风筝加工生产厂，大大小小共有十几个，年产风筝2000万只，带动周边4000多户村民就业。改革开放以来，他们制作风筝主要是为了多一份收入，多一份零花钱而已。2015年，扶贫攻坚战在调河头这个贫困乡打响，市、区、乡三级政府以第什里为主体，挖掘文化遗产，辐射周边，大力发展风筝产业，以观光、旅游、制作体验、放飞和民俗为一体，全乡上下两万余人都有了与风筝相关的收入来源。平均每家年收入都在13万元以上，农户们都开上了汽车，翻建了房屋，不少人家还在市里买了楼房。

一年一度的第什里风筝节，使得全国风筝呈现出"南有潍坊，北有廊坊"的"双坊"格局。风筝制作大赛、非遗体验、放飞大赛、文化创意、风筝故事会等系列活动，每年吸引了几十万人来到这个曾经名不见经传的小村，风筝节打响了第什里的文化名片。

小村人在政府带领下，利用文化资源，开展风筝擂台，开发风筝饰品，创新风筝产品，不断拓宽产品种类，拓展销售渠道，提高产业效益，小小风筝成为人们蜗居在家时"飞来的金钱"。村委会主任赵兴华讲了几年来小村风筝的发展状况。

是风筝把他们的生活带到了灿烂阳光下，把他们的梦想带到了蓝色天空中。

五

"大家好，今天要和大家分享一个新品——风筝香薰挂件。"宗华风筝厂经理赵艳芳正在快手App上进行直播。这个文艺范十足的"90后"姑娘，把自家串形风筝生意做得风生水起，在此基础上，又将风筝元素做成多形态的文创产品，通过自己的风筝体验馆，开展风筝集市活动，以年轻人的思维传承着风筝文化。

第什里风筝发展有了新生代，她们延续着古老的传承，把风筝通过新的平台宣传出去。对于她们来说，风筝不仅仅是让这里脱贫致富的纸鸢，更是文化繁荣的产业。文创达人赵艳芳，搞发明、做直播，用一件件包含风筝主题的文化创意产品演绎着风筝文化的魅力。赵艳芳和村里年轻人的网络直播的粉丝总量已达百万余，每年都有上万人通过直播了解第什里，走进第什里。

赵艳芳一家都是"追风筝的人"，父亲和哥哥做传统风筝，妈妈经营景区风筝，她呢，运用巧思不断将风筝元素融入当下年轻人喜欢的物品，做成各式各样的文创产品。在赵艳芳手中，每一个文创产品的设计制作，跟父亲手中的"扎糊绘放"没有什么两样，不论是对风筝文化的思考、花费的心思，还是风筝情结、文化的传承……

"疫情期间，我在家也没闲着，不断研究我的'小发明'，改造新图案，制作新产品。"走进她的体验馆，古风耳饰、各式挂件、石膏雕塑……各种风筝文创产品令人耳目一新。不仅如此，她还利用年轻人爱玩的火山小视频、快手等进行直播，以新形式传播传统文化。

其实，不只是赵艳芳的文创，近年来，第什里在守住风筝文化根与魂的同时，依托产业基础，不断延伸风筝产业链，提高附加值。通过积极申办、承办高水平风筝赛事，推动体育与文化、旅游等相关业态融合。建成第什里风筝小镇，以第什里村为中心，带动周边20多个村街一起发展风筝产业，并结合石桥村的御绣、南马庄的蜡杆、南郭庄的果蔬，串联发展，打造一村一品、一处一景的旅游景观资源，构筑起产业、文化、体育、旅游、生态、休闲农业"六位一体"的田园综合体，成为助力乡村振兴的特色产业。

出得村来，广场上的风筝还在漫天飞舞。五彩斑斓的风筝沐浴在阳光下，闪耀着新时代的光辉，在和风吹送下，越飞越高，飞向世界，飞向天外。

（此文荣获2020年度廊坊市文旅全国征文二等奖）

向绿而行

大年初一，朋友圈里全是兔年春节的祝福，红火喜庆，图片色彩斑斓，主题大同小异，不得任何记忆。

唯有一组图片让我铭刻于心。几排笔直的参天大树，由近及远装满整个画面，光秃秃的树枝上架着几个鸟窝，几只鸟雀或出或入，还有寒鸦孤立在树枝上仰望浑白色的苍穹。树下是大雪覆盖，麦苗在积雪中露出缕缕青叶，探视着春天的脚步。图片中的那个抱拳作揖拜年的汉子，就是本文的主人公——杨华彬，身后那些大树就是他呕心沥血并引以为自豪的华林桐。

我很想说，杨华彬真会为他的树做宣传，图片的色调和主体与春节年味迥然不同，博得人们的眼球。图片的拍摄地点为邢台市华林桐东户基地和留客基地。看来这个春节，杨华彬又一次守护着他钟爱的华林桐过节了……

我在春天的时候，到过杨华彬在廊坊永清的华林桐苗木基地。

远远望去，桐花好像堆起的紫色云团随风舞动，一簇簇地依偎着，清香远飘，个性张扬地绽放在阳光里。阳光透过紫色的花，落在青绿的麦田里，光影交织着丰收的梦。

我在夏天的时候，到过杨华彬在雄安新区的华林桐小营基地。2400亩的环新区林带，如同一幅壮锦铺陈大地。一排排华林桐像被整训过的士兵，株株高耸入云，苍翠挺拔，一片叶子就是一只绿色的手掌，万千叶片重合遮天蔽日。树下是一片金黄色的麦田，熟得那么欢畅深沉，麦香扑鼻。一垄又一垄的麦穗从我的脚下出发，沿着它们的梦想，一直走向远方。

那时，在我身边的杨华彬眼睛痴迷地仰望着一株株华林桐，目光扫过麦田，流露出这个农民后代对田野特有的情感和喜悦，拥抱着一棵棵华林桐，像是拥抱他的孩子一样亲昵。

我没有去过省外的那些华林桐基地，但是，我的目光已经随同这一株株华林桐，从雄安出发，绿意葳蕤华夏大地。

一

梧桐，中国文化中的神树。

早在西周时期对梧桐就有记载，《诗经·大雅·卷阿》："凤凰鸣矣，于彼高冈。梧桐生矣，于彼朝阳。"汉时梧桐多植于皇家宫苑，《西京杂记》载："上林苑桐三，椅桐、梧桐、荆桐。"南朝诗人谢朓《游东堂咏桐诗》有"孤桐北窗外，高枝百尺余；叶生既婀娜，落叶更扶疏"之句。大规模种植梧桐则是在前秦，《晋书·苻坚载记》载："坚以凤凰非梧桐不栖，非竹实不食，乃植桐竹数十万株于阿房城以待之。"

北宋徐积《华州太守花园》诗，"却是梧桐且栽取，丹山相次凤凰来"，描述了当时关中华州城官家园林中栽植梧桐的盛况。元代庭院种植梧桐也有诗词可证，郯韶《碧梧翠竹堂》诗："去年种桐树，绿叶高云凉。"

明清时代，梧桐树常栽植在庭院和行道旁。陈继儒《小窗幽记》对庭院中梧桐树配置有"凡静室，前栽碧梧，后栽翠竹。……然碧梧之趣：春冬落叶，以舒负暄融和之乐；夏秋交荫，以蔽炎烁蒸烈之威"之载。浙江文人高士奇的《江村草堂记》载，其景是"兰渚后碧梧夹道，行其下者，衣裾尽碧。清露展流，则新枝初引；轻凉微动，则一叶飘空；墅中在在皆有，此地独多。"

在祖国西北边陲，梧桐树也曾广为种植。新疆和田县至今还保有一棵树龄超过1400年的"梧桐王"，信仰伊斯兰教的人们一直把它视为"圣树"，经常有人前往顶礼膜拜。

梧桐在古诗中还象征高洁美好的品格。《诗经·大雅·卷阿》："凤凰鸣矣，于彼高冈。梧桐生矣，于彼朝阳。"诗人用凤凰和鸣，歌声飘飞山冈，梧桐挺拔，身披灿烂朝阳来象征品格高洁美好。

古代传说梧是雄树，桐是雌树，梧桐同长同老，同生同死，且梧桐枝干挺拔，根深叶茂，成为诗人笔下忠贞爱情的象征。

风吹落叶，雨滴梧桐，凄清景象，梧桐又成了文人笔下孤独忧愁的意象。亡国君主李煜《相见欢》："无言独上西楼，月如钩，寂寞梧桐深院锁清秋。"在唐宋诗词中，梧桐作离情别恨的意象也是最多的。如白居易《长恨歌》："春风桃李花开日，秋雨梧桐叶落时。"可见昔日的盛况和眼前的凄凉。

如此嘉木，君子好述。讲起梧桐树的历史文化来，杨华彬滔滔不绝。

二

杨华彬要辞职！好好的副县长不干了，裸辞！

"县太爷"是多么让人羡慕的职位啊，尤其是副县长杨华彬还身兼永清台湾工业新城管委会主任的要职。从市委宣传部到永清创办园区十年，从一片不毛之地到上百家企业，3万多园区工人，年产值上百亿，从无到有，从小到大，就如同一位母亲养育孩子一样，注入了他全部的心血，怎么能说放弃就放弃呢？

不解的人以为杨华彬这是功成名就，隐身而退；还有人说，杨华彬腰包足了，提前退下来比较安全。

2016年5月7日，杨华彬从廊坊市医院紧急转院到北京301医院ICU，床头标签上赫然写着13个字：呼吸衰竭、肺部感染、胰腺炎、腹痛。如日中天的生命随时可能被病魔夺走，此时的他46岁。

我曾在大兴机场廊坊临空经济区深入生活两年零六个月，廊坊临空经济区启动建设过程就是复刻杨华彬创办园区的过程。土地征迁、总体规划、基础建设、招商引资，各项工作极其艰难，等园区有了一点儿雏形，紧跟着就是艰巨的招商引资任务。全国各地都在抓园区经济，招商引资竞争激烈，引进企业底线不能突破，还要符合环保型、高科技、附加值高等条件。我亲身体会了廊坊临空经济区创业的艰难，对他十年永清创业的艰难感同身受。

忙，是他全部工作的代名词。所有的工作都要过问，都要亲力亲为。不是说手下人能力不行，问题是起步之初，容不得闪失。所有的事情必须掌握具体情况才能尽量保证决策的正确。工作量很难记录，说一个数据：杨华彬最初的一辆工作用车，一年零三个月时间跑了18万公里，与北京的"的哥"不相上下。

就是这样的工作节奏，把激情万丈的杨华彬累垮了。他意识到，如果在园区继续拼命下去，小命不保不说，很多谋划好的事情都会因为自己的"恋战"成为泡影。在永清台湾工业新城"凤凰涅槃"，成功晋升北京亦庄永清高新区之际，他果断提出辞职。

领导考虑到杨华彬的实际情况，给他安排了一个高校的闲职，工资待遇不变。让国家养起来？这不是他的性格！在新岗位上不满半年，他还是提交了辞呈。

裸辞前的杨华彬并没有考虑好辞职后去做什么，只是一心要辞职。当他接到市委的批准书后，没有"接盘侠"的他却迷茫了，"亚健康"的他还能做什么？两三家熟悉他的房地产开发商不约而同给他开出年薪百万的条件，希望他入职，他都放弃了。土地的生意可以做，但绝不是房地产。似乎冥冥之中有使命在指引着杨华彬，他还需摸索一程。

杨华彬辞职的2017年，党召开了具有深远历史意义的十九大，大会首次将生态文明建设与物质文明、精神文明建设并列，旗帜鲜明地提出了"绿水青山就是金山银山"。余生是否可以在这里面做点文章？平原待久了，城市待久了，杨华彬这个从太行山里走出来的农家子弟，想到了自己的故乡。他很快回到自己的出生地——河北省邢台县太子井乡峰门村，和全国绿化奖章获得者郝景香合作，对适合太行浅山区的树种进行了选育和培植，开始了对滴水岩几千亩山地的生态修复。半年过后，曾经养育他的滴水岩泉水滋润了满山绿树，滴水岩绿了，滴水岩美了，滴水岩也成为当地小有名气的旅游景观。

滴水岩是杨华彬的起点，但绝对不是他的全部世界，更不是他人生的最后目标点。

三

到雄安去！为"国家大事，千年大计"的雄安干点儿事。

2018年5月1日，一个巧合的机会，他认识了痴迷种树的雷凯博士。雷博士从哈佛归来，握有四个法学学位，却"中年变法"，投身种树近十年。两位有缘人没有客套，一拍即合：对呀，雄安建设的口号就是"先植树，后造城"，我们必须有所作为。

雷博士提供的树种是脱毒组培杂交泡桐，是在浙江大学实验室里培育的。60年前，县委书记的榜样焦裕禄将泡桐种植在河南兰考的大地上，倡导"农桐间作，农林互补"模式，带领兰考走出了黄沙肆虐和贫穷，如今焦裕禄栽种的泡桐被亲切地称为"焦桐"。

但兰考县距离雄安超过500公里，两地气候、温度、无霜期和水质环境都有很大的不同。"南方泡桐北方杨，高寒地区松称王。"这都是千百年来劳动人民生产经验的总结。雄安能接受泡桐吗？他们没敢贸然去找雄安新区的林业和土地部门，万一种植不成功，岂不成了千年雄安的笑话？

杨华彬将目光移到他工作了十年的永清。永清比雄安还要北上近百公里，在永清栽种成功了，再去雄安不迟。心动不如行动，行动就要快速。2018年

6月2日，在杭州杂交改良的1250棵泡桐苗运抵永清县别古庄镇种植现场，到6月4日，全部栽种完毕。从5月1日与雷博士结识，到6月4日栽种落地，35天就完成了这一系列动作，事实终将证明，杨华彬是一个"天选种树人"。

能活吗？华北地区植树通常不能晚于4月底，而这次整整晚了一个月。况且，这批树苗只是总高度不超过15厘米的组培苗，看着与红薯秧并无二致。一个月时间，树苗在众人的质疑声中全活了！到7月初就长了一米多高，到9月长了4米多。那期间，杨华彬几乎天天长在苗田里，同几个工人一起浇水施肥，和一株株幼苗对话。也许是心诚则灵，泡桐小苗没有辜负杨华彬的厚望，苗壮成长，葳蕤恣意，成为北方林木中的新锐，向天高歌。在杨华彬梦里，以雄安为中心的华北大地上全是郁郁葱葱的泡桐树，高大挺直，华盖成林，泽被苍生。

树苗活了，这让中国著名杨树专家王恭祎有些不信。他虽是杨树专家，但对其他林木的生长习性还是比较了解的。王恭祎欣然接受杨华彬的邀请，担任技术总顾问。对于这个前廊坊市农林科学院院长来说，无疑又是一次新的挑战，他曾经把廊坊杨种植到东北、华北和西北，为"三北"防护林建设提供了重要的技术支撑。他扔下心爱的廊坊杨技术推广，一头扎进永清苗圃中，重新钻研起泡桐来。

天有不测风云。2018年冬出奇地寒冷，这一千多棵泡桐全部冻死了，树干变成了黑杆，一撅就折，响声还蛮清脆，咔嚓咔嚓。半年的心血付诸东流，杨华彬欲哭无泪，他吞下了"蛮干"的苦果：杭州培育的树苗怎能在北方存活？！上百亩的投入全部打了水漂，他的心就像那个寒冷的季节一样，没有任何的温度：他原以为吉祥高贵的泡桐会成为参天大树，成为他面前的一树树燃烧的火炬，温暖并照亮他的人生下半场。但，寒风、寒雪、寒天、寒流熄灭了他所有的梦。泡桐在永清"折戟沉沙"了！

朋友们都劝他放弃，爱人也劝他好好养养身体吧，家里积蓄本来有限，经不起再折腾了。别人也说，算了吧，身体健康就好，还要干什么事业呀？不了解他的人更是议论纷纷，说他是在用种树的方式洗钱……杨华彬对这些付诸一笑：夏虫不可以语冰，道不同不与谋也。

四

"用拖拉机把地都翻了吧，翻好以后，马上种春季作物，别误了农时。"2019年2月底，杨华彬眼望这一片枯死的小泡桐树，无奈地做出了这个决定。他感觉从此不再与泡桐有交集了，尽管他的名字里有那么多的木，理想是要种那么多的树。

正当工人要将树干全部砍掉时，发现有几棵树根部发出了幼芽，再看其他的树根，竟然都还活着，一个个都有芽苞鼓出。

天不灭桐！杨华彬看到这一个个芽苞，兴奋得像个孩子，满地里奔跑。他马上组织工人为这批泡桐追施春肥，浇水补墒。一个月后，在永清桃花盛开的春日里，这个从历史中走来的树种浴火重生，强劲勃发，最大的树叶像箩筐一样大，直径足有90厘米，让许多林草专家都感到惊喜。

杨华彬到处查阅资料，请教专家，研究土地酸碱性，天天长在那块地里，小心呵护，小心培植。到年底，那一千多株泡桐竟然长到了8米高，树干胸径普遍超过了8厘米。2019年冬，有惊无险；到2020年春，一千多株泡桐全部安全越冬。国内外知名梧桐种植专家齐聚永清，证明了杂交泡桐不仅能在京津一带生长，而且很适宜在这里生长。京津可以，更靠南的雄安一定更没问题了！

杨华彬种植泡桐的艰辛感染了雄安人，华林桐本身抗旱、抗寒、抗风、抗沙、耐盐、耐碱的特性，冠幅庞大、树干笔直和花团锦簇的景观价值，6年速生成材的经济价值也受到了雄安管理者的肯定。他们一次性划出2400亩土地交由杨华彬种植杂交泡桐，成苗全部用于雄安新区的生态林带建设。

由于泡桐间距是其他树种间距的1.5倍，树下的空地不利用便是闲置和浪费。杨华彬又开启了林粮间种模式，由于泡桐的抗风性和林荫效果，当年树下的小麦比其他净地小麦产量可增产10%左右。"以粮养林，以林涵养生态"的模式当年就获得很大的收益和成功。《光明日报》2022年6月2日报道了雄安新区农林间作的先进经验。

农林间作，这一能有效提高农业复合效益的种植模式曾被焦裕禄书记在兰考辛勤探索，后被推广至广大黄淮海地区，高峰年份种植面积超过5000万亩。但20世纪80年代初的联产承包分田到户政策中断了这个模式。这次，农桐间作在雄安重新焕发了生机，让许多农业专家与广大农民看到了希望，也让杨华彬的华林桐迅速走向了全国。雄安种植面积增至8000亩，河北的廊坊和邢台各3000亩，四川2000亩，福建300亩，山东400亩，广西200亩，不到两年时间，杂交推广近2万亩，栽植总量超190万株。同时，杂交泡桐还因为固碳能力、改良土壤、保护环境等综合优越性，被北京八大处公园、北京冬奥会场馆、成都天府机场大道等十多个城市选作园林绿化树种。

2021年底，合作机构聘请专业会计师事务所对华林桐进行了综合评估，结果苗木净资产1.5亿元，品牌等无形资产与技术估值1亿元。

在雷博士等专家的建议下，杨华彬为杂交泡桐成功注册"华林桐"商标。2022年底，国家林草局对436种植物新品种授权，"华林桐6号"名列其中，华林桐终于获得行业"身份证"。

五

成功的背后，是巨大的付出。

疫情三年，正是华林桐"初长成"的三年。杨华彬和他的团队既要抗疫，又要研究苗木种植和推广，资金压力更让他举步维艰。他几乎和所有能找到的银行接触过，和很多信贷公司借过钱，也向很多朋友张口借过钱。他给我看的借款明细多达十几页，时间、地点、转款方式一目了然，最小的一笔500元，最大的超过300万元……朋友、亲人、家人的信任是对他巨大的支持。到2022年底，加上银行贷款，杨华彬累计负债近6000万元，每月光利息支出就是30万元！人可以扛饥耐饿，银行却要到点扣款，一分钟都不会含糊。田间地头的树木更是必须浇水施肥、修枝打杈，投工投劳。个中艰辛与苦难，非亲历不能知冷暖深浅……

但华林桐既已从雄安出发，在历史中凤凰涅槃，便再也没有退路，没有回头路！杨华彬的背后是一支强大的团队：河南农业大学李荣幸老教授是国内泡桐"泰斗"，70年专注泡桐种植和研究，受聘为华林桐研究院名誉院长；中国林科院赵丹宁教授年过七旬，曾孤身远赴澳洲推广中国泡桐八年，如今是华林桐队伍的"小伙子"，随叫随到，随时出差；中国科学院植物研究所研究员、博士生导师沈世华教授，是科技部"国家重点研发计划"首席科学家，我国植物蛋白质组学创始人，致力于探索基于华林桐特性的"林畜一体化"模式；他的亲哥哥杨元林，放弃部队大校军衔自主择业，把所有的积蓄都投入华林桐事业中；同事多年的小兄弟田卫强毅然辞职跟随他种树创业，将家里的房子、小车都卖掉……

个人持有泡桐近200万株，听起来很吓人。但杨华彬知道种树的道路有多么漫长。在2022年5月举办的世界经济论坛年会上，中国气候变化事务特使解振华宣布中国力争10年内植树700亿棵。700亿棵！他的200万棵只是

"九牛一毛"。要知道，中国是全球木材进口第一大国，年进口量超8000万立方米。而他的树最大的才长了4年，距离绿水青山的梦想还有万里之遥……

伴随我国城市化进程，城市不断扩大，园林绿化投入持续增加，财政负担不堪重负。杨华彬和他的团队根据现有的园林管理体制，提出一种市场化解决方案：与政府签订20年园林绿化合同，前十年绿化费用由政府投入，每年10%递减直至归零；从第11年开始，不再需要政府任何投入，并且按照每年10%递增的速度向政府缴纳收益。同样，针对广大平原地带的交通廊道、水利廊道绿化项目，杨华彬也提出了不要或少要政府支出的市场化造林方案。政府零投入、低投入，就可以得到城乡绿化的生态效益、社会效益、经济效益，杨华彬也获得了相应的经济收益。邯郸魏县政府、天津泰达集团、唐山城投集团等地，先后向华林桐伸出了合作的双手……

面对未来，杨华彬这样描述华林桐：努力成为中华民族巍然屹立于世界民族之林时的代表性树种之一。

日月可鉴，山河为证，看华林桐如何遍植华夏，造福百姓。

（原载2023年4月21日《河北经济日报》）

第五辑：行吟大地

在那桃花盛开的地方

桃花不会因为疫情肆虐而放慢它盛开的脚步，这个春天，它开得更加艳丽，美如壮锦，如同给大地披上了粉红色的婚纱。中国的疫情逐渐得到控制，人们的脚步迈向了春天，踏青、赏花，回归自然。

位于北京南部的河北永清，有着20万亩地的桃园。这几日，满园里姹紫嫣红，远远望去，似天上遗落的一大片朝霞。粉红的娇美、深红的香艳、浅紫的妩媚，一丝丝红色的花蕊顶着嫩黄色的尖尖，调皮地探出头。一阵风吹来，朵朵桃花就像一只只花蝴蝶，扑打着翅膀，翩翩起舞。一时间，赏花的，采花的，都陶醉在这片桃园花海中。

一

桃花，与中华民族有着深厚的渊源。古代，人们就用粉艳艳的桃花、丰满鲜美的桃实、青葱茂盛的桃叶来比喻新婚夫妇的美好生活，祝福他们的爱情像桃花般绚丽，桃树般长青。桃花开启了人们的幸福生活，桃花有运，人生幸福，一年美好时光自此而来："桃花水到报平渠，喜动新流见跃鱼。"

一树桃花千万朵。一棵树冠直径8米的桃树，每年开花可达2万朵甚至更多，千朵万朵压枝低，绝对不是夸张。这么多花儿不可能都结成果实，所以就要"疏花"，也就有了"一树花半树果，半树花一树果"之说。园丁们在花儿盛开时疏除树体上的弱树枝，缩剪细长串花枝，破除部分中长果枝花。

被疏下来的鲜花自有用处，晾晒干，成为中药厂家的制药材料，成为日化厂家生产美容产品的宝贝。看似这些园丁在破坏满园桃花春色，实则是在让果实更加丰硕。

二

满眼的桃花，更意味着累累硕果。待到夏秋季节，长达6个月的时间里，人们可以享受各种时令、不同地域的鲜桃。以月份区分，四月半、五月红、六月白、七月鲜、八月肥、九月蜜，到9月份还有桃子满枝；按照地域分，有北方品种群、南方品种群以及欧洲品种群；按照品种区分，油桃、蟠桃、寿星桃、碧桃等，只是听这些品种的名字，就非常馋人了。桃子在中国又被称为仙桃和寿果，象征着幸福美满。"玉井莲花十丈开，瑶池桃子千年熟。"（宋·黎廷瑞《偕仲退周南翁登曲岛山分韵得曲字》）"别种蟠桃子，千年一度红。"（明·张以宁《木槿花》）足见人们对桃子的喜爱和珍视。

一季芬芳苦熬夏，满树鲜桃有泪花。桃花泪，就是桃胶，是桃树树皮分泌出来的红褐色或黄褐色胶状物质。桃胶含有碳水化合物、脂肪、蛋白质和植物胶原蛋白，营养丰富。将这些分泌物从树皮上剥下来晾干就是原桃胶，可以入中药，也可以简单加工后食用。桃胶在食品中可以起到增稠、乳化、凝固等效果，在化工、医药、化妆品、印染等行业也有广泛应用。

"春云暖雨桃胶香，调兰抹麝试新妆。岂无膏沐污颜色，思此佳人日断肠"（明·陈伯康《桃胶香鬟歌》）。没有桃胶护肤，美人都要断肠了，可见古人已经懂得如何利用桃胶了。

从4月份开始，人们就可以收集树上的桃胶了，在永清桃园，每年都可以收割100万斤干胶。

三

古人以桃木为仙木。桃木在中国民间文化中有着重要地位。最早的春联都是用桃木板做的，又称桃符，"千门万户瞳瞳日，总把新桃换旧符"（宋·王安石《元日》），说的就是新年来临，人们用新的桃木写春联。

千百年来，桃木就有镇灾避邪之说。桃木，五木之精也，故压伏邪气者也。李时珍曾在《本草纲目》中写道："桃木味辛气恶，故能厌邪气，蚊虫避之。"

如今，人们用桃木制作了种类繁多的工艺品。在永清核雕产业园里，单桃木剑就有300多个品种。

四

1971年，著名工艺大师杨恩歧开创永清核雕，经过40余年的长足发展，永清成为全国有名的核雕之乡。目前永清域内共拥有各类核雕企业、工作室、个体作坊1500余家，以别古庄镇最为集中，达到800余家；创作型微雕艺术人才数千人，相关从业人员达4万余人。2016年，"永清核雕"被列入河北省第六批非物质文化遗产保护名录。

近年来，永清县高度重视核雕产业发展，现有40多位核雕名家在此设立了工作室，永清已成为中国北方重要的核雕创作中心和销售基地。

如今，永清核雕已逐步形成鲜明的冀派风格，与苏作、广作核雕艺术渐成鼎足之势。永清核雕原材料的三分之一就来自该县的这20万亩桃园。

每到夏季，被冰雹砸落、大风吹落、虫子蛀落的果实不在少数，桃园主人任其在树下腐烂变质，成为桃泥。经过一冬的寒冷和风雪侵蚀，夏天掉落的桃子只剩下一个个桃核，这个时候的桃核质地更加坚硬，是核雕的最好材料。再到春暖花开时，附近村庄的老人们就在桃树下捡拾这些桃核，卖给核雕的厂家。

桃核被雕刻后能量不凡。一枚小小的桃核可以雕刻成千百种图案和饰品。桃核不大，小巧玲珑，泛着丝丝的紫红，如同隐隐约约的流水在上面涌动。将桃串戴在手上，能在不经意间按摩腕上穴位，从而达到调节气血的作用。

那些在树上被摘下的桃子，制作桃罐头后剩下的桃核，卖给干果烘焙厂家，能制成各种美味干果，轻轻一咬，那脆生的桃仁就满嘴香气。

五

桃树与我们的生活息息相关，它把所有都贡献给了我们。从春到秋，它都带给人们收获，所以被称为吉祥树、发财树。一棵成熟的桃树，连果带胶，连花带核，年产值能有千余元。

永清的几十万亩桃园拉动了近十个相关产业的发展，带动了20万人就业。人们借此开发了乡村旅游，建起了树胶收割加工基地、桃花中药收购站、建起水果加工厂、干果烘烤作坊。别古庄镇核雕产业的年产值就高达60亿元。

一曲《在那桃花盛开的地方》，美了京南，美了永清。桃花映红了姑娘们的脸庞，映红了今日幸福的生活。每年春天，永清吸引着北京、天津等附近城市的游客前来赏花；夏秋季节，游客因为永清桃园品种多、农家乐服务好更是蜂拥而至。

永清，这个传统的农业大县，如今已经变成了人美花靓的旅游生态县，开辟了幸福的桃花产业，写出了一部新时代的《桃花源记》。

（原载2020年4月16日《人民日报》海外版，发表时题为《永清桃花香天下》，4月20日《廊坊日报》全文转载，转载时题目为《在那桃花盛开的地方》，中国作家网2020年6月3日发布）

不到龙脊，算不上看过真的桂林山水

每一个去过漓江的人，都会兴奋地说见过了桂林山水。其实，只有游览过漓江山水，欣赏过龙脊梯田，才算看过真的桂林山水。

"十山九不平，西北东南倾。云开十万牛，九万岭越苗城。"广西山多山高，地势从西北向东南倾斜，勤劳的广西人民一代又一代开凿梯田。

龙脊梯田究竟有多美？诗云：春夏秋冬美不同，早中晚景美其中，雨雪晨雾千百态，稻花香远傲苍穹。

春天，续水以后的龙脊梯田，水漫田畴，如一串串银链缠绕山间。阳光照耀下，田边地头绿草茵茵，远处房前屋后，粉红的桃花、雪白的梨花、银白的李花、粉白的杏花点缀山间，阵阵花香袭人醉，飘荡在龙脊的云雾里，成为八桂大地的华彩篇章。

夏天，稻穗颜色变得更深了，龙脊梯田如同一层层深绿的地毯叠放在一起，在微风的吹拂下，泛起层层绿浪清波，稼禾吐翠。姑娘们唱着当地的歌谣，在田间劳作，如夏花织锦。

秋天，是龙脊梯田最美的时节，一层层梯田犹如金丝挂毯平铺，书写了一排排丰收的诗行，那是收获的波浪，那是幸福的金光，是八桂大地上最雄伟的乐章。

冬天，如果去看龙脊梯田，不妨找个雪天。远远望去，看不到尽头的梯田，如同一排排雪白的琴键，在大地弹奏起梦幻乐章。

清晨，炊烟和晨雾一起，慢慢揭开龙脊神秘的面纱。中午，阳光直射，龙脊梯田像一个纯朴的壮乡汉子，裸露着赤色的臂膀，浑身都是坚实的肌肉，那是劳动的景象，那是勤劳的本色。傍晚，夕阳洒下金色的晚霞，龙脊梯田犹如一个纯朴含羞的少女，披上了朦胧的面纱。

去看龙脊梯田，不妨择一个雨天。雨中的龙脊梯田，满山都是音乐。斜斜密密的雨丝，清清雅雅的雨雾，把龙脊梯田制作成了一幅巨大的丝网画；

雨雾缥缈，又像是版画家制作的一幅版画，如链似带，为古老的梯田标注入迷人的神韵。

龙脊梯田，美在壮观。

从山脚到山顶，山脊柔和，梯田盘旋，重重叠叠，弯弯曲曲，仿佛是一座巨大的天梯，缓缓地向田边展开，起起落落覆盖在山底山腰山顶，如织锦气势恢宏，如彩绸铺天盖地，好不壮观。来到这里的人没有一个不被这样壮观的景色所震撼，怪不得龙脊梯田被誉为"世界一绝"！

高空鸟瞰，龙脊山如同一条长龙腾跃在桑江之畔。一种叱咤风云的野性力量，高傲地俯视苍穹。

在山脚下抬头，一眼看不到顶。龙脊梯田蜿蜿蜒蜒，每条阶梯都不一样，被大山拥抱、被水光映照、被云影拂弄、被空灵天阙。一田一田地排列组合在龙脊上，磅礴壮观，气势恢宏。

龙脊梯田的美除了自然风光，还有劳动人民的智慧和力量。秦汉时期，梯田耕作方式在当地已经形成。唐宋时期龙胜梯田得到大规模开发，明清时期已经达到现在的规模，形成了独一无二的梯田文化。

先辈们可能没有想到，他们用汗水开出来的梯田，竟然成为后人景仰和欣赏的风景，连同古风古韵的吊脚楼、吟唱不绝的山歌、朴实的民风、酿香纯美的水酒，和高山、森林、云海、稻香一起凝聚成世界梯田文化瑰宝。

龙脊梯田满足了无数游人的眼福，也养育了一代代龙脊人。

有水为田，无水为地。勤劳善良的龙脊人，在这片土地上用自己的心血和汗水，创造出辉煌的财富，贡献出无数香醇的稻米之外，还用智慧精心培育和酿制了龙脊辣椒、龙脊云雾茶、龙脊水酒、龙脊香糯四大特产，人称"龙脊四宝"。您随意入住一处农家院落，主人都会热情招待，并拿出"龙脊四宝"让您一饱口福。

去广西不去桂林，不算到过广西；去桂林不去龙脊，不算到过桂林。漓江山水是淡墨千秋画，龙脊梯田为轻弦万古琴。当您把漓江山水和龙脊梯田都看过了，才会更加体会到桂林山水的妙处。

（原载2021年8月5日《人民日报》海外版，题为《到龙脊赏梯田》，中国作家网2021年9月15日发布）

金鸟银音

一

北京人爱玩儿，也会玩儿，遛鸟、下棋、听戏、唱曲、跳广场舞、淘物件……各种文化层次和经济能力的人都有自己的爱好。他们不但是北京城的一道风景，也成为老北京文化历史不可或缺的组成部分。

老北京人爱玩鸟儿是由来已久的，《燕京杂记》中记载："京师人多养雀，街上闲行者有臂鹰者，有笼百舌者，又有持小竿系一小鸟使栖其上者，游手无事，出入必携。每一茶坊，定有数竿插于栏外，其鸟有值数十金者。"可见，养鸟、遛鸟这个雅好主要是一些有闲有钱的人才做的事。

"提笼架鸟"也是老北京的一景，人们一说到北京的纨绔子弟、少爷秧子，都会用到这个词。

然而，提笼和架鸟，根本是两码事。

提笼，是指以笼养鸟，主要是为了观赏和听音。红绿鹦鹉、虎皮鹦鹉、芙蓉鸟、倒挂鸟、珍珠鸟等，皆是毛色艳丽的鸟，能使人赏心悦目。画眉、百灵、红蓝靛颏、字字红、字字黑等，叫起来百啭千声，悦耳动听。这些鸟都被放入笼中饲养，养鸟人以提笼遛鸟为乐。

架鸟，是用架子来养鸟，叫"亮架"。锡嘴、交嘴梧桐之类的鸟，不能在笼中饲养，只能在架上栖止。老北京最常见的架鸟当属梧桐，经过训练的梧桐会打弹儿、开锁、叼旗、开箱等各种绝技。旧时每到北京冬天最冷的时候，时常会看到有养鸟人在冰面上训练梧桐打弹儿，即养鸟人把一个弹丸扔在空中，梧桐会飞上去接住。

新得的小鸟，野性未除，必须经过上杠、认食再到认人、学艺，这就是

"驯鸟"。训练小鸟上杠，这是驯鸟的第一步。养鸟人将戴好脖套的小鸟用细绳拴到杠上，不停用杠子试探，直到小鸟能熟练抓住杠子，自行翻飞到杠上站稳，驯鸟上杠才算完成。所以，玩鸟可不是简简单单地拿个放着鸟的鸟笼子就完事了，北京人玩鸟就是这样讲究。

北京人把训练鸟学叫为"押音"。学叫的鸟以百灵、画眉、靛颏儿、红子等居多，各有各的玩法。以"养百灵"为例，分为南派和北派，北京人大多数都是北派的，北派百灵要严格遵守"十三套"的鸣法，就是需要玩家能训得百灵叫出十三种鸟鸣来，而且必须按照顺序，层层变化，行话叫"十三套"，也叫百灵套子。

一般常见的"十三套"又分前后两套。其中"家雀噪林、山喜鹊、红子、群鸡、胡哨、小燕、猫、家喜鹊、鹞鹰"九种为前套，"靛颏儿、柞子、黄鸟套与画眉络儿、胡伯劳交尾儿"为后套。

为了给鸟儿"押音"，玩主会采用一种叫"闷缸"的方法，把鸟儿关在空缸中，与外界隔绝，排除干扰，然后再把它放出来"压口"（模仿其他动物或物体发声）。"压口"的方法有很多，或直接听取动物叫声，或听取物体的声音，还可利用能叫出十三套的鸟儿来"压口"。

在玩鸟的行当里，有一句俗话叫"生玩毛色熟玩口"。之所以大多数人都喜欢玩画眉和百灵，最重要的原因在于它们善鸣，可以模仿其他动物或物体发声。尤其是画眉，被称为"活口"，天上飞的，地下走的，草里蹦的，河里浮的，都能学叫，尤以学小孩哭最惟妙惟肖。

文玩百灵，武狎画眉。习文的、当文差的人喜欢饲养净口百灵，因其能叫出十三种鸟鸣。习武的、当武差的人提画眉笼，讲究大清早起来遛画眉。如果养鸟人在路上相见，提百灵笼的人要请左腿弯、右腿后撤、半跪的"文式安"，提画眉笼的人则请左腿微弯、右腿向后微撤、下腰的"武架子安"，各有式样。

养鸟讲究"遛"，遛鸟能帮助它开叫和押音。新上手的鸟还不习惯嘈杂的生活环境，不习惯与人相处，就得每天早上趁着清静带它到户外有树林的地方，让它回到原生态的环境里慢慢适应。鸟还有自己的生物钟，每次主人带它走多远，它心里都有数，但凡主人走的步数不够，很多鸟就不叫，甚至还有画眉鸟这样的，每次走的距离还要递增，方肯开叫。有些鸟在遛的时候还要晃着笼子，这是为了让鸟练习抓杠，使它在笼子里站得稳。

不仅鸟儿要养得精神，养它的器具也是玩儿的项目之一。比如鸟笼子，那就十分讲究，方笼儿，圆笼儿，养小鸟儿的，养八哥儿、百灵的各有不同。笼子还分南北，南笼讲究做工精致，以广笼为首，而北方笼讲究简单大气，以北京为首。另外鸟钩、盖板、鸟罐、鸟杠、扁担，什么材质，什么年代，什么出处，都是很有讲究的。

《北平志》载："旗人善鸟，音韵山外。"老北京玩鸟历史久远，风行全城，当时全北京所有的茶馆都要给鸟备"位子"，大家志同道合，爱好一样，坐在茶馆里喝茶、聊天、听鸟哨儿，对玩鸟这件事真可以说是如痴如醉。老北京人玩鸟，玩的是一种文化，是执着与热情的终极体现，更是人与鸟的一段段奇缘。

二

在老北京人心中，养百灵和画眉还不是最难的，最难的当数养"靛颏儿"。

给动物的称呼挂上"儿"化音，足见人们对此鸟的喜爱。什么时候开始这样称呼的，不可考。网上关于"靛颏儿"的帖子有很多，"靛颏儿"就是红点颏儿和蓝点颏儿的统称，其中又以红点颏儿最为名贵。红点颏儿身材修长、俊俏，体长约16厘米。雄鸟羽毛大部分为橄榄褐色，各羽的中央略现深暗色，腹部白色，两胁棕褐色，胸部灰色，喉部赤红色，眼上有一白色眉纹；雌鸟喉部为白色，眉纹淡黄色。

靛颏儿极为稀少，鸣声多韵而清脆，十分悦耳，拥有靛颏儿者自非等闲之辈了。北京天桥的三鸟楼、五家茶馆也有专门喂养的。这种鸟经过换食调养后，再配上精制的笼子，价格尤为昂贵。拥有"靛颏儿"的遛鸟人可以到处炫耀，并为其购买数万金的保险。

百灵、红子、柞子、画眉、黄鸟、靛颏儿等都是要精心饲养的，但是饲养靛颏儿难度极大。新饲养的靛颏儿，性格刚烈，不吃食。为了防止撞笼和损坏羽毛，减少其体力消耗，需要"捆膀"。捆好的鸟放入笼内后，盖上笼罩，置处"认食"，就是笼内放入面包虫或玉米螟虫，在食罐里放上稀糊状的点颏粉，加上鲜肉末，再放几条虫，然后撤掉水罐。如果发现笼里的虫和稀食都吃干净了，再添新的食物，一般两小时添加一次。靛颏儿的食物和饮水都要保持清洁，每天须换新的。笼底的布垫，必须经常刷洗，晾干，更换，以免粪便腐蚀污染鸟的足趾。靛颏儿喜欢水浴，应经常提供浴水，待洗浴后再换上新的饮水。冬季室温须达15℃以上，方可供给浴水，防止它感冒。换羽期是饲养红点颏儿的关键时期，换羽不齐或不脱羽毛，不仅影响美观和鸣叫，还可能造成鸟儿的死亡。所以这期间的饲养管理，要特别注意多给活食和其他动物饲料。每天早晨让鸟儿去呼吸新鲜空气或到草丛中"搭"露水，将换羽期的鸟放进罩有草丛的笼中饲养，换出来的羽毛既光泽又漂亮。

靛颏儿有春蓝、秋红之说，春天的蓝靛颏儿栖息于灌木丛或芦苇荡中，因为换上艳丽的婚羽，显得格外美丽。经过一个夏季，有的靛颏儿胸部的部分毛色换为红色或黄色，在阳光照射下，闪着金光。靛颏儿不喜密林，不上高大乔木，常见于苔原带、森林、沼泽及荒漠边缘，且性情隐怯，常在地下作短距离奔驰，稍停，不时地扭动尾羽或将尾羽展开。

匪画眉（遛画眉鸟时，需大幅度地晃肩摇臂，姿势不雅，过于匪气）、土百灵（百灵笼底要铺河沙，影响卫生），唯有靛颏儿，堪称鸟中君子，色艺俱佳。选靛颏儿也多以喉部、胸脯色彩来评定优劣。其胸部羽毛多呈环状，分蓝、白、黑、绛，以色彩多为佳，白羽为妙，黑色为劣。

玩蓝靛颏儿的另一重点是听叫，俗话说"红叫天，蓝叫地"，意思是红靛颏能模仿天上的飞鸟叫声，蓝靛颏儿则善于模仿地上各种草虫的鸣叫。蓝靛颏儿模仿的金钟、油葫芦、蛐蛐等草虫叫声几可乱真，若是能叫上几口"伏天"（蒙古寒蝉）则更让人津津乐道。靛颏儿的叫声有金属撞击的音色，虽然不如百灵和画眉叫得婉转，却有银铃般的音质，这也是人们喜欢靛颏儿的原因。

靛颏儿经过捕获、训养、专配食物，到十三音齐全，需要数月甚至几年时间，投入甚多，价值万金，因此被称为"金鸟"。饲养难度如此之高，如同供养一个奢侈的皇帝，因此也有"帝王鸟"之说，不是一般人能够侍弄得了的。一说"金鸟银音"，就是专指"靛颏儿"。因为训鸟，产生了专门的训鸟师，月银百两甚至更多，堪比普通人家一年甚至几年的收入。

三

话说满人进关统一中国后，一群八旗子弟凭借父辈的战功，获得世袭的丰厚福利。他们无所事事，雇用用人专门为他们侍弄宠物，每日手提不同种类的靛颏儿，满京城闲逛，比拼谁的靛颏儿好看，叫得好听。

"八旗子弟"是什么？清兵入关以前，努尔哈赤（清太祖）把满洲军队分成了四旗，每旗起初是七千五百人（以满人为主，也包括少量蒙、汉等族人）。后来因为人数一天天增加，又由四旗扩充为八旗。八旗旗色除了原来的正黄、正红、正白、正蓝之外，再加上镶黄、镶红、镶白、镶蓝。这些旗的编制军政合一，满洲的贵贱军民都被编了进去，受旗制的约束。后来，随着军事的发展，又增编了"蒙古旗"和"汉军旗"，三类军旗各有八旗，实际上共为二十四旗。这些旗人的后代统称为"八旗子弟"。

清兵入关的时候，这些"旗下人"或者说"八旗人"的男丁，大抵是能骑善射，勇于征战的。入关以后，他们受到了政治上的优待。和皇室血缘亲近，地位崇隆的，当了王公大臣，什么亲王、贝勒、贝子、镇国公、辅国公之类；地位小的，当什么参领、佐领；最小的也当一名旗兵。由于他们参与"开国"有功，地位特殊，世世代代食禄或者受到照顾。

八旗子弟都非常会享乐，十分怕劳动。"历览前贤国与家，成由勤俭败由奢"，清朝的八旗子弟现象为李商隐的诗句提供了绝好的例证。入关以后，他们的子孙因袭祖宗的"荣耀"，坐享先辈的"福荫"。玩票、赌博、斗蟋蟀、坐茶馆、调戏妇女，一天到晚尽干些吃喝玩乐的勾当。积习一旦养成，要改就十分困难，不少旗人的后代因此穷困潦倒下去，给世人留下笑柄。

这些子弟们认为，他们的地位如同靛颏儿一样高贵，可以养尊处优，应当过着衣来伸手、饭来张口的生活。但是他们却没有靛颏儿那刚烈勇猛的性格。

康熙皇帝十四岁亲政后，富有政治韬略的太皇太后博尔济吉特氏就曾告诫康熙："祖宗骑射开基，武备不可弛。"意思是要康熙注意边防建设，加强军事训练，提高军事素质，不要忘记武备。

康熙十六年（1677年）春天，康熙皇帝在随从陪伴下出宫微服私访，看见京城街头的八旗子弟手提鸟笼满街闲逛，鸟儿甚是好看，叫声极为好听，当即问随从，何鸟如此精致？随从告知此鸟乃靛颏儿，又将此鸟的贵重、饲养的难度一一告知康熙皇帝。

皇帝不仅没有见过此鸟，更没有想到八旗子弟们是如此游手好闲，不思进取，心里着实吃惊不小。他原以手下的亲王、贝勒们会严格要求他们的儿孙，努力学习，严格习武，随时准备报效国家，不料现实中却颓废到如此地步。当时国家并不安定，云南有吴三桂叛乱，西北部有噶尔丹的分裂活动，国外还有沙俄的扰乱，而当时清军却斗志衰退，在平定"三藩之乱"中，清军贪生怕死，一人负伤，十人护送，甚至自残以自保。英勇善战的八旗将士弓马废弛，心无斗志，怎么不令皇帝心急如焚？

他当即命人在北方选择一块土地，以"射猎肄武为本朝家法，绥远实国家大纲"。"肄武"也就是练兵习武的意思。他认为只有加强武备，恢复军队的战斗力，才是立国之本。

于是就有了"哨鹿"的由来。

四

每年的夏末秋初，正是雄鹿的发情期，求偶的雄鹿急于将雌鹿汇聚到自己身边，嘶鸣声很响亮，会在灌木丛和林木间久久回荡。头戴鹿角面具的猎人，隐藏在围场密林深处，吹起木制的长哨，模仿雄鹿求偶的声音，雌鹿闻声寻偶而来，雄鹿为夺偶而至，其他野兽则为食鹿而聚。野兽聚集，猎人可选择性地对猎物进行捕杀，这种诱鹿射猎的方法就叫"哨鹿"。

围场在清代又叫木兰围场，木兰既非花名，也与花木兰无关。"木兰"的满语之意也是"哨鹿"的意思。康熙曾以诗赞誉："鹿鸣秋草盛，人喜菊花香。"

公元1677年，康熙首次出巡塞北，对这块"万里山河通远缴，九边形胜抱神京"的地方甚为满意。从康熙二十年到嘉庆二十五年的140多年里，康熙、乾隆、嘉庆来围场举行木兰秋狝105次，如今围场县区划及得名很多渊源于木兰围场。

一年中每个季节打猎的名称都不一样，春天叫作"春搜"，夏天叫作"夏苗"，冬天叫作"冬狩"，秋天就叫作"秋狝"。

至今还有很多人认为，清朝皇帝的"木兰秋狝"是皇家奢靡的游乐活动，实则不然。木兰围场有高山，有平地，有沙漠，有河流，适合各种形式的军事练兵。错综复杂的地形，给满蒙骑兵训练骑射技术提供了有利条件；这里还有种类繁多的飞禽走兽，为清军行围习武提供了活靶子。康熙皇帝规定，在秋狝活动中要各显其能，如果在规定的时间里没有捕获猎物，要受责罚，对成绩突出者要予以重奖。以猎物数量论能力虽然不是特别科学，但是也能考察八旗子弟的斗志、体魄和技艺。

木兰围场外接蒙古噶尔丹等多个部落，因此"木兰秋狝"也是一种军事上的"秀肌肉"。每年秋狝活动时，蒙古各部都要到木兰围场朝拜清朝皇帝，木兰围场的政治意义凸显。

清帝在140多年的木兰秋狝中曾用隋围射猎、奖功罚过等手段团结了新疆、西藏、蒙古等地的王公大臣；在多伦诺尔举行了"七溪会阅"，接见了万里归来的渥巴锡；进行了乌兰布统之战，击溃了噶尔丹的叛乱，粉碎了其勾结沙俄分裂中国的阴谋。如今在内蒙古乌兰布统草原上还有公主湖和将军泡子等战争遗址，成为后人游览的景区。

康熙曾在"七溪会阅"后对大臣们说："昔秦兴土石之功修筑长城，我朝施恩于喀尔喀，使之防备朔方，较长城更为坚固。"清帝在"木兰秋狝"结束后，都都要举行盛大宴会，表演塞宴四事——诈马、什榜、布库、教跳，肆武绥藩。

今内蒙古克什克腾旗山由红色岩石构成，侧面望去，有如瓮形。山的西面有一湖泊，名泡子河，当地俗称将军泡子，四周地势开阔，是著名的乌兰布统古战场。康熙三十年（1691年），西北准噶尔部噶尔丹发动武装叛乱，侵吞了喀尔喀蒙古，随后又往漠南蒙古即今内蒙古地区推进，妄图分裂统一的多民族国家。噶尔丹利令智昏，竟率叛军三十多万人进犯到乌兰布统。康熙闻报十分气愤，亲率大军平叛，坐镇伊逊河边的博络河屯，命裕亲王福全领兵赶赴木兰围场迎敌。噶尔丹在清军强大的攻势下连连败退，最后孤注一掷，在乌兰布统以万驼缚足卧地，背加箱垛，蒙以湿毡，环列如栅，布设驼城，命士卒于垛隙发矢放铳，企图挡住清军进攻。清军在将军佟国纲指挥下，架起了红衣大炮，连发炮弹将驼城轰毁，使噶尔丹最后的希望化为泡影，噶尔丹只得趁着夜色狼狈潜逃。在乌兰布统大战中，清军将领佟国纲阵亡，鲜血染红泡子水。现在古战场中还有一个巨大的圆形湖泡，相传为炮轰所致，后人为了纪念这位将军，便将这个湖泡称为将军泡子。

练兵台，位于乌兰布统东南五公里在大森林里，一片小小的开阔地中间有一座突兀而起的石峰，突起于郁郁松林之中，形如卧虎，上有平台。相传平定噶尔丹叛乱时，康熙帝曾在此练兵点将，点将台、练兵台因此得名。站在点将台上环顾八方，遍野的鲜花一望无际，一排排挺拔的松树组成的绿色方阵，像威武的士兵组成的整齐队列，俨然等待着将领的检阅，随时待命出征。

十二座连营，位于围场县机械林场北部，分布于吐力根河南北两岸。北岸可明显见到一排排连营基址，每排间隔八米，一排十二间，有大屋小屋和套间。康熙率军反击噶尔丹叛乱时曾扎营于此，十二座连营，就是乌兰布统之战屯兵积粮之所，康熙之兄裕亲王抚远大将军福全曾在此重兵屯驻，扼噶尔丹南下之道。

木兰围场对于我国统一民族国家的巩固和发展曾经起到不可忽视的作用，

为"康乾盛世"奠定了基础。

五

磬锤峰，位于承德市武烈河东岸，在其海拔553米的山巅之上有一石峰状若磬锤、棒槌，故古称"石挺"，俗称"棒槌山"，奇特的造型可与纳米比亚的"上帝的拇指"相媲美。石峰孤立于平缓的山峦之上，犹柱擎天，峰体上部直径15.04米，下部直径10.7米，高38.29米，连同棒槌底下突起的基座通高60米。清康熙四十一年（1702年），康熙皇帝以该峰状似磬锤，为此山赐名"磬锤峰"，此处遂成为承德标志性景观。

340年前，承德只是一个百十户人家的小村庄，村民们在磬锤峰下，依武烈河而居，日出而作，日落而息，过着悠闲的自给自足的生活。突然有一天，一队浩浩荡荡的车马打破了小村的寂寞，这风景优美的武烈河流域成了这队人马中途休息的最佳营地，从此，这个村庄不再宁静。

康熙十六年（1677年），皇帝出塞北巡。从北京至木兰围场遥遥800余里，清帝及随行的宗室和扈从官员都要在沿途休息，所用的大量物资也不能只靠驮载、马运，需要建立行宫来解决。康熙四十二年（1703年），在武烈河畔修建起规模宏大的古典皇家园林，每逢春夏之际，清帝便来此驻跸，处理军政大事。唯有雍正皇帝在位十三年一次未临，但他效仿其父康熙不忘皇祖恩德之做法，于雍正元年（1723年）设置行政单位"热河厅"，并封教子有方的十七弟允礼为和硕亲王，赐居小宫（狮子园）。雍正十一年（1733年），又把"热河厅"升为"承德州"。从此，承德与热河之名兼用。

避暑山庄的兴建，使承德成为清王朝前期第二个政治活动中心，康熙、乾隆、嘉庆每年来此消夏，处理军政大事。宗室王公和文武官员也在此理事办公。为了保障皇帝安全，便在这里建立官府、衙署。随之承德出现了商业和手工业，经济不断发展，人口骤然增加，呈现出城市繁荣的景象。康熙在诗中写道："生理农桑事，聚民至万家。"乾隆曾写道："热河自皇祖建山庄以来，迄今六十余年，户口日滋，耕桑益辟，俨然一大都会。"

1911年，辛亥革命推翻了清王朝，建立民国。1914年，热河改为特别区，1928年末又改为省，承德为省会。热河从清末至中华人民共和国成立，一直是省级建制，1956年撤销热河省，从此作为地名的"热河"不再存在。但承德仍是河北省的北部重镇，又是东北、内蒙古与关内的交通要道，也是首都北方的一个重要门户。

承德的自然风光和十大名山吸引游人，人文景观外八庙享誉世界。外八庙是清朝在承德避暑山庄周围依照西藏、新疆、蒙古喇嘛教寺庙的形式修建的十二座喇嘛教寺庙群。由于当年有八座寺庙由清政府理藩院管理，于北京喇嘛印务处注册，并在北京设有常驻喇嘛的"办事处"，又都在古北口外，故统称"外八庙"（即口外八庙之意）。久而久之，"外八庙"便成为这十二座寺庙的代称。这十二座寺庙，在避暑山庄以北的山丘地带有八座，自西而东依次是罗汉堂、广安寺、殊像寺、普陀宗乘之庙、须弥福寿之庙、普宁寺、普佑寺、广缘寺；避暑山庄以东的武烈河东岸有四座，自北而南依次是：安远庙、普乐寺、溥仁寺、溥善寺。

庙宇按照建筑风格分为藏式、汉式和汉藏结合式三种，它们融合了汉、藏等民族建筑艺术的精华，气势宏伟，极具皇家风范。这些风格各异的寺庙是清政府为利用宗教笼络团结蒙古、新疆、西藏等地区少数民族而修建的。工匠们多利用向阳山坡层层修建，主要殿堂耸立突出，雄伟壮观。在避暑山庄东部和北部丘陵起伏的地段上，如众星捧月之势环列着十二座色彩绚丽、金碧辉煌的大型寺庙。这些寺庙建筑雄伟，风格各异，是汉、蒙、藏文化交融的典范。在这里可以感受西藏布达拉宫的气势，浏览日喀则扎什伦布寺的雄奇，领略山西五台山殊像寺的风采，欣睹新疆伊犁固尔扎庙的身影，还可以看到世界最大的木制佛像——千手千眼观世音菩萨。

清帝建立这些寺庙，是为了顺应蒙、藏等少数民族信奉喇嘛教的习俗，"因其教而不易其俗"，通过"深仁厚泽"来"柔远能迩"，以达到清王朝"合内外之心，成巩固之业"的政治目的。外八庙中的普宁寺是我国北方著名的佛教活动场所，现有驻寺喇嘛75位。普陀宗乘之庙仿西藏布达拉宫修建，规模宏大，气势磅礴，是外八庙中占地面积最大的一座。须弥福寿之庙又称班禅行宫，是班禅额尔德尼六世来承德为乾隆皇帝祝寿的暂住之地。普乐寺又称圆亭子，其主殿旭光阁，重檐圆顶，极似北京天坛祈年殿，内部供奉的"上乐王佛"俗称"欢喜佛"，属藏传佛教的密宗范畴，较为罕见。

庙宇钟声悠远传山外，磬锤敲天鼓而应和。

六

如今，清朝已亡百年余，八旗子弟已不在，靛颏儿依旧悠扬地鸣叫，硕鹿在草原上雄健地奔跑，外八庙作为文化遗产声名远扬，磬锤峰屹立在武烈河畔经受岁月和风雨。

木兰围场在清代是原始森林和辽阔的草原。清朝晚期，由于连年赔款，国库空虚，宫廷下令对木兰围场原始森林进行垦伐。到了清朝末年，原始森林被砍伐殆尽，变成了乌兰布统大沙漠，成为肆虐北京的风沙源头。1962年，国家决定在此建设大型机械化林场，经过林场工人60年的艰苦努力，现在的木兰围场已经成为全世界最大的人工森林，浩瀚森林已经恢复当年的活力。辽阔的蒙古草原也焕发出青春与活力。漫山遍野的山花，笑迎天下游人。这里已成为"云的故乡，花的世界，林的海洋，水的源头"。

著名的塞罕坝景区有100多万亩森林、100多万亩草原，为游人提供了回归自然、旅游观光的美好去处。春夏时节，万顷松涛，清风习习；茫茫草原，繁花似锦，游人徜徉其间，心旷神怡，不知有暑。八月金秋，红叶满山，霜林叠翠，吸引无数国内外游客和艺术家前来观光、摄影、写生。一到冬季，林海雪原，莽莽苍苍，气象万千；雪淞玉树，无限情趣；丰富的冰雪资源为人们提供了滑雪、游乐的理想场所。

如今的森林里，靛颏儿冬春迁徙，夏秋入林可见，翠鸣清晰悠扬；鹿儿在林中奔驰穿越，嘶鸣高昂悠远。一片森林和草原，见证了一个朝代的变迁；一座城市的兴起，见证了一个朝代的没落。

"八旗子弟"的故事和教训仍在。凭祖宗的福荫，他们好些人世代有官衔，领月钱过活。一般的旗人要做事就得去当兵，可领一份钱粮。有的人名义上还是参领、佐领，但实际上已不带兵，有的人名义上还是骁骑校尉，但已经不会骑马。随着子孙大量繁衍，每家每户的"月钱"不可能累进，"粥少僧多"，自然就分薄了收入。旗兵的名额有限，也不可能随便入营。加之上层的贪污腐化，大吃空额，能够入营的旗兵相对来说就更加有限了。

这样，世代递嬗，不少八旗子弟就穷困下来。他们之中某些有识之士也觉得长年累月游手好闲，不事生产，坐吃山空不是办法，便去学习手艺。但是这样的人反而受到旗籍人的冷眼，认为他们没有出息。所以就多数而论，八旗子弟大抵是游手好闲的。

老舍先生因为是满族的旗人，他对于满族旗人，对于那些八旗子弟的生活方式和所作所为是知之有素的。他在《正红旗下》那篇自传体的文章中，曾对早年旗人的生活作了绘声绘色、入木三分的揭露："……按照我们的佐领制度，旗人是没有什么自由的，不准随便离开本旗，随便出京；尽管可以去学手艺，可是难免受人家的轻视。他应该去当兵，骑马射箭，保卫大清皇朝。可是，旗族人口越来越多，而骑兵的数目是有定额的。于是，老大老二也许补上缺，吃上粮钱，而老三老四就只好赋闲。这样，一家子若有几个白丁，生活就不能不越来越困难。这种制度曾经扫南荡北，打下天下；这种制度可也逐渐使旗人失去自由，失去自信，让多少人终身失业。"

三百多年积下的历史尘垢，使一般的旗人既忘了自谴，也忘了自励。他们创造了一种独具风格的生活方式：有钱的真讲究，没钱的穷讲究，食王禄、唱快书和养靛颏儿。奢靡和腐败成为清朝灭亡的重要原因，八旗兵已经变得腐朽透顶，在战场上常常一触即溃。这就迫使清廷不得不搁起这支老队伍，另行去编练新军。而编练新军，又没法阻止具有进步思想的青年前来参加，起义新军终于构成了声势浩大的革命军洪流。

凭血统关系，凭祖宗福荫过骄奢闲逸的生活，可以使人日渐腐朽，终至于烂得不成样子。这种事情，实际上并不独八旗子弟为然，可以说，历朝历代都有无数这样的事例。这真是"前面乌龟爬泥路，后面乌龟照样爬"，"前车虽覆，后车不鉴"，"后人哀之而不鉴之，亦使后人而复哀后人也"。

如今，鸟鸣悠悠，清灵致远。几只靛颏儿，演绎出这么多故事，也算是精彩吧。

（原载2019年第1期《古洼文学》，中国作家网2021年12月17日发布）

千树万树梨花开

一

第一次去新疆库尔勒是十年前的夏天，那时候只是为了去看苍茫的大漠。那浩瀚的塔克拉玛干大沙漠上漫无边际的昏黄，那没有一点儿绿色的无限寂静；还有荒漠的戈壁滩，飞沙走石；唯有荒凉的山谷底下有一些绿草和树木，流水线条一样清瘦。大漠的苍凉使我未能识得这个城市的真面目。

第二次去库尔勒是今年夏天，多年未见的友人再次邀请我到他所在的城市去看看。恭敬不如从命，到达后，友人问我想去哪里看看，我说哪里也不去，就在市区转转。

细细品味这个城市，才发现，库尔勒的历史竟然如此厚重。秦汉时期，天山南麓有三十六国，库尔勒市位居渠犁国境，唐置安西都护府管理西北。库尔勒市是新疆巴音郭楞自治州的州府，位于新疆中部、天山南麓、塔里木盆地东北边缘，南临塔克拉玛干大沙漠，是古丝绸之路中道的咽喉之地和西域文化的发源地之一，是南北疆重要的交通枢纽和物资集散地，也是该地区重要的政治、经济、文化中心。自古以来，此地为通往南疆、青海、帕米尔高原的重要枢纽。

"库尔勒"在维吾尔语中意为"眺望"，因盛产驰名中外的"库尔勒香梨"而被称为"梨城"。

二

库尔勒香梨，新疆特产，中国国家地理标志产品。这个城市是典型的

"礼（梨）行天下"，梨的世界：走在路头碰的是梨枝，极目所见的是梨绿，开口赞叹的是梨甜；若是 8 月，走路不小心，会踢翻筐筐香梨满地；在库尔勒，如果哪一家的院子里没有几棵梨树，就像养花人家里没有几盆花一样让人诧异。梨树和梨，是库尔勒的象征，带给了库尔勒人甜蜜的生活。

我们在市区的孔雀河岸风景带里散步，欣赏着两岸的风景，穿行在梨树林中。公园里绝大多数都是梨树，梨树已经挂果，那果子一串串、三三两两地挂在枝叶上，果子都有鸡蛋大小，树枝都被压得沉甸甸的，再有个把月就成熟了。庞大的树冠，一株挨一株，把阴凉连成片。河风送爽，很多游人在梨树下纳凉，看着满树的果子，笑逐颜开，他们在等待飘香的秋天。

友人陪同我的过程就是给我介绍香梨的过程。一说到香梨，他就成了专家，满脸的自豪。

库尔勒香梨属于双子叶植物纲，蔷薇科，属白梨系统。幼树直立，呈尖塔形，成年树冠呈圆锥形或半圆形。库尔勒香梨选择生长在天山高山上的野杜梨籽育苗，具有抗寒、抗旱、抗病虫害的优势。一般树呈三层，高 3 米上下，株年产香梨 100 公斤以上，树龄可达百年。

库尔勒香梨果实为小果型，一般为圆卵形或纺锤形；果面黄绿色，阳面有条状暗红色晕，果面光滑；皮薄，果肉白色，肉质细腻酥脆，汁多味甜，完熟后有香味，品质极上。库尔勒香梨营养价值极高，含糖、氨基酸、维生素、各种碳水化合物，并有"润肺、凉心、消痰、消炎、止咳、解疮毒酒毒"等作用，是维吾尔医、蒙医中的食疗佳品。

库尔勒的历史有多长，香梨的时代就有多久远。香梨原是西汉张骞出使西域时由内地带到新疆种植，距今已有 2000 多年的历史。据晋代葛洪撰《西京杂记》记载："瀚海梨，出瀚海北，耐寒不枯。"这里的"瀚海"即新疆塔里木盆地，"梨"指的就是库尔勒香梨。库尔勒香梨在汉唐时就通过"丝绸之路"传入印度，被誉为"西域圣果"。1924 年，库尔勒香梨在法国万国博览会上被誉为"世界梨后"。

我不是库尔勒人，但库尔勒香梨也吃过，能够想象库尔勒果实成熟后的魅力和香甜。一到 8 月，甜透城市，蜜了人心。庄稼熟了，梨也跟着熟了，梨城人开始享受丰收的喜悦。成熟的香梨，个头不大，看上去绿生生，摸上去油腻腻，咬一口甜丝丝，细嫩无渣，直流蜜水，梨城人如喝了一杯上好的陈年老酒，连走路都轻飘飘的，像维吾尔人在跳欢快的赛乃姆舞。

我们沿河而行，头顶的果实举手可摘。在市区的街心花园和河流两岸的沿河公园里，随处可见香梨树，秋天果实成熟后，任凭市民采摘食用。不过届时会有提醒牌告示：采摘注意安全，一次食用为限……为什么大街两旁不栽种香梨树？我马上联想到，一旦果实成熟，交通安全会是大问题，再者成熟的果实掉落会砸到行人和车辆。

三

我们走在风景带树林中，聆听河水哗哗流淌，欣赏河岸风景。楼宇时高时低，在绿树掩映下，犹抱琵琶半遮面。座座桥梁跨河而过，桥上车流不息，汽车马达和喇叭声伴着河水流淌，给这座宁静的城市带来了勃勃生机。

河水孕育了这个城市，浇灌着香梨树，香梨树成就了河流的风景。库尔勒的美还在于穿城而过的几条河流，一条是主城区的孔雀河，一条是南市区的杜鹃河，还有一条开发区的白鹭河。库尔勒市实施三河贯通工程，打造新疆的水城威尼斯，孔雀河景观带、孔雀河公园以及天鹅湖已成为市民休闲散步、锻炼身体的绝美之地。

库尔勒给人的印象除了美，还有极大的反差。城里是美丽的现代化生活，城外是荒山戈壁沙漠。也正是这种反差让人对这座沙漠绿洲产生了崇高的敬意：美丽的孔雀河不仅哺育了库尔勒这片戈壁沙漠中的绿洲，也让这座城市有了更多的灵气。

有河必有桥，我们炎热时在林荫中穿行，凉快时沿河漫步，时不时要穿过座座桥梁。有人说，过去库尔勒市因盛产香梨被称为"梨城"，现在，把这座城市称为"桥城"同样准确。随着城市"三河贯通"工程的完成，库尔勒市共有梁桥、拱形桥、立交桥等大小桥梁40多座，成为全疆桥梁最多的城市。桥，连接库尔勒新老城；桥，沟通着市民的过去和未来。如果说香梨给了这个城市甜美，桥则赋予了这个城市现代化气息，从"梨城"到"桥城"的变迁，记录着这座城市的美好。

一方水土，因风雅而美丽；一座城市，因历史的积淀和教养而文明。我们脚下的河流叫孔雀河，是一个富有诗意的名字。据徐松《西域水道记》载："河水西行三十余里，出山。水转南流二十余里，经库尔勒与军台之间。又西南，凡七十里，经哈拉布拉克军台南。二十余里，又西，经库尔楚军台南而西。"从清光绪至今，尉犁段一直叫孔雀河。孔雀河起源于博斯腾湖，河水一年四季不断流，沿河风景旅游带已成为"梨城"人休闲纳凉的好去处。

孔雀河玉水如带，百步一景。清晨薄雾轻纱，爽气怡人，晨练的人们在这里吐故纳新，采天地之精华；晚间夕阳铺水，人入梦中仙境，人们在这里乘凉散步，观夜景之妙。

四

如果沿河走的话，半天之内可以到达城市的每一个位置，我们身心愉悦地来到了孔雀河公园。远远望去，一座高大的雕塑映入眼帘。走到近前，心生敬意。"北风卷地白草折，胡天八月即飞雪……"雕像人物正是著名的边塞诗人岑参！诗人表情凝重，右手捋胡须，向左回望。他是在回望长安，思念大唐的君主？还是回首西北，心忧严寒中战斗的将士？我们久久地在这里驻足停留，凝视着诗人的表情，品味诗人的诗意，想象过去的战马嘶鸣。

孔雀河是库尔勒人的母亲河，相传诗人当年出征西域，曾在这里饮马，故又名"饮马河"。岑参自小贫困却志存高远，通过不懈努力在诗坛崭露头角，到长安后选择出征西域，希望在疆场建功立业。岑参最高官至嘉州刺史，没有封侯拜相，但库尔勒见证了这位大诗人两次出征边塞的经历和功绩。

第一次从戎，只是丰富了诗人的人生履历，未曾精彩。岑参第二次来到轮台的安西都护府，在治军严明的安西北庭节度使封常清手下做一名判官。闲暇之余，他看着西域的大漠孤烟和长河落日，时而诗兴大发。他的边塞诗因此而气势雄伟，想象丰富，色彩瑰丽，热情奔放，极富浪漫。一年后，范阳节度使安禄山起兵反叛，势如破竹，京城长安危急，岑参忧君心切，便带一拨人马日夜兼程向长安奔去。至此，诗人再也没有回到这里。

诗人回到长安，因在军营日久而性情耿直，一言不合顶撞了皇帝，被贬为虢州长史，最终也未进入权力中心。岑参虽然未实现人生理想，却因为诗名而不朽，他的边塞诗，是盛唐的如血残阳。公元770年，56岁的诗人病逝于成都，留给后人无穷的文学瑰宝和无限的崇敬与哀思。

诗人第二次出塞，人生之阅历更加丰富，能力也显著提高。先后任大理评事、监察御史和安西、北庭节度使判官。他佐理军政要事，处理文书，运筹帷幄，供应军需，安定民族，发展经济，为建设西域、促进民族团结和巩固边疆立下汗马功劳。

边疆的自然风光、军队的征戍生活和多彩的民族风情，使他积累了丰富的生活经验，为创作提供了取之不尽的源泉。岑参的边塞诗具有慷慨报国的英雄气概和不畏艰苦的乐观精神，富有浪漫主义特色，气势雄伟，想象丰富，色彩瑰丽，热情奔放，显现出奇情异彩的艺术魅力。

两次出征西北边陲，是岑参一生中的壮举。尽管生活艰苦，环境恶劣，但他心情乐观，名篇佳作不断。人们一直把边塞看作绝域，人未到心先寒，可诗人别具慧眼，从边塞的广漠和荒凉中发现它的庄严与美丽，并热烈歌颂，用之衬托将士们的英勇。"赤焰烧虏云，炎气蒸塞空"（《经火山》）写出火焰山的壮美；"忽如一夜春风来，千树万树梨花开"（《白雪歌送武判官归京》）唱出初雪的美丽；"岸旁青草常不歇，空中白雪遥旋灭"（《热海行送崔侍御还京》）绘出边庭风光的奇异；"平明乍逐胡风断，薄暮浑随塞雨回"（《火山云歌送别》）道出火山云的变幻无穷……妙笔生花，令人惊叹。

诗篇传千古，边塞代名词。岑参在历史上的作用独特深刻而不可替代，他的那些文字，洒脱豪迈而真实瑰丽。岑参作为一个文人已经逝去千载，但他开创的边塞诗风却能流传至今，让人爱不释手。穿越千年，金戈铁马，气吞山河万里如虎。念想诗人诗句，我们在雕像前驻足，久久不愿离去。这位为西部边塞作出重要贡献的诗人，又为后人留下无穷的精神财富，应当得到我们深切的怀念，梨城人故以雕像纪念之。

五

库尔勒的美，美在四月。我不曾看到梨城四月的梨花如海，花颜如雪，但我参加过很多梨花节，能够想象到库尔勒梨花之壮观气势。"半城梨花半城水"应当是何等的美丽和皎洁？遥想诗人的诗句，"忽如一夜春风来，千树万树梨花开"，好像是"未表边塞雪，只描梨城花"了，为写实，非虚比，成为神来之笔，千古绝唱。

我好想长住库尔勒，等待来年千树万树梨花开。在我眼里，梨城梨花满眼，开遍孔雀河两岸，开遍天山南北，开遍塔里木河流域，蔓延过塔克拉玛干沙漠。那梨花掩映下的笑脸如同梨花一样灿烂绽放，清脆欢快的笑声带着梨花树树深情传遍四面八方……

（原载2019年第2期《参花》，中国作家网2020年9月9日发布）

燃烧的云霞

　　如果把秋天的太行山比作一位成熟美丽的少妇，仙台山景区那片灿烂壮观如海的红叶就是这位少妇脸上的一抹红晕，魅力诱人。

　　汽车轻盈地驶入京港澳高速奔太原方向，进入太行山腹地，周围山间时不时露出几株红栌树、黄栌树，在展示着太行山秋色。忽黄忽红，犹如精美的宝石散落在山水之间，又像是金色的丝绸、红色的锦缎，奔放热烈，浓情如酒。忽然想起白居易的《琵琶行》："大弦嘈嘈如急雨，小弦切切如私语。嘈嘈切切错杂弹，大珠小珠落玉盘……"耳畔风中，似乎"叮叮当当"的韵味，早就响成了一片。

　　公路两边还有一树树的柿子，也变得红红火火，柿柿（事事）如意。柿子树的叶子都掉光了，只剩下一盏盏小巧的红灯笼挂满树枝，如同满天星斗，也展开微笑，绽放着浓情，欢迎着远方来的客人。

　　太行山就这样似初见般热情地迎接着我们。在辛庄高速口出来后，汽车蜿蜒前行，快到景区时，路旁停满了小汽车，那沟谷里也是密密麻麻的小汽车，足见仙台山里游人之多，以及仙台山红叶的巨大诱惑力。到了景区门口，我们却不能直接进入，工作人员说，景区里面的停车位已经满了，什么时候腾出车位来，我们才能进入。

　　眼看太阳渐渐西落，在景区大门外等候的人们心情有些急躁，急于和仙台山这位美丽的少妇会面。此时，山的背影与对面的山峦慢慢重合，给秋日的仙台山遮上了神秘的面纱。

　　夜幕降临，我们才被允许将车开进景区。蜿蜒的山间公路两侧，还有不少的游人在往外走，从欢笑声中，听得出他们的啧啧赞叹和留恋不舍。

　　入住景区的太行崖居后，我们一行人畅谈着红叶，发挥着各自的想象。在黑夜的星光里，仙台山的红叶已经把我们的心点亮。

第二日早餐后，我们乘坐摆渡车到达景区腹地。在狭小的谷底，去往刘秀洞的路上，左侧漫山的红叶、黄叶、绿叶成为金秋三色，红黄绿相间，红色唱主调，五彩斑斓，层林尽染，太行山迎来色彩最丰富的季节，也是最美的季节。从下往上看，片片红叶如同彩霞一样高高在上，直到山顶。那红黄绸缎就要飘落下来，把我们罩在这山水锦绣当中。

不大工夫，刘秀洞就呈现在我们的面前。仙台山有大小溶洞几十个，而以刘秀洞最为壮观。据传说，西汉末年王莽追杀刘秀，刘秀躲进此洞得以脱身，后人遂称之为"刘秀洞"。这个洞为天然形成的巨大石龛洞，洞高数丈，分上下两层。上层有一股清泉终年不竭，泉水中的碳酸钙长年沉积，形成一个高3米多、直径5米多的莲花状小山，有如一朵硕大无比的出水芙蓉。下层有三个小洞，洞连着洞，洞顶有石钟乳，晶莹剔透，含珠欲滴。

洞外有一60岁老尼居住，遂与她攀谈起来。她自诩为刘氏后人，感念祖先荣光，从东北来此守候，日日敬仰供奉几位先祖，心诚至极。她本有一女，问为何不和女儿同住生活，答曰谁来这里守候。其心澄如水，执着如仙台山。告别老尼后，继续我们的行程。

仙台山景观分上、中、下三层，最下一层的仙台山牌坊，一步一景点，一石一奇观，有卧鹰岩、雀吸岩、如来讲经、蘑菇石、蝴蝶展翅石、青蛙望日等。仙台山主峰海拔1200米，山峰奇秀，俨然是一尊大佛巍然屹立。山上树木繁多，自然景色优美，每至汛期，百泉汇合飞流直下，山光水影，宛如银河倒悬，仙朗凌空，故名"仙台山"。

景区民工热情地告诉我们，要想看红叶，只有登上最高峰顶，那才壮观，但是山高路险，一个回形路线下来，需要三个小时。一行人各自选择了路线，大多数选择了低矮的长寿岭攀登，我们这些不畏艰险的勇敢者选择攀向海拔最高的仙台峰。

上山入口就是直上直下的虎石头，有垂直的石阶可供攀登，岩石奇观，卧立有致，形态各异。初始还是信心百倍，到了一定高度便气喘吁吁，因防寒而多穿的衣服已变得多余，背包已成为累赘，好在我们回身远望，就是令人惊喜连连的美景。对面的山坡上红叶烂漫如波涛汹涌，五色斑斓如多彩画卷覆盖在太行山间；身边的一树树红叶和一树树黄叶亲切可掬，成熟的叶子香气散发，沁心润肺。时不时停下来，把这山摄入相机，把那树取入景中。停留的过程也是休息的过程，取景拍摄的过程也是欣赏美景的过程，劳累和疲倦也因为美景而远遁。

总感觉快要到山顶了，然而攀上一个高处，那山顶又好像近在咫尺，不停地吸引着我们，行进起来实际还很远，仙台山就这样不停地考验着我们的耐力和毅力。好在越往高处走，景色越美。对面的山梁下，又梳理下一道道山脊，山脊的两侧阴阳分割，阳光下的红叶区色彩明快，阴影中的红叶区颜色暗淡，阳光分两色，红叶阴晴有别，精致分明。

接近峰顶的时候，山风大了起来。山风吹过，树林哗哗作响，形成阵阵涛声，从近处传到远处，一浪接过一浪，好像有云雀和叫天子倏地从林中穿过，快速而无法抓住。树叶唰啦唰啦地在风中翻转，阳光透过叶子，随着叶子翻转，眼前呈现出一片片光和影的舞蹈。叶子转动的时候，把透过的红色光芒、黄色光芒和绿色光芒不断地折射到任何落点，让我们的面孔一阵红，一阵黄，一阵绿，一阵明，一阵暗。登上高处更为兴奋，景色的优美，山风的舒爽，阳光的舞蹈，是最美的享受。这是阳光、树叶、山风最完美的曲目，是大自然舞台上最绚丽的演出。

独自爬山赏红叶的趣味，让我想起孟浩然的诗句："行至菊花潭，村西日已斜。主人登高去，鸡犬空在家。"又如丘吉尔那句名言："勇气是人类最重要的一种特质，倘若有了勇气，人类其他的特质，自然也就具备了。"原来，古代中国把游山玩水视为生命乐趣；欧洲人把山水性情当成了突破生命的巨大勇气。

登上仙台山主峰，把红旗插上峰顶，只见群山绵延起伏，山体巍峨高耸，气势雄浑，景色壮美。极目远眺，周围的几重大山都是以红色为主调，成为红的海洋。山梁一排排横亘，山脊一道道如帘幕从山梁往下垂到谷底，那红叶如一条条竖带飘逸流淌；几重大山层层山坡之间有白色的悬崖峭壁间隔，那红叶彩带也一层一层围绕在山腰，直至山顶戴上五彩花冠。黄叶和绿叶掺杂，不再是纯粹的一片红色，成为一幅幅五彩锦缎。远山与天相接，那彩色绸缎，如同天边燃烧的晚霞一样，气势壮观，烟雾升腾中，红叶又多了朦胧美感。伫立山巅，头顶蓝天，足踏红海，凉风习习，馨香四溢，宛如九天仙境。

季羡林先生终生治学，也爱爬山，他曾写过一篇散文《登黄山记》："一到黄山，第一天晚上，坐在宾馆外深涧岸边，细听涧中水声，无意中捉到了一个萤火虫，发现它比别的地方的都大而肥壮。后来，我们又发现这里的知了也比别的地方大而肥壮，就连苍蝇也和别的地方不同，大得、壮得惊人……这实在使我吃惊不小。不用灵气所钟，又怎样解释呢？世界各国都有它们灵气所钟的地方，对于这些地方，只要我能走到、看到，我都喜爱、欣赏，一视同仁，绝不会有任何偏心。"除了深涧水声之外，这位著名学者还注意到了当地的萤火虫与苍蝇。大师笔下的萤火虫与众不同，窃以为：仙台山的红叶也与众不同，茂盛壮观、大而艳丽。山水之间，原本就钟灵毓秀，仙台红叶与黄山萤火虫，本无天壤之别，把心思放在它们身上，又能怎么样呢？

观赏红叶的路径是一个不规则的"几"字形。在下山途中，有长长一段路，那红叶的树木高大，两侧树叶相接，形成了一条"红叶隧道"，又是欣赏红叶的绝好景致。顺着阳光直视红叶，感觉那红叶色泽并不纯，好似有灰尘，不清亮，也不透明。在红叶隧道下方举目，红叶会呈现透明清亮的红色，如水洗过一样纯红。因为阳光照射的角度不同，还因红叶的重重叠叠，可以欣赏到不同的红色。

大自然是最伟大的调色大师，借助阳光和风雨，仙台山的红叶呈现出几十种红色：大红、朱红、嫣红、深红、水红、橘红、杏红、粉红、桃红、玫瑰红、玫瑰茜红、茜素深红、土红、铁锈红、浅珍珠红、壳黄红、橙红、浅粉红、鲑红、猩红、鲜红、酒红、灰玫红、杜鹃红、枣红、灼红、绯红、殷红、紫红……那些绘画大师、印刷大师、色彩分析大师们可以来此尽情选用了。

阳光下的红叶通体晶莹玉润，呈现出高贵、雅致的气质，具有独特的"透非薄""红而雅""细且精"的质感美，犹如十六七岁的美丽少女情窦初开时红润光泽的脸蛋。

自然科学中关于红色的解释是：红色是光的三原色和心理原色之一，它能和黄色、蓝色混合叠加出任意色彩。红色，是以通过能量来激发观察者的可见光谱中长波末端的颜色，波长大约为610—750纳米，类似于新鲜血液的颜色。普通人无法看到波长长过红色的射线，而这类射线一般被称为红外线。

红色是如此神秘，今日可近距离地感受和观察了。仙台山的红叶如鲜红的血液一样，流淌着太行山人的奔放、热烈和豪放。

上山是俯视、欣赏山谷红叶的过程，下山则是回望、欣赏山顶红叶的过程。循弯弯石径入林海，红荫蔽日，岩壁浸润，绿叶和黄叶散缀林间，幽静古朴，心之怡然。猛出苍莽林海，豁然一亮，整个山巅，红叶如毯，时有云雾缥缈，时见鸟雀飞翔，时闻秋叶香入鼻，心之醉然。

随手摘下几片红叶，细细把玩。"露染霜干片片轻，斜阳照处转烘明。和烟飘落九秋色，随浪泛将千里情。"唐代诗人吴融这样描绘着红叶景致。红叶又寄托了多少古人的相思和爱恋："一片红叶御河边，一种相思题诗笺。千秋佳话庐舍人，百年姻缘诗叶牵。""红叶无诗亦是诗，何来宫女再题词。秋复秋兮红叶在，片片红叶惹秋思。""临风抄秋树，对酒长年人。醉貌如霜叶，虽红不是春。"……

在我们上山和下山途中，总有扶老携幼的一家人欢笑着，还有年轻的情侣们奔跑着，他们脸上闪耀着红叶的灿烂光辉，与这红叶一样幸福地陶醉在阳光下，身处盛世，哪还有一丝的愁绪和思念呢？

夕阳西下，晚霞挂在天边，和山间的红叶连成片，如同一面面旗帜，指引着美好生活的未来，超越了时空，又像一团团燃烧的火焰，永不熄灭，温暖着这个季节，温暖着这个时代。

（原载2019年11月22日《河北日报》，发表时有删节，中国作家网2020年11月9日发布）

德天瀑布之旅

八桂大地，多有奇山异水。去年11月假期，朋友提议去广西转转，我便欣然同往，直奔桂林。

当我还在桂林山水中醉情时，不知疲倦的朋友就竭力撺掇去德天瀑布看看。瀑布有什么好看的？我欣赏过很多瀑布：贵州黄果树瀑布富态，四川九寨沟的瀑布冷艳，石家庄的沕沕水瀑布华贵，浙江温州楠溪江瀑布秀丽，河北承德雾灵山瀑布凝练，山西绵山的瀑布单薄……德天瀑布的特色是什么？没有在网上看过，我想也不会奇特到哪里去，因此去的愿望不是很强烈。终于还是经不住友人的反复劝说，跟随了当地的旅行社前往。

第二日天未亮，从南宁出发，沿324国道西行往崇左地区大新县方向。一路上，天气不是太好，但是沿途风景迥异，沿黑水河前行，明仕田园、那榜田园、独秀峰、五指峰、仙山瑶池、水上石林等数不胜数的美景犹如一幅幅水墨画卷，真个是"群英会德天，人如画中仙"。

距离瀑布越来越近了，心中不停地想象，瀑布是否壮观？千百次地想象它的面貌……到了，到了，果然不同凡响：位于崇左市大新县硕龙镇德天村的德天瀑布，以巨大恢宏的胸怀、高端蓬勃的气势、排山倒海的力量、震耳欲聋的轰鸣，迎接着我们，让我们叹为观止。

瀑布处于中国与越南边境处的归春河上游，气势磅礴、蔚为壮观，与越南板约瀑布相连，是亚洲第一、世界第四大跨国瀑布，年均水流量约为贵州黄果树瀑布的三倍之多，还是电视剧《酒是故乡醇》和《花千骨》的外景拍摄地。

德天瀑布所在的归春河是一条美丽的河，河水清澈碧绿，它还是左江的支流，也是中越边境的国界河。集雨面积约2200平方公里，其中分布在越南境内的集雨面积505平方公里，归春河河床落差243米。其中最大的是德天瀑布，形成四级天然瀑布。德天瀑布宽100米，垂直高度70多米，与越南板约瀑布相距离30多米，雨季时两瀑布融为一体，宽达208米。

我们乘竹筏到归春河中央拍摄瀑布景色的时候，对面越南边民的小木船便前来兜售他们的商品，很多游人看了看，都没有购买。看到他们黑瘦的脸上，眼中的热情一下子布满了失望，我们心里有一点儿不忍。远看对岸的房屋和公路与这边的中国，简直是天壤之别。这边是宽阔的柏油大马路，路上是川流不息的小轿车和豪华大轿车，对面还是泥土路；这边的房屋高大繁华、气派明亮，对面的屋舍低矮破旧，近在咫尺，清晰可见；这边歌声飞扬，热闹欢快，对面人烟稀少，一片沉寂。同在一块土地上生活，同饮一河清水，差异竟然如此之大！

在归春河上欣赏瀑布，是绝美享受。浩浩荡荡的归春河水，从北面奔涌而来，高崖三叠的浦汤岛，巍然耸峙，横阻江流，江水从高达60多米的山崖上跌宕而下，撞上坚石，水花四溅，水雾迷蒙。远望似缟绢垂天，近观如飞珠溅玉，透过下午阳光的折射，五彩缤纷，水声轰鸣，振荡河谷，气势雄壮，它与越南的板约瀑布连为一体，就像一对亲密的姐妹。人在近前，那高处的瀑布水铺天盖地向你涌来，伴随巨大轰鸣，好像随时要把你压倒和吞噬，让你变成沧海一粟。

回到岸边，拾级而上，走到顶层瀑布上方，慢慢欣赏瀑布初始形态。最上层的瀑布，坡缓水急，顺坡而下，乱石嶙峋，适水树木众多。那瀑布如一块白练铺满山坡：时而拱起，时而凹陷；时而遇石绕行，时而回旋；时而被树干分裂成多块绢布，纷飞直下；时而急涌如花如菇，时而溅裂如碎玉。蜿蜒处水流哗哗，急处水流呼呼，静处水凝气住。

走过瀑布顶端，距边境53号界碑约50米，就是越南当地政府为中国游客开设的边贸市场。市场上，对方边民同样是热情之后无限失落，因为很多商品内地都有，也比较便宜，对方有的特产，这边也有，购物者甚少，大家都是在界碑处照完相，就回返了。

看过德天瀑布，回程路途依河岸回返，我们在留恋中不停地欣赏归春河风光。导游也用她柔美的声音介绍这条中越两国界河：在中国西南边陲广西与越南接壤的一个地方，不知道从什么时候起就流淌着一条清澈的河，不论四季寒暑，她始终碧绿清凌，纯朴得像大山里的女子，人们给她起了一个美丽的名字——归春河。归春河静静地流向越南，又绕回广西，最终在硕龙这个边陲小镇，寂静许久后的力量瞬间爆发，撞开千岩万壑，冲出高崖绿树，一泻千里，划开了中越两国边界。德天瀑布从被造就的那一天起，便成就了归春河最激情的表达。

山路蜿蜒，车速较慢。目光穿透傍晚那缥缈的水雾，如见伊人，在水一方：腰缠春江佩玉带，垂首秀发落巢怀，身倚峥嵘奇峰石，背靠山梯从天来。顾盼留恋，眉目传情。实在是一个如诗般浪漫清雅所在，步步是景，处处含情。人在其中画中游，心无旁骛无纤尘。

回城路上，人们谈论着瀑布的壮美。而我却问起旁边一长者：您说同守一块瀑布美景，为何越南不开发呢？他回曰：因为越南太穷了。我顿悟：国穷民弱。国家无力开发旅游，也搞不起这些基础设施建设，即使搞起来了，老百姓也无钱来旅游消费。而我们国家大力发展旅游事业，是具备了国富民强的条件，产业的升级转型，促使了旅游业的大发展……

德天瀑布之旅就在这样的思索中结束了。只有比较，才有自豪。德天瀑布之旅，久久不能释怀，那瀑布之壮观，时时让人回想。那灿烂美景，就好像一只巨手，手握彩笔，描绘了当今国之繁华，让人永远珍惜。

（原载 2019 年第 3 期《橄榄绿》，中国作家网 2020 年 11 月 9 日发布，入选广西壮族自治区南宁市 2019—2020 学年第二学期末质量检测卷）

在云里在雾里，在梦里在心里

一

"武夷山"这个地名在我的记忆里已有四十多年了，最早知道这个名字还是在小学课本中的某篇文章里。不是写风景，是说七月的武夷山区气候炎热，当年红军在闽北根据地的斗争环境非常残酷。

"大红袍"出现在我的生活中，还是新世纪退伍转业到某新闻单位的时候。同科室的大姐为欢迎我，拿出她的茶叶，卷曲的干叶子，像烘烤后的牛肉条，黑里透红，品相实在不让人喜欢，我有些疑惑。大姐说：老谭，你太老土了，这是有名的"大红袍"。

大红袍？让人联想起红袍加身、玉树临风的仙子，还有在雪地上款款而行的红袍公主。这样品相的茶叶竟然有这样美丽的名字。

不错！喝过之后，茶色朱红，甘醇清香，柔和绵甜。大姐喝茶姿态优雅，满是幸福陶醉，典型的小资女人，她的爱人在某个派出所任职，也对大红袍情有独钟。

几个人因为大姐的大红袍而团结一心。她的抽屉成了茶叶百宝箱，她不在的时候，我们随心所欲地"大家拿"，偷喝最多的还是大红袍。喝到几个人重新分配岗位，我都不知道大红袍是哪里产的，认为它是红茶，和普洱同宗同根，印象里是来自云南。

二

儿子在2012年被福建农林大学生命科学院录取，考上大学的他犹如出了牢笼的钻天猴，满世界都是他的足迹。那年国庆假期，他和就读厦门大学的高中同学一起在武夷山疯玩了六天，把武夷山的风景装满了相机，当然也塞满了他老爹的手机，让爱好旅游的我心里痒痒的，恨不得飞到武夷山。

儿子说，武夷山不仅风景好，还产世界名茶，风景闻名全世界，茶香誉满全球。

寒假回来，儿子给他老爹的见面礼竟然是一盒茶叶。打开后，牛肉干品相和我第一次见到的大红袍一模一样。

"大红袍就是这样的！"儿子不容置疑。他还介绍，只有武夷山产的大红袍才是乌龙茶中的上品。

习惯营养快线的年轻人竟然老到地谈论起茶来。他还带回一套沏茶用具，打开大红袍，如同一个茶艺师，熟练地展示起茶艺。先是高温将茶器消毒，在茶器里放上二分之一的茶叶，洗茶去除茶叶的湿气，唤醒茶叶的味道，然后用高冲的方法，将100℃的沸水倒入飘逸杯内杯，让茶叶翻滚。

儿子教我品味大红袍有几个步骤：先用鼻闻过醇香气息，再用唇吻如恋人找感觉，舌探蜻蜓点水咂滋味，存喉咙处留回味，最后下咽回肠排浊气。

芳香满屋，在团聚中醉了全家人的舌根，每个品茗环节都是神仙味道。几次冲泡后，深红变浅红，如同天边朝阳的色彩从深变浅，逐渐让心明亮起来。

"行啊，儿子。我看咱们生命科学院的专业不能毕业，大红袍茶艺可以毕业了。"

"把茶喝好了，才有精力去研究生命科学呀。"大红袍带给全家人暖洋洋的温馨与和谐。

正是那个国庆节，爱喝营养快线的儿子爱上了喝茶。

三

第二年"五一"，我请上几天假，带上爱人，坐上了北京西直达福州的Z59次特快列车。在翌日朝阳初升的晨光里，我们在清新迷人的江南小城武夷山落脚。

的士司机问过我们行程后，热情地把我们带到武夷山景区北入口外的一家快捷酒店。

进入景区，沉迷在万千景色里，心中激荡起来。江南的山虽然不及北方的山高险，也没有怪石嶙峋的狰狞，但在柔和的山形中，也蕴含着凶险。陡峭的好汉坡、崎岖的天游峰、幽暗的一线天，没有胆量的人，在这些景点面前，只能望景兴叹。

黝黑的绝壁峰墙，是那么深邃，好像是画家泼过墨；片片绿色如绢绸，铺在山脚，围在山腰，覆在山顶，是画家的彩笔大气磅礴地挥舞；游人只是五色斑斓的点缀，是大山的花蕊，游动着，行进着，如画家飘逸的灵感。

第二日，雾气笼罩，在凉爽中，我们奔向玉女峰。湿气重重的青叶味道，沁人心脾。在朦胧中，山是隐隐约约中的淡墨。攀爬一阵，出得一些汗来，与雾气相融，江南的灵气沁入全身，感觉自己就是武夷山的一石一竹一树一水一花一草一木，在落地生根。朝阳穿过浓雾，落下一排排霞光，谷底有"情窦初开"之美妙，爬至半山腰，头在雾上，身在雾下，"身首异处"，群山也都是半山云海里，半山阳光下。

亭亭玉立的玉女峰羞涩地遥望溪水对面的大王峰，晨雾如同她白色的裙摆，飘逸而曼妙。峰顶山花参簇，恰似珠玉插鬓，岩壁光洁，宛如玉石雕就，一位秀美绝伦的少女，出现在众人面前。

到达峰顶，云开雾散。临空俯视，山下的峡谷处，九曲溪的河岸，远处的开阔地，是一片片茶园。茶树紧密，一道道、一垄垄、一畦畦、一沟沟的圆笼，如河水波纹荡漾，一浪推过一浪；如少女额前的刘海，精致而清晰；如新娘的婚纱裙衬，环曲而上；如士兵整齐列队，威武雄壮；如悠扬的乐曲，音质婉转；更如上帝的指纹，把武夷山紧紧捧在手里，不让遗失，这是大地的瑰宝……

山下的大红袍茶园沐浴在晨雾里，舒爽而悠然，静默在阳光下，清新而亮丽，清香醉人。墨绿，油绿，深绿，青绿，淡绿、浅绿……无数种绿在阳光下恣意绵延。那两片半圆合成的椭圆形叶子，新芽和老叶，舞姿各不同。老叶深沉隽永，已经饱含天地精华，新芽调皮顽劣，如同幼儿新奇地看着世界。阳光温柔地抚摸着它们，晨雾似棉被温暖着它们。它们就是武夷山的精灵，在云里，在雾里，徜徉在日月的光辉里，汲取着天地灵气。

远处有采茶女，一袭红衣游动，万绿丛中一点红，仿佛在演绎"大红袍"的内涵。天地人的情怀，日月星的温润，都凝聚在片片茶香里。

第三日，我们坐上竹筏，在九曲溪里漂流。浅处，溪水青绿，水流清澈；深处，溪水浓绿，一碧如洗；弯处，溪水泛波，遇石飞絮，白练如玉。水随山转，绿在两岸，蜿蜿蜒蜒，如九曲回肠的情歌，在诗里，在画里。

同竹筏的一对老夫妻，看见两岸景色，欢欣鼓舞，手机相机忙个不停，不时让我给他们拍照。他们热情地邀请我们去贵阳做客，一定要加个微信好友，让我备注"贵阳老唐"。他说，十年修得同船渡，这是缘分。

四

贵阳老唐非常热情。他带老伴儿旅游到每一个地方，都会把美景发给我，多次邀请我去贵阳做客。我们多是礼节性回复，有机会一定去拜访。

机会总是留给有心人。第三年，贵州黔东南州邀请河北媒体人赴凯里采风。采风活动照片发到朋友圈，被老唐捕捉，再次邀请。在镇远古城活动结束后，我欣然前往。

老唐在楼下，远远迎接，张臂拥抱，分外亲切。走进他的六楼雅居，茶香已经远远飘进楼梯间。落座后，猩红的茶水已经沏好。

"先喝点儿茶吧。"

端起小茶碗，一饮而尽，浓郁的香气奔涌而入。

"谭老弟，你怎么能牛饮呢，再渴也要品。"老唐不满了，我喝茶的粗犷影响了他品茶的氛围。

细品，味道悠然，一丝兰花馨香沁入心田。

"喝出这是什么茶了吗？"老唐自豪地问。

"武夷山大红袍！"

"对啰，这还是上次去武夷山旅游的时候买回来的呢。都没有舍得喝，留作贵客来时的招待茶。"一句话的浓情如同大红袍一样热情洋溢。

饮茶间隙，老唐带我到楼顶参观了他的杰作——楼顶小菜园。一百多平方米之地，经过老唐的精耕细作，解决了一家人的吃菜问题，黄瓜、豆角、西红柿、洋葱、大蒜、茄子、芹菜都在阳光下茂盛地摇头晃脑。我很佩服老唐像愚公移山一样背上来六七吨重的土，还有这些架子和水管。

我突然问老唐："老唐，你怎么不移栽两棵大红袍到你的楼顶上来呀，以后就不用买大红袍了呀。"

"谭老弟，你真会说笑，如果这地方能种大红袍，那大红袍就是随处可见的青草，也不叫武夷山特产了，更不可能成为茶中极品。"

饭前一杯酒，饭后一杯茶。在贵州老酒的微醉中，再品一杯大红袍，让我有了超凡脱俗之感，那馨香到了梦里，留在了心底。

五

很多茶叶都是生长绿色，成品绿色，冲出茶水也是绿色，没有千变万化的神奇。大红袍却是气象万千，以生长的绿色给人清丽淡雅之优美，以成品的黑红给人深沉凝重之壮美，以出水的红色给人热情激越之甜美，兼具红茶的甘醇，绿茶的清香，性温气柔。

人育茶，茶也育人。大红袍的三原色又怎么不是人的三原色呢？历经成长，历经磨难，绽放辉煌。茶道就是人道，茶里，沉积着生命况味，凝集着芸芸众生。品茶，就是品味人生、感念生活。

天下风景武夷山，美茗红袍世间传。修得远方诗与酒，哪堪月下做茶仙。远方的武夷山大红袍，是一首诗，是一首歌，也是云里雾里的一团火，太容易让人迷失方向。

那个爱喝茶的同事大姐，在内退几年后，被曝出她那当公安局副局长的爱人被留置，从家中查抄出极品大红袍上百件。她也因此得了忧郁症，时而清醒，时而迷茫。在忧郁的时候，送上一杯大红袍茶，那一抹橘红，让她眼前一亮，提神醒脑，若常人。

（原载2022年第4期《武夷山》，中国作家网2022年5月17日发布）

草原的眼睛

那双眼睛，清澈而明亮，深邃而古老。穿透了岁月，穿透了时光。融进了血泪，融进了爱恨。

在内蒙古草原上，人们把从草原渗出的地下水自然形成的水洼或者一潭水，都叫作"泡子"。

从北京往北上京承高速，再转承围高速，拐上256省道、303乡道，就可以到达内蒙古乌兰布统景区。乌兰布统大草原中的红山军马场北部有个西大泡子，和其他泡子没有什么不同，四周低山环绕，绿草遍布，树木繁茂。这个泡子因为蓝齐儿格格而著名，被改名为"公主湖"，一下子吸引了无数游人的兴致：去草原必去公主湖。

固伦荣宪公主（1673—1728年），康熙帝第三女，序齿为二公主。康熙三十年（1691年）正月受封为和硕荣宪公主，六月嫁给漠南蒙古巴林部博尔济吉特氏乌尔衮，时年19岁。康熙四十八年（1709年）晋封固伦荣宪公主。

也许是我们的作家二月河先生看固伦荣宪公主这个名字实在是拗口，也不便于人们对其作品《康熙大帝》里的人物加以记忆，便给固伦荣宪公主换了个名字"蓝齐儿格格"。随着电视连续剧的热播，蓝齐儿悲伤的眼泪和忧郁的面孔让人过目不忘。

影视剧中，蓝齐儿的爱情悲剧感染了无数观众：她原本已心系李光地，然父命难违，皇命难抗，她只能违心远嫁噶尔丹，她又是幸运的，草原上人们的热情豪放，噶尔丹的真情终于赢得了这位公主的芳心。雄心勃勃的噶尔丹要夺取祖宗基业，光复元大都，任蓝齐儿格格如何劝阻，两军阵前的舍身阻挡，战争仍不可避免地发生了。一意孤行不听劝告的噶尔丹，策马操刀，一场激战人亡旗倒，马革裹尸碧血黄沙。

有人说，湖水是蓝齐儿因为远嫁离开故园、离开亲人流下凄婉的泪水汇成，有人说那是因为爱她和她爱的丈夫战死流下悲伤的泪水汇成。我们到达的那一日上午，天公不作美，没有一丝风，阳光隐去，灰暗的云团没有一丝清亮。那湖水静静的，没有点点波纹，光滑的水面如一块厚厚的玻璃，平铺在草原深处，倒映着周围的青山，反射着阴晦的天空。那湖里看不到一丝丝的激情和浩荡，没有水鸟光顾，四周的白桦林也是那样静谧，没有一丝声响。湖边的草场看不到野花摇曳，看不到牛羊光顾。太静了，静得有些可怕。

善良的蓝齐儿就这样静静地在湖边守望了几百年。整个泡子的气氛如同蓝齐儿雕像一样，面部是那么忧郁，没有一丝愉快的表情。无助又无奈的眼睛里没有点滴光彩。忧伤、难过、悲愤、痛苦全在面容里，怀念、回忆、追思、悔恨全在眼神里。那眼睛好像已经干涸了，不再有泪水，木讷无光地注视着前来的游客。

也许她在想：为什么父皇要把她远嫁给噶尔丹，离开她心爱的人；为什么爱她的噶尔丹不听劝告，要和大清王朝起战争；为什么最后留给她这样一个结局，丈夫战死，情断人孤苦？

也许阳光不想打扰蓝齐儿的忧郁，也许山风不想吹破蓝齐儿的愁绪，也许鸥鸟不想叫开蓝齐儿心的静谧……让她静静地思考吧，让她悄悄地思念吧。

时间是最荒诞的戏剧，时间可以冲淡一切；时间也是最抒情的歌谣，时间也能沉淀一切。他们的爱情，不正如八年岁月中醇酒般越酿越香浓吗？该有多么幸福啊！可甜蜜幸福的爱情又怎敌两个民族之间的利益争夺，又怎么能够泯灭噶尔丹梦回大元帝国的辉煌野心呢？

蓝齐儿忧郁的心情影响着游人们，景色的沉寂让人压抑，游人们简单地驻足，爱怜地看看蓝齐儿，环湖一绕就匆匆回程。

回程东行30多公里，就是另一个泡子——"将军泡子"。在回程途中，云开日出，阳光明媚起来，隐晦的心情被草原上的风带走。天渐渐变蓝，云徐徐变白。草原变得明丽清亮起来，远处牛羊如云彩一样慢慢飘动，一片生机盎然。

不一样的景致，不一样的色彩。泡子周围的草场上，野花遍布，金黄的金莲花、白色的银莲花、蓝色的鸽子花、黑色的藜芦花、紫色的格桑花、红色的山丹花，争奇斗艳，把将军泡子装点成一个绚丽的花海。游人们快乐地在草丛里、在花丛中捕捉自己最美的影像。蝶儿飞舞，鸟儿长鸣，马儿奔腾。蓝天白云下，草原上最美的季节里，游人高唱着草原歌曲《天堂》。

美丽的草原，古老的战场，一切仿佛就在昨天。在泡子周围的草丛里，有很多骑马的将军雕像和冲锋的战士雕像，意气风发，满面怒火地杀向敌阵。噶尔丹勾结沙皇分裂祖国，在蚕食华夏大地，在涂炭大清王朝的生灵。这一笔笔血债都写在冲锋将士们奋勇杀敌的征战中。

康熙二十九年（1690年），厄鲁特蒙古准噶尔部首领噶尔丹，在合并了厄鲁特各部之后，趁清政府全力平息南方三藩之乱对北部边防放松管理之机，里通外国，借沙俄侵略分子的援助，举兵叛乱。康熙任命福全为抚远大将军，率清军主力出古北口；任命常宁为安北大将军，率军出喜峰口。康熙亲率御林军，坐镇博洛河屯（今隆化县城）指挥战斗，总揽战局。八月，清军同时从12座连营和练兵台向乌兰布统进发，逼近驼城，一声号令，杀声震天，驼城硝烟弥漫。清军分左、右两翼向叛军包围，清军用火炮向驼城发射，驼城起火，万驼乱阵，叛军尸骸狼藉，主力几尽，入夜噶尔丹带残部遁入红山。乌兰布统之战，清军大胜，噶尔丹主力被消灭大半，曾被其征服的回部、青海、哈萨克各部纷纷投向清军。此役使噶尔丹势孤力单，无力起事，蒙古全境出现了平静局面。

决战中，率领左翼的是内大臣佟国纲、佟国维两兄弟。佟国纲前一年刚刚与索额图一起参加了《尼布楚条约》的签订，此时是一等公、镶黄旗都统、领侍卫内大臣、皇舅，以其身份，本不必在阵前冒险，但他以清军高级将领中少见的勇气亲自率兵沿河冲击，结果被敌方火枪击中阵亡，他也成为清朝二百年历史中地位最显贵的阵亡将领。佟国纲下葬时，康熙帝要亲自前往送葬，结果被诸大臣劝阻（皇帝按礼制是不应为臣子送葬的），康熙帝乃派诸皇子和大臣前往送葬，并亲自撰写了祭文，直到雍正时，雍正帝还在继位之初为佟国纲追赠"太傅"称号。

将军战死的血水化成了今日的泡子，在夕阳下，那湖水如同血水一样鲜红，白日里倒影中远处的山石是红色的，如同壮士的鲜血一样沸腾。游人们走进湖边就会看到很多水鸟在飞翔，在高叫，好像在鼓励将士们继续冲锋；成群的蚊虫铺天盖地迎面袭来，阻止人们前去，也许不想让游人们打扰将军安息的灵魂；那些鲜花绿草随风摇摆，都是大自然对阵亡将士们的深情礼赞。

泡子的水面开阔，四面环山，是拍晚霞照片的最佳地点，水中的芦苇长得一丛丛的，而且错落有致，好像是给摄影师安排的道具。每天下午6点多钟时，会有一大群马飞奔到湖边来喝水，群马入水，溅起的水花非常漂亮。夜幕降临，在泡子边的蒙古包里住上一晚，围坐在篝火旁欣赏如泣如诉的马头琴和抑扬悲壮的蒙古长调，又是一番情怀。夜深，枕边细细体味寂静草原之夜的浪漫情趣，耳旁风吹芦苇的沙沙声会催人入眠。清晨早起呼吸草原的清新空气，观湖面晨光，看第一线阳光把眼前的一切都染成金色。想象当年金戈铁马仰天啸、壮士悲歌卷西风的血肉沙场，今天已变为绿草茵茵、波光潋滟的旅游胜地。

公主湖、将军泡子，一样的湖水，同样的山河。为什么会有这样截然不同的两个景致出现，是天意，还是人为？人们不得而知。公主湖的静悄悄，蓝齐儿孤独地守望在湖边，将军泡子周围却是热闹酣畅，好像战马还在嘶鸣，战士们还在热血厮杀。哀婉的历史过去，冲杀的场景远去，两组画面形成了风格迥异的美丽。湖水，飞鸟，山石，白云，牛羊，牧人，构成了一幅自然和谐的亘古画面。

公主湖、将军泡子如同蒙古人的两只眼睛，深情地注视着今日的草原。熠熠生辉，闪耀着历史的光芒，折射着真善美，昭示着正义和邪恶。在那双眼中，我们看到了深沉的湖水，听到了欢乐的涛声，闻到了历史的狼烟。那盈眶的泪水，有读不完的故事，那眼角的笑容，展示着今日幸福的生活。

（原载2019年11月8日《廊坊都市报》，2021年10月号《海河文学》转载）

跨过日月山的少女们

一

在西行去青海湖的途中，要经过很多风景区，塔尔寺、日月山都很著名。我们到达日月山的时候是上午10时，阳光有些灼热，但高原的风也有些硬。附近的宾馆饭店里还生着炉火，一是用来烧开水，二是用来晚上御寒。可见高原是一天有四季了：早穿棉袄午穿纱，晚上围着火炉吃西瓜。

风景优美的日月山是我国自然地理上的一条非常重要的分界线，是湟源、共和两县的交界处，是我国外流区域与内流区域、季风区与非季风区、黄土高原与青藏高原分界线，是青海农区和牧区的分界线。此地海拔3520米，是人们进入青藏高原的必经之地，故有"西海屏风""草原门户"之称。

日月山在初唐时名赤岭，为唐朝和吐蕃进行物资交流和两地使者往来的中转站。相传，文成公主远嫁松赞干布时曾经过此山，她在峰顶翘首西望，远离家乡的愁思油然而生，不禁取出临行时皇后所赐"日月宝镜"观看，镜中顿时现出长安的迷人景色。公主悲喜交加，不慎失手，把日月宝镜摔成两半，正好落在两个小山包上，东边的半块朝西，映着落日的余晖，西边的半块朝东，照着初升的月光，日月山由此得名。

现在山隘上尚立有"日月山"三字的青石碑，山顶修有遥遥相望的日亭和月亭，山南脚下有流向独特的倒淌河。这里属于牧区草原地带，白云就在山峦举手可摘之处，天很蓝也很近，牧草不是很丰盛，但从远处观看，也如同绿毯铺地。山峦柔和起伏，天宽地阔，可以随时驰骋。站在山顶，向东眺望，一派田园风情；向西看，碧波荡漾的青海湖，明丽动人，与田园秀色迥然不同："登上日月山，又是一重天。"

和我们一起的游客中，有十几岁的少男少女，他们更是新奇，快乐地奔跑，也不顾大人劝说防止高原反应，无忧无虑。在他们纯真的脸上，阳光灿烂。然而，这日月山上曾经就有过16岁的少女在这里跨越而过……

二

历史有时候太吝啬了它的笔墨。

公元596年春，年满16岁的光化公主还在花园里和其他宫女们幸福快乐地游玩，无拘无束。突然有一天，年轻貌美的她被父皇隋文帝召入寝宫，看见父皇和母后一脸严肃地等待自己，她有些茫然了。父皇将原委告知她时，她是多么地难过，她是多么地舍不得长安的繁华和富庶，多么地留恋同亲人们朝夕相处的亲密和欢乐。

原来，吐谷浑建立的少数民族政权虽然被隋朝军队击败于日月山西麓，但依然严重地威胁着中原地区的稳定和发展。596年，吐谷浑可汗世伏遣使到隋和亲，隋文帝考虑到江山社稷的安危，决意把聪明懂事的光化公主嫁给吐谷浑可汗世伏。

知晓原委，光化公主同意了，她知道，她的婚姻由父母决定，她的婚姻可使两个政权相安无事，能为大隋江山换来安定和平安。2000公里的进藏旅途中，光化公主以其16岁的超人智慧，克服了重重困难，把泪水洒进了蔚蓝的青海湖。从此，每年吐谷浑都要到长安进贡，汉藏开始了大规模的民族融合。如果说王昭君开辟了中原王朝和游牧王国之间蒙古高原的草原和亲之路，那么，光化公主则开辟了内地公主走上青藏高原的和亲之路。

从长安一路走来的光化公主一行，踏上日月山的垭口时，心情又该是怎样的沉重？从日月山缓缓下山，默然走进青海湖边的毡房，走进吐谷浑可汗的怀抱，换来的是汉藏土地将近百年的安宁。597年，吐谷浑内乱，世伏被杀，其弟伏允继位。按照吐谷浑习俗，光化公主再嫁世伏弟伏允。

笔者查阅了很多资料，知道的也就是这寥寥数笔。而光化公主所忍受的自然条件之恶劣和生活环境的差异，远比汉朝王昭君所经历的苦难还要多，但是，这个16岁的少女以其少女的胸怀为几十年后再上高原的大唐公主们做了很好的典范。

三

日月山不倒，风光永远在。隋朝灭亡以后，唐朝从战乱中建立起强大的国家，同样延续了隋文帝的和亲政策。贞观十四年（640年）二月，李世民遣左骁卫将军、淮阳王李道明及右武卫将军慕容宝节携带大批物资护送弘化公主翻过日月山，入吐谷浑与其国王诺曷钵成婚。弘化公主嫁给吐谷浑新王，是唐将公主嫁于外蕃的开端，是中华民族团结史上的一件大事。它不仅使唐与吐谷浑的关系很快得到改善，而且也促进了唐与吐蕃的友好往来。

据史载，弘化公主不仅聪明贤惠，而且同她父亲一样具有超人的胆略。弘化公主入嫁吐谷浑后，吐谷浑和唐朝的关系进一步密切了，而这却引起了吐谷浑国内不少大臣的不满。有一年，吐谷浑丞相宣王和他的两个弟弟密谋在祭山活动中劫持诺曷钵和弘化公主投奔吐蕃。弘化公主得知这个消息后并没有惊慌，她飞身上马，和诺曷钵一起带着少量亲兵，连夜向鄯城（今西宁）奔去，并在鄯州刺史杜凤举的帮助下一举粉碎了宣王的阴谋，吐谷浑国内很快就安定了下来。

美丽可以不再，但是智慧长存。这位传奇女子于公元698年五月"寝疾于灵州东衙之私第"，享年75岁高龄，葬于凉州南阳晖谷冶城之山岗。弘化公主墓位于武威市城南20公里的南营乡青嘴湾。葬地峰峦起伏，峡谷纵横，大水、冰构两条大沟湍流急下，在两水汇合处。从18岁离开长安，弘化公主就再也没有回过长安，一生致力于汉藏民族团结事务。她在去世前，还亲自为自己写了墓志铭。"诞灵帝女，秀奇质于莲波；托体王姬，湛清仪于桂魄。公宫秉训，沐胎教之宸猷；姒幄承规，挺璇闱之睿敏。"唐朝奇女子，就这样为民族贡献了自己的一生。

四

"和亲"的历史不会间断，唐朝传承丰富了儒家文化，向少数民族展现了一种母仪天下的迷人风范。再回说唐贞观八年（634年），吐蕃赞普松赞干布遣使大唐，唐太宗遣行人冯德遐出使吐蕃。松赞干布再次派人到唐朝，提出要娶一位唐朝公主，遭到唐太宗的拒绝。由于当时吐谷浑王诺曷钵入唐朝见，吐蕃特使回来后便告诉松赞干布，声称唐朝拒绝这个婚约是由于吐谷浑王从中作梗。

唐贞观十二年（638年），松赞干布遂借口吐谷浑从中作梗，出兵击败吐谷浑、党项、白兰羌，直逼唐朝松州（今四川松潘），扬言若不和亲，便率兵大举入侵唐朝。牛进达率领唐军先锋部队击败了吐蕃军，松赞干布大惧，在唐将侯君集率领的唐军主力到达前，退出吐谷浑、党项、白兰羌，遣使谢罪，再次请婚，派大论薛禄东赞携黄金五千两及相等数量的其他珍宝来正式下聘礼。唐太宗将一宗室女封为公主，嫁给松赞干布，这一公主就是著名的文成公主。

贞观十五年（641年）正月十五，唐太宗将文成公主下嫁松赞干布，诏令江夏王李道宗持节护送。文成公主在唐送亲使江夏王太宗族弟李道宗和吐蕃迎亲专使禄东赞的伴随下，前往吐蕃。文成公主一行从长安出发，途经西宁，翻日月山，长途跋涉到达拉萨。

文成公主与吐蕃松赞干布和亲，开创了唐蕃交好的新时代。松赞干布迎娶文成公主后，中原与吐蕃之间关系极为友好，使臣和商人频繁往来。松赞干布十分倾慕中原文化，他脱掉毡裘，改穿绢绮，并派吐蕃贵族子弟到长安国子学读书。永徽元年（650年），松赞干布逝世，文成公主继续在吐蕃生活达30年，致力于加强唐朝和吐蕃的友好关系。她热爱藏族同胞，深受百姓爱戴。文成公主与松赞干布的故事，以及推进藏族文化的功绩，至今仍以戏剧、壁画、民歌、传说等形式在汉藏民族间广泛传播。文成公主博学多能，对吐蕃国的影响很大，不但巩固了唐朝的西陲边防，更把汉民族的文化传播到西藏，西藏的经济、文化等各方面也借由大唐文化的营养得以长足发展。

文成公主知书达礼，不避艰险，远嫁吐蕃，为促进唐蕃经济文化的交流，增进汉藏两族人民亲密、友好、合作的关系，做出了历史性的贡献。历史给予她的笔墨也最多，史书和庙宇以及塑像在青海、西藏都是不难见到的。

五

风吹日月山，离家倍觉寒。长安无回路，从此家国安。文成公主之后，又一位金城公主走上吐蕃高原，同样在日月山走过。意义同前无二，历史对于她的贡献和经历也没有再多的叙述。

阳光和煦，高原七月格桑花遍地开，周围是青天碧草。远处经幡猎猎，牛羊在远处悠闲漫步。那么，在正月和二月的高原又是怎样的凄凉和寒冷呢？白雪覆盖着高原，严重缺氧的空气，又会怎样考验从唐朝走来的汉家少女们呢？我们无法去想象。

日月山下不远的倒淌河流过了千年。一股碧流永无休止地向西而去，汇入浩瀚的青海湖。自古天下河水往东流，偏有此河向西淌，所以人们称此河为"倒淌河"。关于倒淌河的传说，人们众说不一。汉族民间千百年来的说法是：唐王李世民为了沟通藏汉两族的关系，促进文化交流，将年轻美貌的文成公主嫁给吐蕃松赞干布。文成公主在赴西藏途中，到达日月山时，回首不见长安，西望一片苍凉，念家乡，思父母，悲恸不止，流泪西行，公主的泪汇成了这条倒淌的河。

其他游人们兴奋地照相，爬完了日山，爬月山，看完日亭，看月亭，角度不同地留影、拍照。而我的目光穿越高原，到达了渭河谷地的西安古城，把思绪放飞到隋唐历史，想象那几位十几岁少女的身影，她们又是以怎样的心情告别了故土，来到这荒凉的高原上？我们这群人里不少也是年过半百的人了，我们的儿女也都二十多岁，他们是否也会为了国家和民族忍受这一别父母不再见的心愁和高原严寒和缺氧的苦难？

这些，我们不得而知。但在我的心中：汉家少女，母仪吐蕃。传播文明，和谐藏家。这几位十几岁的少女无疑是伟大的，是永恒的。她们如同这洁白的云朵一样高洁美丽，如同七月高原的山峰一样迷人伟岸。

（原载 2019 年第 3 期《橄榄绿》，中国作家网 2020 年 11 月 9 日发布）

开阳堡：一支古老的歌谣

一

如果你从京大（北京到大同）高速公路西行至张家口阳原县出口，往西南方向不远20公里处，就是著名的开阳堡。

文人的最大特点就是望文思义，我也不例外。我听说开阳堡的时候，以为是"阳光开天处，莺歌伴燕舞"，该是怎样的迷人美景呢？然而现实与想象反差极大，跟着前车到达的时候，看着眼前的景象，马上就会想起西部。这里有着楼兰古国的苍凉，也有着黄土高坡的昏黄。

那厚厚的土城墙，经过多少年的雨水冲刷，已经是忽高忽低，如晨曲般抑扬顿挫，早就没了分明的棱角；几排排泥土房整齐地排列，夕阳照射下，影子如同钢琴琴键一样黑白分明，在大地上弹奏着古老的曲调；两横两纵的街道就是这个城堡的全部交通，显示曲调的高低和寡。在阳光下，那黄褐色的泥土好像已经干渴了许久，远处的山色是乌蒙蒙的，城外的桑干河支流早已干涸，河对岸的成片柳树也还是墨黑色的树干和枝丫，一片凄美的景色等待着春天的眷顾。

看见这满目凄凉，就想起西部黄土地上的歌，这是每个前来的人共有的感觉。然而，当我了解这片土地厚重的历史后，我在心底认为，开阳堡就是一支被传唱了2300年的古老的歌！2300年里，有过歌舞升平，有过高歌猛进，有过荡气回肠，有过悠扬婉转，有过默无声响，也有过曲终人散。每一日太阳升起，便是鸡鸣曲起，月出便是曲住琴歇。那流淌几千年的桑干河就是古老的琴韵，开阳堡无疑就是那琴弦上最为鲜活、最为优美的音符，在两千年里荡气回肠。

今天的开阳堡如同布满灰尘的古琴，等待着被人弹奏。古堡里没有离开的老人坐在大槐树下，坐在庙门前，他们无疑就是这古琴的主人，静观我们这些来者，沉默无言。他们静静地看着我们闲淡地指指点点，走马观花，表情散淡，态度沉稳，在他们心底和这古琴一样有过多少故事？

二

曲起的时候，开阳堡是这片山河上美丽的歌。据《中国历史地图集》载，开阳堡即战国时期赵国代郡之安阳邑。《史记·赵世家》载，赵武灵王封长子章安阳君驻守此郡，以其君名号称为安阳邑，西汉、东汉时称为东安阳县，县城所在地为开阳堡。那么，既然有东安阳县，西安阳县在哪里？西汉设置的西安阳县在今内蒙古，县城所在位置为乌拉特前旗东南公庙沟口。这个东安阳县、西安阳县与现在河南省的安阳市确实一点儿关系也没有。东安阳、西安阳早在战国时期就有了，现今的河南省安阳市在秦国统一中国以后才置县称安阳。西汉时期和东汉时期将河南安阳并入汤阴县，西晋重置河南安阳县，而废止河北东安阳和内蒙古西安阳两县。两者虽然同名，但是来历不一样。河北东安阳和内蒙古西安阳以赵武灵王长子章的名号安阳君（又如：战国信陵君、平原君、春申君、孟尝君等，现在的山东平原县也是如此）为地名，而河南安阳以秦始皇攻克宁新县后，改"宁"为"安"，又因古时山南水北为阳，宁新所处淇水之北，得名"安阳"。赵国作为"战国七雄"之一，国力强盛，社会稳定，经济繁荣，人们在这片土地上安居乐业。

开阳堡最为繁华鼎盛的唐代初期，还是一县的政治、经济、文化中心，堡内为官衙，并遍布商贾店铺、富家大户、客栈和殿庙。每逢集市和庙会更是车水马龙、川流不息。开阳堡一个弹丸小堡，庙殿林立，儒释道各种信仰一应俱全。当年有将近20个庙宇，现存却寥寥无几。在开阳堡的玉皇阁下的堡门前面，面对曾经浩瀚的桑干河，就有相当于正殿配殿的关帝庙、三公庙、河神庙、东西龙王庙。从里面的壁画和土泥雕塑，以及至今仍散发着的神佛气息中，可以想见其昔日的华耀尊容，人们幸福祥和地耕种劳作，一代一代地繁衍生息。

开阳堡还是茶马古道上贯通南北的交通要冲，是北部草原通往中原地区的门户，往西是进入山西的要冲，从西部往东进入北京这里也是必经之路。唐宋时期，这里均属于边关要塞，中原王朝经常与辽、金、西夏等少数民族政权交战。最有名的是北宋时候，穆桂英战弘州（阳原县古称），曾经在开阳堡激烈作战，足见开阳堡地理位置之重要。

三

既成曲调便有情。开阳堡长宽约为300多米，土城墙依然保留了原有的轮廓，有的地方基本完好。城堡只在城南侧开城门一处。城门上下为青砖和条砖垒筑，门洞内的铺路石被行人车马踏得光滑如镜，人和牲畜走在上面，发出嗒嗒清脆的回响，至今仍是出入的主要通道。开阳堡内的街区为井字结构，分为9个部分，史称"九宫街"。目前，街区还保留着"乾三连"和"坤六断"的格局，其他街道仍能看到一些依照八卦图建造的痕迹。今天在很多古城里已很难找到像开阳堡这样具有神秘宗教色彩的"三宫七堡"了。"三宫"即极乐宫、通灵宫、明神宫；三宫统领七堡，分天枢堡、天权堡、天璇堡、天玑堡、玉衡堡、开阳堡、摇光堡。其内涵怪异，高深莫测。

满目疮痍中，不难发现曾经的辉煌和精致。堡内保存较为完整的唐代建筑为玉皇阁，据介绍，因为年代久远，唐代的土木建筑保存至今的仅有几处，玉皇阁是其中之一。玉皇阁共有三间，高二丈多，为单檐歇山顶。四个檐角玲珑精巧，角脊上走兽尚在。尤其引人注目的是檐角处起杠杆作用的木构件昂，其昂嘴被雕刻成象头，同行的河北名人名企文学院何永利院长说，这种雕饰在古代建筑中是不多见的。据了解，玉皇阁最后一次重修是在清代同治年间，但保留了唐宋建筑的风格。那些玉皇阁里的壁画，主题和内容皆富有向善性，鲜亮的色彩经千年依然清晰如初，精湛的工笔甚至连每一根胡须和头发都能看得清清楚楚。可惜人为破坏得太多了，好好的壁画已经是伤痕累累，需要拼凑断面和想象，才能读懂画面的内涵。

开阳堡内，还有一处古戏台保存基本完好。仿佛锣鼓声已经响起，鼓点急骤，小生小旦在台上你来我往，眉目传情……那戏台高约两尺，台上青砖铺地，两侧屋角由木柱支撑，柱础石雕图案精美。在屋檐下梁头的位置有一个立体感很强的砖雕，采用的是透雕和镂空的手法，画面是松林鹿回头，有较高的文物价值。此外，离玉皇阁不远的地方还有一座城隍庙，按封建社会的寺庙建制，只有县级以上的城镇才有资格建城隍庙，也足以说明开阳堡就是安阳邑的县城所在地。

堡门的一块横着的石条上刻着"开阳堡"三个苍劲清晰的大字。组成堡门门洞的石条，布满凿刻时留下的刀痕。虽然已经在栉风沐雨中衰落了很久，却依然严丝合缝，不缺不损。那些用石条砌出的穹隆状门洞，还保持着战国时代的铮铮风骨和铿锵韵致。

四

燕赵烽火狼烟起，残酷的历史将繁华盛曲变得凄凉哀婉。开阳堡由盛转衰的主要原因是周边环境遭到破坏。汉唐以前开阳堡附近森林广袤，水源充沛。在北宋年间和明代，阳原县成为中原农耕民族与北方游牧民族冲突和战争的前沿，森林大量被砍伐，水源枯竭，生态遭到了严重破坏。每逢冬春，狂风卷着黄沙直奔开阳堡。

最不堪的要数九玄贞女庙，拾级而上，却再也看不到贞女的面目，当年人们在这里焚纸祭祖，虔诚地许愿，虔诚地顶礼膜拜，以求神灵赐予富贵和平安。当然寄予的希望总是以失望而告终，如今，神仙也随缕缕青烟飘到不知何处去了，开阳堡一代代主人心中的美好也不知所踪！唯有庙前的一块不成样子的石碑虽已被侵蚀得快断了腰，仍然坚强地矗立在那里，孤傲地屹立，独特而凄美，个性而灵动，耐心地向前来观瞻的人们昭示九玄天女的地位和身份，这大概就是它之所以没有倒下的精神支柱。

开阳堡有两座石塔，堡东有一座白石塔已无存，堡西北有一座黑石塔虽已倒塌，但主要部件幸存。据传说，开阳建城堡时，选在"灵龟探水"的风水宝地，前面的河流滋养着这片神奇的土地。这块地形南有龟头，北有龟背，有一前爪，有一后爪，而且龟头伸向前面溪流，呈喝水状，但缺一前爪，缺一后爪，就用石塔代替，人说泥河湾开阳堡是搁浅在龟背上的村庄。现存的黑石塔是由一组民间乐器形状的石圆雕组合而成，下面座基和二层为一副大镲，三层为一面大鼓，四层为一面大锣，五层为一口大钟，上面的塔刹已无存，这样的石塔不可多见，堪称华夏一绝。

五

往事越千年，曲谱在流传。现代文明的脚步已经踏入21世纪，繁华和富裕却远离着这个古堡。但是古风遗韵的迷离中，我看到的是古老的北方2000年以来风土人情的民俗画卷，听到的是一曲北方古城的古韵悠扬。

时值春季，远处的杏花已经开遍了原野山岗。流云已经绿意朦胧，即将为开阳古堡带来新的色彩和华章。这古老的城邑虽已成为小小的村落，但同样是历史留下的财富，同样是大自然的赠予。我们同行的人，走进还有人居住的小屋子里，去感受一下古老生活的滋味，感受那古老的遗韵。

在开阳堡，一些年轻人出外打工去了，留守的只有老弱病残。大多数老人也没有太强的劳动能力，更多的是坐在门口纳凉，与之相伴的是比他们还老的城墙和屋舍，回忆着古堡的点点滴滴，等待同古堡一起老去。

几多的沧桑，几多的泪流，这传唱两千年的古曲再无华章，变得朴实和静谧。开阳堡西北的桑干河接近断流，林木稀稀落落。开阳堡只有百余户人家，且还有人不断迁出，与过去的繁华县城有着天壤之别。它更像是北方一个平常的小山村一样，老实而贫穷，安静而淳朴。也正因为其不事张扬的成熟，越发显现出了独特的、别处无法比拟的文化底蕴和无限魅力。

两百万年前，东方人类从阳原泥河湾走来，到战国设立安阳邑，逐步形成了古老的泥河湾开阳堡文明，它比载入史册的河姆渡文化、大汶口文化、仰韶文化还要早上一百多万年。漫漫两千年的风雨，已经夺走了它青春的风华。我们走在城内的街面上，还有人在和泥，修补墙皮，把脱落的泥巴补上，街上安装了古色古香的路灯，修凿了下水道。当地政府意识到了开阳堡的历史和文化价值，开始不断地维修和保护。

一种文明的延续，无非包括两个方面，一是传承，二是发展。专家们考证，泥河湾开阳堡最为宝贵的价值，在于保留了千年古城的整体风貌，继承了先民日出而作、日落而息的生活方式，为研究唐代建筑提供了宝贵的实物资料。2006年4月，开阳堡村被省住建厅、省文物局列入河北省第一批历史文化名村；2012年12月，被国家住建部评为首批中国传统村落；2014年3月，国家住建部、文物局联合公布的中国第六批历史文化名村名单上就有开阳堡村。

开阳堡不会随着历史风雨而消亡，它将成为一支经典的歌。随着阳原县泥河湾文化遗址保护、开发、利用工程的被重视和逐步的实施，完整保留唐代建筑风格的开阳堡，已经引起各级政府、有关部门和各界人士的极大重视，县、乡、村已把保护、开发、利用开阳堡的规划列入重要议事日程。据确切的消息，在河北省公布的第一批省级历史文化名镇、名村名单中，阳原县浮图讲乡开阳堡村位列其中。希望之光闪耀着光泽，照亮着开阳堡。

六

收起瑟缩在夕烟里的瘦弱与干涸，放飞着凄凉和沉静，寂寞而大气恢宏的泥河湾开阳堡彰显着一派庄严。我们挪动着迈向文明的脚步，在游弋中前行。

有人在北城墙下开了一个大洞，人们可以从这个大洞下出出入入。说是大洞，也只能容一个人低头而过，我们在古堡主人的带领下，也低头穿过。城内城外两重天，豁然开朗，一扫因古堡的破败而产生的阴晦心情。

城外是开阳堡新村，政府统一规划，村民逐步搬迁。一排排宽敞明亮的新居和时代相呼应，那夺目的紫色一下子就吸引了我们这些人的眼球。街道宽广整洁，一根根路灯杆的头颅高高在上，俯视着一个个芳香满屋的庭院。一些农家门前还停放着小轿车，散发着现代化的快节奏气息。

那棵700年的老槐树，才是开阳古堡真正的守望者和见证者。它的树冠有200多平方米之大，树干需要五六人合抱。它见证了开阳古堡的700年历史，也感受着新农村建设的新气象。鸦雀在它身上筑巢搭窝，衔来春天的气息，让它生生不息，已有很多新芽初露枝丫上。春风吹来，鸦雀的鸣叫伴着枝丫摇曳，为这古老的开阳堡舞着，唱着，笑着，一边哼着城内古老的旧调，又不停地唱着城外的新曲。实际上，城内城外是一支相同的歌，只不过是时代变迁，赋予了不同的新韵……

（原载2019年第12期《新老年》）

泥河湾，那双眼睛

一

　　严冬的时候，对视你的眼睛，是那么的温暖。你把远古的火种带到了现在，让我抵御寒冷。和我诉说着远古的情话，那一丝丝目光，透露着坚韧，凝聚着对大自然的锤炼和磨合，放射着对世界的真诚。

　　那一日，我到张家口阳原做客。主人带我到泥河湾看一看，我没想到泥河湾一个小小的村落有着古老的历史，竟然有二百万年前的遗址，十几处先民生活的痕迹历历在目。主人告诉我，东方人类就在这里起源，一下子就拉近了我和这片土地的距离，原来我的基因是从这里开始，被传承了千万年。

　　我老远就看见了那尊高大的祖源雕像。好像有一双强有力的胳膊张开了胸怀，把我紧紧地搂在怀中，迎接我的到来，让我马上就感受到了那目光的温馨，在寒风中温暖传导全身。我在雕像前是那么的渺小，是那么的虔诚，是你们的顽强和生生不息，才有了人类的延续，才有今日辉煌灿烂土地上这亿万幸福的子民。

　　从那一刻开始，我就在心里和你不停地交流，把我的目光和你的目光融合在一起，希望能够感知二百万年的风霜雪雨和斗转星移，体会你的风餐露宿、天房地床的苦难历程。

　　山的隆起决定了你的高度，大海的广阔就是你的深度，宇宙的浩瀚就是你的广度，二百万年的岁月漂流就是你的长度。这一切都融入你的目光里，你的目光需要我们多少代人阅读和思考，才能品读尽你的深邃。那沧海桑田的故事都写在了你的脸上，那千沟万壑的褶皱中有多少泪水在溶入和流淌，那一层层的岩石分明，都在堆积着你的履历。在水瘦山寒的季节里，你是那么的坦诚，对世界和未来没有丝毫的隐晦。

离开你的目光，我知道我和你有着不可分割的情缘，我还会来到你的身边，还会感知你的目光，从你的目光里汲取力量，感受你的温度。

二

果然，在今年春暖花开时节，我再次走近你，凝视你的双眼，是那么的慈祥。春风带雨，天蓝日丽，云白风清。那目光是那么的亲切柔和，没有严冬里的那么冷峻，是满含艰辛后的喜悦，是厚重中的轻盈。

漫山杏花，又展示着你曾经的另一种神态。在山林里奔跑和追逐，在野花丛中哺育子嗣，森林里的原生态和自然美无拘无束地展示在天地间。今日之杏花开遍原野山冈，树木和草原葳蕤葱绿，就是不变的场景，只是曾经的你已经化作了泥土和山脉，大地的主人变成了你的后代。杏花落过，大风肆虐过，洪荒改变了你的家园，改变了你的生存状态。

游人纷纷同你合影，我从泥河湾的最高处走向最低处。在高处看到了岁月雕刻的痕迹，那是时代苍老后留下的皱纹。我走进那些沟壑里，寻找你曾经留下的足迹，去感受你留下的温度。也试图找到你用过的石器或者木棒，试图找到你逝去后不朽的骨骼，让我更好地亲近你，我的祖先，我的精血上古前辈。我坐下来，依靠在山石面前。躺下来，辗转在泥土草丛里，仰望天空，凝视星斗。寻找你留下的气息，寻找你曾经寄情的星斗。也许你不会有我这样的浪漫，因为自然环境所迫，时刻要考虑生存，但是你肯定那么向往着，哪怕是刹那间拥有的美好。

一层一层的岩石，线条清晰。那不就是一本厚厚的书卷吗？记录着你一代一代的迁程。那不就是五线谱吗？弹奏不尽你的辛酸履历。

在你的目光里，我看到了岁月的漫长。从爬行到直立行走，再到努力奔跑，用手和脚制作工具，同草蜢野兽作斗争，要经过多少个年代啊？无人能够叙述清楚，这些都在你的目光里。

你经历过多少地动山摇，山崩地裂，山起水落，水与火的洗礼；风沙雪雨，春夏秋冬，经历过多少生与死的挣扎。你就这样一路走来，脚步从未停歇。

我在这沟壑里，有很多的问题要问这片土地，问这山川河流，请它们作答。一切都是静静无言，没有谁告诉我这块土地上生生不息的祖先是如何一代又一代顽强地生存。如果月亮有记忆，它会告诉我你过去的故事；如果太阳有思想，它会告诉我中华民族传承的真善美一定就是你在劳动中总结出来的智慧。

三

你的目光里，也许有过彷徨，有过疑惑。那彷徨的是你怎么才能够生存，怎么能够让你的子嗣无忧无虑地长大。你疑惑当今的世界为什么会变化得如此之快，过去几十万年或者上百万年没有改变过的世界，今日却是瞬息万变。山，被我们搬走了；水，被我们改道了。那些石块和木棒又怎么能够撬动这个世界呢？

你的眼睛明亮得如泥河湾古湖，四面环山，烟波浩渺，湖水清澈，鱼蚌不惊；山峰高耸，丛林深邃，草原辽阔，百花争艳；气候温暖，空气湿润。成群的泥河湾人狩猎采集，茹毛饮血，繁衍生息。

一年一度的杏花节在你的雕像前举行。人们载歌载舞，歌颂盛世华年。你的眼睛兴奋地看着这一切，这些舞姿就是从你原始的奔跑和追逐中演化而来，这些歌声就是从你原始呜呜的发声中演化而来。曾经的你步履艰难，在今日成了欢蹦跳跃。

你的头，前倾着；你的嘴，前伸着；你的眼，前鼓着……这些都是原始人的基本特征。但是你那双眼睛深邃，蓬勃的目光里，蕴含了上古的世界，凝聚了宇宙的光辉。

就这样，你每天把目光勇敢地迎向朝阳，迎向着希望和未来，迎向那多彩的天空。把希望的目光洒向大地，告诉给每一个子嗣后代。日落西山，太阳会把落日的余晖洒在你的后背上，只有那个时候，阳光和你的目光才是同一个方向，也许那太阳也想探寻你的目光所到之处，巡视你目光的落点，也想读懂你的思想。但那亿万年的太阳凭仅有的一番炽热就想读懂你的深邃和沧桑？

泥河湾，那双眼睛，必将永远被人们记忆，因为那是我们的祖先，是人类的开始……

（原载 2019 年 5 月 20 日《廊坊日报》）

一路走来

一

在那个盛行笔友的年代，在军营里的我认识了他——在黄山光明顶气象站工作的小伙子张健。他用黄山美景和徽州古文化深深地吸引了我，我们开始了三十年的友谊。

认识张健以后，我才懂得了什么是茶，什么是茶文化。张健信中说光明顶上单调得要死，说是气象站，往往是他一个人，每天就是观测气象数据。刚到气象站的时候，还抽空去拍拍黄山各处的景色，自己制作相册。一年过后，各处景色都拍得厌烦了，见景不再新奇。当然，他也把制作的相册送给了我一套。

放下手中的照相机，工作之外，没事儿就是泡茶，欣赏茶被冲泡的状态，然后就是慢慢地喝掉，皖南徽州茶伴随他在光明顶度过了春夏秋冬，是他最好的陪伴。

茶，伴随了他的青春，伴随了他的寂寞。

二

1995年春节期间，我们相约在上海见了第一面。安徽距离上海肯定是比锦州距离上海近得多，他自然就充当起主人的角色，那天我们参观了南京路和外滩陈毅广场。

回到宾馆，就是聊天喝茶。他一边聊起黄山光明顶的工作，一边从随身携带的白色茶叶罐里取出茶叶来放入两个杯中。干爽的草香冲进了鼻息，茶叶翠绿，像北方秋冬季节的松柏，绿中带黄，洁净清婉，热情内敛，体态轻盈，如同少女在沉睡，散发着迷人的体香。

开水冲入，像雨后甘霖唤醒了大地久远的记忆。如沉睡的少女，被春风吹拂了她的酣眠，舒展开来，芽叶破土而出，露出尖尖的头颅，浑身碧绿，如同雨后的青笋，在灯光下，清新亮丽，清姿漫舞，优雅飘逸，香气伴随着热气，温暖了季节，温馨了我们的青春年华。

张健在我的惊讶中把第一道茶水倒掉，再进行第二泡。他很悠闲地端起茶杯轻轻一抿，滋滋有声地一吸，然后张开嘴，让茶的气息自然散出，一副很愉悦享受的表情。我在他的指引下，慢慢细品，也像小口喝酒一样，微甜的醇香沾上舌尖，那滋味那气息果然很美，气韵很快钻入浑身每个毛孔，通体轻捷，远比在部队打仗似的牛饮舒缓多了。

张健说他在光明顶就干了两件事情，第一件事情是观测数据，第二件事情是研究喝茶，研究如何把皖南徽州茶喝到美的极致。拍摄照片不算事情，因为只有工作和茶充实了他的青春。他人到哪里就把皖南徽州茶带到哪里，哪里有茶哪里就有他的位置。

第二天，张健送我去金山县（现为金山区）的长途汽车上，把一盒绿色包装的太平猴魁送给了我。我转手送给了金山县的那个大姐，那个大姐一见是皖南徽州茶，眼睛就亮了，原来，他们都知道皖南徽州茶是好东西。

茶，让友谊有了内涵，传递了温度。

三

1997年的春天，改革开放总设计师去世，举国同悲。十日后，慈祥的继父英年早逝，我以沉痛的笔触撰写了情真意切的怀念文章《继父恩也重》，在多家报刊发表。张健看到以后，从黄山光明顶给我打来长途电话，对我进行了问候。

我们都是热血青年，见证了改革开放的发展，我们在信中谈论着改革开放的变化，抒发着对伟人的怀念。我的信中更多了一份对故去亲人的思念，那份思念久久不能忘却，继父走以后，生活的压力和对未来的迷惘，不自觉流露在信中。

不久，张健邮寄给了我一个大包裹，是一盒屯绿茶，在盒子里，他放了1000元人民币。我一下子惊呆了，那个时候，我在部队的工资才200元，相当于我5个月的工资。这厚重的礼物如雪中送炭，感激之情无法言表。

我去信说，我无以为报，打算把人民币邮寄回去，他坚决拒绝了，他希望看到一个振奋有为、积极向上的我。

"屯绿"，是张健给我的第二道茶。

"屯绿"曾被誉为"首屈一指的好茶""绿色金子"，有"屯溪船上客，前渡去装茶"之说。该茶条索紧密，匀正壮实，色泽绿润，冲泡后汤色绿明，香气清高，滋味浓厚醇和，是中国绿茶中的名品。

屯绿产区在深山狭谷，水绕山转，迂回曲折，河弯和河川会合地段，长期冲积形成的河谷洲地，溪涧山坞深冲，土层深厚，透水性好，富含有机质，肥沃宜茶。茶树生长在海拔300—1000米的山坡上，天天处在云滋雾润之中，不受寒风烈日侵蚀，因而叶片肥厚，经久耐泡；再加上茶区遍生香花，采茶季节正是山花烂漫之时，花香熏染，所以，屯溪绿茶显得特别清香。

冲泡后，先闻香，再观色、啜饮。饮一小口，让茶汤在嘴内回荡，与味蕾充分接触，然后徐徐咽下，并用舌尖抵住齿根并吸气，回味茶的甘甜。

这盒屯绿在我办公室里成了战友们的公用茶，他们很惊奇，竟然有人给谭国伦这小子送来这么名贵的好茶。

在战友们沉醉的滋味里，我拥有了朋友的自豪，有了得意，逐渐从失去继父的阴霾中走出来。

茶，是真诚，是品质。

四

在新世纪第一个春天，张健一线工作期满，被安徽省气象局分配到马鞍山气象局担任了办公室主任。他有机会出差到北京，顺便看望他在北京工作的妹妹。知道我已经转业回到河北廊坊，他邀我到北京一叙。那一日，我们逛完长安街和王府井，晚饭后回宾馆里喝茶聊天。他仍然从那个白色茶叶罐里倒出皖南徽州茶，按照他的手艺冲泡。依然是在上海见面时的味道，久违的温馨又回到我们中间。

那一日说得最多的就是他们皖南。皖南的徽州文化、赛金花故居和宏村，陶渊明故居和泾县汪伦送李白的桃花潭，还说到皖南事变。其实最吸引我的还是黄山，那是梦里都想去的。"五岳归来不看山，黄山归来不看岳"，这是中学课本里就有的记忆。

末了，张健问起我第一次见面时他送给我的皖南徽州茶味道如何，我只得实话实说，告诉他转送了他人。我从他的眼里看到了一丝失望，他说我是他最好的朋友，才给我带了那么好的茶叶，没有想到我竟然那么不珍惜。

那一刻，我才知道，只有认真品味过好茶的人，才知道什么是朋友。茶与友谊，茶与人生，微醉的他给我上了一课。分手时，他还是送了我一盒皖南徽州茶，那次的包装是红色的，他走到哪里，便把皖南徽州茶送到哪里。

从那以后，我们联系就少了，好像茶的味道一样慢慢变淡了。再好的茶如果不续水不添加茶叶，也会变淡的，朋友之道也如此。

我们竟然都不抽烟，但是都很爱喝茶。寂寞的时候，一杯茶；惆怅的时候，一杯茶；思念的时候，一杯茶。

茶，解道了友谊。友谊，或深或浅，或浓或烈，或淡或雅，都在茶里。

五

2019年夏天，我开车去南方云游，从江西赣州经过皖南回程的时候，突发奇想起去看一看张健，但也犹犹豫豫，张健会不会还记恨那一盒太平猴魁之事呢？拨打他的手机已经是空号，我又查114找到马鞍山气象局值班电话，值班的同志说您找我们的纪检张书记呀？几年不见，张健有了长足的进步，这样我们又有了联系，并加上了微信。

张健得知我在皖南，让我利用白天的时间在皖南好好看一看。我在他的建议下，走进歙县徽州古城，怀着对古徽州文化的崇敬，做了一回古城今留客。古街、古雕、古屋、古井、古坊、古木、古祠、古桥、古巷、古墙……我把古城印在心底。徽园里的古楼也让我流连忘返，仁和楼、得月楼、金茗楼、惠风楼、得意楼、春风楼、过街楼、古戏楼。

古城里，不乏三五茶社，芳香久远，韵味悠长，浓郁的古文化气息和皖南徽州茶文化气息一脉相承，让古城有生命和活力，茶是古城最好的陪伴。

晚上，我终于在诗城马鞍山第三次见到了张健，两个快五十岁的中年人紧紧拥抱，像二十四年前在上海见面一样亲切。

"没有想到老哥还记得兄弟。"他的脸上是无尽的欣喜。

"没齿不忘。"他乡有朋友就是最美的远方。

相逢是一杯酒，一瓶安徽古井贡酒在热烈的气氛中下了肚。因为我算半个文人的缘故，翌日上午，他带我去了长江边上的采石矶风景区，下午带我谒拜了当涂县李白的墓园。

晚饭前，在我的强烈要求下，张健带我拜望了他的母亲。心中感念老人教育了这么一个优秀的儿子：重情重义，品质优良，勤奋上进，很有作为。

老人鹤发童颜，精神矍铄，口齿伶俐，你不会想到她已经有八十岁高龄。老人还在独自生活，坚决不和儿子女儿住在一起。

老人满脸的皱纹，让我想起徽州古城的饱经风霜，刀刻的痕迹，历历在目，岁月不老，生命常在。

寒暄了十多分钟，肚子很不争气地鸣叫，老人把我们赶出来，让我们哥儿俩好好聊聊，她就不和年轻人掺和了。

临别的时候，我将1000元人民币强塞到老人的手中。我知道，这不足以表达我的敬意，但也是我的真诚。

茶，是自然，是回归。

六

晚间，因为第二日要长途开车，在我的要求下，我们没有再喝酒，而是在一所有茶点小吃的茶楼里品茗。他让我点茶，茶叶单上有黄山毛峰、太平猴魁、屯绿、祁红四种茶，人称皖南"四姐妹"，各有特色。我无以品鉴，他特意点了黄山毛峰，皖南徽州茶在光明顶陪伴了他寂寞的青春，留给他最美的记忆，毛峰已经镌刻在他的心底，他眼睛一亮，我依然是他的知心朋友。

明眸皓齿的美女茶艺师身着古徽州服饰，纤细洁白的手指，灵巧地洗茶、冲茶、添茶，水流的粗、细、快、慢都在圆润的手腕里把控，动作柔和、连贯、圆活，起伏、虚实的节奏，让我们感受到了皖南徽州茶的韵律之美。

茶艺师表演结束，把更多的时间留给我和张健。优雅古朴的茶室里，徽州民歌《十绣鞋》随即响起，如同太古之音、天地之曲从徽州传来，让我们置身于黄山脚下，散音旷远如远山、泛音清冷如天籁、按音悠长如人语。自然之理、高山流水、万壑松风、虫鸣鸟语及人情之思都在两个中年人的岁月里积淀。

明亮的灯光下，壶中的茶仍若少女一样在起舞，绿色的姿态，清新优雅。茶水是淡淡的绿色，像少女浣纱过后的清流。清而不浊，香气馥郁，回味甘爽。

那一晚，张健从一个气象专家变成了茶文化专家，我虽然喜欢喝茶，却对茶仅知皮毛，在他的面前，也只能是一个普通的听众而已。

徽州茶道，得唐宋茶道的真传，是博大精深的中华茶文化的重要组成部分。黄山茶道＋新安山泉水＋徽州文化＝徽州茶道。黄山云雾、新安山水独特的自然环境与徽州文化共同演绎了徽州茶道——天、地、人，三合一的传奇。

徽州人爱喝茶，家家户户一年四季都喝茶，在徽州乡村，家家种茶，人人饮茶，出门环游都携带竹质茶筒，山巅道间都设有茶亭；家中待客，用铜壶瓷壶泡茶共饮……茶成为徽州人生活的重要组成部分。早起一杯涤浊扬清，晚上一杯轻肌爽神。徽州茶道有一套完整的程序，如饮茶前用盖儿在茶水中轻轻拨两下将叶子拨散开，将茶盖倾斜搭在茶碗上，细饮茶汤。全部过程，人聚气敛神，充分品尝茶的香味与神韵。品饮之后，人有荡胸涤腑之感，方能领悟"天人合一"的真谛。

性相近，习相远；道不同，不为谋。茶分三六九等，人分二五八品。徽州人很久就根据从事的行业不同，把茶道区分为多种，徽州茶道有农家茶、文士茶、富贵茶、道家茶之分。

最为普遍的就是农家茶道，有九道演示程序：摆具、备茶、赏茶、烫碗、投茶、冲泡、分茶、敬茶、品味。徽州村姑身着青花衣裤、伫立案前依次操作。敬茶时，举手投足间传递出纯朴清和的乡土气息。茶重内质，情贵意诚。

自然，我和张健的交往只能算是文士茶道了。文士茶有十七道演示程序，如焚香、盥洗、涤器、闻香、观色、文人四艺、插花、点茶等，由上穿蓝便褂、下着大摆滚边罗裙，笑语嫣然的茶姐演示。新安文士品茶多在书斋庭院，竹阁流泉之所，茶重形质，水选名泉，瓦罐竹勺，追求三雅：境雅、器雅、人雅；三清：水清、气清、心清。

富贵茶讲求高堂花厅，华贵茶具、精美茶形；而道家茶以齐云山为本土，主要以敬天祈地为特色，返璞归真是其审美特征。

张健微笑着看我，显出怡然自乐的神态，他已经把皖南徽州茶品到了绝美之境。

人之美、茶之美、水之美、器之美、境之美、艺之美，都在那个静谧的夜晚让人沉醉。

茶，是一种胸怀，是一种境界。

七

虎年初春，普降瑞雪。

张健发来微信视频："老哥，你那里也下雪了吧？晚来天欲雪，能饮一杯无？"

"可以呀，你是想喝我们北方的酒啊，还是想让我喝你们南方的茶呢？"

"我去你那里就是喝酒，你来我这里就是喝茶。"

"要得！"

微信无时不在，问候无时不有。

一路走来，和张健交往了三十年。其间，热烈也好，平淡也好，都是茶引子作祟。

认识张健，懂得了茶；懂得了茶，丰富了我的生活。半百年纪，诗、酒、茶，构成了我人生中严密紧凑的"三边形"，各边长短都在自己的奋斗和境界里："诗"是我的工作，"酒"是我的生活，"茶"是我的友谊和温暖，三者缺一不可。

茶，是人生，更是回味。

（中国作家网2022年10月13日发布）

诗城寻诗仙

一

三十年前就知道马鞍山这个城市，因为有个很好的朋友在那里工作，但始终也没有去过。虽未去过，但这个城市却一直给我以温暖的感觉，未知城市真颜，就因温暖而向往。也许这也是爱屋及乌吧。今年的夏天，突然想去看看这个二十年未谋面的朋友，他是否还好？没有联系电话，"114"还是很灵通的，三绕两绕，电话居然通了。电话一通，彼此思念的感觉尤为强烈。

到达的时候已经是晚间七点钟了，见面后仔细端详对方，这位老弟依然那么精瘦，没有想象中的富态，身居高位，和当年见面一样随和。喝酒！我们两个人以酒拉家常，以家常促酒兴。真个是：酒逢知己千杯少，再饮豪情三百杯。长江有源酒不尽，沧海日月再轮回。

第二日，我还在醉梦中，朋友来敲门：走吧，带你去转一转。路上，我在想，长江边的城市风景也见过不少，城市建设也大同小异，还有什么能让我记忆深刻的呢？

一路上，友人既不说去什么地方，也不给我介绍马鞍山有什么特点，只是说马鞍山是个钢城，生产钢铁，其余就没有二话。还是我看见路边有关于"诗城"诗歌节的字样，问起他时，他才说，李白晚年在这里生活，在这里终老。所以，马鞍山以李白终老地自居，称为"诗城"。

本来，一说马鞍山是钢城，兴趣就不是很大，记忆中的旅游城市里，马鞍山也没有能够进入我的"法眼"。如今说到"诗城"，便兴趣盎然。

二

车行不久便来到国家重点风景名胜区采石矶。采石矶与南京燕子矶、岳阳城陵矶并称"长江三大名矶"。何为"矶"？友人说，江边突出的岩石称之为"矶"。采石矶位于马鞍山市西南5公里处的长江东岸，南接著名米乡芜湖，北连六朝古都南京，峭壁千寻，突兀江流，历史悠久，名胜众多，素有"千古一秀"之美誉。

采石矶历来为江南名胜，古往今来，吸引着许多文人名士，像白居易、王安石、苏东坡、陆游、文天祥、陈运和等都曾来此题诗咏唱，特别是唐代大诗人李白在这里饮酒赋诗。可以说，名山得诗仙李白而益著，诗仙则望名山而流连忘返！

一方水土养一方人，说起采石矶，友人再熟悉不过了。他把历史讲完，我就把采石矶的历史以诗歌形式总结出来。

> 秦皇东巡通此渡，孙策横江攻牛渚。
> 孙皓伐晋作江坞，西晋伐吴占江渚。
> 永嘉陈敏据建业，刘机讨伐陈宏拒。
> 苏峻横江望钟山，石虎诏戍至芜湖。
> 永和谢尚镇于此，隆安司马破牛渚。
> 京口采石俱要地，贞观年改镇为戍。
> 魏主拓跋军瓜埠，宋军采石列军鼓。
> 采石至阳七百里，刘义作乱民疾苦。
> 永元军败建康怒，杀敌济江满城呼。
> 宋金采石战天下，神弩射敌满江屿。
> 以少胜多反侵略，稳定南宋百年余
> 从此兴衰如江水，滔滔不尽史为书。

我们穿过锁溪桥，即见平地拔起的翠螺山，翠螺峰顶的亭阁俯视着我们，向我们召唤。山西北临大江，三面为牛渚河环抱，犹如一只硕大的碧螺浮在水面，山因此而得名。山上林木葱绿，蔚然深秀，西麓突兀于江中的悬崖峭壁就是著名的采石矶；西北临江低凹之处，人称西大洼，北边山脊梁叫蜗牛尾，山势险峻；南麓林木葱郁，亭阁隐隐。

三

进到园中不久，只见太白楼在绿色掩映中。太白楼面临长江，背连翠螺，浓荫簇拥，是一座雄伟壮观的古建筑。它与湖南岳阳的岳阳楼、湖北武昌的黄鹤楼、江西南昌的滕王阁合称为江南著名的"三楼一阁"。正门上方几个鎏金大字——"李白纪念馆"，让我肃然起敬。一直以来，我都崇尚李白气势磅礴的辞章，豪迈浪漫的诗语，自由狂傲的性格，忧国忧民的真情，自以为很受诗仙的影响，今日慕名寻访，希望得到更多的诗仙气。

太白楼是为纪念李白而建造的。它初建于唐元和年间，原名"谪仙楼"，距今已有1100余年的历史。清雍正八年（1730年）重建，改名为"太白楼"，亦称作"唐李公青莲祠"。历代均有修建，现存建筑建于清光绪年间。太白楼采用我国传统的古建筑式样，主楼三层，一层为厅，二层为楼，三层为阁。前后分两院，前为太白楼，后为太白祠，由回廊相连。进入大厅，慢慢欣赏过太白漫游采石图，我在一半卧的太白雕像前久久驻足，凝视这位诗人，用目光和他交流：您的崇拜者今日追随您的足迹而来，您的诗仙气息在这里仍然浓厚，迎风扑面。一些游人匆匆而过，我却慢慢地品读历代名人赠予他的诗篇、楹联、匾额和绘画，感受他那狂傲的风范。友人也不催促，我尽兴地把自己融入这诗仙气息里。

出得馆来，又拾级而上，走过天然石洞，走上山腰的捉月台停留。相传诗人曾在这里下江捉月，在捉月台赏景。太白楼西侧是广济寺，绿树掩映之中有一口"赤乌井"，是采石矶最为古老的历史遗迹。广济寺西首有蛾眉亭，亭建于北宋，已有900多年的历史。亭内有数方珍贵的古碑。蛾眉亭据险而临深，凭高而望远，景色秀丽。亭子左前方临江之处，有一块平坦巨石为联璧台，此石嵌在葱郁陡峭的绝壁上，伸向江中，险峻异常。民间传说，诗人李白是在这里跳江捉月、骑鲸上天的，故又称"捉月台"。当年李白曾于此流连忘返，写下了很多不朽诗篇，今日江边还有他驻足远眺时留下的大脚印！停留在"捉月台"，我也如同有了诗仙当年把酒邀月的浪漫情怀！随口吟出：

> 登临捉月台，眼望大江流。
> 身着诗仙气，思念天尽头。
> 品味诗中酒，遗风醉悠悠。
> 青莲此中卒，浩然存千秋。

四

我在心里盘算着，第二日友人上班以后，我自己去当涂李白墓前祭拜。结果，友人看出了我的心思：是不是想去李白墓看看，我们现在就去吧，也不是太远，开车40分钟就到了。不愧是知心友人，在他的引领下，我们又奔当涂县李白墓而去。

一路上，青山绿水尽收眼底。浓郁的徽州古文化气息，让我们如同醉在风中。当涂有2200多年的历史，秦代设为丹阳县，隋开皇九年（589年）定名当涂。县城历史上曾为宋代太平州、明清太平府、清代长江水师、安徽学政署所在地。当涂是历代文人墨客揽胜抒怀的绝佳之地。自秦代以来，当涂曾吸引中国文学史上600多位诗人，他们在这里留下了1000多首脍炙人口的诗文。南朝大诗人谢朓称之为"山水都"；北宋著名词人李之仪写下了"我住长江头，君住长江尾；日日思君不见君，共饮长江水"这首传唱千年的经典。南朝周兴嗣世居当涂，并著有蒙学经典《千字文》。

当涂悠久的历史文化和优美的自然风景也许就是吸引大诗人李白的魅力所在。李白生前曾经七次来到当涂，并最后在这里终老，这是诗人一生中到访最多的地方。在这里，李白写下了《望天门山》《夜泊牛渚怀古》《横江词六首》等千古名篇。

我们的车绕行了大青山一周，友人让我充分欣赏和体会当涂县的人文山水，其实我的心早已飞到了大诗人的墓前。我们来到李白文化园，没有直奔墓地。而是先是在碑廊里，一件件地品读书法家们书写的李白诗篇，好像又回到了学生时代，老师教我们读李白的诗篇。

五

李白是伟大的浪漫主义诗人，"辞亲远游，南穷苍梧，东涉溟海"，行踪遍及半个中国，每至一处，他都要尽情歌咏，数十年里不知留下多少讴歌祖国山川河流的名篇佳作。他的诗，飘逸豪放，充满激情，又充满震天动地的气概，《梦游天姥吟留别》就是一例："天姥连天向天横，势拔五岳掩赤城。天台四万八千丈，对此欲倒东南倾。我欲因之梦吴越，一夜飞度镜湖月。……云青青兮欲雨，水澹澹兮生烟，列缺霹雳，丘峦崩摧，洞天石扇，訇然中开。"多么磅礴的气势！跌宕起伏，排山倒海一般。读这首诗，我如蹑手蹑足地随诗人行走在天姥山中，我的耳边如有泉声的轰鸣，眼前又似有群山起伏的峦壑，我的脑中恍惚映出一个飘逸狂放的诗翁。

园里的一草一木犹如都有了诗意和诗情。一棵树龄100年的香樟树，形似李白双手托起苍穹，奋起智能，辅弼帝王，济苍生，安社稷。怎么不是诗人生前自喻的大鹏呢？不飞则已，一飞冲天；不鸣则已，一鸣惊人："长风破浪会有时，直挂云帆济沧海。"那些小草在风中起舞，为诗人长醉时伴眠。

看过文化园里的景观，我们最后来到李白墓园。唐宝应元年（762年），在当涂养老的诗人自感人生即将结束，临终前为自己赋诗《临终歌》："大鹏飞兮振八裔，中天摧兮力不济。余风激兮万世，游扶桑兮挂左袂。后人得之传此，仲尼亡兮谁为出涕？"不久李白去世。时为当涂县令的李阳冰将他葬于城南龙山东麓。唐元和十二年（817年），李白生前的好友范作之子范传正与当时的当涂县令诸葛纵，合力将李白迁葬于与龙山相对的大青山下，即现在的位置。

李白墓经历千余年的风风雨雨，受到了历代诗人的祭拜，如白居易、贾岛、杜荀鹤……直到清代的刘大櫆、姚鼐，当代的陈运和，都在此留下踪迹。特别是唐代诗人贾岛64岁时千里迢迢来此，不幸客死当涂，葬于当涂李白墓不远处，巧应了范传正"异代诗流同此路"的谶语。同时，李白墓也历经沧桑。自墓建成到清光绪四年（1878年），共修葺了12次。1938年遭到日本侵略军的炮火轰炸，太白祠焚塌，祠后李白墓基被毁，范传正所撰写的墓志铭石碑也难以幸免，墓地杂草丛生，成为一片废墟。"文革"期间，红卫兵曾要挖墓掘尸，经当地农民奋力保护，才留下了这座名冢。

1979年以来，安徽省文物局和马鞍山市、当涂县政府先后拨款100多万元，将李白墓、太白祠及其他遗迹重新修葺一新。祠堂中央有李白晚年塑像，四壁镶嵌了十余通碑刻，其中有按范传正撰文的墓志铭拓片新刻的石碑，有李白的《临终歌》全文，还有历代文士所作墓志、诗文、画像的石刻。李白墓前所立石碑上"唐名贤李太白之墓"八个大字，据说为杜甫手书，石碑为清代所立。

六

现在墓为梯形：后面是向外大圆弧，两侧为直线。前面是向内的小圆弧，前有石台。石台上酒香四溢，自然是前来的崇拜者为诗人带来的白酒。看见祭品，我才想起来得太匆忙，没有为诗人带来最爱之物。我在心中默默地问：诗人，您的灵魂在否？您的气息还在否？我热爱您的诗文，崇拜您的风骨。最后，我深情地伫立于墓前，绕墓三周，然后向这位大诗人深深三鞠躬。

我们来拜祭的时候，还下起了小雨，让我的心更加凝重。在墓前，我写了一首自嘲的诗：

> 后生不成材，千里慕名来。
> 诗文无颜色，酒量可成海。
> 敬仰一炷香，雨落自天台。
> 求得诗仙气，此生做尘埃。

我们在李白墓园里久久逗留，恋恋不舍。友人也不催促，他似乎很了解我的心，似乎看到了我在心底与诗人在对话。直到天快黑的时候，友人才拉起我的手，指了指天，我才依依不舍地告别诗人。

（原载 2018 年 10 月 15 日《廊坊日报》，发表时有删节）

静静的古镇流动的河

在偌大的中国地图上绝对找不到这条细小的河流，全长才55公里，流域面积仅430平方公里。但是就是这样一条河流，竟然有如此博大的胸怀，有着几千年的历史。它从上游福建光泽县火烧关发源，流入江西，经太源畲族、陈坊、湖坊、汪二、河口三乡两镇，注信江，入鄱阳，流经地域有25座水库，浇灌着几十万亩良田；有6座水厂，养育着50万乡亲；有3座水电站，为多个县乡供电，给千家万户送去无限光明。河流沿途还造就了无数美丽风景，沉淀了很多历史和文化，吸引了天下游人前来观光游览；⋯⋯利用密度之高，文化承载之多都是世界河流史上绝无仅有的。

我们在江西铅山县陈坊乡采风时，陈坊河并没有引起我太多关注。可能是因为冬季，水量不是很大，水流也不是很急，水质还有些昏黄（因为上游水库清淤所致）。也许是看了太多的大江大河，那波澜壮阔、烟波浩荡的壮丽美景早已充斥着我的大脑，真的就没有注意到这小小的陈坊河。

那日，我听陈坊乡的书法家黄觉民老师讲述了陈坊河的历史以后，立即对这条小小的河流肃然起敬。陈坊人也亲切地把陈坊河称作母亲河。

千年的陈坊河就这样滋养了一方土地，润育了一方文化，如同利用陈坊河水制造的千年连史纸一样，香飘万里，并把千年古镇陈坊的悠远历史带给世界。

陈坊河在陈坊乡段是和陈坊古镇并行的，可见几千年前人们依山而建、依河而居的生活居住理念。河水缓缓地流淌，日夜不停，向沿途的风景不断地倾诉，不断和高山平地低语。春水欢快，夏河急切，秋水淙淙，冬河漫流，带走人们的无限心事，留给人间美好的向往。

古老的陈坊古镇更像一位安静的长寿老人，神态安详，笑容祥和，体态健壮。他静静地听着河水的丰腴和清瘦，看过稻花开过与飘落，阅过白云舒展与聚合，闻过人声与花语，送走辉煌和热闹，静享今日之岁月静好。

经过千年的风雨洗礼，街道两侧的建筑早已呈现出黄褐色，木质都有了岁月的雕痕，表面都有了密密麻麻的小裂缝。那小裂缝好像我们皮肤上的毛孔，不断地呼吸空气、吮吸雨露、沐浴阳光，延续着历史，延续着生命。墙上的木雕花、门楼上的刻字牌匾、立柱上的镂空木雕、屋檐下的精致垂龙、飞檐下巧妙的斗角……阁式门楼，斗拱架构，飞檐翘角，雄伟壮观。精工雕刻的人物、花卉、云龙、瑞兽等栩栩如生，给了我们古香古色的感觉，韵味别致。我们不得不赞叹古人的心灵手巧，不得不敬仰先人的勤劳智慧。

二百多个门脸店铺，开门的甚少，门店上的很多标识依然还在，如"苏松梭布""兴发行""司前纸""鸿兴号"等，只是主人和经营者已不知所踪。米店、布店、竹店、金店、菜店、药店、纸店；旅馆、餐馆、酒馆、茶馆、理发馆；木匠铺、铁匠铺、裁缝铺、典当铺……这些古镇上的营生都不复辉煌，不是关门歇业就是门庭冷落。不时三三两两的行人经过，偶尔还有独轮车、两轮车在这窄窄的街道推过。我们采风团30人成为古镇上最为耀眼的风景和人流，给寂寞的古镇带来了不少的热闹气氛。

古老店铺里依然还有不朽的风景。铁匠铺里火红的炭火不灭，那叮叮当当的打铁声打破了古镇的宁静，两个打铁师傅一大一小的铁锤此起彼伏地抢着，旁边摆满了需要修理的铁制农具。采风团的男士们也拿过铁匠师傅的大锤打起铁来。木匠铺里飞舞的刨花散发着木香，与古老陈坊融合在一起，手工刨子吱吱地响着，声音有点儿刺耳。木匠师傅制作的小水桶、小饭桶，精巧别致，引得采风团的美女们驻足欣赏。裁缝铺里，老式缝纫机嗒嗒地响着，随着脚踏的快慢而颇有韵律，缝纫机上的挑线针上下跳跃，引得那线轴轻轻转动。声音轻细而密，像是慈母为远行的儿女在细语，不停叮嘱。

古老的小镇上另一种风景就是静，除了铺子里的热闹，几乎再无声响。卖土特产的，卖日常用品的，卖文具的，卖工艺品的，无人吆喝，无人喊叫，无人招呼。店主静静地看人们经过，好像生意与他们无关，他们也不关心生意好坏。只有行人驻足了，才站起来，打个招呼。心态坦然，买不强迫，卖不强求。

古老的小镇上有老有少。古镇的魅力已经留不住年轻人了，他们为了生活得更美好，选择了外出拼搏和奋斗。余下的老人们在光线暗淡的屋里，坐在椅子上久久不动，只有眼睛不停地观望着过往的行人，目光里有几许期待，也许是期待外出打工的儿女们归来，给他们孤独的岁月带来欢笑。那些调皮的孩子有的在写作业，有的骑在门槛上吃饭，一手端饭碗，一手往嘴里扒拉，但是眼睛在不停地望着行人，脑袋和目光随着行人远去而转动。有的倚着门框观望行人，眼睛里是对外面世界的好奇和向往。看到这样的眼神，心里有些淡淡的酸楚，就是他们的眼神构成了小镇的目光：无奈、疑惑、等待、期盼、向往……

我们在黄觉民老师家中逗留时间较长。400平方米的木结构老宅是古镇上保存最为完好的古建筑，有100多年的历史。墙上的木雕竟然有200平方米之多，那木雕工艺手法极为讲究：或凸显、或凹陷、或镂空、或勾勒、或平凿，虽然年代久远，但是也可见技艺之精湛。

黄老师极好书法，书法水准相当不错，他保存了很多连史纸，连史纸是书法绘画的最佳用纸。铅山县盛产竹，用竹制出的连史纸是铅山县传承千年的物质文化遗产，也成就了铅山县"中国寿纸之乡"的美名。连史纸可以保存千年不褪色、不变质、不腐烂，因此又叫作"寿纸"，是中国造纸文化中的瑰宝。我们看到很多古镇木窗土墙上雪白的纸，以为是新糊上去的，其实是连史纸千年不褪色的缘故。抚摸着连史纸，又轻又柔又韧，好像几千年的故事就在眼前，就在手中，可以看到，可以触摸。那勤劳善良的先哲们在用灵魂和我们对话，亲切而又真实，温暖而又质朴。

黄老师祖上就是做连史纸生意的，"东阁凝晖"四字表达了主人曾经的辉煌和美好的愿望。见到他96岁高龄的老母，我们就知道老人是什么样子，古镇就是什么样子了，反之亦然。老人家见证着古镇老街的记忆和历史，脸上镌刻着古镇的风霜。她对我们慈祥地笑着，细声细语。我们同她合影，给她照相，她都是微微笑着。我们衷心希望老人陪伴着古镇走得更远，更远。

古镇风景无数，古镇辉煌无数，都随同陈坊河水慢慢地流走。陈坊，铅山西部重镇，最早建村于宋。这里原为芦茅洲，后有荆林陈姓养鸭人常在此养鸭，为避风雨，便在溪边搭起鸭棚，后来逐渐建起村庄，故而得名陈坊，河流也得名陈坊河。历史丰富了陈坊河，让陈坊河有了丰富的内容，现实之河与岁月之河就这样不停地交集着，不停地温暖着每一个前来休闲的游人。

古时陈坊河可行船，主要运输连史纸。小帆船可以从锁子桥直达汪二螺丝港汇入信江，顺信江而下，达余干瑞洪，入鄱阳湖，进长江，通大江南北。

清时期有晋商（高家行的开发者）、徽商（开泰栈开发者）、浙商（晏文盛开发者）和大批赣商云集于此，大多从事纸业经营，从而造就了陈坊纸业的兴旺发达。

锁子桥是陈坊村下辖的自然村，建村较晚，邱、黄、江三大姓于清初抵达这里，后来有徐姓等其他姓氏迁入，遂繁衍成村。锁子桥原先是跳石上架设木板的便桥，常被洪水冲毁。后众村民集资，用铁锁固定桥身，可抵挡洪水冲击，故称此桥为"锁子桥"。村以桥名，先有村，后有桥。

"孺子流芳"，这是徐姓的骄傲。孺子即"南州高士"徐孺子，因王勃《滕王阁序》中有"人杰地灵，徐孺下陈蕃之榻"之典故而千古流芳。南朝江淹，原本文笔一般，有一日，梦中有仙人送给他一支五色神笔，从此，诗文"文藻日新"。后来，仙人对他说道："我那支笔，放在你这里多年，现在该还给我了。"五色笔还给仙人后，江淹写的诗，便"绝无佳句"，从此"江郎才尽"。

陈坊的历史，如同手捧的金书铁卷，千年不朽；品味连史纸文化，如同饮尽一杯千年的陈酿，令人沉醉。这些典故因陈坊而来，让人感觉陈坊古镇更加亲切和温暖。

古朴的建筑，蜿蜒的小巷，经典的马头墙……河流穿古镇流淌，仿佛是古镇的血液，汇聚了当地的风情与历史，彰显着昔日荣光。

历史，就这样无情地将陈坊融进岁月里；岁月，同样无情地将陈坊融进河里。出得古镇，眼望这秀美江南。陈坊河面对的是千顷粮田，粮田的尽头就是连绵的青山。云雾缭绕的青山、宽阔的河流、古老的街道、庄园式的古老建筑、绿色的田野、质朴的村民，还有农耕式的生活，小桥流水人家，岂不是现代蜗居人最美的向往之处，紧张生活的漫流之所？

青山在绿水里倒映，古镇在陈坊河里倒映。静静的古镇流动的河，陈坊河就是这样将人们的思念和向往带来又带走。

（原载2019年第4期《三清媚》）

寻仙记

　　上饶土地，上饶山，上饶三清住神仙。印象中的江西只有两座山，一是黄洋界上炮声隆的革命圣地井冈山，二是瀑布飞流直下三千尺的庐山。不曾到过江西的人，在其心里，永远只有这两座山。当我们到了江西上饶以后，才知道这片红土地的风景名山众多，其中位于上饶市玉山县与德兴市交界处的三清山就是很好的风景名胜。三清山因玉京、玉虚、玉华三峰宛如道教玉清、上清、太清三位尊神列坐山巅而得名，其中玉京峰为最高，海拔1800多米，是江西第五高峰，也是其所在山脉——怀玉山脉的最高峰，还是信江的源头。三清山是道教名山，是世界自然遗产地、国家地质公园。

　　怀玉山水长，信江注鄱阳。三清道庙高，仙家千年霜。我们到达山脚下的时候，天气晴好，没有一丝风，初冬的上饶有一些清冷，但是按捺不住心情激奋，因为很久没有爬山了。同行的文学院院长何永利知识渊博，介绍说三清山道家历史源远流长：晋代医药学家、道教理论家、著名道士葛洪，约在东晋升平年间来到三清山炼丹，此山仙气甚浓。一时间，同行的每个人心目中都有了神仙的形象和他腾云驾雾之风采，以及长生不老的千年神话。

　　缆车在徐徐爬升，苍翠的高山就在脚下了，山门处的屋舍逐渐渺小。我们也越来越不敢往下看了，越来越高，让人心惊胆寒。缆车处在高空，时而好像静止不动，只有对面的缆车经过，我们才知道自己在运动的状态中；时而一阵云雾迎面扑来，周围苍茫一片，只能看见身边的几个同行者。穿过云雾后，往上面观看，山顶上云雾笼罩，不得其高度，不知其伟岸，不晓其巍峨，只是距离在慢慢地接近。我猜想：那云端深处，那山顶高处，一定有神仙，一定有道士高人，那是他们的居所福地，今日寻一寻吧。往下看，一片绿色的海洋。山谷如同墨绿色的沟壑，有些深黯；山坡的绿色，在阳光照耀下是青绿的，有些明亮；山脊如同翠绿色的一条线，把山的这一面与山的那一面明显地分开，山的向光一面亮亮的，背面没有阳光，是一层灰绿色，淡淡的。有明有暗，构成了脚下大山的色彩。

缆车到达半山腰的终点，下得缆车来，我们就身在此山中了。大家的眼睛和手机迅速地忙碌了起来，到处是景，远处、近处，恨不能把山中所有风景都搬进手机里，带回自己的家乡。"这边来一个""那边给我拍一下""这里也不错"，女士们恨不能把自己的身影和美丽的景色完美结合，恨不能把自己彻底展示给三清山。

而我，静静扶着观景平台的栏杆，极目远眺。对面的山在不停地变幻，只见那山绵延不断，山顶同样是被云雾笼罩着，好像那神仙道人就在那云后打坐修炼。阳光下，那云雾雪白雪白，有的像戴上了白色的头饰，有的像白色的头冠，有的像是白色的面纱，有的像天际处白色的浪花。不多时，只见那山顶的云雾又开始了魔术般的变化。那云雾开始像流水倾泻而下，像是在缓坡上，慢慢地流淌，虽无声响，但好似耳边传来哗哗流水声；那云雾又像一层层薄絮，做成轻被，给对面的山坡轻轻地盖上，怕是冬季到来，给那山的温暖；那云雾又像一条条纱巾，翩翩地飘落，时而又起舞，最终慢慢地坠落到大山谷底……

"老师们，我们往山上走了。"导游的声音打断了我的想象和思绪，我回身不停地欣赏对面山上云雾的多姿变幻。跟随队伍往上走，山路都修得很好，没有路的地段是高空栈道，没有难走的路段。只是要小心热情的"拦客树"——一些树木因为受到保护就存在路中央了，还要小心头顶横过来的"迎客枝"。即便碰上，也不要紧，因为树干和枝干都缠上了绳索，不会把游客划伤。

走走停停，停停走走。路随山转，人随路行。游人们不时驻足拍照，停留观景。漫山遍野都是茂密的绿叶乔木，近处的大树上都标注了树的名字和特性。透过树的间隙往上瞧，山在头顶的云雾中，往远处观，一片绿色的大海，那绿色随着距离的扩大逐渐变淡，到遥远处就慢慢变成了蓝色，与天空相连。在缆车终点看到的对面大山，在我们面前变得渺小了。越往上走，湿气越重，空气中的水分被我们吸进肺腑，我们的身心和灵魂像被洗涤过一般：思想变纯了，心绪变淡了，头脑变清晰了，身体变轻盈了。半个时辰许，山下的云雾竟然向我们爬升上来，像是河中的浪花倒流，速度极快，一坡又一坡的绿色瞬间就被卷噬和吞没。不多工夫，我们也被这云雾吞没了，此时能见度极低，十米开外都是灰蒙蒙的。我们就在这云雾中，慢慢地往上走，不时听见导游提醒大家：在视线不好的状态下，千万注意安全。游人们看不见景，就在云雾中大声呐喊，还有的游人展起了歌喉，真个是"空山不见人，但闻人语响"。

我在云雾中品味这湿气，闭上眼睛，陶醉着陶醉着。漫步山道，云雾也调皮似的跟随着往上走，甚至超越了我们，那迎面飘来的云雾，伸手就能摸到。此时的雾是有灵性、富有生命力的，好像道人留下的仙气千年未散，又如玲珑少女，跳跃舞动着婀娜的身姿，将流动的美尽情展现。

我们在半山腰看见的第一奇观就是巨蟒峰，是三清山一大绝景。隐隐约约的，让人不禁拍手称奇：凌空独立，头大身细。近观石峰上还有好几道横断的裂痕，感觉随时都会断裂倒塌似的。可它风风雨雨经历了亿万年，照样巍然屹立，这不能不说是世界一绝。导游向我们介绍了巨蟒峰的成因：巨蟒出山是峰柱造型石，先是形成南北向的峰墙，之后又被东西向切割成峰柱，在冲蚀与崩塌的作用下，形成了昂首天际的巨蟒。

云雾时轻时重，我们在半山腰的女神宾馆用午餐的时候，对面还是雾蒙蒙一片。导游让我们时刻注意对面，不大工夫，云雾散去，出现了一尊女神像。她面容清秀，长发飘逸，端坐在三清山上，栩栩如生，楚楚动人，魅力无穷。我们不顾疲劳和饥饿，操起手机来，纷纷拍下这人间美景。不大工夫，云雾又上来了，瞬间，女神隐身而去，餐厅里阵阵长吁短叹。饭后，我们到女神峰观景台去等候，功夫不负有心人，一会儿，云雾又完完全全散去，没有一丝存留，女神再次清晰可辨。整座山体造型就像是一位秀发披肩的美丽的少女端坐在这里，深情地注视着她远行归来的夫君，她的手上捧着树枝凌空伸展、四季常青的一对青松，迎接辛苦归来的爱人；又像是等候了很久很久，千年万年过去了，夫君还未归来，她的眉头紧锁。画面浑然天成，美妙万分，完美无瑕，无与伦比。那云雾好像故意与我们作对似的，一会儿将女神峰遮挡，不让我们观其丽容；一会儿又展示出来，让我们清晰地赏析；一会儿又犹抱琵琶半遮面，不让我们与女神完整地对话。在隐约中，我们也看到了女神的羞涩，看到了女神的内敛，真的是满含清泪和情思，无处诉说。

云雾，让我们不能识得此山真容，但给了我们无穷的遐想。我们愿意与云雾为伴，与此山共生。导游说，要想完全看到三清山全貌，最少要来三次，欣赏各种天气情况下的三清山景观。还说，三清山处处有景，四季景色不同。

离开女神，拾级前行。云雾稍淡一些，远处的"猴王献宝"又出现在眼前。只见那泼猴一改顽皮的形象，故作稳重深沉，端坐悬崖之上，手捧宝物，凝神观看，憨态可掬……又一处三清山的绝景。

一路奇峰怪石，云雾滔滔，绝境胜地，景象万千。玉女开怀、企鹅献桃、海狮吞月、葛洪献丹、老道拜月、观音赏曲等均在云雾中不时出现，我们一一赞叹。

我随云脚步，云伴我轻舞。我们快到顶端玉女台的时候，还下起了牛毛细雨，也无风，在云雾缥缈之中，又增添了无限浪漫。游人中有的穿起了雨衣，有的打起了雨伞，朋友们也劝我打上伞或者穿上雨衣，我只是笑笑，算是回了他们的好意。雨伞就在我的行囊里，手里还有导游给的一次性雨衣，我想，这些都会影响我对三清山的感觉。

神仙在哪里？道仙在哪里？在玉女台上，我极目四望，云雾苍茫，四周都是深不可测的壮观云海。远处的几座奇峰时而被云雾吞没，时而又展现。云雾时散时聚，时而堆积，时而倾泻。四周挂满仙风道骨的山水画卷，浓淡相宜。远处，还有蓝莹莹的火花在闪烁，犹如傍晚和黎明时天上最亮的那颗启明星在闪耀，吸引着我们前去追逐和观看。我们知道那是工人们在焊接山路栏杆，刺眼炫目的焊花光亮穿透云雾，真的如最亮的明星，照亮了我们寻找神仙的前程。

微风吹过，清爽动人，四处眺望，我试图将这无边的神秘景致尽收眼底，蕴藏于心中。想象着这个关于青松、峰林、怪石、云海、蓝天和阳光的仙山，一定有很多感人至深的故事存在此间。女神的深情、猴子的顽皮、神宇的仙道……经过千万年的发酵，风化了岁月，凝固了时间，温暖了山脉。时隐时现的几座山峰绮丽伟岸，如同飘浮在云海上空，犹如几尊神仙一样来去随心自如。

三清山的云雾是壮丽多变的，置身山顶，远远望去，只见那云雾在翻滚、奔涌、升腾、追逐、瞬息万变，时而像奔流不息的大海，时而像一泻千里的江河，时而像千万匹齐头并进的战马……那汹涌而来的云雾，将眼前的一切淹没，瞬间无有山，无有树，也无有天。只有脚下四周还是实地，犹如身在天台，已做神仙。稍后，那云雾又如神仙拂袖，袖带飘飘而去，一切又似乎都没发生过，给人留下无尽的震撼与喜悦。

那云雾似有形而又无形，缥缥缈缈藏于我的心间，构建如梦如幻、如诗如画的世界。云中的神，雾中的仙，我们在这云雾山中，是神，还是仙？恐怕每个来到三清山顶的人，思想都会被感化，灵魂都会被洗涤，变成善良的纯朴的厚爱的神仙了。

　　仙已如我，我已成仙。不必再寻，下次还来，三清山是看不够的。

　　（原载2019年第8期《三清媚》，荣获第五届中国旅游风景征文大赛一等奖）

叶落千年黄

在我的书卷里，夹着这样一片叶子。叶子已经是土黄色，和大地的色彩一致；页面纹路整齐排列，像微小的扇子一样从中间向外舒展开去，就像有很多思想在发光，有很多情愫要漂流，有很多故事要传递；叶柄很细像扇子长长的把手，可以执在手中轻摇慢动。它又像一把精致的小伞，那叶脉四散，如伞撑开；如果把这片叶子倒过来，像是一张网，纲举目张，四散开去，网住很多传说和故事……

就是这片叶子，让我珍藏。它虽然没有秋日里那种浓烈的芳香，但是清香依然；虽然没有丽日下金黄的艳丽，但是黄土的颜色代表着它对大地的向往和执着；虽然没有其他阔叶的巨大，但是它满含着春夏秋冬的情意，镌刻着千年的沧桑；虽然和普通银杏叶子没有两样，但是它续写着历史千年的才情。

我们在江西秀美乡村上饶铅山县陈坊乡沽溪村采风时，远远地就被两株很高很大的银杏树吸引了。在背后青山的映衬下，这两株缀满金黄叶子的银杏树很是惹眼：笔直的树干高大挺拔，叶子在空中簌簌作响，那金黄的色彩在绿色壮锦上耀眼夺目。

这两株银杏树已经有千年树龄，需要两三人才能合抱，有人说这是母子树。叶子不时地飘落，树冠上很多枝杈都已光秃秃的了。那叶子飘舞在空中，随风优雅地盘旋，浪漫地寻找可心的落地之处。银杏叶子薄薄的，大小差异不是很大，形态差异也不是很明显。叶片有如蝴蝶翩翩起舞，有如莲花竞相开放，有如扇子轻轻摇摆，有如树冠努力生长，有如飞鸟欢快歌唱……落在树下的草丛中，如同繁星点点，点亮夜空；如同斑斓的金花，在大地上竞相开放；如同绿树上挂满的累累硕果；如同把把金锁，坠落草丛和屋舍上，锁住这幸福吉祥。

我们采风团的所有人，都不约而同拾起一片片叶子来仔细欣赏，放在鼻尖下，长时间地吮吸它的芬芳，润泽身心；用唇轻吻，那丝丝纹路，就是生命的脉络，心与自然就这样亲近了；用牙轻嚼，品味它的甘甜，吸取千年的精华；观察它的色彩，质地金黄，偶有些许绿意，醉人眼目。把它放置在阳光下，光线透过，那黄色是透明的，是耀眼的。女士们还将这叶子插入发髻，犹如金簪，装饰了她们的美丽，灿烂了她们的笑容。

树树金黄树树诗，片片叶子片片情。手捧金黄的银杏叶子，像是打开了千年的魔镜，那镜子里显示出一个英俊少年在苦读，那镜子里一个辛勤的妇人在驿道上，招呼着过往行人歇一歇，那妇人将辛勤卖茶所得交给那个少年去求学读书……

陈坊乡沽溪村就是科举状元刘辉的出生地。据说刘辉年幼丧父，与母亲相依为命，全靠母亲在驿道上卖茶水生活。然而刘辉自幼聪颖，七岁即博览群书，出口成章，有神童之称。十岁那年秋天，他前往信州府（今上饶市）应试秀才，从老家沽溪出发乘小舟沿陈坊河途经黄沙港（今属弋阳县）时，他远远看见一艘官船正逆水行驶在信江上，便下小舟赶过去拦住岸边的纤夫，请求搭船。

这时，船内一位官员掀开窗帘察看，见是一个眉清目秀的小孩，随口就说："老夫的官船，怎容野孩搭乘？"刘辉立即答道："观世音慈航，尚且普度众生，何况人间官府？"巧合的是，船上还有位官员正是前往信州府主考的监考官，他觉得这小孩言语不俗，便说："待老夫出一上联，如若对出，方许搭船。"刘辉即刻回道："遵命。"主考官眼望两岸山色秀丽，风光旖旎，于是面对刘辉吟诵说："此地有崇山峻岭，茂林修竹。"刘辉听了心里明白，主考官的上联出自王羲之的名作《兰亭集序》，要对下联，也要用书中现成词语才对。他沉思一会儿，从容地对答道："何处无清风明月，瑶草琪花。"刘辉对罢，接着又说："此句出自《大藏经》。"主考官听了，心中暗暗称奇，随即吩咐随从请刘辉上船。

青山后去，船行一程，主考官见刘辉气质不凡，存心要再考一考他，就问刘辉能否作诗？刘辉躬身答道："学生略知一二，请赐题示。"主考官喜出望外，说道："那么，你就做七言绝句一首，可任你咏物、抒情、描景均可，不过这首诗里，须知要有十个'一'字。"刘辉听罢，沉思片刻，一挥而就。主考官看了大惊，原来桌上白纸黑字写道："一笠一簑一孤舟，一位渔翁一钓钩。一客一主一席话，一轮清月一江秋。"

　　主考官震惊，又试："真神童也！不知你能否填词？"刘辉直率地说："略知皮毛。"主考官非常高兴道："格调不拘，但词中却要从'一'字用到'十'字。"刘辉点点头，略作沉思，下笔疾书："驾一叶扁舟，请二三个水手，推开船窗四页，约五六位学士，扯起七八层风帆，连下九滩，船近信州府城，还差十里。"主考官细致看过，连连拍手称赞大笑说："好！好！妙哉！妙哉！"是年府考秋试，刘辉果真高中头名秀才。

　　北宋仁宗嘉祐四年（1059年），时年28岁的刘辉成为铅山县有史以来的第一位状元。他中状元后，曾任大理评事、签书建业军判官、河中节度判官、著作郎等官职。刘辉为尽孝道，奉祖母赴任，因祖母不服当地水土，刘辉便请求解官以侍祖母。宋仁宗得知，诏令其移任金陵任职，不久祖母病逝，刘辉毅然辞官，获准后回到铅山老家守孝三年。

　　居丧期间，刘辉大力资助贫困人家，选山川形胜之处结庐，收徒讲学，从学者纷至沓来，因此远近闻名。不料居丧未满，刘辉却因积劳成疾不幸病逝，年仅三十六岁。他生前很有政治抱负，体察民间疾苦，才华出众，心胸开阔，乐善好施，深受地方百姓爱戴。

　　我在银杏树前静思，端详落叶良久，恍惚间仿佛时光倒流，似乎看见当年刘辉身坐树下，奋发苦读，旁边的小草房里，是他的母亲在招呼着行人歇脚，为行人端水送茶。我和他们同守一棵树，只不过是相距千年。如今的古驿道被绿草和树木覆盖，不见踪影，树下的茅屋也不复存在，现在这里是一个小小的纪念祠堂。

　　在这千年的古树下，我们想获得更多关于这位铅山状元的事迹，可惜刘辉命运坎坷，夭亡得太早，其著作又已散佚，今人难以领略其文采。他并没有因其诗文才情和事功留名史册，但作为欧阳修和苏轼的陪衬，总算在历史上有了些许痕迹。跨越时空，900多年后的今天，我们在他家乡的古树下瞻仰、追忆、集体留影，倘若刘辉九泉得知，也定会深感欣慰。

　　这两株千年母子树，如同一面旗帜指引着陈坊人前进的方向，指引着陈坊人的美好未来；如同一座灯塔点亮在这个山村，照亮着村人的奋斗前程；如同一个坐标，成为陈坊秀美乡村里最美的风景。那一年一度的金黄叶落，就是永远不灭的灿烂星辉，吸引着无数人前来欣赏品读，让世人带走这千年来凝聚的精华和灵气。

　　因为状元，好像小村里所有的人和事，所有的风景和物件都满带诗意和文章。走过小桥就是状元故里的沽溪村，青山、绿树、小桥、流水、房屋……相依相映，如同画里。黝黑的柏油路如同千年银杏树的主干，分叉延伸的青青石板路如同那树的枝杈分散到各家各户，路上的鹅卵石如同那树上的片片黄叶，诗意相通，情意相连。树伸天外，路通山外，都在共同地追逐一个梦。

小村里的人有的是朴实和热情。55岁的村支书廖承品将我们带到他的家里方便，还给沏上茶水，给我们拿出很多干货和水果。我们也没有拿自己当外人，高兴地大吃大喝起来，风卷残云，简直是一群北方来的饿狼，看得陪同我们的南方淑女和主人哈哈大笑。

风景如画，风情如火。我们离开这个秀美乡村的时候，恋恋不舍地遥望这一株如母、一株如子的母子银杏树，柔情的目光随着叶子飘舞而飞翔。我们与古人相隔千年，如今通过同一古树对话：同识一株树，同拥一树情！世界在翻天覆地地变化，如果状元健在，他如何用诗文表达今日江山之美丽和繁华？

"带上一片叶子吧，这片叶子蕴含了千年的才情和灵气，还有状元的智慧。拥有它，我们一定会写出更优美的文字。"同行的胡芳芳女士给我一片金黄的银杏叶，那是刚落下的新叶，带着馨香和湿气，黄是鹅黄，灿烂如痴。我想：过不了多久，叶子的水分和湿气消去后，这片叶子会变得干燥而脆，黄色也会变深变纯。那是它的另一种成熟：生命的色彩永恒。

（原载2019年第10期《三清媚》，中国作家网2020年11月11日发布）

疑是九天银河落

看过白天的花会表演，吃过晚饭，我们带着微微的醉意，谈论着各种花会的精彩，在河北省龙煜旅游公司导游引导下，我们走上了河堤。到了河堤，一下子把我们一行人惊呆了：长长的堤坝两侧是无数花灯，像两条灯光彩带直通天际，又像一条灯河载着光辉流向那无尽的远方。我们如同在河流中慢慢巡游，河流两侧，目不暇给。

各种各样的花灯呈现在我们的眼前，形体千奇百怪，灯光五颜六色，姿态千变万化。一树树灯花、一盏盏灯笼、一条条灯带接踵而至，把我们这些游人淹没在灯的河流里。

无论是白天的花会上，还是夜晚的灯会中，龙都是头牌和主角，今年的胜芳花会和灯会也是如此。白天的龙少了夜晚的龙的含蓄，多了威严的气势；夜晚的龙少了白天的龙的神韵，多了亲近和温柔。我不知道那龙是从东海里来，还是从天上而来，浑身通红，龙眼威严如炬，鳞片清晰可见，时而摆动，向我们证明它的灵动。"一怒震天庭，一吼惊龙宫"不再是它的风范，今夜它静静地俯下长长的龙体，轻轻地摇动它的头颅，摆动它的身躯，温柔地让游人观看和欣赏，让游人和它合影，原来龙也有温柔的时刻。那灯光在它的身体里，就是一团燃烧的火焰，在为它加油，在为它助威。我知道，它在积蓄力量，它在等待一个抬头冲天的时刻，那时候，它会一展龙威，会怒号飞腾而去，会为大地洒下甘霖，那就是它盼望的"二月二"，那也是胜芳人腾飞的时刻！

在各种动物的寓意中，猪是福禄、富足和人寿年丰的象征。今年是猪年，那天蓬元帅憨态可掬，也成为今日灯会的亮点。红红的脸，好像是办了丑事儿让孙猴子臊的，或是被那嫦娥骂的？不管它的脸有多红，老猪的脸皮厚倒是真的，这不，他还色性不改地牵着高老庄媳妇的手："娘子，跟我去胜芳看花会吧，老猪给你好好表演表演。"不管老猪的行为有多让人不齿，但是它的憨态还是蛮让人喜欢的，和它合影的小朋友争先恐后。"我们家烤乳猪不就是这个样子吗？"一个小朋友的声音引得游人哈哈大笑，这个老猪浑身通红，就跟在火上烤熟了一样一样的，只等我们每人拿过一个小刀前去割下一块肉来。

胜水荷香，最美胜芳。接天莲叶无穷碧，一路荷香到天堂。荷塘美景虽不见，万盏荷灯绽芬芳。荷香四溢为胜芳盛景，胜芳灯会怎么能够少得了荷花的香艳呢？粉的荷花、红的荷花、白的荷花，在灯光照耀下次第开放。我们迷醉在这浅浅的荷塘里，天上的明月高挂，与这万千灯火交相辉映，让人们忘记今夕何夕，我们宛如置身瑶池仙境，体会着盛世中的"荷塘月色"。灯光透过花瓣，颜色各异，红色的温暖，粉色的妖媚，白色的冷艳。无数荷花在胜芳中亭河里，在月下，轻盈地摇曳着，展现着迷人的风姿。无数荷灯在河里星星点点，好像有无数青蛙在来回跳跃，荷叶不时把荷花遮挡，那荷灯也就忽明忽暗了。

荷塘上，仙鹤成群，那灯发出皎洁的光辉。静态鹤，亭亭玉立，在草丛中，在荷塘里；飞翔鹤，鹤鸣千里，在盘旋，在俯冲；起舞鹤，曲颈向天，在展翅，在独立……仙姿优雅迷人。它们迷恋这片湿地，留恋这片荷香，这里水草丰美，是鹤的家乡。我们佩服做灯师傅们把鹤灯做得如此栩栩如生，做得这样千姿百态。我想正是他们的双双巧手，才有胜芳如此迅速的发展吧。

河北省龙煜旅游公司的杨志威经理为我们细致介绍了胜芳灯会的情况。胜芳灯会是河北胜芳的民俗活动，一般在元宵节举办，与胜芳花会的历史相当，胜芳的花灯与胜芳花会相互呼应，形成一道亮丽的民俗风景。2008年，胜芳花灯入选了第二批国家级非物质文化遗产保护名录。今年的灯会已是第三十四届，由政府主办，他们公司承办。如今，胜芳花会和灯会已经成为胜芳亮丽的文化名片，助推古镇发展。

胜芳的传统花灯，式样有数百种之多，其制作技巧或繁或简，形状有大有小，大至数米，小不盈寸，可玩于手掌之中。除各式各样的宫灯外，还有人形灯、植物灯、鸟兽灯、风物灯、建筑灯等传统花灯。近年来，增加了声、景融于一体的"戏楼灯""地图灯"等，不但品种多，做工精细，形体逼真，而且富于时代特色和审美情趣，是集艺术特色和实用价值于一体的工艺品。胜芳花灯曾多次参加全国性的大型民间工艺美术展览，影响很大。胜芳景美，灯更精巧。胜芳花灯最有特色的是十面猪八戒灯，十对耳朵能扇动，十张嘴巴能吧嗒出响声，趣味盎然。还有横动八足的螃蟹灯、漂游河淀的荷花灯，以及儿童要玩的轮箍小车灯等，这些数不胜数的精巧花灯使胜芳蜚声中外。

我们徜徉在这灯河里，欢笑着，兴奋着，谈论着。放眼望去，五彩斑斓，光彩各异，红的温暖，粉的迷人，黄的耀眼，白的纯洁，绿的柔美。明灭闪烁，和我们双眼的视差一起变换，让我们的心同这光彩一起跳动，呼应它们的神态，追寻它们的来处，和它们一起舞动在这春夜里。

近处的灯高大如城堡，须仰视才见高度，须远观才见全貌，须走近才见奇巧。远处的灯细小如珠玉，如天庭珠宝库打开，各色奇珍异宝撒落凡间，没在地上，坠在草丛，落在河里，五光十色。五星的、成串的、单珠的、花朵的、叶片的、心形的、半圆的……无数光芒争奇斗艳，把胜芳中亭河打扮得星河灿烂。今日的夜空，月朗星稀，那繁星早已没了踪影，原来银河已经落在胜芳中亭河里，身处银河的我们才能与银河亲近，摘走一颗星星，带走一片灵光，编织未来的美好和吉祥。

走过几里路，发现前方路还很长，前后的花灯还是数不胜数，遥不可及，可见灯河有多长，足见胜芳人为我们打造的景色有多美多壮观。我们在路中段看到了一条通往湿地的木栈道，走上木栈道进入荷塘里，荷塘里的仙鹤呀、荷花呀、鸭子呀，一个个由远及近，从我们身边游过，在我们头上飞过，我们恨不能下去同它们共舞同游。刚才的彩灯大道变成了一条河流，与我们渐离渐远，成为一条长长的火龙驰骋飘舞在中亭河岸。沿路是一树树灯花，前方就是古镇城区了。

离城区不远，我们看到了城区南侧的文昌阁，灯火通明，如同一座灯塔屹立，周身灯光雪白如昼，如同巨型白炽灯散发着银亮的光辉，那光辉向四周照耀，周围一片明亮。两层斜顶色彩金黄，如黄金铺顶。文昌阁是胜芳三宗宝，是胜芳人的骄傲，是古镇绝景，已有数百年的历史，凝聚着一代代胜芳人的勤劳和智慧，灿烂的历史文化如同今夜的光芒熠熠生辉。胜芳的繁华和富庶已经享誉神州，如同这文昌阁的光辉闪耀。

让人称奇的是，文昌阁顶尖为一圆形木柱，上粗下细，此时那圆圆的月亮竟然稳稳地停落在柱上，向下散发如水的银辉，与文昌阁周围的白色光芒融为一体。这几十亿年的月亮也因为胜芳花灯的吸引，来为这荷香盛景增光添彩。胜芳曾为百里水乡，如果说文昌阁除藏经之外，还藏珠吸收太阳光芒，到夜晚发光，为过往船只导航，如今，那月亮就是一颗不朽的夜明珠，镶嵌在文昌阁顶，光辉照天宇，指路万里遥，照亮胜芳人的过去和未来，指引他们前行在圆梦路上，在春风的陪伴下，奋斗出更加美好的生活。

（原载2019年3月10日《廊坊日报》）

到汤源品味烟雨江南

我是炎热六月出生的人，荷花是六月的代表，我自然也最喜欢六月荷花香。行走在木质栈道上，栈道下是枯萎了的荷塘，荷塘里都是残枝败叶，心里不免有些失望，好在还有极少数的叶子仍然是碧绿的，在顽强地向上挺立着，那是在向严冬挑战。我知道它是熬不过这个冬天的，虽然这荷塘处在遥远的南方——江西上饶。不过，这强有力的展示，就是一种不屈的精神，也在向世人述说这荷塘曾经的艳丽和辉煌：风光如画、碧浪如海、荷香如风、蛙鸣如歌。虽然不能看到江南荷花吐芳，但想到昔日荷花的香艳，曾是这里的最美景致，心中坦然了。

和这荷塘相反的是周围葱绿一片。菜园、果园以及稍远处的竹林和山峦都是绿色的，只是那绿色由近及远有些不同而已。远处几幢白色的房屋点缀其间。附近的人家还有炊烟升起，飘浮游荡，逐渐飞散，融入这绿色的海洋，飞向天空。偶尔有行人从山间小路走出来，我们才知道，这江南的画面是游动的，是有生气而不会寂寞的。他们会看上我一眼，继续他们步履匆匆的行程。

那一日，我在上饶杨埠镇汤源村边的荷塘上就这样走着，累了就在栈道上的美人靠上休息，栈道很长，曲曲折折，还有好几个观景亭。近看荷塘且荒芜，远看山色入帘青。天气有些阴，山顶上雾气昭昭，如轻丝绸缎覆盖，如缕缕花絮飘洒，把山顶和天空完美结合在一起。空气慢慢变得湿润了，我们在北方干冷的空气里享受不到这样的润泽。那湿气迅速进入我们的五脏六腑，好像要把我们全身的各个零部件都清洗一下。清洗过后，神清气爽，身强体健，好像有无穷的力量。

湿气越来越重了，开始飘起了牛毛细雨。雨点洒落在身上，洒落在地上，无声无息，像是一张张细细透明的雨网，一层一层地捕捉下来。这大地上所有的人和树木、房屋、青山都要被网住，都要被带走，没有任何东西能逃遁。只有细细雨丝飘落在脸颊上，才会感觉到清凉凉的，只有飘落在头发里，才会感觉头脑是越来越清醒的。不大一会儿，衣服已湿漉漉的，那树叶和荷塘的叶子也变亮了。远处的山色在雾气和水汽中变得遥远，变得更加灰蒙蒙了。遥远的梦已经到来，远山就是云深不知处的梦境。

不一会儿，雨丝变成了雨滴，唰唰地落下，密密地落下，斜斜地落下。那雨落在荷叶上，是唰唰啦啦的声音；落在水面上，是滴滴答答的声音；落在草丛里，是窸窸窣窣的声音。一阵密过一阵，眼前形成一片牢不可破的雨幕。那荷塘更是呈现着一片诗意："一夜绿荷霜剪破，赚他秋雨不成珠。"（唐·来鹄《偶题二首》）"菡萏香销翠叶残，西风愁起绿波间……多少珠泪何限恨，倚阑干。"（南唐·李璟《摊破浣溪沙》）。原野山冈再也看不见一个人影，只有雨声在打破风景的寂寞，只有远处的炊烟飘来，证明风景是移动的。炊烟飘过来，因为雨水的原因，变成水雾渐渐远去，远处的山色就完全是灰暗中的墨绿色和蓝黑色了。

近望身后的"一米阳光"茶社，在竹林深处，在灰暗的雨雾里，亮着昏黄的灯光，证实它的存在。这个小村的茶社比繁华市区的茶社一点儿都不逊色，村民们经常到茶社喝茶聊天谈生意。茶社能在此生存，也可见小村之发展。我同行的朋友们已经在"一米阳光"下享受茶的温馨了，品一杯暖茶，欣赏着烟雨江南，诗意重生。那灯光对远处的我来说，好温馨好温暖：我可以在那灯光下品茶，在那灯光下观风景。书卷知远古，昏灯暖心灵。烟雨绘梦境，品茗思未来。这烟雨让我清醒，那灯光让我温暖，我的思绪一如这雨丝一样缠绵。

在远处的竹林深处是汤源街二号的"新华壹品"书屋，在烟雨中只有书香飘来，房屋隐约。那书屋里，甜点、茶水、书刊一应俱全，同样是村里大人和孩子的好去处，每天晚上和周末，村民会带孩子来看书，给孩子们打开另一扇知识的大门。这样村民就少去了棋牌室，孩子们就少去了游戏厅，时间长了，大人们也有了良好的爱好，孩子们也养成了爱读书爱学习的良好习惯。书香已经如同这雨丝一样滋润了小村的村民们，浇灌着尖尖小荷。我虽然看不见那书屋里的灯光，但书香也湿润着我的梦境。

"老师们，吃汤圆了。"喊声把我的思绪带进了三清媚女子文学庄园。三清媚女子文学庄园，那是我们实实在在的家。那一排房子在雨雾中如同三清媚女子一样，散发着迷人的光泽，像一个江南女子，打着绣花小伞，婷婷地向我们走来，浑身散发着诗意气息，散发着书卷才华。只见她时而低眉信手续续弹，含羞之处不可语；时而大气举止高声唱，唱得红土赣江浪花翻；时而曼舞轻歌翩翩风，风来雨落如烟雨。三清媚文学庄园给这个小村带来了美好，成就了小村省级秀美乡村的荣光……烟雨遮挡不了文学庄园的无限魅力，相反更加彰显了其神秘和永久。那乡愁园里，还开着灿烂金黄的菊花、火红的串红，给这烟雨中的乡愁园带来了另一个华丽的乐章。我在雨停后回到庄园里，品尝汤圆，那味道就是烟雨江南里的乡愁滋味儿：甜甜的、黏黏的、香气四溢……

江山本色烟雨后，美丽乡愁在汤源。雨后的杨埠镇汤源村在慢慢地恢复山川的本来面貌，一切颜色都渐渐明晰起来，被雨水清洗过的树木、房屋、大地和我的心一样都是新的。我们在杨埠镇政府用过午餐后，看到了院里那大团大团盛开的芙蓉花，白色的、粉色的、白色粉色相间的，艳丽多姿，在雨后更加清新亮丽，展示着这片土地美好的未来。

（原载2019年第5期《三清媚》）

灯影无声雪缤纷

你终于来了，在今年的最后一天，成为我和很多人进入新年的礼物。我和所在的城市，以及北方这片土地，还有很多人，等候了一个漫长的冬季，盼望了你很久，你虽然姗姗来迟，但还是带给了我们欣喜和快乐：久违了，久违了，今冬的雪！你以开启新的一年的方式走向喜欢你的人们。

上午的天空就很阴，开始飘雪花，我想又是白天下雪，肯定不会很大。现在的天气预报神准，说今日有中雪，果然到了下午就大了起来，渐渐地，地上就有了积雪，城市的每个角落慢慢变白了。从事摄影工作的同事在拍摄城市各个角落迎接新年元旦的画面，并不断从城市各个角落传回关于雪景、雪中生活和工作的照片。精美的画面，让我心里痒痒的，不时推开窗子，欣赏落雪的风姿，感受雪天的迷人。

好不容易熬到下午下班放假，我飞一般蹿出了办公室，把自己融入雪天里，然后放慢速度走回家，认真细致地欣赏和品鉴这飞扬的细雪。地上的积雪不是很厚，薄薄一层，走在上面咯吱咯吱的声音短促轻盈，起脚和落脚都有轻微的唦唦声音，不像雪厚时落脚的声音那样沉重和缠绵。傍晚的天光有些暗淡，地上的雪是灰暗的白色，可以直视，绝不刺眼。我总是寻找没有脚印的雪地落脚，感受那温馨的咯吱咯吱声。

那雪就如同细沙一样，星星点点，从天际纷繁而下。没有一丝风，那雪只是做轻盈的自由落体运动，落在手里，肉眼绝不可见，即便是化成雪水，也是微小的一个水分子，只能感觉一丝轻微的凉意，转瞬即逝。

路灯亮了起来，我走到昏黄的路灯下，仰视天空。灯光之外看不见任何的雪落，只有灯光下的雪在飞舞。好像那雪是从灯的光源里出来，那雪也就成了昏黄色的透亮，好像是把那橘黄的灯光撕成碎碎的细末，撒了下来，形成一个渐渐变大的透明圆锥体，那些细雪成为圆锥体的晶莹点缀。沿街门店都把迎新年的喜庆灯笼挂起来，那丝丝细雪又如星星点点的火花飞散，带着微弱的光芒，给每一个热爱它的人带去喜庆和祝福。

我走上所在城市的银河大桥，在高处欣赏雪中的城市。城市在开启新年模式，到处是灯光的河流，灯光的海洋。车灯、路灯、花灯和楼形灯，次第闪烁，那雪随着灯光闪烁在空中起舞，这是城市曼妙的节奏和乐章。雪地上的白色由远及近，从昏暗到灰白，再到近处清晰的白色。大桥上的路灯是纯洁的白色灯光，那雪就变成了晶莹的白色晶体轻轻落下。我感觉这个时候，那雪就是最纯洁的仙子，专门在人们寻找欣赏她的时候飞落人间。

下得桥来，我随着车流缓缓向前行走。光明西道的路灯上还有醒目的中国结和红灯笼散发着红红的灯光，那灯光是吉祥的红色，是日子火红的象征。元旦红灯笼下的沙雪又是浅浅的红色，好像那雪在红色染缸里涮洗过，白里透着红，红色灯光下的雪地也有些许红红的暖意。

原来雪也是五颜六色的，你想得到什么颜色的雪，只需去找那种颜色的灯光即可，雪就是那颜色的主人。

缓缓的车流，也有了随雪曼舞、缓步前行的绅士举动，一改平时风驰电掣的疯狂，温柔地欣赏起这雪来。你看那些车的眼睛，射出两束长长的光柱，为落雪照明，指明雪落的方向。它明亮的光束还在探寻雪的真谛，强烈的穿透力恨不能把雪看个筋骨尽碎，用它的热情把雪地融化，好让它的主人快点儿到达目的地。还有它的尾灯，一改平时的调皮，发出柔和的红光，也要给这纷纷扬扬的细雪留下希望。那雪在光束里纷纷落落，如透明的帘幕，一块一块地铺下来，接踵而至。

车灯如柱，灯花如树，路灯如织。在灯的世界里，这纷飞的沙雪在尽情摆弄风姿，展示它的柔美。人行路上的雪地如一块块白色的绢布，那树影纷繁凌乱地落在雪地上，在光影下，变得很浅，如同淡淡的水墨画。一些大人带着孩子也在雪中欢笑，孩子们也把他们的小手印印在雪地上，新年假期一过，每个人都长大了一岁。地上的雪少，孩子们还是不辞辛苦地收敛积雪，攥成一个个小雪球，扔向天空，扔向自己的父母，嘻嘻哈哈的笑声传来，这就是城市晚上最甜美最和谐的时候。

停车位和停车场的汽车也不再是平时的五颜六色，雪花不再给它们浓妆艳抹的机会，给每辆车都披上了洁白的素颜，让这些汽车知道它们都是平等一致的，没有高低贵贱之分。孩子们和年轻人在车的机盖上、车后盖上和车玻璃上信手涂鸦：画出可爱的小猪、可爱的红心，写上心仪的文字，表达他们的情感和爱。

回家的路上，我没有感觉到任何雪落。走到自己所住的小区，大门口四个醒目的大红灯笼，写着"欢庆元旦"，人们都迎着雪快乐地回到家里庆祝和团聚。在楼下，我却不忍心上楼，在楼下静立许久，留恋这雪中的感觉。我仰头张望，夜幕笼罩的天空，已经是黑黑的苍穹，无限神秘。虽然看不见雪落，但我能体会到那沙雪温柔地飘进脖子里，落在脸上，落在眼里；我伸出舌头，张开嘴，也让那雪飘进我的嘴里，感受它的一丝丝清凉。那雪已落在我心底，和我融合在一起，让我醉在雪天里，融合在新年到来之际。

那一刻，我感觉我好渴，饥渴得厉害，同土地一样饥渴。我已经不再是我：我变成农民土地里的一棵小禾，在等待雪的滋润；我变成山间的一株小树，在等待雪的抚摸；我变成花圃里的一朵小花，在等待雪的赞美；我就是那城市里的一个孩子，在等待雪给我的笑声和欢乐……

雪，滋润，甜美，带给了我幸福的新年味道。

（原载2022年第1期《格调》）

芒市激情

　　说起到云南旅游，人们会很快说到"昆大丽版"。昆，指昆明，春城里繁花盛开，四季如春；大，指大理，大理崇圣寺三塔呈鼎立之态，遥相呼应；丽，指丽江，温情的丽江水，有多少摩梭人走婚的故事；版，指西双版纳，热带雨林，热带风光。

　　这就代表云南吗？非也，彩云之南多姿多彩，在"昆大丽版"之外还有不一样的云南。在诸多云南边城中，腾冲战役让人热血沸腾，瑞丽时尚得像华美的公主，芒市的激情让人流连忘返。

　　在一个冬季，我们这帮京津冀三地与旅游相关的人士，在北京华夏旅游集团的组织下，包机到云南德宏州，踏上春天之旅，开启了芒市、瑞丽、腾冲三地的云南边城之行。

　　第一站便是芒市。

　　芒市是云南德宏傣族景颇族自治州首府。如果你要在地图上找芒市，找不着，因为地图上写的是潞西市。芒市是潞西市的小名。芒市还有一个名字，更响亮："孔雀之乡"。但凡一个城市有与别处不同的特点，都要给自己起个别名，让你一听就能记住，就像人的名字，还得有字或号。昆明，叫春城。广州，叫羊城。武汉，叫江城。佛山，叫禅城。成都，叫蓉城。芒市叫孔雀之乡，听起来太直白，不像其他地方的别号文绉绉的，但是美啊。孔雀的故乡是南亚，主要是印度。但印度的孔雀大都是蓝孔雀，德宏州也是孔雀的故乡，出产绿孔雀，更为珍贵。用蓝孔雀和绿孔雀交配，可以生出白孔雀。因为珍贵，也因为孔雀美丽，所以芒市人把自己的城市叫作"孔雀之乡"，尤为自豪。

无边的绿色，芒市人繁华的锦缎

从严寒的北国到遥远的南国，一下飞机，马上就是扑面的热浪，亚热带风光尽收眼底。热情的傣家姑娘送上鲜花，送上香囊，为我们呈上美好的祝愿，激情就这样感染着我们的行程。

进入德宏州地界，傣族、景颇族和缅甸风情热烈袭来，见到了凤尾竹，耳边响起熟悉的葫芦丝《月光下的凤尾竹》，看到街上广告牌写着"中国离印度洋最近的城市——芒市"。芒市，傣语为"凌云之城"，缅印建筑风格，街上满是菠萝、西瓜、波罗蜜和芒果。

《西游记》里描绘的花果山美不胜收，潞西人辛勤塑造的芒市这座"花果城"更是迷人。

晚饭后，傍晚明亮的天空给这座城市披上了红艳艳的晚霞。我们这些北方佬儿就像草原上撒出去的野马，兴奋得到处乱窜，感受不尽芒市绿的清香，花的郁香，草的馨香。穿行于芒市的条条街道，会被各具特色的绿树吸引。青年路上波罗蜜树果实累累，团结大街上芒果树长势喜人，营建路上澳洲坚果树郁郁葱葱，农垦路上波罗蜜树、柚子树苗壮成长，仙池路上波罗蜜树播下希望，东风路上油棕树编织成绿色瀑布，芒市广场内小叶榕树、三角梅、琴叶榕争奇斗艳，处处一派花果繁茂的南亚热带迷人风情。

你可能去过很多绿城，但你会发现很少有像芒市这样绿得繁茂、绿得葳蕤的城市。绿草丛中，繁花盛开，如同锦缎一样披挂，踏进芒市就会被这无边的绿海所感染，绿色已经成为一种激情，扑面而来。一年四季绿树常青，生态之美是芒市最根本的魅力之源，激情之海。

行走在芒市街头，满眼的绿色让人心旷神怡，但还时常可以看见园林工人们在忙着见空插绿，见缝种花，编织着德宏州的秀丽山河。

"芒市生态环境好，气候好，生活方便舒适，在这里让人感到很幸福。"芒市的居民如是说，很多游人、投资者也表达了同样的想法。

玉石文化，芒市人深沉的内涵

每天上午10点，芒市民族珠宝街会准时开街。来自山南海北的游客被店内形状奇特、色泽鲜艳、质地温润的各色黄龙玉制品所吸引，驻足观摩，啧啧称赞。

我们看到，经过十多分钟的了解和欣赏过后，8000元一只的黄龙玉手镯，在轻松愉快的氛围中成交。

"黄龙玉生于龙陵，长于芒市。"此为很多黄龙玉业界人士的看法。毗邻黄龙玉产地龙陵象达仅20多公里的芒市，已然成为黄龙玉最大的集散地和交易中心。

"芒市聚集了大批黄龙玉专业藏家，他们掌握着大量的黄龙玉毛料和成品。"为我们现场做介绍的云南观赏石协会黄龙玉专业委员会副主任官德镔说，"这些黄龙玉专业藏家是推动黄龙玉产业市场发展的一大动力。"

曾经，芒市珠宝商林忠祥收藏的黄龙玉雕件《清明上河图》，被央视《寻宝》栏目专家鉴定为"民间国宝"。

散发着多姿气息，绽放着多彩风情的芒市，既像一枚稀有的祖母绿，又如同一块温润的黄龙玉，粘住你的目光，贴住你的心。

芒市到处可见树化石，居家以有一段树化石为珍为贵。在勐巴娜西珍奇馆，我们见识了上亿年树龄的各种树化石。树化石其实是树干硅化成石。有一段还看得见被树心化石包裹的亿年前的水，一晃动水球就在里面滚动，看得见摸不着，时间被以这样的形态禁锢在方寸之内，我仿佛听见古老岁月在旋转，历史年轮在呼唤。

中国和缅甸的交易，历来以珠宝、玉石为主。德宏州被称为中国最大的珠宝玉石交易集散地，是著名的玉石之乡、珠宝之都，据说珠宝市场比菜市场还要多，十人中就有一人从事珠宝生意。芒市自古是西南丝绸之路的必经之地，翡翠、玛瑙、红宝石、绿宝石、琥珀遍地皆是，不过其来源地在缅甸。尽管平素对珠宝并不热衷，我们还是去德宏州国际珠宝小镇看了看，所谓到盈江看毛料，到芒市看成品。

与我们同行的虹宇旅行社老总韩洪军夫妇，是云南玉石市场的常客，也是收藏爱好者。第一次见到芒市的翠玉，两人的脚步又被紧紧地定住了，不买个大包满小包流绝不会善罢甘休。

当然，芒市也是云南最大的赌石市场。一刀穷，二刀富，三刀四刀穿麻布，十赌九输是必然现象，那种惊险和刺激让我们心里发痒跃跃欲试，有撺掇的，有警告的。我们几个喜欢刺激的年轻人本着"小赌怡情"的原则，每个人花了个二三百元，买了几块石头，劈开一看，有的什么也没有，我的一块石头纯粹是最便宜的玉石，可以做个小挂件，心里还算坦然。

赌石，只是芒市玉石文化的一朵浪花。芒市珠宝街商铺中的精品琳琅满目，令人应接不暇，有"指日高升""桃园三结义""钟馗捉鬼"等，草花石精品更是美不胜收，亿万年的野草融在石中变成化石，幻化出一幅幅天然的中国山水画，令人惊叹。

有人曾说：缺失了文化底蕴的珠宝，只是一堆美丽的彩色石子。珠宝自古以来都是与文化交相辉映的。女娲炼石补天，造就了一个美丽的传说；卞和献璧，讲述了一个慧眼识宝的传奇故事。芒市的珠宝产业如火如荼，带动了珠宝文化的发展，文化和产业在这里得到了完美的结合。一块石头一个故事，一个雕件一个典故，珠宝文化与绚丽多彩的民族文化、边境文化和生态旅游文化相互交织，构成了芒市独一无二的文化魅力。

宏伟大金塔，芒市人的尊严

勐焕大金塔坐落在芒市东南部海拔1079.6米的雷牙让山顶。传说释迦牟尼生前转世为金鸡时曾生活于此地，佛涅槃后数百年，佛教弟子召罕大为传播佛祖教义，亲临此山修炼。为了召罕大有个好的修炼环境，野草和荆棘全部让开，故这里称为雷牙让山，意为野草让开的地方，尔后在此山建一佛塔，自古以来是人们公认的佛教圣地之一。

勐焕大金塔，塔高76米，基座直径50米，为八角四门空心佛塔，下三层为空心大厅。第一层大殿面积2000平方米，中心方柱东西南北塑有4座佛像。第二、第三层外平台建有16座造型别致的群塔，塔亭内有16尊汉白玉佛像。塔身主体为钟形，第二、第三层各建有小塔8座，第四层外平台建有8个精美的花瓶塔。基座之上的主心柱以大钟和13个钵上垒砌而成，最高点戴有重达2.3吨的大金顶。据导游介绍，该塔目前堪称中国第一金佛塔，亚洲第一空心佛塔。

芒市人多以傣族、景颇族等少数民族为主，他们绝大多数信仰佛教。佛在他们心中有着崇高的地位，大金塔就是他们心中的圣殿和尊严。他们将佛教教义与社会主义核心价值观相融合，心怀美好，勤劳善良地生活在这绿色的边城里。

在金塔上向四周远眺，四面山清水秀，郁郁葱葱，环境幽雅，视野辽阔。山下的城市楼宇红顶绿顶辉映在绿树丛中，如同一颗颗璀璨的五彩明珠，闪耀在高原之巅；汽车来来往往，就像是一阵风，带动芒市这朵盛开的鲜花摇摇曳曳，满怀激情地召唤着海内外的客人。

仰望金塔，每个人在塔下都变得渺小。高耸挺拔，雄伟壮观，气势恢宏，金光灿烂，金碧辉煌……神圣的气度庄严，让每个世俗之人不得不顶礼膜拜，虔诚地许下心中的愿望，在这美丽的高原上，在壮丽的翠海之中，在辉煌的大金塔下，不得有一丝杂念。我们把美好的愿望放飞在南国这座边境城市里。

茶马古道，芒市人最深沉的记忆

芒市，自古就是联通内陆与边疆，沟通南亚、东南亚的重要通道。从蜀身毒道到茶马古道，从汉朝始建，经唐宋元明清直至20世纪40年代，一队队马帮、一支支商队，以芒市为中转站，在中国与东南亚、南亚国家之间搭起了一条沟通交流的大通道，中外文化通过这条通道得以交融汇聚，中外物产通过这条通道得以相互流通，芒市也因为这条通道而发展兴盛。

品味一个城市，首先是品味它的文化。到芒市的第一个晚间，华夏旅行集团的张为珮女士会同当地旅社，为我们安排了芒市风情文化演出。

在傣家风情的优雅乐曲中，孔雀吉祥开屏，灯光变幻，如同隐隐约约的月光，百灵鸟清脆鸣叫，凤尾竹下，情歌漫唱，傣家青年男女的美好爱情也在如水的月光下悄悄地开花结果。

第二乐章就是赌石文化，"一刀穷，二刀富，三刀四刀披麻布"的歌谣，把赌石文化的迷与不迷说得分明，不听劝告，迷了会倾家荡产穿上麻布去要饭。芒市虽然赌石风气盛行，但并不提倡人们去赌石，毕竟十赌九输，最终告诉你的是，只有劳动才能致富。

在昏暗蓝调的灯光下，悲喜交加的芒市人在茶马古道上艰辛地奔波。一代代的芒市人，接过从四川来的盐担，接过从贵州来的茶背篓。他们肩挑背扛，背篓像山一样高。马队的驼铃叮当，在宁静的丛林和山野里留下久远的回声。背盐送茶的商队盘旋在弯弯曲曲的德宏州山道上，那曲曲折折的羊肠小路留下了多少德宏人的壮歌。乐曲雄浑而深沉，那是古道上多少血泪多少愁肠。那蹒跚的步履把我们带回了过去的岁月，恨不能重走一番那古道。

第二日的行程还真就是寻访古道，去寻找芒市人古老的记忆。东道主还特别邀请芒市文物管理所所长唐云东为我们做向导和讲解。

在芒市镇中东村大矿山一带有一段鲜为人知的茶马古道遗迹，在这段保存比较完好的石板路上，我们还能窥探当年茶马古道兴盛时的盛景。

高原的紫外线给芒市镇中东村委会主任李明孝脸上留下了久远的高原红。

他向我们介绍说，这条路是经过中东的一条茶马古道的必经之路。从芒市到象达全长13公里，据寨子里的老人介绍，原来大矿山这个片区非常繁华，过往的老板拿钱出来，当地的老百姓就出工出力，一起修筑了这一段茶马古道。现在看来，这些路虽然比较陡，但是在当年已经算很不错了。至于路上的一个个小台阶，则是为了雨季的时候能让马匹在路面上平稳地行走，不至于打滑。

在行进的车上，文管所所长唐云东介绍了茶马古道的综合情况。云南省西南丝绸之路南亚廊道，在芒市有不连续的好几段，芒市镇中东村委会大矿山这一段就是其中之一。这条廊道始建于唐宋时期，距今已经有1000年左右，主要连接到缅甸大部分地区的边境口岸，德宏州的盈江、陇川、梁河、芒市这些县市都有对外通道。在芒市镇发现的这一段路面，保存较为完好，以前一直连接到中东村，又有一条道路连接到勐戛、中山、遮放，最后直至出国境，其作为一条古道具有非常重要的历史价值。

近年来，云南省文物管理部门及学界，将云南省境内不同历史时期的古道，包括蜀身毒道、茶马古道等，统一命名为"西南丝绸之路南亚廊道"。

除了芒市镇，还有几段茶马古道的遗迹，在平河村的石门坎，还能看到当年马帮驮队过后马蹄留下的痕迹。

时光流转、岁月变迁，从历史上的蜀身毒道到茶马古道，再到抗战时期运输物资的史迪威公路，再到今天方便快捷密集的航空、公路网道，以及正在紧张施工的大瑞铁路和正在加快推进的"一带一路"建设，千百年来，芒市的交通方式虽然发生了天翻地覆的变化，但芒市始终是对外沟通交流的边疆重镇，永远不变的是芒市对世界的友好和热情。

历史的车轮随着社会经济的快速发展而加快转动，千百年来兴盛的马帮文化也在芒市这片土地上销声匿迹，如今想要追忆这段历史，就只得去山野之间寻找它们的遗迹。

离开芒市的时候，我们一步一回望，一步一留恋。云南归来，头脑里全是芒市留下的激情印记。芒市，一个去了就不想归来的地方。

到"昆大丽版"，只能看到城市某一个方面的景致，不免单调了些，而云南的边城故事，那激情才会丰富你对云南的印象。

（本文荣获2022年度云南德宏州全国征文二等奖）

十四楼的月光

从二楼逃离到十四楼，没有想到月亮也跟着逃离了过来，心里一下子对月亮亲近了许多，原来，我不是一个人孤独地行走，我走月亮也走。不等秋阳落下，秋月就急不可耐地到十四楼做客，一伸手就能抚摸到。

在二楼时，多个单位的同事们拥挤在十几平方米的小屋里，压抑和憋屈着。那个小窗户不能痛快地打开，总是开到一多半就卡住了，阳光与清风吝啬，飞尘、小飞虫倒是常客，秋日胜春朝的日子，视野也被几株大树隔断，对面的五层楼阻挡了目光，要看天空，必须仰望。

到十四楼完全是另一种气象，周围最高的楼才十层，我们在这十四楼里，同这幢楼一样鹤立鸡群，立在其他建筑之上，一览众山小。那嘈杂的声音仿佛从地底下钻出来，带着地上树木的缕缕秋意，我们有了身处高处的蒙眬醉感。站在窗前，抬手可及白云。惊回首，离天三尺三。

十四楼的窗户是整个透明的玻璃墙，这也许就是人们说的落地窗吧。与其说是临街的窗，还不如说是临街的墙。既然墙体都是透明的，也只能叫窗，只有窗才能透光透亮；因为高，是不是应该叫临空的窗呢？

物业人员重新更换了十四楼的窗帘，把原来厚重的布帘换成了轻盈的百叶窗，单是这面墙体就用了四组百叶窗。

如果把叶片调整成一条条细细的平行线，天空就被叶片切割成了大小一致规则的横条状，那天空就是由一条条的小白石块构成的，这面墙就是用白石块砌成的，均匀有致，完全不用担心垮塌。这就好像是哪个小学生把天空当成白纸，用量天尺画了极为规则的线格，在这白纸上书写人生；又好像是无数组没有音符的五线谱，等着大师在上面谱曲。

原来月光是可以剪裁的，叶片如同锋利的刀剪，可以随意把月光剪裁成宽条和细线。如果把叶片渐渐变斜，那天空就被切割成无数均匀的长条，随着叶面变宽，最后成为一条细线。月光变成薄片，从高处斜射进来，落在屋地上，月光也给屋地打了隐约的线格。立在窗前，也需要把目光变成细线，往上看，才能看到那窄窄的一条条天空，天空成为细细的银丝。把叶面往下斜，只能往下看，灯火阑珊处的大地也被切割成多彩的细条。把叶面往上斜、往下斜或平衡，目光就有了不同的方向，那月光也是不管不顾地找个缝隙就挤了进来，没有它穿不透的地方，随你剪裁，它都表现出顽强的生命力和勇往直前的渗透力。

随着窗帘叶片的变幻，实在让人分不清是把天空变成了百叶，还是把光成了百叶。每当夕阳落下时，月亮已经在天空中显示出轮廓，它也来观赏落日的精彩。晚霞变成条块状，每块都笑眯眯的，随手取下一块烧红的天空，装入背包里，带回家中，把风景存于晚间的梦境。

夜晚时分，那叶片如同海水里的波浪，成为阶梯，让月亮一级一级地爬升上来，那月亮是不能高抬腿的，只能轻轻地放慢脚步，在百叶窗上攀岩，一步一摇曳，一步一流连。"明月照高楼，流光正徘徊。"曹植的月光徘徊也定是源于此。这样的画面，朱自清也早就看到了，很美地写就了《月朦胧鸟朦胧，帘卷海棠红》。那个时候虽然没有百叶窗，但是竹帘也都是一层层的横条状。映着这样的竹帘，都是极美的风景："纸右一圆月，淡淡的青光遍满纸上；月的纯净，柔软与平和，如一张睡美人的脸。从帘的上端向右斜伸而下，是一枝交缠的海棠花。"

那风是长了脚的，极为调皮。把窗子打开，楼高风急。那叶片就会哗啦哗啦地吹奏，把那些规则的条状天空打得凌乱，叶片还不时翻转，反射月光，蓝色月光就在哗哗啦啦的伴奏中蹁跹。

这样的高楼，肯定是没有"竹里闲窗不见人，门前旧路生青草""新竹翛翛韵晓风，隔窗依砌尚朦胧"的风景。好像有窗的地方必须有竹或有菊，才是"篱菊黄金合，窗筠绿玉稠""药圃分轻绿，松窗起细声"。

秋高气爽的那一日，临街的窗迎来了一位稀客。一只硕大的蜜蜂竟然随着百花香气从楼下的花丛中飞进了十四楼。也许它也被十四楼的月光舞蹈吸引了？一般蜜蜂飞舞的高度不会超过树木花丛的两倍，这十四楼有多高不可知，但是往下看，还是比较瘆人。有晚上加班的同事说消灭了它，最后还是没有忍心，它来一次不容易，何必伤害它呢？几个人抓住它，扔向窗外，让它回归广阔的大自然。

高楼有了蜜蜂的光顾，决然不再是"高处不胜寒"，仿佛我们生活在花丛里，"客人"也多了。云遍窗前见，那云彩有时候带着心事，阴着个脸，也要光顾一下："窗迥云冲起，汀遥鸟背飞"；云是没有心事的："晓漏追飞青琐闼，晴窗点检白云篇。"当然，月亮是最优雅的客人，"窗迥孤山入，灯残片月来"，"铃阁风传漏，书窗月满山"，"雁响遥天玉漏清，小纱窗外月胧明"。春天，月亮来时，大雁也就从南方归来了。

　　这些客人，都是在百叶窗这个五线谱上谱曲的乐师。工作闲暇，百叶窗就成了放牧灵魂的地方，品着月光写诗，看风儿起舞，看云卷云舒，有时也看秋夜默默，听细雨沙沙。加班晚归，与一屋子月色告别，带一缕清风回家，被浪漫氤氲过的诗意情愫席卷身心，十四楼的月光，随同心的境地，就有了或舒缓或激昂的乐章。

（中国作家网 2022 年 9 月 21 日发布）

春天，遇见一位美丽的女子

　　这是今生最伟大的艳遇。在茫茫的人海里，在无垠广阔的大地上，在岁月更换的潮起潮落中，在人间的最美四月天，我遇见了你，一位美丽的女子，而且是千万年的机遇。

　　走近你的时候，那满山为你开放的粉艳杏花，一如你的腮红，让人感觉你是那么娇羞。你的微笑又是那么灿烂，那蓝天白云正映衬你的亮丽。严冬刚刚过去，你从沉睡中醒来，发现山也润朗了，河流有了清澈的流水声音。原野山冈还是昏黄的，就是你沉睡中的倦容，杏花催醒了你，让你的生机开始尽情展现。远处连绵的群山，展示着你秀美的曲线。

　　花香沉醉，笑颜留香。天地间都被你迷住了，人们从四面八方去看你，去亲近你。徜徉在杏花树丛中，心扉展露于蓝天下，向你倾诉，与你呢喃，拥抱着你，欣赏着你。我只认为你是我的，没有想到有那么多人都奔向了你。

　　别人看到了你的笑颜和美丽，我在阅读着你的深邃和远古。你那明亮的眼睛，像广阔的大海，有无穷无尽的内容，丰富着这个世界。我深情地注视着你，解读你的目光。一湾的泥河，把我带进了二百万年前。二百万年前，有一群人衣不遮体地在这里生活，他们与残酷的自然作斗争，与严寒和酷暑作斗争，与野兽和洪荒作斗争。他们用木棒做武器，用石头做武器，在这里顽强地生存。天房地床，他们就这样亲昵着爱着，创造着世界，延续着未来。你用你的目光告诉我，那群人就是我们的祖先，就是伟大的东方人类。

　　那些细小的石块经过百万年岁月的磨砺，还留存着祖先的温度。一层层的岩石分明，那就是岁月不断变换的高度，曾经的大海就这样隆起成为高山。我的祖先啊，他们又是怎样的坚强？！那小长梁上、麻地沟里、照坡上、东谷坨间、油房下、侯家窑旁、上沙嘴边……到处都是祖先的遗址，他们生存的足迹。先民的躯体早已化为泥土，与大地融为一体，只有这些石块和化石证明先民在你这里生存过，那些祖先的灵魂又飘移到了哪里？还在这里吗？我总想从你的目光里得到答案。

我曾经在北京中华世纪坛270米长的甬道上看到被镌刻的小长梁遗址，没有想到原来就在你这里，古人类活动最北端的遗址就在你这里。让我想象不到年轻的你竟然有这样的沧海桑田。

我不知道我从哪里来，也不知道会到哪里去，但我总想考证我从哪里来。你的绵绵细语，深情地为我们讲述你的历史，讲述华夏人类从此开始。在泥河湾的博物馆里，我看到了一幅幅沧桑的画面，看到了一个个惊心动魄的场景。那泥河湾盆地就如同中华母亲的子宫一样，孕育了数以千万计的生命，养育了数以千万计的儿女，成就了今日数以亿计的中华子孙。

面对你，我的眼睛有些湿润了，原来，我是从这里来。在祖先灵魂的动荡里，我经过千年、万年的辗转，才成为如今的我。

古老的桑干河，孕育了千万年的先民，也滋润着你今日的容颜。河水蜿蜒流淌，如同你手中的彩带，你随意地舞动，带着山风，绿了平川和山峦，让千树万树杏花豪情怒放。娇艳的姿容陶醉着所有前来的宾客和游人，他们尽情地歌唱，快乐地舞蹈，放飞着快乐和梦想。

你端庄地走向世界，也妩媚地吸引着我。你身着皮草，款款前行，翩翩而从容。穿越过漫长的时空隧道，回溯悠远的历史长河，在200万年前的泥河湾古湖边，你拥有着"食鸟兽，衣其羽皮"的生活，浩渺的湖水映照着你的身姿，耸立的雪山显示着你的伟岸，茂密的树丛展示着你的风采，你在无垠的草原上奔跑。一切啊，都体现着原始的美丽，那个时候，只用一张树皮或兽皮遮挡着你的羞处。但是你就这样哺育着你怀中的婴孩，让他们长大。后来呢，动物皮毛多了，面对严寒的冬季，你学会了用皮毛做衣服取暖，也学会了用动物骨骼做成饰物装点你的美丽，向心爱的异性展示你的妩媚和温柔。

腹有诗书气自华，心存善良容也丽。一百万年过去了，又是一百万年过去了。如今，皮草已成为人们最为普通的服饰材料，皮草发展出了毛皮文化，皮毛的历史就是你逐步走向文明的历史，你就这样带着厚重的毛皮文化，穿着亮丽的皮草服饰走向未来，吸引着我。那座飘逸如飞的毛皮文化博物馆是不得不去的地方，你的雍容华贵典雅，折服着我，浸润我的血液和骨髓，滋养福泽我的身体和灵魂。我竟然前前后后去了两次，每次都是流连忘返。

你做我的新嫁娘吧。那双虎家私店里，红的、绿的、黄的、粉的、紫的，七彩床上被面和床罩都是为你准备的嫁妆啊，那色彩好温馨好亮丽，足够把你的日子和生活打扮得幸福美满了。那天已经很晚了，你可见到那店里还有很多人在选购吗？那些顾客满带笑颜，看见这么多的品种和样式都欣喜不已。不问价钱只问品种，说明人们的富足和对生活品质的追求。

还有那皮草批发城里，有你需要的精美服饰。我们不要绫罗绸缎，只要狐皮貂裘，用那雪绒花一样的洁白做你的婚纱。我一定把你打扮成世界上最美的新娘。你随我缓缓前行，我牵引着你，让你万众瞩目，成为世界的焦点。那时候，到处是为你的欢呼声和呐喊声，他们会问，那个女子是谁呀，竟有如此天香国色，芳华动人。

你就如此让人心仪，让人心潮澎湃。美丽的女子，青春不老。盈盈鲜绿，幽幽暗香，随风而动，笑从花间来，影随风飘动。在杏花丛中，男子骑驴畅游，女子乘轿做嫁娘……这就是你今日展示的魅力风采。

离开你的时候，我泪流满面，我深情地拥抱着你，我一遍遍与你做心与心的交流，我对你是那么的不舍，在你的怀抱里，我读懂了很多很多，我想永远就这样和你融合在一起。我知道，我离开后，还会有很多人要奔向你，等待着与你相遇，因为你的迷人，你的魅力。

静静的夜，思想的精灵，翔舞在这浩瀚的宇宙星河，游遍万里江山如画。箫声吹破月光，临窗而入，打破了我对你的思念，那也许是你带给我的信息。

最后，我想说，我遇见的这位美丽女子叫阳原，是东方人类的故乡，也是中国的皮草之乡。她在北京西南200公里处，正展示着美丽的微笑，等待着世人光临和眷顾。

（原载2020年第1期《长城文艺》）

养在深闺人未识

位于河南洛阳的重渡沟景区，以其特有的水、竹资源在中原地区独领风骚。整个景区分南沟和西沟两大区，南沟飞瀑流泉，突出"水"；西沟秀竹茂林，突出"幽"。山因水而秀，树因水而旺，竹因水而翠，石因水而奇，沟因水而动，人因水而聪。重渡沟赐予游客的是全方位的审美感受和熏陶，有竹海、水帘仙宫、菩提神树、高峡平湖、蘑菇崖、听涛岭等100多个景点。

在这样的向往中，8月21日，我应虹宇国际旅行社的邀请，踏上去重渡沟的旅途。汽车在我们的盼望中终于在暮色下到达了灯火通明的重渡沟景区，停车处，早已是车满为患，好不容易才找到一个车位。导游一路上都在不停地介绍景区特色，此时从车窗远望，重渡沟的面貌终于从脑海的勾勒中走出，清晰地呈现在面前了：不似桂林的奇秀，没有云台山的神秘，难比嵩山的巍峨，山上满是普普通通的灌木，却用那满满的绿色诱惑住你的眼睛。拂面而来的风中带着潮湿的泥土清香，沁人心脾；看不见小河，而流水声终日唱着自谱的山歌，仿佛千年万年都凝为这一刻。这正是我想要的重渡沟。

一夜无梦，第二天早晨，雨后雾漫，空气清新，远处的山都被轻雾锁住，只有近前的山峰是那么真实。我们依然兴致勃勃地向金鸡河景区进发。

穿过拱形门洞，我们来到金鸡河景区。由于下了一夜雨，河水比平常湍急了许多，两边绿树葱茏，山谷的半坡上及道路两旁还有不少翠竹，青翠欲滴。我们的心情都很放松，不少同伴来到水边，用手去感受河水的清凉。

我们看到了树冠高大的千年菩提树。这棵树高30多米，树围3.5米，又称"七叶树"。它春开白花，秋结褐果。我们常见的佛珠就是由菩提果实加工成的，这棵菩提树周边就有不少卖佛珠的商家。同伴们纷纷在树下留影，不知谁说了一句"好景在前面"，我们便加快了脚步。

重渡沟以竹、水闻名，果然，水清冽，缓缓流淌，正好洗去一路的疲惫。

虽然秋水已凉，但赤脚感受那柔柔的水流别有一番惬意。耳边开怀的笑语，身旁潺潺的水流，心也为之清爽许多。

一路走着，每逢险处，游人必排队小心通过。在等待前行时，我的目光停留在右侧山石一片鲜绿的青苔上，只有如此近距离才能把它们看得这样清晰：娇嫩、弱小，只有两根细茎，却也生机盎然。其中一株尤为精神，挺直腰杆子，仰面看着我——仿佛有话要说。佛说：500年的回眸才换来今生的擦肩而过。我与它或许有着前生的缘吧！稍纵即逝的生命中最灿烂的时刻，我来看你了。

险虽险了，却无惊心神，失足也不过湿衣，更添乐趣。前行的动力还在于那一处处勇敢跳跃的瀑布："飞虹""金鸡谷""震天雷""双叠""泄愤崖""天井泉"……最爱"泄愤崖"，倾泻的飞瀑如披散的长发仰天怒吼，落下即聚为一潭，似乎在酝酿着新的力量；再落下，一波三折，一咏三叹，呼啸与呐喊此起彼伏，真如龙王的怨气，此刻尽出！游人至此，也不由心胸坦荡，神清气爽！

"山上有路路难行嘞，弯弯曲曲一层又一层嘞……"三歇之后，才至尽头，饮一口山泉，踏上归途。此时，心是惬意的，不为峰顶的清泉，只为那份随意淡泊的心境。兴尽而归，足矣！

追逐水的来处，登上一处高台，沿河水方向，经过生态游乐园，又来到泄愤崖瀑布。水从高高的崖壁上倾泻下来，发出轰隆隆的声音。听导游讲，相传虬为其兄蛟报仇，未果，一怒之下撞向悬崖，以发泄心中的愤怒，故名。

锁蛟崖处，抬头向河流对面光秃秃的崖壁望去，确有几处崖壁突出，有的像龙头。相传这里有一海眼直通北海龙宫，龙王的儿子蛟每年一次在这里兴风作浪，白浪翻天，淹没农田，给当地百姓带来了不尽的痛苦。于是玉皇大帝派托塔天王带着天兵天将下凡，用天锁将海眼锁上。为了永远制服恶蛟，托塔天王令天将每人留下镇蛟之宝，于是就形成了今天这座神秘壮观的天然"浮雕"。

锁蛟崖上面，有双塔、玉如意、雷公脚、电母眼、仙翁、天锁，浮水处为海眼，给人以无限遐想。抬头向两边山头望去，云层越来越低，就要下雨了。问从山上下来的游客：前路还有多远？有的说还远着呢，有的说快到了。看景区示意图，前边还有"歇三歇""好汉坡"等。我们连歇一歇还没到呢，虽然要下雨了，但没有一个人有返回的意思。

在"歇三歇"，我们又遇到两位同去的游客，但此时下雨了，雨还有点儿急。沿路满是五颜六色如小伞的花，峰回路转，忽上忽下，听着涛声、雨声，看着雨中青翠欲滴的山林，因雨水冲刷有点儿浑黄的河水，闻着山野中清新的气息，我们终于来到最险要处——好汉坡。这时，雨也好像懂事似的变成了轻飘的细雨。爬上好汉坡，就可以到达山的主峰——依剑峰。好汉坡虽然不像华山那么陡峭，但一口气爬上去也很不容易。陡峭的石阶，高高的山顶，让人望而却步。从山上传来的歌声是否就是《好汉歌》呢？好奇心又促使我们向上攀登。原来走在一起的队伍已经分成几个"小组"，拉开不少距离。再往上走，有的地方路很窄，一边就是悬崖，也没有栏杆。我走在最前面，这里的树木高大起来，但树的品种比较单调，像是山榆。台阶比较陡峭，景区用绳索拦在路两边，给人以安全感。这时有游客吟起王维的"空山新雨后"、屈原的"路漫漫其修远兮，吾将上下而求索"、张志和的"斜风细雨不须归"，引得不少人唱和。

能看出景区是很用心地在管理，一路上有台阶，有平路，有石梯，也有做成一个个树桩样子的小道，而且每段路用不同的方法铺饰，走起来既平稳又有趣。沿途瀑布不断，因前夜的雨，水势也变大了，水声呼啸，竹子和各种树木遮天蔽日，凉风习习，倍感清爽。地上的河水清澈，清澈到没有鱼；水很凉，只踩了踩就有些受不住了，真佩服那些扛着"长枪短炮"站在水里取景的摄影爱好者们。

午饭后，我们又开始向滴翠河景区出发。滴翠河以竹林环抱、苍翠欲滴的绿色闻名。最有名的是"水帘仙宫瀑布"。瀑布不大却很有特色，景区门票上面的图片就是这里。瀑布后面有个小溶洞，有点儿吓人。我打了伞进去，还是弄得半边身子都湿了。可是好玩，有点儿探险的味儿！瀑布前面有个索道，可以玩个来回。不过我有点儿胆小，再三考虑，还是算了。另外，还有一层层人工砌的梯形水池，里面有很多蝌蚪，不少小朋友都把蝌蚪捞了放在买的小竹桶里带走。但我心里还是希望他们不要再这样做了。

这就是重渡沟，不息的泉水，秀气的瀑布，茂盛高大的树木，青翠的竹林，还有那些说不尽的传说，都让人赏心悦目。重渡沟真的应该"重渡"！重渡沟对我们这些生活在城市中的人来说，像是养在深闺的清秀美女，看惯了城市的高楼大厦，去重渡沟，是一种绝美的享受，何乐而不为呢？

（原载2009年6月28日《廊坊日报》周末版）

瑶里镇一夜

　　驱车到达景德镇浮梁县瑶里古镇的时候，已经是傍晚6点钟了。夏季的傍晚，还未黑天，可以让我在傍晚的清凉中品味和体会古镇风情。说实话，远远观望，古镇确实有些"古"，很多地方都很破旧，太"朴素"了。我去过南方很多古镇，有的雍容华贵，有的金碧辉煌，有的车水马龙，有的古朴高雅。

　　车停好以后，我不顾长途跋涉，就沿着河流慢慢细看。这个时候，游人稀少，已经没有了热闹和嘈杂，仍有三三两两的游客和我一样走走停停。河边的商铺已经开始打烊，静谧的气息笼罩着这个古镇。小河、小街、小巷、小屋、小花、小店……整个古镇用不到一个小时就会走到尽头，总的特点就是一个"小"字。不时还有犬吠和鸡鸣，不远处，炊烟慢慢升起，我又回到了田园乡村，乡风扑面而来。

　　古镇虽小，颇有韵味。一街看定位，三祠见历史，一河解风情。

　　古镇的明清商业街是徽饶古商道上最为繁华的商业街之一，全长一千多米，分为上街头、中街头、下街头三部分。整条街共有上百家店铺，鳞次栉比地分布在街道两旁，大部分保存得非常完好。瑶里曾有民谣这样描述这条街："上街头，下街头，街长不见头（因为沿河的街道并不是笔直的）；丝绸缎，糖醋油，店面八百九。"生动地再现了唐诗中"浮梁歙州，万国来求"的盛世景象，足见当时商业还是比较发达的。

　　三祠见历史，是说古镇有三大宗祠：程氏宗祠、张氏宗祠和宏毅祠。程氏宗祠又名"惇睦"堂，背靠狮山，面临瑶河，始建于明代中叶，清代道光年间重新整修过。由于风水的缘故，其建筑风格不同于其他祠堂，上、中、下三堂的朝向各不相同。建筑内砖雕、石雕和木雕的题材丰富、玲珑剔透、层次分明、栩栩如生，显示了雕刻工匠高超的艺术才能。张氏宗祠始建于唐末，元末焚于战火，现存宗祠重建于明初。宗祠气势恢宏，拥有三堂两天井，祠内砖、木、石雕十分精细。宗祠前有一月形水塘，而且旁边还修有两个一样的水塘。这与风水有关，由于张氏宗祠正对火焰山，故经常遭火灾，在风水先生的指导下，形成了今天的面貌。宏毅祠是吴家祠堂，据说是天下吴姓始祖开姓的地方，也是吴氏进行祭祀祖先和从事其他宗族活动的地方。

古镇多情，老表好客。朴素的店面里没有浓厚的商业气息，走进古镇任意一家店铺，都好像是到家的感觉。"随便坐，随便看，不买没有关系，也不贵。"江西老表朴实的话语，很让人感到亲切。

看过三祠，天渐渐暗下来。古镇更加阒寂，瑶河流水的声响逐渐清晰，溪水哗哗，淙淙流淌。街面上还有少许游人同我一样闲逛，体会小镇的宁静和安详，时不时有客家主人邀请入住用餐。小镇的街灯亮了，也不是很多，绝无江浙古镇的灯火通明和火树银花，是稀稀疏疏的那么几处灯光，也许是河边的树影遮挡，也许是古镇深邃不见明亮。小镇上绝无"宾馆""酒店"，但是你不用担心入住，虽没有这样的商业字号，有的是"××人家""××居""××客栈""××小舍"之类，让人感觉古朴又亲近。我随意走进"徽韵民家"，朴实的主人一家正在用晚餐。他们让我看了一下房间，房间布置得相当不错，房价也不贵，我一看便满心喜欢，马上入住无话。

鸡鸣外欲曙，小镇云初露。东方的天际正是：白毫披露，银光隐翠。一夜香甜无梦，我被几声雄鸡叫醒，也顾不得洗漱，就出门欣赏小镇的晨貌。天刚蒙蒙亮，远处黛青色的山也透出淡淡的霞光，渐渐地变红，把东方的天际烧红，让世界透亮起来。这个"民家"的后面是小路，可以上山，我爬上高处，欣赏清晨的小镇。此时的小镇如同一个朦胧美丽的秀女一样，藏着浓浓的颜容，满含羞意。远处有炊烟升起了，搭起烟桥直通远处的山顶，如同少女披纱曼舞。远处鸡鸣犬吠的声音逐渐多起来，打破了小镇的宁静，新的一天就要开始了。

我从高处往下走，时而沿着瑶河漫步，时而走进小巷，时而钻进弄堂。瑶河边上已有妇女在洗衣浣纱。她们都是从河里舀起一盆水，在盆里洗衣。然后把脏水倒入身后的小沟里，流入污水处理区。看来，她们的环保意识还是很浓厚，要不然千年瑶河早已变成臭水沟了。河水哗哗，伴随她们轻快的捣衣声啪啪脆响，成为早晨瑶河上最美的节奏。河边还有很多的花木艳丽芬芳，晨风吹来，鲜花绿树作妖姿仙舞，和浣纱女们在河中的身影相映成趣。

古街小巷都是碎石路，很多宅院都落了锁，一看也是很久无人居住，但是墙里的花木早已探出墙外，把芳香传递给世人，那不甘寂寞的鲜艳，告诉游人：古镇是辉煌的，院落是热闹的。瑶河两岸的房屋沿河而建，依山而建。小巷曲曲折折没有规律，看似短短的，走到尽头又曲径通幽，左曲右拐。虽然鲜有人居住，但是确实幽静不少。在一处尽头，我还听到旁边的屋舍里传来婴孩的一声声响亮的啼哭，这是小镇的延续和希望，这也是小镇的未来！

天已经大亮，烟霭慢慢散去，小镇变得清晰明亮起来。我踏着蜿蜒古朴的麻石甬路，观赏着古镇里的苍劲古木，遥看着远处的葱翠林海，倾听着宁静之中的声声鸟鸣，品着晨语花香，饮着清凉晨风。在瑶里古镇的游客中心，我了解到瑶里古镇的全貌。瑶里，古名"窑里"，因是景德镇陶瓷发源地而得名，远在唐代中叶，这里就有生产陶瓷的手工作坊。瑶里位于举世闻名的瓷都东北端，地处四大世界文化遗产（黄山、庐山、西递和宏村）的中心，素有"瓷之源，茶之乡，林之海"的美称，是国家重点风景名胜区、国家历史文化名镇、国家矿山公园、国家森林公园、国家重点文物保护单位、国家自然与文化双遗产。这里只是瑶里风景区的中心地带，周围还有很多景点，和古镇共同组成风景区。周围既有流泉飞瀑、奇石洞天，又有千年樟群、原始森林，集山、水、岩、林为一体，聚险、奇、峻、秀于一身，汇四季景色变幻为一时，是一处寻幽探奇的旅游佳境。

瑶里物华天宝，人才辈出，是西汉长沙王吴芮、南宋开国侯李椿年、清朝工部员外郎吴从至等历史名人的故里和邻里。"瑶里改编"旧址依然闪耀着红色光辉，开国元帅陈毅曾在此工作和生活过，并领导了新四军改编。这片古老而又神奇的地方，既有深厚的文化积淀，又是人们享受大自然的绿色仙境。它集自然与人文为一体，融历史与民俗为一身，是旅游休闲、访古修学、寻幽探奇的绝佳之地。

远处的景观不必细看，眼前景色亦美哉。苍翠山岳在眼前、茂密林海在此间，身处幽长的峡谷中，自然风光和古镇、古窑址等人文景观已融为一体，山水、人文俱美，原始、古朴、清静通幽，经大自然洗礼的绿色家园，已是访古探幽、感悟天人合一的佳境。我又有何不满足的呢？也许我观瑶里是在傍晚和早晨，清静和自然我独享。

归来后久久未提笔，但瑶里古镇的每一个细节都历历在目，不能释怀。这正是：世间繁华多古镇，唯有瑶里印象深。君若辞都看古镇，瑶里风情最可行。

（原载2019年8月20日《廊坊都市报》，2022年6月23日中国作家网发布）

后 记

我深情地回望那片黑土地

人过半百，仍然在路上，因为还有梦。

新千年开始的时候，我从部队转业到廊坊日报社，那时候就想做一个合格的新闻工作者。当了几年的新闻记者，获得全国新闻奖项两三个，也许领导看我依然还有军人那种敢打敢冲的精神气儿和不达目的不罢休的劲头，就让我转岗从事经营。为报社聚财将近20年，那种成就感也是很令人骄傲的，因为报社很多员工的工资福利都是我厚着脸皮化缘一样化来的。2019年，报社再次改革，我又离开了经营岗位，因为年龄的原因，成为一个闲人，又成了到处补位的替补队员。借调市委宣传部，借调廊坊临空经济区，借调廊坊市文联，真的应了那句话："我是革命的一块砖，哪里需要哪里搬。"

2018年夏天，文安县城一个文友将我拉进一个文学群，舞文弄墨，气氛甚是热烈。发在微信群里的一篇篇文字，像萤火虫的光芒一样点燃了我心中的文学梦。小时候的作家梦再次升起，好像文学才是我的本源，文学的灯盏在我的生命里根本就不曾熄灭过。飞跃的城市，明媚的乡村，美好的生活，壮丽的山河，迭出的英雄，动人的故事，浸润着我的笔墨，成为我灵魂里的雨丝，滋润着我的心灵。没有想到，笨鸟先飞早投林，半路出家的我，散文还能有一丁点儿的进步，还算得上是那么回事儿吧。于是，有了这本集子的诞生。

人生是由多个阶段组成的。

遥远的大巴山，给了我生命，让我终生怀念，让我魂牵梦萦。因为生活的变动，我的生命里有了故乡的元素，直把他乡作家乡。

小学、中学、大学、工作，这是很多人奋斗的四部曲。别人高高兴兴地走进大学校园，端上了铁饭碗，大学却永远不能属于我，东北广袤的黑土地张开博大的胸怀，召唤了我，我开始了真正的人生。兵当得也算合格，穿上军装，神采奕奕，圆了小时候的军人梦。生命里有了当兵的历史，好像要比别人多一分自豪，实际上，军人的苦，军人的累，军人的屈，让每个走进军营的士兵都要脱掉一层皮，让人刻骨铭心。多少年以后，再回味当兵的历史，才发现那是我一生中最大的一笔财富。正是十二年黑土地上的军营生活，成就了我人生的道路，赋予了我时代与家国的责任感和崇尚真善美的灵魂，让我有了更广阔的社会情怀。

军营的梦，文学的魂；感谢军营，感谢文学。军营历练了我的坚忍，文学为我敲开了一扇门。那本1998年出版的散文集《绿色的牵挂》，让很多人高看了我一眼，对我有了全新的认识：这个转业军人还算能写，到了宣传工作岗位一定能行。于是，我在廊坊日报社有了一席之地，苦熬了多年的家人也能名正言顺地来到了廊坊这座城市，也就有了我今天的幸福生活。

第一本散文集虽然荣获第三届武警文艺奖，但现在看来，幼稚得不堪回首，新闻通讯占了大部分。虽然好的通讯作品也是散文，但是同纯文学还是有距离，也许是通讯中的人物和事迹感染了评审官，使我有幸获得文艺奖。那个时候，自己竟然在那么艰苦的生活环境中，想起来出一本书，毅力和决心是十头牛都拉不回来的。二十多年后，再出版这本散文集时，反而犹豫犹豫再犹豫，畏畏缩缩，不敢向前。文学发展到今天，其对社会的重任远不是几篇风花雪月的文字就能担当的，散文已经发展到"有我、主真、自由"的高度，要求在作品中树立超越传统的文化意识，从而体现作家朴素博大的人文情怀。面对名家大家挑剔的目光，自己的作品还是不敢拿出手的小儿科。

名家的谬赞，让我有些不知天高地厚，于是，出一本散文集的念头就像春天的种子，出土成苗，越来越茂盛。当我把散文集的文稿交付出版社的时候，好像自己在赤身裸体地任人审视评判。因为我毕竟不是美女模特儿，得到的全是欣赏和赞叹。不过，不管怎样，这本集子就是一盏灯，一个里程碑，让我不息的梦有了温度和温暖。

我没有想到，四年多来自己这么能写，先后写了100多篇，有30多万字，大部分还在各类媒体上发表过，甚至获奖。这都是生活的积淀，让我的人生有了很多思考。是不是把工作的时间都用于写作了，还是就为写作而努力工作呢？反正文学已经成为我生活的主体，带给我生活的亮色。

文学是人生经历的回味，是对过去生活的总结再总结，提炼再提炼，思考再思考。故乡、家乡以及奋斗过的黑土地，都因为文学而回放成一幕幕电影。对故乡和家乡的浓烈情感，黑土地上十二年精彩的过往，社会生活中的温暖足迹，这些都成了我文学素材的三部曲。

人生都是分段构成的。每个阶段都要及时总结自己，才能走好下一程的路。这本散文集也算是对这几年散文写作的一个总结吧。全书也正是按照这个顺序进行了排列组合，故乡家乡和黑土地的文字薄弱了一些，但亲情的重量如泰山一样，是无法具体衡量和称重的，也成为后两部分的基础，算是情感点。

我把青春最美的时段交给了黑土地。回望黑土地，仍然是我人生中一首最壮丽的歌；回望黑土地，时常在梦里见到那座兵营；回望黑土地，橄榄绿的荣光将伴随我整个生命旅程。

拙作成集，非常感谢著名散文家李一鸣先生的高评和谬赞，他在繁忙的政务之余，笔耕到半夜两点钟，为本书撰写了长达7500字的序言，成为本书的亮点，为本书增光添彩，非常令人感动。不仅如此，先生还不取分文，只为扶持和提携一个陌生的文学路上的追梦人，先生为人的胸怀、为文的高度都令人景仰。

同时，也要感谢少年时候的老师、著名书法家宋同中先生题写的书名，同样也是分文不取。感谢在路上帮助我成长，给予我无限关怀的人们，正因有你们的帮助，才有了我的今天，也感谢出版社的编辑老师们的辛勤付出。我将在以后的道路上，用更出色的文字回报这个时代，回报这个社会。

回望，是为了更好地前行。文学，是没有尽头的路，我还在路上。

2023年7月廊坊